光文社古典新訳文庫

シークレット・エージェント

コンラッド

高橋和久訳

光文社

Title: THE SECRET AGENT
1907
Author: Joseph Conrad

目次

シークレット・エージェント　ある単純な物語

ミスター・ルイシャムの愛の年代記作者
キップスの伝記を著し
また来たるべき時代を書き記す歴史家でもある
H・G・ウェルズ[1]に
十九世紀のこの単純な物語を
愛をこめて捧げる

1　作家、評論家として夥しい著作を残したハーバート・ジョージ・ウェルズ（一八六六～一九四六）は一八九〇年代末よりコンラッドと親交があった。ここで言及されているのはその小説作品、『愛とミスター・ルイシャム』（一九〇〇）、『キップス――単純な魂の物語』（一九〇五）、及び『タイム・マシン』（一八九五）を初めとするSFであろう。ただしその評論などに見られる科学技術の革新と社会主義を基盤にしたユートピア的なヴィジョンに対してコンラッドは懐疑的で、ウェルズが人間を好きでもないのに人間は向上し得ると考えているのに対して、自分は人間を愛しているが人間が向上できるとは思わない、と述べたと言われる。この作品にもそうしたコンラッドの反ウェルズ的認識の表明という一面があるかもしれない。

第1章

ミスター・ヴァーロックは昼前に、店を形だけ妻の弟に引き受けてもらって外出した。そんなことができるのも、店はいつもいたって暇で、夕刻まで客らしい客は皆無と言えるからだった。ミスター・ヴァーロックは表向きの店の仕事にはまず関心がなく、その上、義弟の面倒は妻が引き受けていた。

店は小さく、住居も小さかった。ロンドンの再開発時代[1]の到来以前によく見受けられたあの汚いレンガ造りの家々の一つである。店は四角い箱とでも言えそうなところで、通りに面した側に小さなガラスがはめられているだけ。昼間はドアが閉められたままで、夕方になるとそれが慎ましげに、しかし怪しげに少しだけ開けられるのだった。

陳列窓に並んでいるのは、多少とも肌を露わにした踊り子たちの写真や医薬品のように包装された得体の知れないパッケージ。しっかり封をされた黄色いぺらぺら紙の封筒には二シリング六ペンスという黒々とした文字。年代物のフランスのコミック雑誌が数冊、洗濯物のように紐《ひも》に吊るされている。薄汚れた青磁の鉢、小さな黒い木箱、数個の不褪色インク瓶、ゴム印、いかがわしげな書名の本数冊、とても世に知られたとは言えない古ぼけていて印刷もお粗末な新聞が数部。それには『トーチ』[2]やら『ゴング』[3]といった人騒がせな名前がついている。そしてガラスの内側で点されているガス灯は、節約のためか顧客のためか、炎をいつも小さくしてある。

1　一八八〇年代以降、交通、輸送の改善を図るためのロンドン中心部——ヴァーロックの店のある地域も含まれる——の再開発が加速した。その影響についての代表的な反応の一例がE・M・フォースター『ハワーズ・エンド』(一九一〇)の第四章などに見られる。

2　避妊具、避妊用品を暗示する。宗教的、道徳的見地からの避妊に対する反対の世論は避妊具とポルノグラフィーをしばしば近接させる。

3　『トーチ』は一八九〇年代に刊行されたアナキズムを唱道する雑誌の名前。これを執筆、運営したロセッティ一族はコンラッドの友人で共作もしたフォード・マドックス・フォード(一八七三~一九三九)と親戚関係にあり、フォードは滞英中のロシアのアナキスト、クロポトキン(一八四二~一九二一)とも交友があった。コンラッドにとってフォードはロンドンのアナキストたちについての重要な情報源だったと言われる。『ゴング』はどうやら架空の名前のようだが、類似の誌名の『アラーム』というアナキスト雑誌もあったらしい。

その顧客というのはとても若い男たち――彼らは陳列窓の前でしばしぐずぐずうろついていたかと思うと、不意に店内に身を滑り込ませる――か、そうでなければ、いい大人というべき年齢の男たちだが、大方は金回りがよさそうには見えない連中である。この大人たちのなかには口髭のところまでオーバーコートの襟を立てて店に来るものもいる。すっかり擦り切れて、あまり上等とは言いがたいそのズボンの裾には泥のはねた跡がこびりついたまま。そしてズボンの中身の脚のほうも、概してあまり立派なものとは言えそうもない代物である。コートのポケットに両手をすっぽり包み、ドアのベルが鳴るのは勘弁願いたいとばかり、身体を横にして、一方の肩先からさっと店内に入るのだった。

そのベルは鋼鉄を紐状に曲げた取りつけ具でドアに吊るされていて、鳴らさずに店に入るのは難しい。ひび割れだらけではあるのだが、夕方ともなると、ほんの少し揺れただけで、無遠慮な悪意を込めて客の後ろで騒々しく鳴り響く。

ベルが鳴る。するとそれを合図に、ペンキの塗られた木製カウンターの背後の埃っぽいガラス扉を通って、奥の居間からミスター・ヴァーロックがいそいそと姿を現す。彼は生まれつき腫れぼったい目をしていて、一日中服を着たまま万年床のベッドの上でごろごろしていたとでもいう風情を漂わせている。他の人間ならこんな格好で現れては、間違いなく商売の足を引っ張ると考えそうなもの。小売業という商取引では、商店主が愛嬌をふりまき、愛想よく接客することが何より大事なのだから。ところがミスター・ヴァーロックはこの商売の何たるかを心得ていて、自分の風采が美的に見て好ましくないのではないかなどという疑念には一切煩わされることがない。ぶしつけに客をじっと見つめるその目はどこかの厭わしい厄介者の脅迫をも黙らせるようであり、彼がカウンター越しに売りつけるものといえば、支払われる金額に見合う価値など到底ないことが明らかな品々。例えば、中には何も入っていないと思わせる厚紙の小箱、[4]例の入念に密封された黄色いぺらぺら紙の封筒、蠱惑的《こわくてき》なタイトルの薄汚れた紙装本など。ときには、色褪せて黄色くなった踊り子の写真が、まるで生身の若い娘でもあるみたいに、愛好家に売られたりもする。

ひび割れたベルの音で現れるのがミセス・ヴァーロックのこともある。ウィニー・ヴァーロックは若い女性で、ぴったりした胴着を纏《まと》うと豊かな胸が強調され、ヒップも肉づきがいい。髪をきちんと整え、夫と同じように相手から目を逸らすことなく、カウンターに立てた仕切り板の後ろで、何を考えているのか窺い知れない無関心さを

4　避妊具が入っていることを仄めかす。

醸し出す。そうなると、比較的若い客の場合は女性を相手にしなければならないことに急にどぎまぎし、心のなかで毒づきながら、不褪色インクをくださいということになる。小売価格六ペンスの一瓶をこのヴァーロックの店で一シリング六ペンス支払って買い、ひとたび店の外に出たら密かに側溝に投げ捨てるという仕儀に立ちいたるのだ。

夕方からやってくる連中――襟を立てソフト帽を目深《まぶか》に被った男たち――はミセス・ヴァーロックに親しげに頷きかけ、呟くように挨拶をしながら、カウンターの端の可動板をはね上げる。奥の居間へと入っていくためで、居間から廊下を進むと、その先に急な階段がある。店のドアは家に入るための唯一の入口だった。この家でミスター・ヴァーロックはいかがわしい品物を扱う商売を営み、社会の擁護者という使命を全うし、家庭人としての徳を積んでいた。家庭人としての徳は明々白々だった。彼は完全に家庭に馴染んでいる。精神的にも知的にも肉体的にも、家の外に出る必要をあまり感じないほどである。ミセス・ヴァーロックの妻らしい気遣いとミセス・ヴァーロックの母親の心からの敬意に囲まれて、彼は家にいればこそ身体のくつろぎと良心の安らぎを味わえるのだった。

ウィニーの母親はかなり太っていて、ぜいぜいと苦しげな息づかいをする女性で、顔は大きくて浅黒い。白い帽子を被り、その下の黒髪は鬘《かつら》だった。脚がひどくむくんでいるせいで、あまり動き回れない。フランス人の血を引いていると自任していて、それは間違いではないかもしれない。お世辞にも高級店とは呼べない酒場の主人に長年連れ添った後、未亡人となってからは、ヴォクソール・ブリッジ・ロード近くで殿方相手の家具つき下宿を経営して生活費にした。その下宿屋のあったのはかつて高級住宅地としてそこそこ知られ、今でもベルグレイヴィア地区に含まれるスクエアで、こうした地理上の事実は下宿の宣伝には多少とも有利に働いたが、この立派な未亡人のご贔屓客は上流階級の殿方というのとはいささか違っていた。下宿の住人はそんな連中ではあったけれども、娘のウィニーは彼らの世話を手伝った。未亡人の自慢するフランス人の血の面影はウィニーにも歴然としていて、艶のある黒髪をほつれもなく芸術的に結い上げるところにそれは端的に表れていた。ウィニーには他の魅力もあった——若さ、ふくよかな丸みを帯びた体形、澄んだ明るい肌の色。そして、何を考えているか窺い知れない彼女の慎み深さが男を惹きつけた。慎み深いといっても、会話の妨げになるほどではない。下宿人が溌剌と話し、彼女の方は静かに愛想よく聞き役に回る。ミスター・ヴァーロックはそうした魅力に動かされたに違いない。彼は断続的な利用客で、とくにこれといった明確な理由もなく、この下宿屋に出入りしていた。

たいてい（インフルエンザにも似て）大陸からロンドンにやってくるのだが、ただ、こちらは新聞で予告されることがない。[6]またその滞在時の行動は極めて地味なものだった。ベッドで朝食をとると、毎日昼まで――時には正午過ぎまで――そのまま静かな楽しみを味わっているといった様子でごろごろと過ごす。しかしひとたび外出すると、その帰路、ベルグレイヴィア地区のスクエアにあるこの仮の家を見つけ出すのにとんでもない苦労をするらしかった。外出するのは遅い時刻で、帰宅するのは早い時刻――夜も明けない朝の三時や四時――という具合。十時に起きると、トレイに載せて朝食を運んでくるウィニーに声を掛ける。何時間もぶっ続けで熱弁をふるってきた男特有のしゃがれた弱々しい声に、おどけた使い古しの礼儀正しい言い回しを包んで。毛布を顎のところまで引き上げたまま、彼の重たげな瞼の下で突き出た目が、魅せられながらも物憂げな様子で盗み見るような視線を送る。手入れの行き届いた黒い口髭が甘ったるい軽口をすぐにでも叩ける厚ぼったい唇を覆っていた。

ウィニーの母親の意見では、ミスター・ヴァーロックは実に立派な殿方ということになる。これまでさまざまの「商売屋」で得た人生経験から、この善良な女性が隠居生活に入ったときに思い描いた紳士らしさの理想像は酒場の高級席の常連たちが体現するものだった。ミスター・ヴァーロックはその理想に近い、いや実際、その理想を体現していた。

「わたしたち、もちろんお母さんの家具は引き取るわ」とウィニーは言ったのだった。

下宿屋は廃業することになった。どうやらその先続けても、あまりうまく行きそうにもなかったということらしい。何しろミスター・ヴァーロックに過大な負担を強い

---

5 この下宿屋のあった場所の特定は難しい。ヴォクソール・ブリッジ・ロードはヴィクトリア駅近くから南東に、テムズ川にかかるヴォクソール・ブリッジの先まで延びる通り。一八八〇年代から九〇年代にかけてコンラッドはこの通りの近くに下宿していたことがある。ここでのスクエアを文字通り「広場」の意に解すると妥当するのはヴィンセント・スクエアということになるが、そこは当時、富裕層の住んでいた地域で、そこが想定されているとは考えにくい。たしかにベルグレイヴィア自体はウェスト・ロンドンにあり、上流階級の人々が集うお洒落な一帯という印象があるが、「ベルグレイヴィア地区」という表現はその範囲を曖昧にするだろう。ヴォクソール・ブリッジ・ロードの西側のピムリコ——ヴァージニア・ウルフの『ダロウェイ夫人』(一九二五)では貧しい人々の暮らす地域として言及される——も当時「ベルグレイヴィア地区」に含まれていたと考えられ、そこにはリンゼイ・スクエアなどスクエアを冠した地名がある。

6 一八八九年から一八九四年にかけて、大陸でのインフルエンザの流行はイギリスにも及び、その記事が新聞紙面を賑わせた。

ることになり、彼の他の仕事に不都合を生じさせることになる。それがどんな仕事か、彼は何も言わなかったが、ウィニーと婚約した後は昼前に起き出し、半地下へと階段を下りると、ウィニーの母親がほとんど出歩きもせずに暮らすその階の朝食室まで行っては、彼女に如才なく振舞った。彼女の飼い猫の背中を撫で、暖炉の火を起こし、自分もその部屋で昼食を取った。かすかに息苦しいほど居心地のいいその部屋を出るときはいかにも不承不承といった様子を見せながら、しかしそれにもかかわらず、外出すると夜も更けるまで戻ってこなかった。彼ほどの立派な紳士としては何とも不思議なのだが、ウィニーを観劇に誘ったことは一度もない。いつも晩は仕事でふさがっていた。仕事というのがちょっと政治に関わるものでね、と彼はかつてウィニーに語ったことがある。だから政治がらみの友人たちを徒《あだ》やおろそかに扱わないように、というのだ。それに対して彼女は例の内面の窺い知れない目をまっすぐ向けて、もちろん言いつけどおりにします、と答えた。

彼が仕事のことを彼女にそれ以上どれだけ話したか、ウィニーの母親には知る由もなかった。ともかく結婚した二人は家具といっしょに母親も引き取った。みすぼらしい店の外観に母親は驚いた。ベルグレイヴィアのスクエアからソーホー[7]の路地へと引っ越したのが彼女の脚にはひどくこたえた。すっかり腫れ上がってしまったのだ。

その反面、彼女は経済的な心配からは完全に解放されることになった。義理の息子の物事に動じない優しさは彼女にゆるぎない安心感を与えた。娘の将来は保証されたも同然で、息子のスティーヴィーについてさえ不安を抱く必要はない。それまでは、哀れなスティーヴィーがとんでもない足手まといであるということを嫌でも認めないわけにはいかなかった。けれどもウィニーがこの虚弱な弟を溺愛し、ミスター・ヴァーロックが優しく寛大な気立ての持主であることを考えれば、哀れな息子も世間の荒波を何とか無事に乗り越えられるのではないかと思えてくる。それに彼女は心の奥底で、娘夫婦に子どものいないことを喜んでいないとは言えないのかもしれなかった。子どものいないことをミスター・ヴァーロックはまったく気にしていないようであり、ウィニーが弟に母性愛にも似た愛情を注いでいるのだから、この事態は哀れなスティーヴィーにとってむしろ好ましいことではないか。身体が弱というのも、このスティーヴィーは何とも厄介な少年だったからである。

7 ロンドンのしばしば「猥雑な」と形容されもする繁華街。外国からの移民が多く、当時は（そして少なからず現在も）売春やポルノ店や安価な飲食店で有名。ジョージ・ウッドコックの『アナキズム』によれば、「現代英国のアナキズムの真の発生地は早くも一八四〇年代にはソーホーに現れていた外国人労働者向けのクラブ」であるらしい。

くてはかなげに整った顔立ちをしていたが、下唇がだらしなく垂れ下がってしまうのだけはどうしようもない。我が国の素晴らしい義務教育制度のおかげで[8]、その下唇の不格好な形にもかかわらず、読み書きは身につけることができた。しかし使い走り小僧の仕事もうまくこなせない。言いつかった用事を忘れてしまうのだ。目に留まった野良猫や野良犬に気を取られ、所定の道筋からすぐに逸れて後を追っては、狭い路地を抜けて悪臭漂う袋小路へと入り込む。大道芸を見かけようものなら、ぽかんと口を開けたまま見とれてしまい、雇主に損害を与える。路上で馬が倒れるといった劇的な場面に遭遇すると、激しく身悶えする馬に哀れを誘われるのか、ときに野次馬のなかで耳をつんざくような金切り声をあげて、国民的見世物を取り囲んだ野次馬連中の静かな楽しみに水を差して顰蹙《ひんしゅく》を買ったりもする。そこで謹厳なる保護者然とした警官に連れていかれることになるのだが、この哀れなスティーヴィーがどうやら自分の住所さえ、少なくともしばらくの間、思い出せなくなるということも稀ではなかった。荒っぽい尋問を受けては、息も詰まるほど口ごもってしまう。困惑する出来事に不意打ちされると、ひどい藪睨《やぶにら》みになる癖もあった。とはいえ、発作を起こしたことは一度もなく（せめてもの幸いだった）、父親が苛立ちのあまり思わず感情を爆発させそうになると、子どものときの彼は姉のウィニーの短いスカートの後ろにいつだって逃げ込むことができた。その一方、向こう見ずの腕白ぶりをたっぷり隠し持っているのではと疑われていた節もないではない。十四歳になったとき、すでに亡くなっていた父親の友人で外国の保存ミルク会社の代理店をしていた人物が事務所の雑用係の職を世話してくれたのだが、霧の深い日の午後、上司の不在中に階段でせっせと花火を打ち上げているところを見つかってしまう。凄まじいロケット花火、荒れ狂う回転花火、轟音を発する爆竹に矢継ぎ早に点火し、あわや一大事。建物中がひどいパニックに襲われた。目を血走らせ息を詰まらせた事務員たちが煙の充満した廊下を先を争って逃げ惑った。初老の上級幹部たちと彼らの愛用するシルクハットがばらばらと階段を転がり落ちる姿をさらす。スティーヴィーはこの行為から何ら個人的な満足を得た風はなく、この独創性あふれる振舞いの動機を探り当てるのは難しかった。後になってようやくウィニーが告白を引き出したものの、それは何とも漠然として支離滅裂なもの。どうやらその建物で同じように働く他の雑用係の少年二人から、不当にこきつかわれているという話を聞かされて同情心が高ぶり、あげくにそのような狂気じみた行動に出た、ということらしかった。しかし父親の友人が事業を潰されかねなかったと彼を

8　初等教育の義務教育化は一八八〇年、小学校の授業料の無償化は一八九一年。

即刻馘《くび》にしたのは言うまでもない。その利他的な偉業をなしとげた後、スティーヴィーは半地下の台所で皿洗いを手伝い、ベルグレイヴィアの下宿屋を愛用する殿方たちの靴磨きに駆り出されることになった。明らかに未来のない仕事である。殿方たちはときどき一シリングのチップをくれ、ミスター・ヴァーロックはそのなかでも一番気前がよかった。しかしいろいろ考えあわせれば、当面稼げるものにしろ将来の見込みにしろ、どう見ても高が知れている。だからウィニーがミスター・ヴァーロックと婚約したとき、彼女の母親は溜息をつき、流し場を見やりながら、哀れなスティーヴィーはどうなるのだろうか、と心配せずにはいられなかった。

ミスター・ヴァーロックは妻の母親と一家の有形全財産というべき家具といっしょに、スティーヴィーも引き受ける用意があるらしかった。寛容で気立てのよいその胸に飛び込んでくるものは、何も拒まず抱き寄せるのだ。家具は使い勝手を考えて家のあちこちに配置されたが、ミセス・ヴァーロックの母親が動けるのは二階の奥の二部屋だけ。そのうちの一方が不幸なスティーヴィーの寝室になった。このころには薄いふわふわした毛が、彼の小さな下顎のくっきりとした輪郭を金色の霧のようにぼんやり包むようになっていた。彼は一途な愛から、ひたすら従順に姉の家事を手伝った。ミスター・ヴァーロックは何かしら時間のつぶれる作業をするのが義弟のためになると考えた。スティーヴィーは暇になるとコンパスと鉛筆を取り出して紙に円を描く。両肘を広げ、台所のテーブルに身を乗り出しては、その暇つぶしに一意専心。店の奥の居間の開いたドアの向こうから、姉のウィニーが母親らしい気配りを忘れず、ときどきそんな彼に目を向けるのだった。

第2章

そうした住居、家族、そして商売を後にして、朝十時半に外出したミスター・ヴァーロックは西に向かった。彼としては異常に早い外出だった。身体全体から朝露を思わせもする爽やかな魅力が発散している。青い布地のオーバーコートはボタンをはめずに羽織っただけ。ブーツは磨き上げられ、剃刀を当てたばかりの頬には一種の光沢がある。そして重たげな瞼の下の目さえも、一晩安眠したおかげで疲れが取れ、いつも以上に油断のない視線を周囲に走らせている。その視線は公園の柵を通してロトン・ロウ[1]を馬で行く男たち、女たちの姿を捉える。馬まかせの速歩《はやあし》で仲睦まじく進む男女もいれば、ゆったりと並足で進むものもいる。馬をぶらぶらとさせている数人のグループもちらほら。単騎で進む男たちは群れるのはごめんだと言わんばかり。そして単騎の女たちのはるか後方には、帽子に花形記章をつけ、身体にぴったりと合ったコートに革のベルトをした馬丁の姿が見える。馬車の往来もある。多くは二頭立て四輪箱馬車だが、そこかしこに獣の革で内張りをした四輪幌馬車も交じり、たたんだ幌の上から帽子を被った女の顔が覗いている。血走ったようなとしか言いようのないロンドン独特の太陽が見つめるおかげで、この情景すべてが美しく輝いている。その太陽は時間厳守の恵み深い見張り番といった風情で、ハイド・パーク・コーナー[2]の上空でほどほどの高さを保っていた。ミスター・ヴァーロックの足下の舗道すらもその散光で赤茶けた金色に染まっている。[3]その光のなかでは壁も木も獣も人も影一つ落とさない。ミスター・ヴァーロックは光沢を失った古い金粉に包まれたような影のない街を西へと歩いていく。家々の屋根、壁の角、馬車側面の鏡板、馬の肌そのものにも赤や銅色がきらめき、ミスター・ヴァーロックのオーバーコートの広い背中の上では、

1　ハイド・パーク（ロンドン中西部に位置する大きな公園）を東西に走る並木道で、上流階級の人々が馬で通る。つまり「公園」とはハイド・パークのことで、ソーホーの自宅を出たヴァーロックはメイフェアといった高級住宅地をすぎ、すでに富裕層の生活空間に足を踏み入れていることになる。

2　ハイド・パーク東南の角。

3　「（ロンドン／大都会）の通りは金で舗装されている」（金儲けの機会がころがっている、の意）といった慣用表現を踏まえているか。

そのきらめきが鈍い錆色になっていた。しかし本人は錆色になったことなどまったく気づかない。公園の柵を通して街の富裕と贅沢を満足げに眺める。この人たちはみな護らなければならない。保護されることによってはじめて富裕と贅沢が可能となるのだ。かれらは護らねばならない。かれらの馬も馬車も家も召使いも護らねばならない。かれらの富の源はロンドンの中心で、そしてイギリスの中心で護らねばならない。かれらが健康的な怠惰を満喫するのに都合のいい社会秩序は、不健康な暮らしを送る労働者たちの浅はかな羨望から護らねばならない。そうせねばならないのだ。ミスター・ヴァーロックはもみ手をしたいほどの満足を味わっていたが、生来、無駄な運動は嫌いだった。彼の怠惰は健康的なものではなかったが、その性分にはとてもしっくりくるものだった。彼には無活動の狂信、あるいはむしろ狂信的な無活動とでも呼ぶ方がいいかもしれないが、それを元に怠惰に身を捧げているところがあった。働き者の両親の子として骨折り仕事の道に生まれた彼は、男が多くの女のなかからとくに一人だけを偏愛してしまうという説明はつかないが差し迫ったあの衝動と同じくらい奥深い衝動から、怠惰を教義として奉じてしまっていた。その怠けぶりは何とも徹底したもので、単なる煽動家であれ労働者相手の演説家であれ労働運動の指導者であれ、とても彼の柄ではない。そんなことは億劫でかなわないのだ。彼の求めたのはできるだけ完璧に近い安逸だった。それとも彼は人間の努力の有効性に対する哲学的な不信の犠牲者だっただろうか。彼のような怠惰のあり方はある程度の知性を必要とし、前提とする。ミスター・ヴァーロックには十分知性があった。社会秩序が脅かされているのではと想像しただけで、自分に向けてウィンクしてもおかしくない。そうした懐疑の身振りをするには力が要るので、そうしないだけのこと。彼の大きく突き出た目はウィンクには向いていないのだった。むしろ眠っているときにおごそかに閉じられて威厳を醸し出すような目なのだ。

太った豚にも似て無表情で頑丈な体軀のミスター・ヴァーロックは、満足げに手をもむことも、自らの想像に懐疑のウィンクをすることもなく、歩を進める。磨き上げたブーツでゆったりと舗道を踏みしめ、その身なりは仕事が順調で羽振りのいい職人を思わせる。指物師から錠前屋まで、何にでも見えそうだった。小さいながらも自前で人を抱える雇主といった趣。しかし同時に彼は、どれほど仕事でいかさまを働いたとしても職人であれば染まるはずのない何とも形容しがたい雰囲気を纏ってもいた。人間の悪徳や愚行やさもしい恐怖を食い物にして生きている連中に共通する雰囲気とでも言うべきか。こんな倫理を無視した虚無主義の雰囲気を湛《たた》えているのは、生き地獄そっくりの賭博場やいかがわしい風俗店の経営者、私立探偵や興信所員、アルコール飲料売りといった手合いで、さらには強壮電気ベルトの販売員や特許医薬品の考案者[4]も同じ仲間だろうか。ただし、医薬品の考案者に関しては、深く調査したわけではないので確信はない。よくは知らないが、この最後にあげた連中はどこから見ても悪魔的と思える表情をしているような気がする。そうだとしても驚くには当たるまい。はっきり言っておきたいのは、ミスター・ヴァーロックの表情は決して悪魔的ではないということである。

ミスター・ヴァーロックはナイツブリッジ[5]の手前で左に折れ、揺れながら進む乗合馬車や速歩《はやあし》で進む荷馬車が騒々しく行きかう混雑した大通りから、ほとんど音もなく滑るように走る辻馬車の行きかう道に入った。少しだけあみだに被った帽子の下の髪は入念にブラシをかけられ、上品な艶が出ている。用向きの先はとある大使館[6]なのだ。そして今やミスター・ヴァーロックは岩のように――ただし柔らかい岩だが――揺るぎない足取りで、とても勝手には踏み込めそうもない通りを闊歩《かっぽ》していく。道幅といい、ひとけのなさといい、広がりといい、そこは無生物の、つまり死ぬことなどない無機質の威厳を漂わせている。人はいつか死ぬということを思い起こさせるものといえば、他のものを寄せつけぬ堂々たる佇まいで舗道の縁石脇に止まっている医者の使う四輪箱馬車だけ。立ち並ぶ家々の玄関のノッカーがどれも磨き上げられて、目の届くかぎり先の方までちらちらと光り、どれもきれいに拭かれた窓が一様に暗くくすんだ光沢を帯びて輝いている。一面の静寂。とはいえ、通りの先の方ではミルク運びの荷馬車ががらがらと音を立ててよぎり、肉屋の小僧が、古代オリンピアの競技会で気高くも向こうみずに二輪の戦車を乗りこなした馭者《ぎょしゃ》よろしく、赤い二輪の上に高々と陣取って勢いよく角を曲がっていった。うしろめたい顔つきをした猫が一匹、建物の石の下から姿を現し、しばらくミスター・ヴァーロックの前を走ったかと思うと、別の邸宅の地下へともぐりこむ。次にはずんぐりした身体つきの警官。彼もまた無生物界の一部ででもあるかのようにいかなる感情とも無縁の表情をして、街灯の陰から急

4　身体に軽い電気ショックや振動を与えて健康維持や性的不能の治療に役立つと考えられたインチキ器具の一種らしい。H・G・ウェルズの『キップス』（一九〇五）には電気ベルトの広告――実際に雑誌などに見られる――についての言及があり、特許医薬品への言及もインチキ薬をめぐる同じ作者の『トーノ・バンゲイ』（一九〇九）を予感させると言えるかもしれない。また「シャーロック・ホームズの冒険」の連載を始めた『ストランド・マガジン』第二巻（一八九二）に載った「電気療法ベルト」の広告には「まがいものに注意」の但書きが添えられている。

5　ハイド・パークの南に当たる。上流階級の人々の生活空間で、また大使館も多い。

6　どこの国の大使館か明示していないのは意図的なものだろう。次の注参照。

に現れ出たとしか思えなかったが、ミスター・ヴァーロックのことなど一顧だにしない。ここでミスター・ヴァーロックは再度左に曲がり、黄色い塀の続く狭い通りを進んだ。その塀には何やら窺い知れぬ理由によってチェシャム・スクエア[7]一番と黒い文字で書かれている。チェシャム・スクエアは少なくとも六十ヤードほど先だが、ミスター・ヴァーロックは世界各地の事情に通じていたので、ロンドンの地勢上の謎にたぶらかされなどしないで、驚きや憤りの色も見せずに着実に歩を進めた。そして淡々と歩調を緩めず進んだあげく、ついにチェシャム・スクエアに到着すると、その広場を斜めに横切って一〇番地を目指した。一〇番という表示は二つの屋敷の間に伸びる高くて清潔な塀の途中に設けられた堂々たる馬車用の門に記されている。両隣の二軒のうちの片方には当然ながら九番の表示があるが、もう片方はなぜか三七番と記されている。しかしこの住所は近隣ではよく知られた通りであるポートヒル・ストリートの三七番地であるという事実が一階の窓の上にはめ込まれた銘板にはっきり示されている。銘板を設置したのはロンドンのはぐれ家屋の住所を跡づけることを職務とするどこかのきわめて有能な当局であるが、そうした大邸宅の所番地を現に位置する場所に戻す権限がどうして議会に委ねられないのか（簡単な法令一つですむのだ）、それは都市行政にまつわる謎の一つである。ミスター・ヴァーロックはそんなことに頭を悩ませたりはしない。人生における彼の使命は社会機構を保護することであって、それを完璧なものにすることではなく、それを批判することですらないのだから。

まだ時刻が早かったので、大使館の門衛は制服の上着の左袖に何とか腕を通そうと格闘しながら、詰所から慌てて飛び出してきた。赤いチョッキに半ズボンを身につけてはいるが、すっかり周章狼狽の体《てい》。ミスター・ヴァーロックは誰かが横から突進してくる気配を察知すると、大使館の紋章入り封筒をさりげなく差し出してこれを追い払い、そのまま先に進む。玄関で待つ従僕にも同じまじない札を取り出して見せると、相手は扉を開け、一歩下がって彼をロビーへと通した。

あかあかと火の燃えている背の高い暖炉を背に、夜会服に身を包み、首には鎖を掛けた初老の男が立っていた。落ち着き払った厳しい顔をして、両手で広げていた新聞から一瞬目を上げる。男は動かなかったが、茶色のズボンをはき、細くて黄色い紐の縁取りのある燕尾服を着た別の従僕がミスター・ヴァーロックに近づき、小声で名前を告げられると、無言で踵《きびす》を返し、一度も振り返らずに歩きはじめた。こうしてミス

7　チェシャム・スクエアという地名は実在しない。以下に出てくるポートヒル・ストリートというのも架空の地名だと思われる。ただこの地域にチェシャム・プレイスがあり、当時そこにロシア大使館があった（他の国の大使館はなかった）。

ター・ヴァーロックが導かれるまま大階段の左手から続く一階の廊下を進んでいくと、こちらへと不意に身振りで指示されたのはずいぶんと狭い部屋で、そこにはどっしりとした書き物テーブルと椅子が数脚備えられている。従僕がドアを閉め、ミスター・ヴァーロックは一人になった。彼は立ったまま片手に帽子とステッキを持ち、周囲を見渡しながら、もう一方のぽっちゃりした手で露わになった艶のある髪をなでつけた。

別のドアが音もなく開いた。ミスター・ヴァーロックはそちらを凝視したが、はじめ目に入ったのは黒い服と禿げた頭頂と顔の両側に垂れ下がるほどの黒灰色の頰髯《ほおひげ》と皺だらけの左右の手だけ。入ってきたその人物は抱え持った書類の束に目を落としながら、いささか気取った足取りでテーブルに歩み寄ったが、その間ずっとその書類をめくっていた。大使館一等書記官であるヴルムト枢密顧問官はかなりの近視である。多くの功績を上げたこの能吏は書類をテーブルに置くと、さえない表情をした顔を上げた。陰気な醜い顔は細くて長い黒灰色の毛にすっかり囲まれるほど毛深く、顔面を横に走る濃いもじゃもじゃの眉毛は太い閂《かんぬき》さながら。黒縁の鼻眼鏡をずんぐりとした不格好な鼻に載せると、ようやくミスター・ヴァーロックの姿に驚いたようだった。桁外れに大きな眉毛の下の目が、眼鏡の奥で何とも哀れに瞬いた。

彼は挨拶をする素振りも見せなかった。それは自分の立場をはっきり心得ているミスター・ヴァーロックも同じことだったが、肩と背中にかけての輪郭線に現れたかすかな変化が、巨大なオーバーコートに包まれたミスター・ヴァーロックの背骨がわずかに曲がったことを物語っていた。控え目な表敬の意思表示だった。

「ここにあなたの報告書の一部を持ってきてありますが」とこの役人は思いがけず柔らかい物憂げな声で言い、人差し指の先を書類に強く押しつけた。彼はしばし言葉を切り、ミスター・ヴァーロックもその書類が自分の手になるものであることはすでに分かっていたので、ほとんど息を殺して口を閉じたまま待った。「当地の警察の姿勢はどうにも感心しかねますね」と心底疲れきったという様子を見せて相手は続けた。

ミスター・ヴァーロックの両肩が、実際には動かなかったのだが、すくめられたような気配があった。そしてその朝、家を出てからはじめて彼の唇が開かれた。

「どの国にもそこに似合いの警察というものがあります」彼は哲学めいた言い方をした。しかし相手の大使館員が驚いたように瞬きを続けるので、止むを得ずこう付け加えた。「こう申しては何ですが、こちらの警察に対してわたしとしては何とも手の打ちようがないのです」

「望ましいのは」とその書類男は言う、「連中の警戒心を刺激するような何か決定的な事件が起きること。つまりあなたの担当区域でね。そうじゃないですか？」

ミスター・ヴァーロックは何も答えずに溜息を漏らした。それは思わず知らず漏れたものだった。というのは、彼はすぐに陽気な表情を浮かべようとしたからである。相手の役人は部屋の薄明かりが目に悪いとでもいうように、疑わしげに瞬きした。彼は曖昧に同じことを繰り返した。

「警察による不断の警戒、それから治安判事の厳格さですよ、重要なのは。ここでの裁判の結果は総じて甘すぎるし、犯罪を抑制する手段は皆無ときている。これはヨーロッパの名折れです。いま望まれるのは不安を、渦巻く動揺をさらにエスカレートさせること。不安や動揺は疑う余地なく存在しているのですから――」

「まさに疑う余地なく」とミスター・ヴァーロックは演説家を思わせる敬意のこもった深い低音で口を挟んだ。相手が面食らうほどそれまでとはすっかり違う口調だった。

「それは存在している。すでに危険な状態です。この十二か月にわたるわたしの報告で、それは十分に明らかでしょう」

「あなたの過去十二か月の報告はですね」顧問官ヴルムトはいつもの穏やかな私情を交えない口調で口を切った、「読ませていただきましたよ。そもそもどうしてあんなものをお書きになったのか理解に苦しみますね」

気まずい沈黙がしばし続いた。ミスター・ヴァーロックは舌を飲み込んでしまったようであり、相手はテーブルの上の書類を見つめたまま。そのうちとうとう彼はミスター・ヴァーロックの方に書類を軽く押しやった。

「そこであなたが報告している状況はもともと存在すると看做されているもの。何よりそんな状況だからこそあなたはこの職務についたのでしょう。目下必要なことは報告書の作成ではなく、ある明確で無視できない事実、世間を不安にさせる事実とでも言いますかね、それを明るみに出すことなんですよ」

「わたしが全身全霊を傾けてその目的遂行に邁進《まいしん》する覚悟であることは申すまでもないでしょう」ミスター・ヴァーロックはかすれ声の打ち解けた口調のなかに委細承知といった響きを加えて言った。しかしテーブルの向こうでむやみにぴかぴか光る眼鏡の奥から、瞬きしながら油断なく見つめられているのを意識すると、どぎまぎせずにはいられない。口はつぐんで、一意専心、事に当たりますという身振りをした。するとと出しゃばることなどないとはいえ有能で勤勉なその大使館員は、何やら新しい考えを思いついたといった様子を見せた。

「あなたはずいぶんと恰幅《かっぷく》がいい」と彼は言った。

この発言は実のところ心理的な含みのあるもので、そこには活動的な生活の必需品よりも紙とインクに慣れ親しんだ事務屋特有の慎ましいためらいがあったが、ぶしつけに個人的なことをあげつらった言葉としてミスター・ヴァーロックの胸を刺した。彼は一歩身を引いた。

「はぁ？　何がおっしゃりたいのでしょう？」彼は憤然としてかすれた声で叫んだ。大使館一等書記官はこの会見の一切を任されていたのだが、どうやら自分の手には余ると思っているようだった。

「わたしの見るところ」と彼は言った。「あなたはミスター・ヴラディミル[8]に会うべきですね。いや、ぜひともそうしなくてはいけない。この場でお待ちいただきたい」そう付け加えると、彼は気取った足取りで部屋を出ていった。

ミスター・ヴァーロックはすぐに頭に手櫛を当てた。額にかすかながら汗がにじみ出ている。唇をすぼめ、スプーンですくった熱いスープを吹く人のようにふうっと息を吐き出す。しかし茶色の制服を着た召使いがドアのところに音もなく現れたとき、ミスター・ヴァーロックは会見の間じゅう立っていた場所から少しも動いてはいなかった。まるで周りは落とし穴だらけだと思っているみたいに、その場にずっと留まっていたのだった。

彼はたった一つのガス灯に照らされた廊下を通り、それから螺旋階段を上ると、ガラス窓もあって明るい二階の廊下を進んだ。従僕がドアをさっと開け、傍らに退く。

ミスター・ヴァーロックの足がカーペットの厚みを感ずる。大きな部屋で、窓が三つ。髭を剃った大きな顔の若い男が巨大なマホガニーの書き物テーブルを前にゆったりとした肘掛椅子に腰を下ろしている。彼は書類を手に出ていこうとする一等書記官にフランス語[9]で声を掛けた。

「君の言うとおりですね。彼は太っている。動物そのものだ」

参事官のミスター・ヴラディミルは上流社会の女性たちの間で人当たりのいい楽しい人物として通っていた。社交界の寵児と言ってもいい。彼のウィットは似ても似つかない観念と観念の間に滑稽なつながりを見つけるところにあって、そんなウィットを発揮して話すときには、椅子に座ったまま身体を乗り出し、親指と人差し指とで面白い技を実演してみせるとでもいうように左手を上げ、きれいに髭を剃った丸顔には楽しげな困惑の表情を浮かべるのである。

しかしミスター・ヴァーロックを見る彼の表情に楽しさや困惑の気配は微塵もない。

---

8 コンラッドによればヴラディミルのモデルはロシアの諜報機関の長であったセリヴェルストフで、彼は一八九〇年十一月、暴力革命を志向するニヒリスト対策作戦を展開するために訪れていたパリで、ポーランドのニヒリスト、パドレフスキによって射殺された。

9 十八世紀以来、フランス語は上品な言語としてロシア上流社会で用いられた。

ことさらに両肘を張ってふかふかの肘掛椅子にふんぞり返るように腰を下ろし、片方の脚をもう片方の太い膝の上に乗せている。すべすべしたバラ色の顔をしていて、相手の馬鹿なまねを絶対に許さない異常に発育のいい赤ん坊といった趣がある。

「フランス語は分かるんだろうね？」彼は言った。

ミスター・ヴァーロックはかすれ声で、分かります、と答えた。巨体全体が前屈みになっていた。彼はカーペットの敷かれた部屋の真ん中で立ったまま、片手で帽子とステッキを摑み、もう一方の手は体側にだらりと垂らしている。喉の奥の方から発せられたような声で、フランス砲兵隊で軍務に就いていたといったことを遠慮がちに呟いた。するとミスター・ヴラディミルは人を侮辱するひねくれ根性を発揮し、たちどころに言葉遣いを変えて、少しも外国人訛を感じさせない口語的な英語で話し始めた。

「ああ、そりゃそうだな。はて、敵の新型野戦砲の改良版尾栓の設計図を盗んでどれくらいの罰をくらったのだったかな？」

「厳重な監禁状態のまま要塞に五年間」ミスター・ヴァーロックはいきなり答えたが、そこに感情のゆらめきは少しも見られない。

「軽い刑で済んだわけだ」というのがミスター・ヴラディミルの評だった。「まあいずれにしろ、捕まったのは当然の報いというもの。どうしてそんなスパイ行為に手を染めることに？」

　ミスター・ヴァーロックの打ち解けたかすれ声が語ったのは青春時代のこと。うつつを抜かした相手というのがどうしようもない――

「ははあ、事件の陰に女ありか」ミスター・ヴラディミルはありがたくも屈託のない口調で言葉をはさんでくれたが、愛想のよさは微塵もない。それどころかその恩着せがましい態度には冷酷さが漂っていた。「この大使館に雇われてどれくらいになる？」と彼は尋ねた。

「亡くなったシュトット＝ヴァルテンハイム男爵のとき以来になります」ミスター・ヴァーロックは沈んだ声で答え、悲しげに唇を突き出して、故人となった外交官への哀悼の意を表した。参事官はこの表情の変化をじっと観察した。

「なるほど、そのとき以来だと……。いいでしょう、それで君の言い分は？」彼は急に尋ねた。

　ミスター・ヴァーロックはいささか驚いて、かくべつ申し上げることがあるとは思えないと答えた。手紙で呼ばれただけで――。そしてオーバーコートの脇ポケットに手を突っ込んでせわしなくまさぐったが、ミスター・ヴラディミルが嘲笑と冷笑の混じった目で見つめているので、手紙はそのまま取り出さないことにした。

「ふん！」参事官が口を開く。「こうもまともに仕事ができなくなるとは、どういうつもりかね？　自分の仕事に必要な体形すら維持していない。飢えたプロレタリアートの一員である君が——冗談じゃない！　君は命知らずの社会主義者のはず。それともアナキストで？　どちらかな？」

「アナキストです」ミスター・ヴァーロックは感情を抑えた声で言った。

「戯言《ざれごと》を！」ミスター・ヴラディミルは声を張り上げることもなく言葉を続ける。「君にはヴルムトのおやじさえ驚かされた。どんな間抜けだって騙されようがない。まあ連中はみんな間抜けだが、それはともかく、わたしには君がとんでもないろくでなしとしか思えない。つまり、フランス製野戦砲の設計図を盗む仕事がわれわれとの関係の始まりだったわけだが、それで捕まったのだから。わが国の政府にとって実に面白くない事態だったに違いない。あまり頭が切れる人間には見えないのだがね」

ミスター・ヴァーロックはしゃがれた声で申し開きに努めた。

「さきほどお話しさせてもらいましたが、うつつを抜かした相手がどうしようもない——」

ミスター・ヴラディミルは肉付きのいい白くて大きな手を上げた。

「ああ、そうだった。不運な執着だったというわけだ——若き日の。お相手は金を握った上で、君を警察に売った、そういうことだな？」

ミスター・ヴァーロックの顔に悲しげな表情が浮かび、身体全体が一瞬しおれたようになって、それが悔やまれる真相だったことを物語っていた。ミスター・ヴラディミルの左手が膝に乗せていた足首を摑んだ。足首を覆っているのはダークブルーの絹の靴下である。

「賢明な振舞いだったとは言えんだろう。女の誘いに敏感すぎるのではないか」

ミスター・ヴァーロックは喉にからまったようなはっきりしない呟き声で、自分はもう若くないと仄めかした。

「いやいや！　あれは歳を取ったからといって治る欠点ではないから」ミスター・ヴラディミルの口調には悪意のこもった馴れ馴れしさがあった。「いや、違うな。そう言うには太りすぎだ。女の誘いに少しでも敏感だったら、こんな体形になったはずがない。いいかね、そこがわたしの問題視するところ、つまり、君が怠惰な人間だということだ。大使館から給料をもらって何年になる？」

「十一年です」というのが一瞬、不機嫌な逡巡があった後で発せられた返答だった。「シュトット＝ヴァルテンハイム男爵閣下がまだパリ駐在大使でいらっしゃったころ、任務で何度かロンドンに参りました。それから閣下のご指示により、ロンドンに落ち着きました。イギリス人になったのです」

「まさか、君が？　本当に？」

「生粋の英国臣民です」ミスター・ヴァーロックは感情のこもらない声で言った。

「もっとも父はフランス人ですから、それで――」

「説明はご無用」と相手が口をはさんだ。「つまり、フランス軍の元帥にもイギリスの議員にも合法的になれましたというわけだ。実際、そうなっていたら、わが大使館にとって多少とも役に立っていただろうが」

この突拍子もない空想話でミスター・ヴァーロックの顔にかすかな微笑らしきものが浮かんだ。ミスター・ヴラディミルの方は冷静な厳粛さを少しも崩さない。

「ところが君は、さきほど申し上げたとおり、怠惰な人間ときている。絶好の機会もみすみす見逃す。シュトット＝ヴァルテンハイム男爵の時代には頭のやわな連中がこの大使館を動かしていた。そのおかげで君のような輩が秘密諜報機関の資金について考え違いをすることになってしまった。その誤解を正すことがわたしの責務でね。そのために諜報機関が何でないかを教えよう。慈善事業ではないということ。それを教えようとここに来てもらった次第」

ミスター・ヴラディミルはヴァーロックの顔に取ってつけたような困惑の表情が現

れたのを看て取り、皮肉な笑みを浮かべた。

「言ったことはすっかり理解してもらえたようだな。いまの仕事に見合うくらいの知性は持っているだろうし。いまわれわれが必要としているのは行動――行動なんだ」最後の言葉をこう繰り返しながら、ミスター・ヴラディミルは長くて白い人差し指を机の端に載せた。ヴァーロックの声のかすれがすっかり消え、その猪首がオーバーコートのビロードの襟の上で深紅に染まった。わなわなと震えていた唇が大きく開かれる。

「お手数でもわたしの報告書を調べて頂ければ」彼は演説家を思わせるよく通る声を張り上げた、「お分かりになると思いますが、ほんの三か月前、ロムアルド大公のパリ訪問に際してわたしは警告を発したのです。ここからフランス警察に電報を打ち――」

ミスター・ヴラディミルは思わず舌打ちをして、顔をしかめた。「フランス警察は君の警告など歯牙にもかけなかった。そんな風に喚《わめ》くのは止めなさい。いったい何のつもりかね」

ミスター・ヴァーロックはプライドを保った謙虚な口調で、思わず我を忘れてしまったことを詫びた。野外の集会や大ホールでの労働者の会合で長年鳴らしたこの声のおかげで、立派な信頼できる同志であるという評判をかち得てきたものですから、と彼は言った。それゆえ、声は彼の取柄の一部であって、彼の主張を信用させたのもその声だというわけだった。「重大な局面になると、指導者たちはきまってわたしに演説をさせました」とミスター・ヴァーロックはさも満足気に言い放った。どれほど騒々しくとも、自分の声は相手に届きます、と彼は付け加え、だしぬけにそれを実演してみせる。

「失礼」と彼は言った。軽く頭を下げると目を上げぬまま、どっしりとした身体ですばやく部屋を横切り、フランス窓へと近づくと、まるで抑えがたい衝動に駆られたみたいに、その窓を少しだけ開けた。ミスター・ヴラディミルは深々と腰を沈めていた肘掛椅子から驚いて跳びあがり、肩越しに振り返る。眼下の大使館中庭の先にある開いた門のずっと向こうに一人の警官の広い背中が見えた。どこかの金持ちの赤ん坊を乗せた豪華な乳母車がチェシャム・スクエアの広場を威風堂々と通っていくのを所在なげに眺めている。

「巡査！」とミスター・ヴァーロックは言った。耳打ちしているのも同然の無理のない発声だった。警官が先の尖った道具で突《つつ》かれたみたいにさっと振り返ったのを見て、ミスター・ヴラディミルは思わず吹き出した。ミスター・ヴァーロックは静かに窓を閉め、部屋の中央に戻った。

「こうした声が」と彼は会話をするときのかすれ声に音調を落として言った、「生まれつき備わっておりまして。それに何を言うべきかも心得ておりましたし」

ミスター・ヴラディミルはネクタイを直しながら、マントルピースの上の壁に掛かった鏡に映るヴァーロックを観察した。

「社会革命家特有の言い回しをそこそこ暗記したということか」彼は軽蔑するように言った。「ウォックス・エト……[10]まさかラテン語を学んだなんてことは——それとも？」

「ありませんよ」ミスター・ヴァーロックは恨みがましく言った。「ラテン語能力など求められはしませんでしたから。わたしは大衆の一員。誰がラテン語を知っているというんです？　自分の頭の蝿も追えない一握りの馬鹿者くらいなものでしょう」

ミスター・ヴラディミルはおよそ三十秒あまり、背後にいる男の鏡に映った肉づきのいい横顔と無様に太った体軀をじっくり眺めた。そして同時に、その鏡で自分自身の顔を見ることもできた。髭のきれいに剃られた丸顔で、顎の下あたりはほんのり赤味を帯び、薄くて繊細な唇は、彼をまたとない上流社交界の寵児に押し上げたきわどい警句を吐くのにうってつけの形をしている。それから彼は身を反転させ、部屋の中

10　「声だけで（他には何もない）」というラテン語の決まり文句の前半部分。

央に歩を進めた。足取りは決然としており、古風な趣のある蝶ネクタイの両端までもが逆立って、言葉にできない恐ろしい威嚇になっているようだった。彼の動きは実にすばやく荒々しいもので、ミスター・ヴァーロックは横目で一瞥しただけで、内心おののいた。

「ほう！ よくそこまで言えるもんだ」ミスター・ヴラディミルは口を開いた。ひどく喉音《こうおん》の強い抑揚で、英語らしさが微塵もないのはもちろん、どのヨーロッパ語ともまったく似ておらず、世界中の人間の集まる貧民窟を知っているミスター・ヴァーロックですら驚くほどだった。「あきれるね！ それじゃあ、単純明快な英語で話そう。声は役に立たない。あんたの声などどうでもいい。われわれが必要なのは事実——耳目を引く事実なんだよ、くそったれが」最後の言葉は凶暴な思慮深さとでもいったものにくるまれて、ミスター・ヴァーロックの顔面に叩きつけられた。

「そんなヒュペルボレイオス人[11]特有の態度で責めようとするのは止めてください」ミスター・ヴァーロックはカーペットに目を落としたまま、かすれ声で抗弁した。それを聞いた相手は、逆立った蝶ネクタイの上の顔に嘲るような微笑みを浮かべ、フランス語に切り替えて話を進める。

「君の生涯の職務はアジャン・プロヴォカトゥール[12]だ。アジャン・プロヴォカトゥールは煽動するのが本分。ここにある君の報告書から判断するかぎり、この三年間、給料をもらえるだけの仕事を何一つしていない」

「何一つですって！」ヴァーロックは叫んだ。微動だにせず、目も上げず、ただその口調には真情のこもった響きがあった。「事件を未然に防いだことが何度も……」

「この国には予防は治療にまさるという格言がある」ミスター・ヴラディミルは相手をさえぎって口をはさみ、肘掛椅子にどさっと腰を下ろす。「一般論として言えば愚かな考えだ。予防しようとしたらきりがないのだから。いかにもこの国らしいと言うべきか。ここでははっきり決着をつけるということを好まないのだな。あまりイギリ

11　ギリシャ神話で極北の常春浄土の住人。幸福で素朴な生活を営むとされ、文脈上、厳密には意味が通らない。ラテン語を知らないことを馬鹿にされたヴァーロックは、古典の素養がないにもかかわらず、なけなしの知識を動員して、思わず口走ったのかもしれず、それがヴラディミルの嘲笑を誘うことになるのだろう。ヴァーロックは単に「極北の人間、北方人」を意味したはずで、ロシア人を暗示すると読むのが普通か。後に第9章で、ヴァーロックはヴラディミルを罵る形容辞としてこの語を再び使っている。

12　警察や政府、党に雇われて敵対陣営に潜り込み、介入の契機を作るために暴力・不法行為を煽動する囮、秘密工作員を意味するフランス語。

ス的になってもらっては困るぞ。そしてとくに今回の場合、馬鹿げたことを考えてはいけない。悪はすでにここに存在している。予防は必要ない——必要なのは治療だ」

彼はいったん口をつぐみ、机に目を遣ると、そこにあった書類をめくりながら、ミスター・ヴァーロックの方を見もせずに、それまでとは違う事務的な口調で言った。

「ミラノで開かれた国際会議[13]のことはもちろん知っているな？」

ミスター・ヴァーロックはかすれ声で複数の日刊紙に目を通すのが習慣である旨を伝えた。さらに続いた質問に対する彼の答は、当然読んだ記事は理解しているというものだった。それを聞いたミスター・ヴラディミルは、相変わらず頁をめくっている書類に向かってかすかに微笑みながら、「ラテン語で書かれていないかぎりは、ということだな」と呟《つぶや》いた。

「あるいは中国語で」とミスター・ヴァーロックは無表情に合いの手を入れた。

「ふむ。君の革命的同志の熱情あふれる御託宣のなかには、どこをとっても中国語みたいに珍紛漢紛で理解不能なものがあるな——」ミスター・ヴラディミルは何かが印刷された灰色の用紙を馬鹿にしたように手から放した。「ここに並んだちらしは何だ？　F・Pというイニシャルの見出しにハンマーとペンと松明《たいまつ》の十字模様が添えられているが。このF・Pというのは何の意味だ？」ミスター・ヴァーロックは堂々たる書き物机に歩み寄った。

「無産階級の未来、つまり〈フューチャー・オヴ・プロレタリアート〉の略称でF・P、協会名です」と彼は肘掛椅子のわきにぎこちなく立ったまま説明する。「アナキズムを原理原則とせず、濃淡取り混ぜたあらゆる革命思想を受け入れています」

「その一員なわけか？」

「副会長の一人です」ミスター・ヴァーロックは重々しい声で言った。大使館参事官は頭を上げて彼を見る。

「それなら恥を知れということだな」彼は痛烈に言い放った。「君の協会はこんな汚らしい紙にぼやけた活字で予言めいた世迷い言を印刷するしか能がないのか――どうなんだ？　なぜまともなことをしない？　いいかね、この件はわたしの管轄だ。だからはっきり言っておく、金を得るには働かなくてはならない。古き良きシュトット＝ヴァルテンハイム時代は終わった。働かざるものに報酬なしだ」

ミスター・ヴァーロックは太い両脚から力が抜ける奇妙な感覚を味わった。一歩下

13　この会議は架空のものだが、一八九八年にローマでアナキストの破壊活動を抑止するためのヨーロッパ諸国の会議が開かれたという。そこではイギリスが反対して強硬な抑止策は採択されなかった。

がると、派手な音を立てて鼻をかむ。

実際、彼は肝をつぶすほど驚いていた。ロンドン特有の赤錆色をした陽光がロンドン特有の霧を何とかかいくぐり、参事官の私室に気のない輝きを注いでいる。その静けさのなかでミスター・ヴァーロックの耳に窓ガラスに当たるかすかな蝿の音が聞こえた。この年はじめての蝿。それはどんな燕よりも早く春の到来を予告しているのだった。そのちっぽけで精力的な生物のいたずらに激しい動きは、怠惰は許さんと脅されているこの大男に不快の念をもたらした。

会話の途切れた間、ミスター・ヴラディミルは心のなかで、ミスター・ヴァーロックの容貌や立ち姿についての悪口をあれこれと考えていた。この男は案に相違して野卑で、のろまで、しかも厚かましいまでに愚鈍ときている。請求書を持って現れた配管工の親方と言った方がいい。大使館の参事官は時折アメリカ式ユーモアの世界に遊んでいたので、その手の修理工は顧客を誑《たぶら》かす怠惰と無能力の見本であるという独特の考えを抱いていたのだった。[14]

そんな風体のこいつがあの有名な信頼できるシークレット・エージェントだというのか！　一切を秘密のヴェールに包み、故シュトット＝ヴァルテンハイム男爵の公式、非公式、機密文書の区別なく、どれにもすべてギリシャ文字のΔ《デルタ》としか記されない男。

その警告は国王や皇帝や大公の旅行の行先や日程を変え、ときには旅行計画全体を延期させるほどの影響力があったあの名高いエージェントΔ。この男が！ ミスター・ヴラディミルは心中、愚弄する喜びを存分に味わった。愚弄は一面で、自らうぶだと思える我が身の感じた驚きにも向けられたが、その主たる対象は皆に哀惜されている故シュトット゠ヴァルテンハイム男爵だった。あの男爵閣下は皇帝の高貴なるおぼえめでたく、歴代の外務大臣の反対にもかかわらず大使に任命されたものの、生前は賢いペシミストを気取っただけの騙されやすい男という評判をほしいままにしていたではないか。男爵の頭には社会革命の心配がずっとこびりついていたのだ。自分は有能な外交官であり、民主政が恐ろしいまでに激しく盛り上がる世界のなかで、外交の終焉を、さらには世界の終焉までをも見届けるべく、格別の天の配剤によって選ばれた人間であると思いなしていた。憂いの滲む予言めいた彼の急送文書は長年、外務省の物笑いの種だった。死の床で（友人でもあった皇帝がお見舞いにいらっしゃったと

14 トウェイン『マーク・トウェインのユーモア図書館』（一八八八）所収のエッセイ「配管工」へのチャールズ・ダドリー・ウォーナーによる言及であるとされる。それによれば、時間給で仕事を請け負う典型的なアメリカの配管工は、故意に仕事をサボり、「厚かましいまでに愚鈍」であるという。

き）、「不幸なヨーロッパよ！　汝は汝の子らの背徳症[15]によって死滅するであろう！」と叫んだらしい。最初に現れたこのいかさま野郎の餌食になるのがあの爺さんの定めだったのだな、とミスター・ヴラディミルは考えながら、何とも言えない微笑を浮かべてミスター・ヴァーロックを見遣った。

「シュトット＝ヴァルテンハイム男爵の冥福を祈らねば罰が当たるぞ」彼は不意に叫んだ。

目を伏せていたミスター・ヴァーロックの顔に陰気で倦《う》んだような苛立ちの表情が浮かんだ。

「言わせていただきますが」と彼は言った。「わたしは無条件召喚の通知をもらったから来たんです。この十一年でこちらに出頭したのはわずかに二回。もちろん朝の十一時なんてことはありませんでした。こんな風にわたしを呼び出すのはあまり得策ではありません。姿を見られたらどうするんですか。わたしには冗談じゃ済みませんから」

ミスター・ヴラディミルは肩をすくめるだけ。

「そんなことになったらわたしは何の仕事もできなくなる」相手はむきになって続けた。

「それは君の問題だな」とミスター・ヴラディミルは残酷な言葉を穏やかに呟いた。

「仕事ができなくなれば解雇するだけのことだ。そう、すぐにね。待ったなしで。君は――」ミスター・ヴラディミルは顔をしかめて、言葉を切った。くだけたうまい言い回しが思いつかなかったからだが、すぐに顔を輝かせ、にやりときれいな白い歯を見せた。「君はポイ捨てってわけだ」と無情に言い放った。

ミスター・ヴァーロックはまたしても意志の力を振り絞って、両脚から力が抜け出ていく感覚を抑えつけねばならなかった。むかし「心臓が靴に入って足はガタガタ」というたくみな表現をどこかのろくでなしに思いつかせたその感覚を意識しながら、ミスター・ヴァーロックは昂然と顔を上げた。

ミスター・ヴラディミルは相手のもの問いたげな憂いに沈んだ眼差しを少しの動揺も見せずに受け止める。

15 イギリスの医師、民族学者であるジェイムズ・カウルズ・プリチャードが著書『狂気論』(一八三五)で提唱した「道徳意識に関わる狂気」という病気で、十九世紀後半の欧米で精神障害の一つとして広く認定されていた。『ジェイン・エア』(一八四七)の「狂女」バーサ・メイソンやM・E・ブラドン『レイディ・オードリーの秘密』(一八六二)のヒロインの人物像について、この病がしばしば指摘される。ただしこの病気の特性や原因については、十九世紀後半から様々な議論があり、とくに世紀末から二十世紀にかけて、「退化論」と結びつけて考えられたらしい。

「われわれにとって必要なのはミラノの会議に強壮剤を投与すること」彼は快活に言った。「政治犯罪抑止のための国際共同行動を討議したものの、何の成果も上がっていないように見える。イギリスがぐずぐずしているからな。この国ときたら個人の自由が大事といった甘ったるい感傷を馬鹿みたいに引きずっている。考えただけでも耐えがたいね、君の仲間全員が変節して――」

「その点でしたら、わたしがきちんと目を光らせています」とミスター・ヴァーロックがかすれ声で言葉をはさんだ。

「全員を監禁していたほうがましというものじゃないかな。イギリスにも足並みをそろえてもらわねばならない。この国の愚鈍なブルジョアどもときたら、自分たちを家から追い出して野垂れ死にさせようと狙っている連中に協力するという体たらく。その気になりさえすれば、自分たちの立場を維持するだけの政治力はまだ十分持っているというのにだ。中産階級が馬鹿だという点ではわたしに同感だろう?」

ミスター・ヴァーロックはかすれ声で同意した。

「その通りですね」

「想像力がないのだ。馬鹿馬鹿しい虚栄心で目が見えなくなっている。連中にいま必要なのはとことん恐怖を味わうこと。いまこそ君の仲間に仕事をさせる絶好の機会じゃないか。わたしの考えを説明するために来てもらったのだ」

そしてミスター・ヴラディミルはおのれの考えを、高みから軽蔑と恩着せがましさの入り混じった態度で説明したが、それは同時に、革命運動の真の目的や思想や方法について彼がいかに無知かを露呈していて、黙って聞いていたミスター・ヴァーロックは心の内で驚愕を禁じ得なかった。この人物は原因と結果とを、政治思想の卓越した唱道者と衝動的な爆弾魔とを許しがたいまでに混同している。事の性質上、存在しえない場所に組織が存在していると勝手に思い込み、社会革命グループのことを、上官の命令が絶対である訓練の行き届いた軍隊のように話したかと思うと、その次には、いつも山間《やまあい》の渓谷で野営している命知らずの山賊たちのおよそまとまりのない寄せ集めみたいに語る始末。ミスター・ヴァーロックは一度抗弁しようと口を開いたが、形のよい大きな白い手があがってそれを封じた。すぐに彼は怖くなって、抗議をする気持ちも失せてしまい、身を竦《すく》めて相手の言葉を黙ってじっと聞くしかなかった。それは直立不動で謹聴する姿に似ていた。

「残虐な一連の不法行為が」ミスター・ヴラディミルは静かに言葉を続けた、「この国で実行に移される。[16]ただこの地で計画されるだけではだめだ――そんなものは意味がない――誰も気に留めないだろう。君の仲間が大陸の半分に火を点けたところで、ここの世論を万国共通の抑制法制定へとなびかせることはできまい。ここの国民は自分の家の裏庭の外を見る気などさらさらないのだから」

ミスター・ヴァーロックは咳払いをしたが、気持ちが萎えてしまって何も言わなかった。

「残虐な行為と言っても、格別流血沙汰を起こす必要はない」ミスター・ヴラディミルはまるで科学の講義をしているような調子で続ける。「しかし世間を驚かせるに足るもの——効果的なものでなくてはならない。例えば建物に向けたらどうだ。現代の呪物崇拝とも言うべき妄信の対象であるとブルジョア連中が誰しも認めるものは何だと思う、ミスター・ヴァーロック?」

ミスター・ヴァーロックは両手を広げ、少し肩をすくめた。

「怠惰のあまり思考停止か」というのがこの身振りに対するミスター・ヴラディミルの評言だった。「わたしの言うことをよく聞くがいい。現代の妄信の対象は王権でも宗教でもない。したがって宮殿や教会は考慮の埒外になる。言っている意味が分かるだろう、ミスター・ヴァーロック?」

ミスター・ヴァーロックは激しい動揺と軽蔑を感じ、思わず軽口にその捌け口を求めた。

「よく分かります。でも大使館ならどうです？　各国の大使館を続けざまに襲うんです」と彼は口を切ったが、参事官の冷徹で隙のない視線を前にその先は続けられなかった。

「なるほど、冗談も言えるわけか」と参事官は無造作に言った。「それは結構。社会主義者連中の会合で、君の演説の景気づけにもなろうというものだ。しかしこの部屋はそんな場所ではない。わたしの言うことをしっかり聞いた方がはるかに身のためになるだろう。君が呼び出されたのは眉唾物の与太話ではなく事実を提供するためなのだから、わたしがわざわざ説明してあげていることを無駄にしないように心すべきだな。今日の神聖侵すべからざる崇拝物といえば科学より外にない。仲間の誰かに科学を名乗る無表情の顔をしたお偉いさんを攻撃させてみたらどうだ？　そいつはF・Pが到来する前に一掃すべき組織の一部じゃないのか？」

ミスター・ヴァーロックは何も言わなかった。呻《うめ》き声が漏れるのではと心配で、口

16　一八八〇年代のイギリスではダイナマイトを用いた爆弾テロが続発した。ロンドンだけでも官庁やターミナル駅、新聞社や観光名所などを対象に、未遂も含めて多くのテロが仕掛けられた。ただしその犯行はアナキストではなく、アイルランドの独立を目指したフィニアン同盟に帰せられることが多かった。

を開く気になれなかったのだ。

「それこそがやってみるべきことだ。国王や大統領を襲うのはそれなりにセンセーショナルだが、以前ほどではない。国家元首という存在にはそうしたことがつきものだと誰もが思うようになっている。[17]ほとんどありきたりのことだと——とくに大統領がずいぶんと暗殺されているからね。さて、それなら攻撃の対象を例えば教会に向けてみたらどうか。当初は十分に恐ろしい事件に見えるだろうが、平凡な頭の持主が考えるほど効果的ではない。最初のうちこそ革命家やアナキストの仕業だと見えたとしても、そうした不法行為は宗教的示威行動だと考えて納得する馬鹿どもがたくさん出てくる。そうなると、われわれがそこに込めようとした特別の意味が薄れてしまう。レストランや劇場に殺人爆弾を仕掛けても同様に非政治的衝動によるものだと思われるのがおちだ——飢えた男が腹立ちまぎれにやったとか、社会に対する復讐行為だとか。こうしたことはすべてやりつくされている。革命的アナキズムの教訓となる具体例としてはもはや使いものにならない。新聞各紙が例外なく陳腐な言葉を使って、そうした示威行為は大した事件ではないと解説して終わり。そこでわたしの観点から爆弾テロの哲学を君に教えようというわけだ。つまり君がこの十一年、奉仕してきたと称する観点からということになるがね。君の頭でも理解できるように話すことにしよう。君たちが攻撃しようとしているブルジョア階級の人間は感受性がすぐに鈍くなってしまうのだということ。かれらにとっては財産が不滅のものらしい。かれらの憐れみや恐怖心が長続きするなどと思ってはいけない。爆弾騒動を起こしても、復讐やテロが目的であるといった犯行声明では世論を動かすことなど不可能だ。それは純粋に破壊的な行為でなければならない。どこまでもひたすら破壊的で、他の目的があるなどと露ほども疑われてはならないのだ。君たちアナキストは社会が生み出した一切合財をすっかり一掃してしまおうと固く決意していることを明らかにしなくてはならない。しかしそうしたぞっとするほど馬鹿げた考えを中産階級の連中の頭に間違いなく植えつけるにはどうしたらいいか？　それが問題だ。人間の普通の情熱の外側にあるものを攻撃の対象にするというのがその答。当然、芸術が一例になる。ナショナル・ギャラリー[18]に爆弾を仕掛ければそこそこ波紋を呼ぶだろう。しかしそれほど深刻なも

17　例えばアメリカ大統領リンカーン（一八六五）、同ガーフィールド（一八八一）、ロシア皇帝アレクサンドル二世（一八八一）の暗殺を考えればいいだろう。なお、この作品の時代設定は、ヴァーロック夫妻の結婚の時期（後に明らかになる）から、一八八六年もしくは一八八七年であると考えられる。

18　イギリスを代表する国立美術館。ロンドンの中心部トラファルガー・スクエアにある。

のにはなるまい。かれらが芸術を呪物として崇拝したことなど一度もないのだから。言ってみれば、家の裏窓を数枚割られるのと大差ない。本当に連中を浮足立たせようとするなら、少なくとも屋根くらい吹っ飛ばす覚悟がいる。もちろん多少の悲鳴は上がるだろう。だが誰の悲鳴か？　芸術家——美術評論家やその種の手合い——つまり取るに足りない輩だ。かれらの言うことなど誰も気にも留めない。しかし学問、科学となると話が違う。人並みに稼ぎのある人間なら、どんな馬鹿者でも科学を信奉している。なぜそうなのかは分かっていないが、何となくそれは大事なものだと信じているのだ。科学こそ神聖不可侵の妄信の対象に他ならない。教授なんぞというろくでなし連中はおしなべて心のなかでは過激派ときているから、かれらの崇める科学という御大層なご本尊も、フューチャー・オヴ・プロレタリアートに席を譲るために退場しなくてはならないということを思い知らせるのだ。そうした馬鹿なインテリ連中が口々に喚けば、ミラノ会議の努力を前進させることになるのは間違いない。かれらは新聞各紙に投稿するだろう。その怒りを胡散臭《うさんくさ》いと思うものなどいない。物質的利益がそこにあからさまに関わっているわけではないのだから。そしてかれらの怒りはわれわれの標的たる中産階級のあらゆる身勝手を恐怖で震撼させることになる。どうにも解せないことだが、中産階級の連中は科学が自分たちの物質的繁栄を支えていると信じているからね。嘘でも冗談でもない。そうした科学に対する攻撃が馬鹿馬鹿しいほど狂暴なものであれば、お仲間であふれた街頭、あるいは劇場をまるごと破壊するよりも、中産階級の連中にはよほどこたえるだろう。劇場なんぞを破壊しても連中に『ああ！　つまらぬ階級憎悪の仕業だな』とお決まりの台詞を吐かせて終わりだ。しかし、理解も説明も不可能で、ほとんど想像を絶するほど馬鹿馬鹿しい凶悪な破壊行為、つまりは狂気の沙汰に対しては何と言えるだろうか？　狂気自体が実に恐ろしい。何しろ脅しても、説き聞かせても、袖の下を使っても、鎮めることができないときているからな。その上、わたしは文明人だ。たとえ最上の結果が期待できるとしても、ただの殺戮を計画しろなどと指示するつもりは毛頭ない。もっとも殺戮が望む結果をもたらすとは思っていないがね。殺人はいつだってできる。われわれにとっては習い性みたいなものだ。示威行動の対象は学問——科学でなければならない。だが科学なら何でもいいというわけではない。目指す攻撃は冒瀆《ぼうとく》そのものを自己目的化した衝撃的なまでの無意味さを備えていなければいけない。爆弾が君たちの行動手段なのだから、純粋数学を爆破させれば実に効果的だろう。しかしそんなことは不可能。と、このようにわたしは君を教育しようとしているわけだ。君の果たすべき役割についてより高度の考え方を開陳し、多少とも役に立つ論拠を示唆したわけだよ。わたしの教えを現実に具体化することで主として利を得るのは君なんだが、しかし、君との面会を予定したときから、この問題の実際面にも注意を払わなかったわけではない。試しに天文学を攻撃相手にしてみてはどうかな？」

すでにしばらく前から、肘掛椅子の隣で身じろぎ一つしないミスター・ヴァーロックは虚脱性昏睡に似た状態に陥っていた。それは一種の受動的な麻痺状態であり、間歇的《かんけつてき》にぴくりとかすかな痙攣性の動きを見せるところは、炉の前の敷物で眠っていた飼犬が悪夢にうなされたときの様子を思わせた。そして彼はまさしく不安げな犬を思わせるうなり声で、その語を繰り返したのだった。

「天文学ですか」

彼はミスター・ヴラディミルが矢継ぎ早に繰り出す辛辣な言葉を必死に追いかけたせいで頭が混乱し、まだ完全に立ち直っていなかった。彼の理解の及ばない話であり、彼は怒りを感じていた。相手の話をどこまで信じていいか分からないので、その怒りは屈折したものになる。ふと、彼の頭をすべては周到に用意された冗談ではないかという考えがよぎる。ミスター・ヴラディミルは白い歯を見せて微笑んだ。まともに相手に向け、えくぼを浮かべたその丸い顔を逆立った蝶ネクタイの上で満足気に傾《かし》げている。社交界の知的な女性たちの人気者である彼は、そうした場で絶妙な警句を吐くときと同じ態度を取るようになっていた。椅子に座ったまま身体を乗り出し、白い手を掲げ、自ら示唆した微妙な意味合いを親指と人差し指の間で壊れないようにそっとつまんでいるみたいだった。

「これに勝る手はないだろう。そうした攻撃は人間性に対する最大限の尊重と凶暴な愚行とを結びつけたものなのだ。ジャーナリストにいかに才覚があると言っても、プロレタリアートのなかに天文学に個人的な恨みを持つものがいると世間を納得させることなどできるものか。その行為の理由として飢餓を引き合いに出すなど無理な話だろう——どうだ？ 他にも利点がある。文明世界の住人なら誰しもグリニッジ[19]のことは聞き知っている。チャリング・クロス駅[20]の地下で働く靴磨きですら名前くらいは知っている——そうだろう？」

上流社会ではよく知られたミスター・ヴラディミルの洗練された剽軽《ひょうきん》さを漂わせる顔が、冷笑を含んだ自己満足で輝いた。それを見たら、彼の機知を存分に楽しんでいた知的な女性たちも愕然としたことだろう。「そうとも」彼は軽蔑の微笑みを浮か

19　ロンドン南東部のテムズ川南岸に位置する。十七世紀より王立天文台があり、一八八四年に経度零度のグリニッジ子午線が定められた。
20　ロンドン中心部、トラファルガー・スクエア近くの鉄道ターミナル。

べて続けた、「グリニッジ子午線が爆破されれば、痛罵の怒号がわき立つことは必至」

「難しい仕事です」とミスター・ヴァーロックは呟きながら、無難な言い方はこれしかないと感じていた。

「どうしたというのだ？　仲間のことをしっかり掌握しているはずだろう？　選り抜きの連中を？　ここにはユントという古参のテロリストがいるじゃないか。緑色のケープ付きコートを着て毎日のようにピカデリー界隈を歩いているのを見かけるぞ。それにいま仮釈放中の使徒、[21] ミハエリスだっている――まさか彼の居場所を知らないなんてことはないだろうな。知らないなら教えてやれるが」とミスター・ヴラディミルは脅迫めいた言葉を続ける。「諜報資金の支給リストに載っているのは自分だけだと考えているのなら、間違いもいいところだ」

このように何の根拠もない難癖をつけられて、ミスター・ヴァーロックは少しだけ足をもぞもぞ動かした。

「それにローザンヌの一党もいる[22]――そうだろう？　イギリスが足を引っ張っているミラノ会議の雲行きを知って、すぐにこちらへと集まってきているんじゃないのか？　ここは常識はずれの国だからな」

「お金がかかりますね」とミスター・ヴァーロックはほとんど本能的に言った。

「その言い分は通らないぞ」とミスター・ヴラディミルは驚くほど端正なイギリス英語で言い返した。「毎月給料は支払われるが、何か事が起きるまではそれ以上の支給はない。そして近いうちに何も起きなければ、給料もなくなる。表向きの仕事は何だ？　何をやって暮らしていることになっている？」

「店をやっています」とミスター・ヴァーロックは答えた。

「店だと！　どんな店だ？」

「文房具、新聞などを。わたしの妻が――」

「君の何だって？」とミスター・ヴラディミルが喉音の強い中央アジア特有の発音で口をはさんだ。

「わたしの妻です」ミスター・ヴァーロックはかすれ声を少しだけ張り上げて言う。「結婚しているんです」

「冗談もほどほどにしろ」と相手は心底驚いて叫んだ。「結婚しているだと！　それでいてアナキストを自任しているのか！　このとんでもない戯言は何なんだ？　いや、

21　ロシアのアナキスト、ミハイル・バクーニンは「破壊の使徒」と呼ばれていたという。

22　スイスはイギリス同様に革命家、反体制派に避難場所を与えたので、スイス西部、レマン湖北岸に位置するローザンヌは無政府主義運動の中心地だった。

それは単に言葉の綾ということなのだろうな。アナキストは結婚しない。それは誰でも知っている。結婚できないのだ。そんなことをすれば変節漢になってしまうからな」

「妻はアナキストではないので」とミスター・ヴァーロックは不機嫌そうにくぐもった声で言った。「それに、あなたには関係のないことです」

「いや、おおありだな」ミスター・ヴラディミルは鋭く切り返す。「君は雇われた任務にまったく不適任な人間であると確信し始めたよ。なにせ、結婚なんぞしたものだから、自分たちの世界での信用をすっかり失ってしまったはずだ。結婚しないでは済まなかった？　この結婚は真実の愛の結果——そういうことか？　家庭を愛する一方でアナキズムも愛するなんて具合では、君は本当に役立たずということになる」

ミスター・ヴァーロックは頬を膨らませ、そこから激しく息を吐き出した。そしてそれだけだった。それまでは忍耐の鎧をまとっていたが、しかしそれも限界が近づいていた。参事官は不意にひどくぶっきらぼうでよそよそしい態度になり、最後通告を口にする。

「もう行っていい」と彼は言った。「ダイナマイト爆破事件を起こすこと。猶予は一か月。ミラノ会議は目下中断されている。再開されるまでにここで何かが起こらなければならない。何も起きないなら、われわれとの関係は終わりだ」

彼は無節操な気紛れからもう一度口調を変えた。

「わたしの哲学をとくと考えてみることだ、ミスター——ミスター——ヴァーロック」冷やかしの混じった慇懃《いんぎん》無礼な態度でそう言いながら、手を振ってドアを指し示す。「グリニッジ子午線が標的だ。君はわたしほど中産階級のことが分かっていない。かれらの感受性はなまっているのだ。グリニッジ子午線だぞ。何にも勝る、どこよりも簡単な標的だろう」

彼はすでに立ち上がり、薄くて神経質そうな唇をおどけたようにぴくつかせながら、マントルピースの上に掛かった鏡に映るミスター・ヴァーロックが帽子とステッキを手に重たい足取りで部屋から出ていくのを見守った。ドアが閉まった。

ズボン姿の従僕がだしぬけに廊下に現れ、ミスター・ヴァーロックを来たときとは別の出口へと案内し、中庭の隅にある小さな扉から退去させた。立ち番で勤務している門衛は彼が出ていくのを完全に無視した。ミスター・ヴァーロックは午前中にやってきた聖地詣での道を、夢でも——腹立たしい夢でも——見ているような気分で帰っていった。その夢によって物質界からすっかり遊離してしまったおかげで、ミスター・ヴァーロックを包む必滅の肉体はさして道を急いでいたわけではないにもかかわらず、不滅性を認めなければ無礼の誹《そし》りを免れない彼の精神は、大風の翼に乗って西から東へ運ばれたごとくに、気づけばたちまち店のドアに立ち戻っているのだった。まっすぐカウンターの奥に歩を進めた彼は、そこにある木製の椅子に腰を下ろす。その孤独を邪魔しに現れるものはいない。緑色をした粗ラシャのエプロンを着せられたスティーヴィーは、まるでごっこ遊びをしているみたいに、一心不乱に手を抜かず二階の掃除をしている。台所にいたミセス・ヴァーロックがひび割れたベルの音を耳にして、居間のガラス扉のところにやってきたが、カーテンを少し開けて仄暗い店のなかを覗きこんだだけ。夫が帽子をひどくあみだにして被ったまま巨体を椅子に座らせている影のような姿を見ると、すぐにストーヴのところに戻っていった。それからたっぷり一時間が経つと、弟のスティーヴィーの緑の粗ラシャのエプロンを脱がせ、有無を言わせぬ口調で手と顔を洗うようにと命じた。この十五年来――彼の手と顔の世話をする必要がなくなってから、ということだが――これを指示するときはいつもこんな調子だった。しばらくすると、盛り付けをしている皿から目を上げ、台所のテーブルのところにやってきたスティーヴィーの手と顔を調べる。彼は見てもらっても大丈夫といった自信ありげな様子で手と顔を差し出すのだが、その背後にはいつも一抹の不安が隠されていた。以前は父親が怒るので、こうした儀式は振舞いを正すきわめて有効な手段だったが、家庭でのミスター・ヴァーロックはいつも物静かで、哀れなほどびくびくしているスティーヴィーにとってすら、その彼が少しでも怒るなどとは信じられないことだっただろう。その儀式が続いているのは、食事時に何かが少しでも不潔だと、ミスター・ヴァーロックが言うに言われぬ苦痛とショックを受けるだろうと考えられたからだった。ウィニーは父親の死後、哀れなスティーヴィーのことで身を震わせる必要がなくなったと感じられて、すっかり気持ちが楽になっていた。弟の傷つくのを見るのは耐えられなかった。頭がおかしくなるほどだった。子どものころ、弟をかばおうと、目に激しい怒りの炎を浮かべて、酒場の主人である癇癪持ちの父親に立ち向かったことも一度や二度ではなかった。それが今では、ミセス・ヴァーロックのどこを見ても、激情を露わにすることのある人間だと思わせるところが少しもない。

彼女は盛りつけを終えた。食事は居間で供される。彼女は階段の昇り口まで行って、「母さん！」と大声で叫び、それから店に通ずるガラス張りのドアを開けて、静かに「アドルフ！」と声を掛けた。ミスター・ヴァーロックは先ほどと同じ場所にいた。一時間半もの間、微動だにしなかったみたいだった。のっそりと立ち上がると、オーバーコートを着て帽子を被ったまま、ひと言も発せず食卓についた。彼が黙りこくっていること自体はこの家で格別珍しいことではない。何しろめったに陽も射さないむさくるしい通りの薄暗がりに隠れて、いかがわしいがらくた品を並べた店の奥で営まれる暮らしなのだ。ただその日のミスター・ヴァーロックの沈黙は明らかに何か物思にふけっている風で、母娘も気にしないではいられなかった。かれらもまた無言で食卓につき、スティーヴィーが例の騒々しいおしゃべりの発作を起こさないかと、油断なくその哀れな少年を見守るのだった。彼はテーブルをはさんでミスター・ヴァーロックの向かいに座り、うつろな目でとても行儀よく静かにしている。スティーヴィーがどんな形であれこの家の主人の気に障る振舞いをしないようにと努めなければならないことは、二人の女の生活に少なからぬ不安の影を落としていた。「あの子」というのが彼女たちの間でスティーヴィーを指すやさしい呼び方だったが、その子は生まれたほとんどその日からそうした不安の種になった。そんな変な子を息子に持って、今は亡き酒場の主人がいかに屈辱を味わっていたかは、何かというと息子にむごい仕打ちをしたことに表れていた。というのも、彼は繊細な神経の持主であり、人として、また父親としての苦しみはまったく真正のものだったからである。父親が亡くなってからは、スティーヴィーが独身紳士の下宿人たちの邪魔にならないよう気をつけねばならなかった。独身紳士の下宿人というのは彼ら自身が変な人種で、すぐに気分を害する人たちなのである。さらに、彼がともかく生きていけるかという不安から目を逸らす暇はなかった。息子の収容されている救貧院の病院の様子が、崩れかけたベルグレイヴィアの下宿屋で半地下の朝食室を自室にしていた母親の脳裏に取りついて離れなかった。「もしあんたがあんなにいい人を旦那にしてくれなかったら」彼女はよく娘に言うのだった、「あのかわいそうな子はどうなっていたことやら」

ミスター・ヴァーロックがスティーヴィーを遇する態度は、取り立てて動物好きというわけではない夫が妻の愛猫に示す態度と同程度のものだった。そしてその態度は、善意がこもっていると同時におざなりなもので、猫を相手にした場合と本質的に変わるところがない。母と娘はそれ以上のことは期待できなくて当然だと納得していた。老母はそれだけでミスター・ヴァーロックに敬意に満ちた感謝の気持ちを抱いた。初めのうち、心頼みとする人のいない暮らしの苦労で疑い深くなっていた彼女は、ときどき娘に不安げに尋ねたものだった――「ねえお前、ミスター・ヴァーロックはスティーヴィーがあちこちうろつくのを見るのが嫌になってきたんじゃないだろうか？」これに対していつも、少しだけ頭をつんとそらすだけで応えるウィニーだったが、一度、にこりともしないで生意気に言い返したことがあった――「わたしを嫌になるのが先でしょうよ」その後には長い沈黙が続いた。母親はスツールに両足を載せたまま、娘の言葉の真意にたどりつこうと努めているように見えた。そこに秘められた女特有の洞察の深さにすっかり面食らったのだった。彼女はそれまで、ウィニーがなぜミスター・ヴァーロックと結婚したのか、よく分かっていなかった。たしかに娘は思慮深い判断をし、結果として明らかにまたとない相手を選択したわけだけれども、もっと自分に似合いの年齢の男性を見つけたいと思っていたとしても不思議ではないだろう。隣の通りの肉屋の息子で、父親の仕事を手伝っている浮ついたところのない若者がいた。ウィニーはさも楽しげに彼と連れ立って出歩いていたではないか。若者はたしかに父親のすねかじりではあった。だけど商売は順調で、洋々たる前途が待っていた。何度か夜に、娘を観劇に連れ出してもいた。そして婚約したと聞かされるのを怖れ始めた（だって、スティーヴィーを抱えたまま、あの大きな家をどうやって一人で切り盛りできたというのだろう）ちょうどそのころ、二人のロマンスは唐突に終止符を打ち、ウィニーは何をするにもすっかりやる気を失ってしまった。しかしそこに天佑神助か、ミスター・ヴァーロックが現れ、通りに面した二階の寝室を借りてくれたおかげで、肉屋の跡取りのことは問題にならなくなった。まさしく天佑そのものだった。

「……およそ理想化というものは人生を実際よりも貧しくする。人生を美化することはその複雑な特性を取り去ること、つまり人生を破壊することだ。そんなことは道学者に任せておけばいいのさ。歴史は人間によって作られる。だが、人間の頭のなかで作られるわけではない。人間の意識のなかで生まれる観念が歴史上の出来事の進展に果たす役割なんぞ、取るに足りないものだ。歴史は道具と生産によって、つまりは経済的諸条件の力によって、支配、決定される。[1] 資本主義が社会主義を生んだ。そして資本主義によって財産保護のために作られた法律が誘因となってアナキズムが生まれた。社会組織が将来どのような形態をとることになるか、誰にも分かりはしない。それならどうして予言めいた空想に耽る？　そんなものはせいぜい予言者の心の解釈を可能にするだけで、何ら客観的価値を持ちえない。そうした暇つぶしは道学者に任せておけばいいではないか」

仮釈放中の使徒ミハエリスが抑揚のない声で話していた。胸のまわりに層になって張りついた脂肪で圧迫され、押し潰されたみたいなぜいぜいとした喘《あえ》ぎ声である。彼は非常に衛生的な監獄から丸々と太って出所してきていた[2]。巨大な太鼓腹を突きだし、青白くて半ば透き通るような肌をした頬はむくんでいて、まるで十五年間、憤激した市民社会の下僕たちが、じめじめした光の射さない穴倉で脂肪だらけの食物をせっせと彼に詰め込んでいたかのよう。そしてそれ以来、彼は一ポンドたりとも体重を減らすことができないのだった。

　噂では、とある大金持ちの老貴婦人が、九か月間、健康回復に努めるようにと彼をマリエンバート[3]に送っていたらしい。彼が一度どこかの国王と当地の注目を二分しようとした矢先、警察がやってきて十二時間以内に退去するよう命じられたのだった。さらに彼の受難は続き、すべての保養地への出入りを禁止されていた。しかし今の彼は諦念の境地に達している。

　彼はどう見ても関節ではなく、むしろマネキンの手の屈曲部を連想させる肘を椅子の背にもたせたまま、短くてとんでもなく太った腿の上にわずかに身を乗り出すと、暖炉に唾を吐いた。

「そうとも！　とくと考える時間には事欠かなかったんでね」彼は淡々と言い添える。

「社会が瞑想のお時間をたんまりくれたわけさ」

暖炉を挟んで向かい側に馬巣織《ばすお》りの肘掛椅子が置かれ、いつもはミセス・ヴァーロックの母親の特権的専用席となっているのだが、いまはそこにカール・ユントが座って、歯の抜けた口を少しだけ陰気に歪め、不気味な笑いを漏らした。自ら生粋のテロリストを名乗る彼は頭の禿げた老人で、顎から細くて真っ白な山羊鬚《やぎひげ》をだらんと垂らしている。目は光を失っているが、陰険な悪意を示す常軌を逸した眼精が窺える。苦しげに立ち上がるとき、痛風の腫れで醜く歪んだ骨と皮ばかりの手をまさぐるように前に突き出すその姿は、瀕死の殺し屋が残った力を振り絞って最後の一突きを試みるところを思わせた。もう一方の手に持った太いステッキで身体を支えると、それはぶるぶる震えた。

「わしがずっと夢見てきたのは」彼は激しい口調で言う、「手段を選ぶにあたって一切のうしろめたさを捨てる決意を揺るぎなく固め、自分に破壊者の名をためらいなく

1　以下、ミハエリスの主張にはマルクス、エンゲルスの『共産党宣言』(一八四八年)を髣髴とさせる箇所が散見される。
2　バクーニンは十二年に及ぶ監獄生活で、最後には百三十キロを超えるほど太ったという。
3　ボヘミア地方北西部の鉱泉の出る保養地。

与えるだけの強さを持ち、世界を堕落させているあの諦念に彩られたペシミズムに少しも染まってはいない人間の集団なのだ。自分たちを含めてこの世の何ものにも憐れみを抱かず、人類のためにはこれが最後とばかり世界に死をも呼び込む。そんな連中に会いたかったものだ」

彼の禿げあがった小さな頭が震え、その振動によって垂れた白い山羊鬚が滑稽に揺れる。彼のご立派な言葉も赤の他人の耳にはほとんど理解不能だっただろう。その擦り切れた情熱は、好色老人の興奮にも似て無力な猛々しさを湛えていたものの、喉が渇き、歯のない歯茎が舌先の動きを止めてしまうようで、うまく言葉にならないのだった。ミスター・ヴァーロックは部屋の向かいの隅のソファの端に陣取っていたが、まさしくその通りとばかり、二度ほどくぐもった同意の声を発した。

老テロリストは痩せた首をゆっくり動かして、左右を見回す。

「だがそんな人間は三人も集められなかった。あんたの腐ったペシミズムなんぞ、ろくなもんじゃない」彼はミハエリスに嚙みついた。相手はそれまで組んでいた長枕のように太い脚をほどき、不意に椅子の下に両足を滑るように引く。激怒したしるしだった。

おれがペシミストだと！　冗談じゃない！　ミハエリスはその非難は無礼千万だと

叫ぶ。おれはペシミズムとはまったく無縁の徒で、あらゆる私有財産がそこに内在する悪の増大そのものによって、論理的、不可避的に終焉を迎えつつあることをすでに看て取っているほどだ。財産の所有者たちは目覚めたプロレタリアートと対峙しなければならないばかりか、かれら同士でも闘わなくてはならない。そう、闘争、戦争、私有財産所有とはそうした状況なのだ。それは死にいたるしかない。だがな、おれは信念を保持するため興奮した感情などに頼りはしない。大袈裟な熱弁も、怒りの発露も、ゆらめく血染めの旗も、呪われた社会の地平線上に昇る毒々しい復讐の太陽の比喩も、すべておれには無用のもの。冷徹な理性こそが――彼は自慢げに述べる――我が楽天主義の基礎なのだ。そう、楽天主義こそが――

苦しげなぜいぜいとした声が途切れる。それから一、二度息をのんでから彼は言葉を続けた。

「もしおれがこうした楽天主義者でなかったら、十五年もの間、喉を掻き切る手立てが見つけられなかったはずがないだろう？　それにいざとなれば、いつだって独房の壁に頭をぶつけて脳天を割るという手があったのだからな」

息切れのせいで彼の声からすべての熱気、すべての生気が奪われていた。大きな青白い頬は物が詰まった小袋さながら、ぴくりとも動かずに垂れ下がっている。しかし何かを凝視しているように細められた青い目からは、この不屈の楽天主義者が独房で夜、じっと考え事をしていたとき、その目から発せられていたに違いない自信に満ちた抜け目のない視線、一点に固定しているだけにいささか狂気じみた視線、が発せられていた。彼の前には立ったままのカール・ユント。褪せた緑がかったコートのケープを無造作に肩から背に掛けている。暖炉の真向かいに座っているのは同志オシポン。元医学生で、F・Pのちらしの主たる書き手である彼は逞しい両脚を前に投げ出し、ブーツの靴底を火床の真っ赤な輝きに向けている。黄色い縮れ毛のもじゃもじゃした塊がそばかすの浮き出た赤ら顔のてっぺんを覆い、押し潰された鼻と突き出た口が黒人を思わせる粗野な面体を作っていた。アーモンド形をした目が高い頬骨の上から物憂げに底意地の悪そうな視線を送り出す。グレーのフランネルのシャツを着て、黒い絹のネクタイの先がサージの上衣の胸部ボタンのところに垂れ下がっている。頭を椅子の背に載せて、喉をすっかり露わにし、紙巻きタバコを挿した木製の管を口に運んでは、天井に向けて勢いよく煙を吐き出すのだった。

ミハエリスは自分の考え——彼が社会から隔絶された独居生活から得たあの考え——にこだわった。それは、囚われの身に与えられ、幻視のなかに啓示として現れる信仰のように成長する思想だった。彼は聞き手の共感にも反感にも、いや実際、聞き手の存在にすら一向に頓着することもなく、自分自身に語りかける。望みを捨てずに考えることを声に出して言う習慣は四面の漆喰壁に囲まれた独房の孤独のなかで、川沿いの出口も見つからないレンガの大建築――社会的溺死者とでも言うべき人々のための巨大な死体安置所にも似た醜悪な場所――のもたらす沈黙のなかで身につけたものだった。[4]

彼は議論が苦手だった。少しでも反論されると信念が揺らぎかねないからではない。他の人間の声が聞こえてきただけでひどくどぎまぎし、たちどころに思考が混乱するからだった。何年もの間、乾燥しきった砂漠よりも不毛な精神の孤独のなかで、彼の思考は生きた声に挑まれたことも、批判されたことも、同意されたことも、ついぞなかったのである。

いまや彼の邪魔をするものは一人としていなかった。彼は再び自らの信仰の告白を

4　この辺りの監獄の描写は、ジェレミー・ベンサムの唱えたパノプティコン方式を採用して一八二一年にテムズ河畔に建てられたミルバンク監獄（一八九〇年閉鎖、一九〇三年取り壊し）を想起させる。囚人間の接触を制限する独房システムと迷路のような構造を持ち、不衛生だったためコレラなどの疫病で死者を出したこともある。コンラッドは一八八九～九〇年、この近くに住んでいた。

始めた。恩赦と同じように、その信仰に否も応もなく完全に身を委ねていたのだ。彼は語る、運命の秘密は人生の物質的側面に見出されること、世界の経済的条件が過去の社会を生み出し、未来を形作ること、すべての歴史、すべての思想の源が人類の精神的発展とその情熱的な衝動そのものを導くこと――

ここで同志オシポンが耳障りな笑い声を上げ、その長広舌は急に止められた。使徒たるミハエリスは不意に舌がもつれ、多少とも有頂天になっていた目に途方に暮れた不安の色が走る。打ち負かされて敗走する思考を招集しようとでもいうように、しばしゆっくりと目を閉じる。沈黙が降りた。しかしテーブルの上方に備えられた二つのガス灯や赤々と燃える火床のおかげで、ミスター・ヴァーロックの店の奥の小さな居間はひどく暑くなっていた。ミスター・ヴァーロックがソファから億劫そうに重い腰を上げ、空気を入れ替えようと、台所に通じるドアを開ける。するとそこには無邪気なスティーヴィーが樅材《もみざい》のテーブルの前に行儀よく静かに座り、次から次に円を描いている姿があった。描いているのは円また円、円ばかり。無数の円――同心円もあれば離心円もある。きらめく円の渦巻きは、反復された曲線がもつれあって幾重にも重なりあうことによって、どれも等しく同じ形でありながらめちゃくちゃに線が交差しあうことによって、宇宙の混沌の表現、想像を絶した領域に挑む狂気の芸術が生み出した象徴体系を思わせる。その芸術家は振り向きもせず、一心不乱に自分の作業に没頭するあまり背中が震え、細い首は頭蓋のつけ根の深いくぼみに沈んで今にもぽきっと折れそうだった。

ミスター・ヴァーロックはまたかと呆れてひとしきりぶつぶつ文句を言うと、ソファに戻った。アレクサンドル・オシポンは立ち上がると、低い天井の下で着古した青いサージのスーツに包んだ長身をゆすり、長時間ずっと座り続けていた身体の硬直をふるい落とす。そして台所（二段ほど下にあった）へとゆっくりと下りていき、スティーヴィーの肩越しに絵を覗き込む。戻ってくると、予言者よろしく言うのだった。

「何ともお見事。実に特徴的で、まさに典型というべきだな」

「何がお見事だって？」とミスター・ヴァーロックがソファの端に座り直して不満げに尋ねる。相手は少しばかり恩着せがましさを漂わせながら、台所の方に頭を振って、半ば投げやりに説明する。

「こうした形の退化[5]を典型的に示しているということさ――ああした絵がね」

5　進化論に由来する当時流行した考え方で、ある種の個人や民族にあっては、進化のスピードが遅くなるばかりでなく、逆行する場合すらあるとする。「退化タイプ」の人間は身体上、行動上、この逆行を示す特徴を持っていると考えられた。

「あの子が退化者だと言うのか？」とミスター・ヴァーロックは口ごもりながら言った。

同志アレクサンドル・オシポン――ドクターという渾名《あだな》があるが、学位を持たない元医学生だった――は医学校を中退後、各地の労働組合で衛生学の社会主義的側面について講演して回り、「中産階級を蝕む悪習」と題する通俗的な医学書の著者でもある（ただしそれは安っぽいパンフレットのようなもので、すぐに警察に押収されてしまった）。目下、多かれ少なかれ謎に包まれている〈赤色委員会〉の特別委員として、カール・ユントやミハエリスとともに、文学によるプロパガンダ活動に従事していた。そんな経歴を持つオシポンはこのとき、少なくとも二つの大使館に人知れず顔なじみになっているミスター・ヴァーロックに向けて、科学に親しむことによってはじめて愚鈍な凡人でも身につけることのできるあの耐え難い、どこまでも揺るぎない自惚れに満ちた視線を投げかけるのだった。

「科学的にはそう呼ばれて当然でしょう。しかも総合的に見て、あの種の退化の見事な典型例ですね。耳たぶを見るだけで十分。ロンブローゾ[6]を読めば――」

ミスター・ヴァーロックは不機嫌な様子で手足を投げ出してソファに座り、チョッキのボタンの列を眺めていることに変わりはなかったが、その頰がわずかに紅潮した。最近では、科学（この語自体に不快なところはなく、その意味するところも漠然としていて紛らわしい）に由来するちょっとした派生語までもが不思議な力を発揮し、それを耳にしただけでミスター・ヴァーロックの脳裏には、ミスター・ヴラディミルの紛れもなく不快な姿がまさに生身の彼そのままに、ほとんど超自然的と言えるほどくっきりと浮かび上がってくる。そして科学の驚異の一つに分類されてしかるべきこの現象は、激しい悪態となって爆発してもおかしくない恐怖と憤激の入り混じった感情をミスター・ヴァーロックの心に惹き起こすのだった。しかし彼は何も言わない。口を開いたのはどこまでも自説を曲げないカール・ユントだった。

「ロンブローゾなんぞ馬鹿者よ」

6　チェーザレ・ロンブローゾ（一八三六〜一九〇九）はイタリアの精神病学、法医学者。生来の生物学的要因が犯罪者を生むと考えるいわゆる「犯罪人類学」の創始者で、その思想は英米で広まった。骨相学を研究し、とくに頭蓋と顔のつくりに注目し、犯罪性は人類の進化過程の逆行と関連すると主張した。ここでの文脈に即して言えば、犯罪的変質者、癲癇患者、白痴に共通する特徴の一つとして耳たぶの形態が特異である点を挙げている。なお、黒人を連想させるといった76頁をはじめとするオシポンの容貌の記述も、盗賊や強姦犯の身体的特徴は黒色人種と共通するというロンブローゾの指摘を踏まえているかもしれない。こうした差別的な主張には当初から批判があり、現在では科学的根拠はないとされている。

同志オシポンはこの冒瀆の一撃を恐ろしいほど虚ろな目つきで迎え撃った。相手は、かすかなきらめきさえ消え去った目のおかげで大きな骨ばった額の下の深い影をさらに深くしながら、腹立ちまぎれに舌の先を噛んでいるみたいに二語発するたびに唇の間に挟んでは、もぐもぐと聞き取りにくい声で言うのだった。

「あんな馬鹿者を見たことがあるか？　あいつにとって犯罪者は囚人と同じ。何とも単純なことだ。それなら人を監獄に閉じ込めた連中はどうだというのだ、そこに押し込んだ連中は？　そうとも、押し込んだんだ。それに犯罪とは何だ？　あいつにはそれが分かっているのか？　貧しい不幸な連中の耳や歯[7]を見るだけで、卑しい食いしん坊だらけのこの世界で出世したあの愚か者に？　歯と耳が犯罪者の刻印になるだと？冗談じゃない。それなら犯罪者の刻印をもっとはっきりと押す法律はどうだ？　飽食漢どもが腹をすかせた連中から自分たちを守るために発明したあのすてきな焼きごては？　飢えた連中の薄汚い皮膚には真っ赤に焼けた刻印を――そういうことだろう？ここからでは連中の厚い皮膚がジュージューと焼ける匂いが分からないのか、その音が聞こえないのか？　そんなふうにして犯罪者は作られる。[8]あんたの大好きなロンブローゾ一味が愚にもつかんことを書き散らかすためにな」

彼の手にしているステッキの握りと両脚が抑えきれぬ激情に震えたが、コートのケープに覆われた胴体はかつて名を馳せた挑戦的な姿勢をいまだ保持していた。その鼻は社会の残虐に汚された空気の臭いを嗅ぎ分け、耳は極悪非道の音を聞き取っているかのよう。その姿には何かを暗示する並々ならぬ力があった。ダイナマイト戦をいくつもかいくぐってきた老兵は今でこそほとんど半死半生の有様だが、盛時には偉大な演者として鳴らしたものだった――壇上でも秘密集会でも非公開の会見でも。この著名なテロリストは社会が誇る高殿を破壊するために自ら小指一本上げたことがなかった。彼は行動の人ではなく、また大きな熱狂が生み出す喧騒と泡の渦に大衆を巻き込むような激しい弁舌を駆使する演説家ですらない。より巧妙な意図を胸に、人の心に潜む邪悪な衝動に火を点ける不遜で毒のある煽動者の役を買って出たのだった。その衝動は、無知に由来するやみくもな嫉妬や肥大した虚栄心の底に、貧困の苦難や悲惨の底に、そして正しい怒りや憐れみや反抗心が生むすべての希望に満ちた高貴な幻想の底に、ゆらめいているのである。凶悪な才能の痕跡はいまだ彼に纏わりついたまま消えていない。すでに空っぽで用無しになり、お役ごめんになったがらくたの山

7　ロンブローゾは、犯罪者の歯は横にすじが入っているか、ひどく歯並びが悪い、と主張した。

8　アナキズムを唱道する月刊誌『フリーダム』の一八九二年十二月号では「道理に背く法律がわざわざ犯罪者を作る」と述べられているらしい。

に捨てられるばかりになった毒薬のビンに、それでも死の薬の匂いが残っているのと同じだった。

仮釈放中の使徒ミハエリスは唇を閉じたまま曖昧に微笑んだ。無気力な満月のようにむくんだ顔が物憂げな同意の重みでうつむいている。彼自身が囚人だった。他でもないこの皮膚が真っ赤に燃えた焼きごての下でジュージュー音を立てたのだ、と彼は静かに呟いた。しかしそのときにはドクターと呼ばれる同志オシポンはすでに冒瀆の一撃から立ち直っていた。

「あなたは分かっていない」と彼は軽蔑したように切り出した。しかしすぐに不意に口をつぐむ。ゆっくりと彼に向けられたユントの洞穴を思わせる目が湛える漆黒の闇に思わず気圧《けお》されたのだった。もっとも、虚ろなその視線はただ声がしたから彼の方に向けられたにすぎなかったようなのだが。オシポンは少し肩をすぼめると、議論するのを諦めた。

スティーヴィーは誰にも構われずに動き回るのに慣れていて、台所のテーブルから立ち上がると、絵を抱えて寝床に行こうとしていた。居間のドアまで来たところで、間の悪いことにカール・ユントの熱弁が描き出していた痛ましい絵図の衝撃をまともに食らってしまった。円で埋めつくされた紙が指の間から落ち、彼は老テロリストを見つめたまま立ち尽くす。肉体の苦痛に対する病的なわななきと恐怖とで突然、その場から動けなくなったみたいだった。焼きごてが皮膚に押しつけられたらどれほど痛いか、スティーヴィーには嫌というほどよく分かっていた。怯えた目に憤怒の炎がきらめく——とんでもなく痛いだろうな。彼の口がぽっかりと開いた。

ミハエリスは瞬きもせずに暖炉の火を凝視することで、思考を持続するのに必要なあの孤立感を取り戻していた。その楽天観がすでに唇から流れ出ている。資本主義は競争原理という毒を体制中に内包して生まれた以上、揺籃期《ようらんき》から死すべき運命にあるのだ。大資本家が小資本家を食いつくし、権力と生産手段をいくつかに大きくまとめて集中させ、産業労働の過程の無駄を省き、狂気じみた自己拡大にのめり込むあまり、ひたすらプロレタリアートの苦難が合法的に代々受け継がれる方策を準備し、計画し、強化し、いつでも実現できるようにする。ミハエリスは「忍耐」という崇高な言葉を発した。そして彼の澄んだ青い目がミスター・ヴァーロックの居間の低い天井を見上げると、そこには疑うことを知らない天使のような信頼の色が宿っていた。ドアの近くにいたスティーヴィーは興奮がおさまり、愚鈍の淵に沈んだようだった。

同志オシポンの顔が激しい怒りにひきつる。

「それじゃあ何をしても無駄——一切が無駄じゃないか」

「そんなことは言っていない」とミハエリスは穏やかに反論する。彼が幻のうちに見た真理の姿は圧倒的で、もう他人の声が響いてきたくらいで崩れることはなかった。赤く燃える石炭に落とした彼の視線は動かない。未来に向けた準備は必要だ。おそらく革命という激震によって大きな変化が生まれるだろう。それを認めるのに吝《やぶさ》かではない。しかし、革命運動のプロパガンダは高度な良心を要するデリケートな仕事だ、と彼は論ずる。それは世の支配者たちを教育することであり、王族たちに与えられる帝王学同様に用意周到なものでなければならない。その教育理念の推進に当たっては臆病なくらい慎重になってほしい。ある何らかの経済上の変化によって人類の幸福、道徳、知性、歴史にどんな影響が及ぶのか、誰にも分かっていないのだ。なぜなら歴史は道具で作られ、観念で作られるものではないのであり、経済の状況によってありとあらゆるものが変化するのだから。芸術も、哲学も、愛も、美徳も、そして真理そのものも！[9]

火格子のなかの石炭が小さなガサッという音とともに崩れた。すると、刑務所という砂漠でいくつもの幻を見てきた隠者ミハエリスが衝動的に立ち上がる。膨らんだ気球のように丸い身体をした彼は、太くて短い両腕を広げた。自己再生した宇宙を我が胸に抱きしめようという何とも不可能なことを試みているかのようだった。激しい熱情のあまり彼の息が切れる。

「未来は過去同様に確実だ――奴隷制、封建主義、個人主義、集産主義と続く。これは法則だ、空疎な予言なんかではない」

同志オシポンの厚い唇が軽蔑を込めて突き出され、その顔の黒人らしい特徴が浮き彫りになる。

「ナンセンスだ」と彼は落ち着き払って言った。「法則など存在しないし、確実なことは何もない。人民を教化するためのプロパガンダなど愚の骨頂。かれらが何を知っているかは問題にならない、たとえその知識が正確であるとしてもね。われわれにとって重要なのは、大衆がどのような感情を抱いているかの一点。感情なくして行動なしだから」

彼はそこで一息つくと、控え目ながら一歩も退かない口調で言葉を継いだ。

「ぼくはあなたに科学的に話している。そう科学的にね。えっ、ヴァーロック、何か？」

9　『共産党宣言』に「観念そのものも資本主義的生産の条件から生まれたもの」という趣旨の記述がある。

「何でもないさ」とソファに座っていたミスター・ヴァーロックはぶっきらぼうに答えた。彼はオシポンの忌まわしい声を聞いて、ただ「くそったれ」と呟いたのだった。

歯のない老テロリストの毒を含んだ早口が聞こえた。

「現在の経済状況の本性を何と呼べばいいと思うかね？　わしに言わせれば人食い性だ。他に呼びようがあるか！　あいつらは人民の震える肉と温かい血をどこまでも貪《むさぼ》っては欲望を満たしている——そうとしか言えんだろう」

スティーヴィーはこの恐ろしい言葉をごくりと音を立てて飲み込むと、まるでそれが即効性の毒だったかのように、そのまま台所のドアの階段によろよろと身体を沈めて座り込んだ。

ミハエリスの表情に何かが聞こえたような変化はなかった。その両唇は永遠に糊付けされたままのようで、むくんだ両頰はぴくりとも動かない。ただ不安げな目で丸くて固い帽子を探すと、自分の丸い頭に載せる。丸く太ったその身体がカール・ユントの曲がった肘を支えながら、椅子の間を低く漂うようにゆっくり動く。老テロリストは鉤爪を思わせる手を覚束《おぼつか》なげに上げると、やつれた顔の凹凸に陰翳を与えている黒いフェルトのソンブレロを、いかにも自分は大物だと言わんばかりに斜めに傾げる。ゆっくりと歩きだし、一歩一歩、ステッキで床を叩く。彼を家の外へと送り出すのはなかなかの難事だった。なぜなら、考えごとでもあるみたいにときどき立ち止まっては、ミハエリスに背中を押されるまで自分から動こうとはしなくなるからである。この優しい使徒は、兄を思う弟もかくやとばかりの気遣いを見せて老人の腕を取るのだった。そんな二人の背後で、両手をポケットに突っこんだまま、頑健そのもののオシポンがつまらなそうに欠伸《あくび》をした。もじゃもじゃの金髪の上にてっぺんがエナメル革の青い鍔《つば》付き帽をあみだに載せている。それがさんざん乱痴気騒ぎに興じた後で世の中が嫌になったノルウェーの船員といった風情を醸し出していた。ミスター・ヴァーロックは帽子を被らず、厚手のオーバーコートを羽織って、視線を下に落としたまま客人たちを見送った。

全員が立ち去るや、彼はこみあげる怒りを押し殺してドアを閉め、鍵を回して閂を掛けた。到底満足できる仲間ではなかった。ミスター・ヴラディミルの爆弾至上哲学に照らせば、連中はどうしようもない役立たずに見える。革命を目指すこれまでの政

10 ヨハン・モスト『資産獣』というパンフレットには「女は男より安上がりなので、資本主義に染まった吸血鬼は強欲に女の血を吸い……子どもの肉は最も安いので、現代社会の食人者どもが幼い犠牲者たちをご馳走としてとどまることなく満喫するのも驚くに当たらない」という激しい資本主義弾劾が見られるという。

治活動において、ミスター・ヴァーロックの役割は観察することであって、自宅にしろ、もっと大きな集会にしろ、行動の主導権を自ら取ることはとてもできない。慎重に振舞う必要があったのだ。安息と安全という何よりも大切なものを脅かされた四十代半ばのいい大人として、当然の激しい怒りに駆られ、彼は冷笑するように自問した。あの連中に他の何が期待できたというのだ、カール・ユントやミハエリス——そしてオシポンといった輩に？

　店の真ん中で燃えているガス灯を消そうという考えをひとまず棚上げし、ミスター・ヴァーロックは道徳的思索の深みへと降りていった。似たもの同士が持つ洞察力を発揮して、仲間たちへの評決を言い渡す。怠けものだ[11]、カール・ユントという奴は。目もかすんだ婆さんに面倒を見てもらうなんて、何というざまだ。昔たくみに誘惑して友人から奪っておきながら、後になって一度ならずドブに捨てようとした女だというのに。あの婆さんが懲りずにときどき様子を見に来てくれるなんて、ユントにとっちゃ何とも運のいいことだ。そうでなければグリーン・パーク[12]の鉄柵のところで乗合馬車から降りるのを今どき手伝ってくれるやつはいないだろう。あの幽霊じみた爺さんと来たら、健康のためとか言って、天気がいいと朝欠かさずにそこまで這いずり回りにやってくるんだからな。あの魔女みたいなどうしようもないガミガミ婆が死んだら、尊大な幽霊爺も消えてなくなるしかあるまい。それで熱情の士カール・ユントも一巻の終わり。そしてミスター・ヴァーロックの道徳心はミハエリスの楽天観にも不快感を覚える。彼には金持ちの老貴婦人がついていて、最近は田舎に持っているコテージに彼を住まわせてやろうと躍起になっているらしい。仮釈放中の身だというのに、木陰の小道を何日もつれづれに散歩しては、博愛に支えられた甘美な怠惰に浸れるというわけか。乞食根性の染みついたオシポンはと言えば、この世に預金通帳を持った馬鹿な娘たちがいるかぎり、少しも不自由を感じないに違いない。そしてミスター・ヴァーロックは、仲間たちとまったく同じ気質の持主なのだが、些細な相違を盾にして、心のなかで微妙な区別立てを試みるのだった。その区別にある種の満足を感じるのは本能的に社会のしきたりによる世間体を気にするからで、何とかそれに打ち勝つことができるのは世に認められたあらゆる種類の労働に対して嫌悪を感じてい

---

11 ロンブローゾはクラフト＝エビングとヴィドックを引き合いに出しつつ、「野蛮人同様に犯罪者は度し難い怠惰に支配されている」と述べ、重罪人の「働くくらいなら死んだ方がましだ」という発言を引用しているとのこと。

12 ロンドン中心部に位置する公園で、北側は乗合馬車の走るピカデリーの大通りに接している。ソーホーも遠くない。

るためだった。その嫌悪は社会の何らかの状態を革命によって改革しようとするものたちの大部分が抱いており、彼もそれを共有していた。というのも、人が反旗を翻すのは明らかにそうした社会状態がもたらす利益や機会そのものに対してではなく、一般に受け入れられている徳性、自制、苦役という形で支払われなければならないそれらの代価に対してだからである。革命家の大多数はたいてい鍛錬や労役の敵である。また、自らの公平感に照らして、要求される代価はとんでもなく大きく、忌まわしくて強圧的で、煩わしくも屈辱的であり、度外れた耐え難いものだと感じる人間もいる。社会に反逆する残りの連中を動かすのは虚栄心[13]――高貴か下劣かを問わずあらゆる幻想の母であり、詩人や改革者や山師や予言者や煽動家の友である虚栄心――なのである。

たっぷり一分間、瞑想の淵に沈みこんでいたミスター・ヴァーロックではあるが、こうした抽象的な考察の奥底にたどり着きはしなかった。能力不足だったのかもしれない。いずれにせよ、それだけの時間がなかった。不意にミスター・ヴラディミルのことが思い出されて、無理やり深淵から引き上げられてしまったのだ。もう一人の仲間と言うべき彼のことは、どこか精神的に似通っているせいで正しく判断することができる。間違いなく危険人物だ。かすかながら羨望の念が心に忍び込む。あの連中がのらくら暮らすのは大いに結構、ミスター・ヴラディミルを知らず、頼れる女がいたりもするのだから。だが自分には養わなくてはならない女がいるのだ——こう女のことを考えたところで、至極単純な連想に導かれ、ミスター・ヴァーロックは夜になればいつか床に就かなくてはならないという事実に気づかされた。それならいま床に就いて悪いことはあるまい、このまますぐに。彼は溜息をついた。その事実は、彼と同じ年齢、同じ気質の人間にとってふつうは楽しいことのはずだが、彼にとっては必ずしもそうではない。不眠という悪魔が怖かったのだ。それは獲物として自分に狙いを定めているように感じる。彼は腕を伸ばして頭上でゆらめくガス灯の炎を消した。

居間のドアから差し込むまばゆい一条の光が店のカウンターの奥まで届く。それでミスター・ヴァーロックは一目で、箱のなかの銀貨の数を確かめることができる。ほんの数枚しかない。そして店を開いて以来はじめて、彼は商売として成り立っているのかどうかを考えてみた。儲かっているとは言えない。もともと儲けようとしてこの

13　ロンブローゾに言わせると、犯罪者は作家や芸術家以上に虚栄心の固まりであるらしく、また一八九二年四月五日付の『タイムズ』紙にはアナキストたちの動機の一つには「法外な虚栄心」があるという記述が見られる。

店を開いたわけではなかった。このような一風変わった商売を選んだのは、胡散臭い取引に惹かれる本能に導かれてのことで、胡散臭い商取引をすれば安直に金が手に入るとしたものである。その上、この仕事をしていれば自分の領分を守っていられる。つまりは警察の目の届く範囲から出ないですむ。それどころか、その領分のなかで誰にもきちんと認められた場所を占めることができるのだ。しかもミスター・ヴァーロックには誰にも口外していない交友があったので、そうした状況には明らかな利点があった。警察の事情に通じながら、警察のことを気にしないでいられるのもその交友のおかげなのだ。しかし生計を立てるには、この商売だけでは不十分だった。

彼は引出しから現金箱を取り出した。店を出ようと身体を回すと、スティーヴィーがまだ下にいるのだと分かった。

一体あいつはそこで何をしているんだ? ミスター・ヴァーロックは自問した。そんな馬鹿げた振舞いにどんな意味があるというのだ? 彼は疑わしげに義弟を眺めたが、問い質しはしなかった。ミスター・ヴァーロックがスティーヴィー相手に交わす言葉は、朝の何気ない呟き程度に限られていた。例えば朝食後、「わたしのブーツを」と言ったりもするのだが、それすら直接相手に向けた指示なり依頼というよりも、自分の欲求を誰にともなく伝えるといった類のものだった。ミスター・ヴァーロックはスティーヴィーに何と声を掛けたらいいのか、実は分かっていなかったことに気づいて少しばかり驚いた。彼は居間の真ん中に立ったまま、無言で台所を覗き込んだ。何かを口にしたらどんなことになるのか、見当もつかない。この男も自分が養わなくてはならないのだという不意に心に浮かんだ事実を考えれば、何と言ったらいいのか分からないなんて、ひどく奇妙な気がする。これまではスティーヴィーという存在を自分の被扶養者として見たことは一瞬たりともなかった。

この若者にどう話し掛けたらいいものか、ミスター・ヴァーロックにはまったく分からなかった。彼が台所で身振りを交えつつ何やら呟いているのをひたすら見守る。スティーヴィーは檻のなかで興奮している動物のようにテーブルの周りをうろついていた。ためらいがちに「もうお休みの時間だろう？」と声を掛けたが、何の効き目もない。それでミスター・ヴァーロックは義弟の行動を見つめるのを打ちきりにして、現金箱を手に居間を物憂げに通り抜けた。階段を上りながら全身に気だるさを感じたが、それは純粋に精神的なものだったので、どうしてそんな疲労を覚えるのか訳が分からず、不安になった。何か病気の前兆でなければいいが、と思う。彼は疲労感の正体を確かめようと、暗い踊り場で立ち止まった。しかし暗がりに広がるかすかで途切れのない鼾《いびき》の音が、疲労感の輪郭をぼやけさせる。義母の部屋から漏れてくる音だった。扶養家族がここにもう一人、と思う——そう考えながら彼は寝室に入った。ミセス・ヴァーロックはベッド脇のテーブルに置いたランプ（二階にガスは引いていなかった）の明かりを少しも落とさずに眠り込んでいた。シェードによって下方に向けられた光が、彼女の頭の重みでくぼんだ白い枕をまばゆく照らしている。両目を閉じた彼女の黒髪は、寝るために幾筋かに編んである。耳元で名前を呼ぶ声に目を覚ました彼女の目に、夫が自分を見下ろすように立っている姿が映った。

「ウィニー、ウィニー」

彼女は最初、身動きせず、じっと横になったまま、ミスター・ヴァーロックの手にしている現金箱に目を遣るだけだった。しかし弟が「下であちこち跳ね回っている」と分かると、がばっと上体を起こして、ベッドの端に腰掛けた。まるで裸足の足先が、首と手首のところをボタンでぴったり留めた飾りのない袖つきのキャラコの袋の底から突き出ているように見える。彼女は夫の顔を覗き込むように見上げながら、その足がカーペットの上をまさぐってスリッパを探す。

「彼にどう接していいか分からんのだ」ミスター・ヴァーロックは不機嫌に言った。「明かりをつけたまま、下に一人きりにしておくのはよろしくないだろうが」

彼女は何も言わず、すばやく寝室を出る。その白い姿の背後でドアが閉まった。

ミスター・ヴァーロックは現金箱をベッド脇のテーブルに置き、脱衣作業を開始した。オーバーコートを遠くの椅子に放り投げると、次は上衣とチョッキ。長靴下を穿いたまま、部屋を歩き回る。落ち着かなげに両手を喉のあたりに当てたがっしりした姿が、妻の衣裳ダンスの扉にはまった細長い姿見の前を行ったり来たりした。それからズボン吊りを肩から外すと、思い切り紐を引いて窓のブラインドを上げた。額を冷たい窓ガラスにもたせかける。脆くて薄く伸びた一枚のガラスが彼と外とを隔てている。外に広がる冷たく、黒く濡れて、泥だらけのまま無愛想に積み重なった巨大な塊は、それ自体人間にとって不快で、よそよそしい存在であるレンガやスレート板や石の集積だった。

ミスター・ヴァーロックは屋外のすべてのものに潜在しているよそよそしさを、ほとんど明確な肉体の痛みとして身をもって感じ取った。警察のシークレット・エージェント、秘密の情報屋という仕事ほどいざというとき当てにならないものはない。まったく無人の乾ききった平原で、それまで乗っていた馬に突然死なれてしまうようなもの。こんな類似を思いついたのは、ミスター・ヴァーロックが昔、種々雑多な軍馬に跨《またが》ったことがあり、そして今また、落馬しそうな感覚に襲われたからだった。この先の見通しは額を押し当てている窓ガラスと同じように暗い。忽然と、きれいに髭を剃った才気あふれるミスター・ヴラディミルの顔が眼前に現れた。バラを思わせる顔色の輝きに包まれたその像は、死を呼ぶ暗闇に押されたどこかピンク色の印章を思わせる。

顔だけが切り離されたこの輝く幻には何とも気味の悪い生々しさが漂っていたので、ミスター・ヴァーロックは思わず窓から跳びしさり、がらがらと大きな音を立ててブラインドを下ろした。そんな幻が続けざまに現れるのではという不安から、平静を失って言葉も出ず、妻が部屋に戻って、何事もなかったかのように落ち着き払ってベッドに入るのをただ見つめるだけだった。そんな妻の態度を見ていると、自分はこの世界からすっかり見放されたという孤独感に襲われる。ミセス・ヴァーロックは彼がまだ寝ていないのを見て、驚いて言葉をかけた。

「あまり気分がよくないんだ」と彼は呟き、汗ばんだ額を両手で拭った。

「めまいがするの?」

「そう、どうにも具合が悪い」

ミセス・ヴァーロックは経験豊かな妻よろしく、少しも慌てず、その原因について自信たっぷりに自説を述べ、いつもの薬はどうかと仄めかした。[14] しかし夫の方は部屋の真ん中に根を生やしたように突っ立ったまま、悲しげにうつむき加減の顔を左右に振るのだった。

「そんなところに立っていては風邪をひきますよ」と彼女は言った。

ミスター・ヴァーロックは気を取り直して何とか着替えを済ませ、ベッドに入った。家の前の静かな狭い通りを規則的な足音がこちらに近づき、そのままゆっくりとしっかりした足取りで遠ざかっていく。まるでその通行人は永遠を計りつくそうと、夜に燃えるガス灯からガス灯へと果てしなく歩き始めたかのようだった。そして踊り場の古時計の眠気を誘うようなチクタクという音が、寝室にまではっきりと聞こえてきた。

ミセス・ヴァーロックが仰向けになり、天井を見つめながら口を開いた。

「今日の売り上げはとても少ないのね」

ミスター・ヴァーロックは同じように上を向いたまま、何か重要なことを言い出そうとするみたいに咳払いをしたが、口をついて出たのはさりげない質問だけだった。

「下のガス灯は消したのか?」

「ええ、消したわ」とミセス・ヴァーロックは生真面目に答えた。そして時計がチクタクと三度ほど時を刻んだ後で「あの子、可哀想に今夜はとても興奮しているの」と

14　明示的に記されていないが、ベッドに誘っているのではないだろうか。

呟いた。

ミスター・ヴァーロックはスティーヴィーの興奮のことなど気にもならなかったが、ひどく目が冴えてしまい、ランプを消した後の暗闇と静けさに向かい合うのが怖かった。それで、その恐怖を遠ざけようと、寝るように勧めたのだがスティーヴィーに無視されたのだと言ってみた。ミセス・ヴァーロックはその誘いに乗せられ、夫に向かって、その振舞いは「生意気」といったものではさらさらなく、ひたすら「興奮」のせいなのだ、と滔々《とうとう》とまくしたて始めた。ロンドン中探しても、あの年頃の若者でスティーヴィーほど言うことを聞き、従順なものはいない、と断言する。誰かがあの可哀想な頭を混乱させないかぎり、あれほど心根が優しくて、人に気に入られ、しかも人の役に立つ子は他にいない。ミセス・ヴァーロックはぼんやり横になっている夫の方に向き直り、肘をついて上体を起こすと、スティーヴィーが家族の有用な一員であると信じてもらいたい一心から、彼の方に身を乗り出した。子どものときに弟の悲惨な姿を見て病的なまでに高められた保護者としての憐れみの情が熱く湧き出て、土気色をした彼女の頬にわずかながらほんのり赤みが差し、黒い瞼の下の大きな目がキラリとかすかに光った。ミセス・ヴァーロックはそのとき若返って見えた。かつてのウィニーのように若く見え、しかも、ベルグレイヴィアの下宿屋時代のウィニーが下宿人の殿方相手に見せていた姿より、はるかに生き生きとして見えた。ミスター・ヴァーロックは自ら抱えていたさまざまな不安から、妻の語っていることは頭に入らない。その声はとても厚い壁の向こう側で発せられているように聞こえる。彼を我に返らせたのは彼女の若返った姿だった。

彼は目の前の女を素敵だと思った。それでいて、相手の顔に浮かぶ何やら激しい感情に呼び起こされたこの素敵だという思いは、彼の心の苦悩に新たな痛みを付け加えるだけだった。彼女の声が止むと、彼は不安げに身体をもぞもぞと動かして言った。

「ここ数日、どうも調子がよくないんだ」

彼はこの言葉をきっかけに、洗いざらい秘密を打ち明けようとしたのかもしれなかった。しかしミセス・ヴァーロックは頭を枕に戻し、上を見つめながら話を続けた。

「ここで話されることは何でもあの子の耳に届いてしまうわ。あの人たちが今夜来ることを知っていたら、あの子もわたしと同じときに寝るようにしたのに。人肉を食べるとか血を飲むとかいった話を漏れ聞いて、すっかり取り乱したの。あんな話をして何の得があるのかしら」

彼女の声には怒りのこもった軽蔑の響きがあった。今度はミスター・ヴァーロックもすばやく反応した。

「カール・ユントに訊いてくれ」彼は腹を立てて怒鳴った。

ミセス・ヴァーロックは臆することなく、カール・ユントは「反吐《へど》が出るような爺さん」だときっぱり断じた。ミハエリスのことは好きだとあからさまに言い切る。がっしりしたオシポンの前に出ると、彼女は石のようによそよそしい態度の裏でいつも不安を感じるのだが、その彼についてはひと言も口にしない。そして長年にわたって気苦労と心配の種である弟の話を続けた。

「ここで話されることを聞かせていい子じゃない。何もかも本当のことだと思ってしまうのだから。疑うような知恵がないの。あんな話を聞かされると感情が激してしまう」

ミスター・ヴァーロックは口を噤《つぐ》んだまま。

「下へ降りていくと、わたしが誰か分からないみたいに睨みつけたわ。心臓が早鐘のように打っていた。興奮しやすいのは仕方がないこと。母を起こして、あの子が眠りにつくまでそばに座っていて、と頼んだわ。あの子のせいじゃないもの。そっと一人にしておけば、誰かに迷惑をかけるような子じゃない」

ミスター・ヴァーロックは口を噤んだまま。

「学校へ行って読み書きなど習わせなければよかったと思うわ」とミセス・ヴァー

ロックは勝手に言葉を続けた。「何かというと陳列窓からあのろくでもない新聞を取り出しては読んでしまう。顔を真っ赤にして夢中になって読みふけるの。あれって月に十部も売れないでしょ。陳列窓の場所ふさぎになっているだけ。それにミスター・オシポンが毎週、F・Pのちらしを束にして持ち込んでくるけど、売値が一部半ペニーだなんて。わたしなら丸々一束で半ペニーだってごめんよ。あんな馬鹿みたいなもの――ほんと、くだらないわ。売れるわけがない。この間、スティーヴィーが一部、手にしたの。そこに載っていたのは、ドイツ人将校が新兵の耳を半分引きちぎったのに、何のお咎めもなかったという話。けだものね！　その日の午後のスティーヴィーは手がつけられなかった。その話はひどすぎて、誰だって逆上して当然。それにしてもあんなものを印刷して何の意味があるのかしら？　この国にいるわたしたちはドイツ人の奴隷じゃないわ、ありがたいことに。あんなこと、わたしたちには関係ないでしょ」

ミスター・ヴァーロックは何も答えない。

「あの子から大型のナイフを取り上げなくてはならなかったの」ミセス・ヴァーロックは言葉を継いだが、少しばかり眠たげな声になっていた。「大声で叫び、足を踏み鳴らし、すすり泣いていた。残酷なことは想像しただけで耐えられないの。その将校を現場で見たら、豚でも相手にするように刺していたでしょうよ。間違いないわ。情けをかけるのに値しない人っているんですもの」ミセス・ヴァーロックの声が止んだ。長い沈黙の間に、動きを止めた目は次第に瞑想に沈む気配が濃くなり、瞼が閉じられた。「気分はよくなって？」彼女はかすかなぼんやりとした声で尋ねる。「明かりを消しましょうか？」

絶対に眠れるはずがないという暗澹《あんたん》たる思いから、ミスター・ヴァーロックは暗闇を怖れるがあまり、黙ったまま、どうにもまともに反応できない。必死に自らを鼓舞する。

「ああ、消してくれ」彼はやっと虚ろな声で言った。

第4章

白い模様入りの赤いクロスの掛かった三十卓かそこらの小テーブルは、大部分が地下ホールの暗褐色の羽目板と直角に配置されていた。数多くのガラス玉で飾り立てられたブロンズのシャンデリアが少しだけ丸みのついた低い天井から下がり、四方の窓のない壁にはフレスコ画が工夫も趣もなくただ並んでいる。描かれているのは中世の衣裳を身につけた人々の狩りや戸外の酒宴の様子。緑色の胴着を着た従者たちが狩猟ナイフをこれ見よがしに振り回し、泡立つビールの入った蓋付きの大ジョッキを高々と掲げている。

「大きな勘違いをしているのなら申し訳ないが、君こそがこのとんでもない事件の内幕を知る人間なのだろう」頑強な肉体をしたオシポンが身を乗り出して言った。テーブルの先まで両肘を伸ばし、両足は椅子の下にすっぽりしまいこんでいる。荒々しい熱のこもった眼差しが相手に据えられていた。

両側に鉢植えの二本の椰子を従えて入口近くに置かれた中型のアップライト・ピアノが、有無を言わせぬ技巧を駆使して、突然、ひとりでにワルツを演奏し始めた。[1]耳を聾《ろう》するばかりのものすごい音。その音が鳴り始めたときと同じように唐突に止むと、なみなみとビールの注がれた重たいガラスのジョッキを前にして、オシポンの向かいに座っている眼鏡をかけた薄汚い小柄な男が、一般論だが、といった調子で静かに口を切った。

「原則を言えば、何らかの所定の事実に関してわれわれの一人が何を知っていようが、もしくは知るまいが、それは他人にとって探究すべき問題にはなり得ない」

「たしかにその通り」同志オシポンは静かな低い声で同意した。「原則的にはね」

大きな血色のいい顔を支えながら、彼の目はじっと相手を見据えたまま動かない。眼鏡をかけた薄汚い小男の方は動じる風もなくビールを一口飲んで、ガラスのジョッキをテーブルに戻した。平たくて大きな耳が頭蓋の両側から外に張り出している。[2]その頭蓋はいかにも脆そうで、オシポンなら親指と人差し指で捻り潰せそうだった。ドーム形をした額は眼鏡の縁の上に載っているかのよう。脂ぎって不健康な色をした平べったい頬には、黒っぽく薄い髯が申し訳程度に惨めったらしく生えている。嘆かわしいほど見栄えのしない全体の身体つきが、そのどこまでも自信に満ち溢れた態度にそぐわず滑稽に見える。話しぶりはそっけなく、黙っているときの所作はとりわけ印象深いものだった。

オシポンが両手の間から呟くように再び口を開いた。

「きょうは長いこと外出していたのか？」

「昼までずっと寝ていた」と相手は答える。「なぜだい？」

「いや、別に」とオシポンは言った。真剣な目つきで相手を見つめ、何かを探り出せるのではないかと心が騒ぐのだが、相手の小男のどこまでも無関心な態度が明らかに彼を怖気づかせていた。この同志と話していると——それはめったにあることではな

1 自動ピアノは一八九〇年代から一九二〇年代にかけて流行した。この作品の時代設定を考えると、自動ピアノが普及していたとは考えにくく、これは記時錯誤であるとの見解もある。ただ電気などを用いない初歩的なタイプの自動ピアノは十九世紀中期には使われていた模様で、このピアノもそうした旧式のものかもしれない。

2 ロンブローゾは繰り返し、先天的な犯罪者は耳が大きいと主張していたらしい。また以下でこの人物がいかに社会への激しい不満と強烈な自己愛を持っているかが語られるが、これはロンブローゾの弟子筋に当たるマックス・ノルダウ（一八四九〜一九二三）がアナキストの特性として述べたものに合致すると言われている。

いが――大男オシポンにして、自分が精神的のみならず肉体的にも無意味な人間だと感じさせられてしまうのだ。それでも彼は思い切って問いを重ねた。

「ここへは歩いてきたのか？」

「いや乗合馬車だ」小男は躊躇なく答えた。彼はロンドンの中心部から離れたイズリントン地区[3]に住んでいた。間借りしている小さな家のあるのは藁《わら》やら紙屑やらの散らかったむさ苦しい通りの奥で、その通りを学校の引ける時間になると、雑多な子どもたちの一団が甲高いだけの侘しくて騒がしい叫び声をあげては、喧嘩しながら走り回るのだった。彼の借りているのは、家の裏に面したとんでもなく大きな食器棚がひときわ目立つ一人部屋で、貸主は初老の独身女性二人。二人は召使いの女たちを主な顧客とする仕立屋を営んで、つましく暮らしていた。彼は食器棚に重い南京錠をかけていること以外、何ら厄介事を起こすこともなく、事実上まったく世話なしの模範的な下宿人だった。風変わりなところと言えば、部屋を掃除してもらうときには必ず自分が同席するようにしていることと、外出するときにはドアに鍵をかけ、その鍵を携行することくらいだった。

オシポンは相手の丸い黒縁の眼鏡が乗合馬車の二階から街を睥睨《へいげい》して進む様子を思い描いた。自信に満ちた眼鏡のきらめきは家並みの壁そこここに投げかけられたかと思うと、何も知らずに舗道を歩く人々の頭を見下ろしている。陰気な微笑の影が固く結んだオシポンの厚い唇を歪めた。その眼鏡が目に入って、あちこちの壁が会釈を送り、人々が死に物狂いで逃げ出す情景を想像したのだった。あいつらが知ってさえいたら！　どんなパニックが起きたことか！　彼は小声で訊いた。「ここにずっといたのか？」

「一時間かそこらかな」と相手は無頓着に答え、黒ビールを一口飲んだ。彼の仕草は――ジョッキの握り方、飲みっぷりからジョッキの置き方、腕組みの仕方まで――すべてが確固不動、自信に溢れてぶれることがないせいで、対する大柄で筋肉質のオシポンが身を乗り出し、食い入るように相手を見つめながら唇を突きだしている姿は、話を聞きたくてうずうずしているが切り出す度胸のない優柔不断の権化に見えた。

「一時間か」と彼は言った。「それじゃあ今しがた耳にしたニュース――通りで聞いたんだが――は聞いていないな。そうだろう？」

小男は知らないな、とかすかに首をふったが、少しも興味をもった気配がなかったので、オシポンは思い切って、それを聞いたのはこの店のすぐ前だ、と言い添えた。

3　ロンドン北部の住宅地域。当時は労働者階級、下層中産階級が多く暮らしていた。

新聞売りに目と鼻の先で喚かれた事件が思いもよらないものだったものだから、すっかり驚いて気も動転。喉がカラカラになって思わずここに立ち寄った。「あんたがいるとは思いがけなかった」彼は肘をテーブルにじっとつけたまま、小声のまま付け加えた。「ときどき来るんだ」と相手は腹立たしいほど落ち着き払った態度で言う。「よりによってあんたが何も聞いていないとは驚きだ」と大男のオシポンは続けた。輝く目の上で瞼が神経質そうに開閉を繰り返す。「よりによってあんたがね」と彼は信じ切ってはいない様子で繰り返した。明らかに奥歯にものの挟まったようなこの言い方は、どこまでも冷静な小男を前にしてこの大男が、いかに信じがたい、また説明しがたい臆病風に吹かれているかを物語っていた。小男の方は再びガラスのジョッキを手にしてビールを飲み、一向に動じる気配もなく、そっけなくそれを置いた。会話の続きようもない。

オシポンは言葉か身振りか、何らかの反応があるかと待っていたが、それがないので、別に大したことではないという風を装おうとした。

「あんたは」さらに声を押し殺して彼は言う、「あれを欲しいと言ってくる奴には、相手構わずやるのか？」

「我が鉄則は誰も拒まぬということ――少しでも手持ちがあるかぎりはね」小男はきっぱり答えた。

「それが行動原理なのか？」とオシポンは訊いてみる。

「それが行動原理だ」

「それで安全だと思うのか？」

血色の悪い顔に何事にもうろたえることのない自信に満ちた表情を与えている大きな丸眼鏡がオシポンに対峙している。それは不眠不休のまま、まばたきもせずに冷たい炎を放つ眼球のようだった。

「まったく安全だ。いつだって。どんな場合でも。何ものもわたしを止められない。今のままで何が悪い？　考え直す必要などどこにある？」

オシポンは息を呑んだ。言ってみれば、控え目に。

「あんたの製品を欲しいと言ってきたら、デカにでも売るというのか？」

相手はかすかに微笑んだ。

「奴らに来させてみればいいさ。そうすれば分かるだろう」と彼は言った。「奴らはわたしを知っている。しかしわたしも奴らのことは一人残らず知っているんだ。わたしの傍には近寄らないさ――奴らはね」

彼の土色の唇はギュッと固く閉じられた。オシポンが異論を差し挟む。

「だが、誰かを送り込むことだってできるだろう――あんたを罠にかけて。分かるだろう? そうやってブツを手に入れて、それから証拠を手に逮捕するって寸法さ」

「何の証拠だ? せいぜい無許可の爆発物取引くらいのものだろう」これは軽蔑を込めて相手をからかった言葉だったが、痩せた不健康な顔の表情に変化はなく、言い方も投げやりだった。「そんな罪状で逮捕したいと思っている奴は一人もいないだろうよ。逮捕状を請求するなんて奴が一人でも出てくるとは思えないな。有能な奴が、ということだが。そんな輩がいるもんかね」

「どうして?」

「我が製品の最後の一握り分は肌身離さず持ち歩くようわたしが気を配っていることを連中はよく知っているからさ。いつも身につけているんだ[4]」彼は上衣の胸の部分に軽く手を触れた。「厚いガラス瓶に入っている」と言い添える。

「そう聞いてはいた」と言ったオシポンの声にはかすかな驚きがこもっていた。「でも知らなかったな、それが――」

「連中は知っている」と小男が相手の言葉をさえぎってぴしゃりと言って、自分の華奢な頭より高い垂直の椅子の背に身体を預ける。「絶対に逮捕されることはない。警察の誰にとっても割に合うゲームじゃないからね。わたしのような人間を相手にするには、そのものずばり、むき出しで恥知らずの英雄的精神が必要なんだ」

再び彼の唇が自信満々にぐっと閉じられた。オシポンは苛立ちから身体が動きそうになるのを何とか抑えた。

「というより向こう見ず――それともひたすら無知か」と彼は切り返した。「あいつらとしては、あんたが自分を含め、周囲六十ヤード以内のもの一切合財を粉々に吹き飛ばすだけのブツをポケットに忍ばせている、なんて少しも知らない奴を手配すればいいだけのことじゃないか」

「自分が消されることはあり得ない、などと言った覚えはないよ」と相手はきっぱり答える。「しかしそれは逮捕されるってこととは違う。それに、逮捕って見かけほど簡単なものじゃない」

「馬鹿な！」オシポンが反論する。「そんなに自信を持つなよ。通りで数人の男に背後から跳びかかられたら、どうやって防ぐというのだ？　両腕を脇腹に押さえつけら

4　ルーク・ディロンというテロリストは、いざというときに備えて、爆薬を装着したベルトを締め、逮捕されそうになったときにはいつでもそれを爆破できるようにしていたという。

れて、何も抵抗できなくなる、そうだろ？」

「いや、そんなことにはならない。暗くなってからはめったに外に出ないし」小男は平然と答える。「それに夜遅くには決して外出しない。出歩くときはいつも、右手をズボンのポケットに入れてゴム製のボールを握っている。[5]このボールを強く押すと、ポケットに忍ばせたガラス瓶のなかの起爆装置が作動する。カメラで使われている空気式の瞬間シャッター[6]の原理さ。このチューブの先は――」

秘密はこれだとばかり、彼はすばやい動作でゴム製チューブをちらりとオシポンに見せた。細長い褐色のシャクトリムシのような管がチョッキの脇から出てジャケットの内ポケットの中へと繋がっている。彼の着ている服はこれといって特徴のない茶色の混紡地で、擦り切れてところどころに染みがつき、襞《ひだ》には埃がたまって、ボタンホールは綻んでいた。「起爆装置は半ば機械的、半ば化学的に作動する」と彼はさりげない恩着せがましさを含ませて説明した。

「もちろん瞬時に爆発するんだろうね？」とオシポンは軽く身震いしながら小声で言う。

「とんでもない」と相手は告白したが、それは本意でないことだったので、その口が悲しげに歪んだようだった。「ボールを押してから爆発が起きるまで、丸々二十秒はかかってしまうな」

「ひゅー！」オシポンは毒気に当てられたみたいに、口笛めいた声を発した。「二十秒だって！　ひぇー！　それに耐えられるっていうのか？　ぼくなら気が変になって――」

「だからって何か問題でも？　もちろんそれがこの特殊装置、ひたすらわたし個人用の装置の弱点ではある。一番厄介なのは爆発のさせ方がわれわれにとってつねに弱点になるということ。いま作ろうと苦労しているのは、どんな状況下の行動にも、そして思いがけない状況の変化にさえ対応するような起爆装置。調節自在でありながら少しの誤差もなく動く仕掛け、本当に頭のいい起爆装置さ」

「二十秒か」とオシポンが再び呟いた。「ぞっとするよ。二十秒経つと――」

小男が頭をわずかに回す。眼鏡のきらめきが名だたるサイリーナス・レストラン地[7]

5　他の箇所（例えば140頁）で、彼は起爆装置をズボンの左ポケットに入れ、左手で握っているが、この記述が作者の不注意とは限らないだろう。左右のポケットに入れたボールを握るという繰り返される動作は、この人物のなんらかの性的特（異）性を暗示しているかもしれない。

6　主として動く被写体を撮るために、短い露出時間で撮影可能なカメラで用いられたシャッター。こうしたカメラが開発されたのは十九世紀半ばである。

下のビアホールの大きさを測っているようだった。

「この部屋の誰一人として逃げおおせはしないだろうな」というのが計測後の判定だった。「今階段を上っているそこのカップルもまた然り」

階段下のピアノが、がさつで厚かましい幽霊がこれ見よがしに登場したみたいに、マズルカを耳障りな激しい音でがなりたてた。鍵盤が不可思議な上下運動を繰り返す。そのうちすべてが静かになった。一瞬、オシポンはどぎつく照らされたこの場所が凄まじい煙を吐き出す恐ろしい暗黒の穴へと変わったところを想像した。粉砕されたレンガや切り刻まれた死体の重なり合うおぞましい塵芥《じんかい》の山のせいで出口を塞がれ、その煙が充満している。荒廃と死があまりにも生々しく感じられて、彼は再び身震いした。相手は平然と少しも動じぬ様子で言った。

「最終的に身の安全を保証するのはその人間の気骨だけだということ。わたしほど何事にも動じない気骨の持主はまずどこにもいないだろうよ」

「一体どうやってそんな風になれたんだ」オシポンは唸《うな》った。

「個性の強さだな」と相手は声を高めるでもなく答える。そしてどう見ても貧相な生命体の口からこう断言されて、頑強なオシポンは下唇を嚙むのだった。「個性の強さだ」と小男は平静さをひけらかすように繰り返す。「わたしは自分自身を破壊的な凶器とする手段を持っている。しかし分かるだろうが、自分を守るという点ではそれだけではまったく無意味だ。それが意味を持つのは、わたしにはその手段を使う意志があるとあの連中が信じているからさ。そう頭に刻み込んでいる。それは間違いない。だからわたしは必殺の凶器ということになる」

「あいつらのなかでも気骨のある奴はいるぜ」とオシポンは不穏な言葉を呟いた。

「そうだろうな。だがそれは明らかに程度の問題だ。たとえばわたしは連中から何がしか頭に刻まれるような印象を受けたことはないからね。だから連中は一流にはなれない。二流のままでいるしかないんだ。気骨といっても型にはまった道徳を基にしているだけ。社会秩序に寄りかかっている。わたしの場合は人為的なもののしがらみを一切受けつけない。連中はあらゆる種類のしきたりに縛られている。連中の基盤とし

7 サイリーナス（シーレーノス／セイレーノス）はギリシャ神話で酒神ディオニューソスの教師。酒と女が好きなサチュロスたちの父ともされ、音楽好きで陽気な酔っ払い老人としても描かれた。コンラッドはニーチェの『悲劇の誕生』（一八七二）における「シーレーノスの知恵」についての記述を想起しているのかもしれない。ニーチェは「万人にとって生まれてこないのが最善、次善は早く死ぬこと」という名言をシーレーノスに帰している。この言葉は第13章のこのビアホールの場面でも背後で響いている気配がある。店は架空のものらしい。

ている人生というのは、この絡みで言えば、あらゆる種類の制約やら配慮やらにがんじがらめになった歴史的事実、いつどこから攻撃されてもおかしくない複雑で組織化された事実なのだ。わたしの優位性は明白だろう」

「何とも高遠なお話だ」とオシポンは丸眼鏡の冷たいきらめきを見つめながら言った。

「カール・ユントが最近似たような話をしたのを耳にしたな」

「カール・ユントか」と相手は軽蔑したようにくぐもった声で言う。「〈国際赤色委員会〉の委員だな。あいつは昔から変わらず、中身のない気取り屋のままだ。委員は君たち三人か。他の二人についての判断は差し控えよう、何しろ君がその一人だからね。だが、君たちの言っていることは無意味だ。君たちは革命運動のプロパガンダを担うご大層な委員だけれども、困ったことに、自前で物を考えることができないという点では、立派に働いているそこいらの食品雑貨商やジャーナリスト以下だ。それだけじゃない。君たちには何ら気骨というものがない」

オシポンは激しい怒りがこみあげてくるのを抑えることができなかった。

「じゃあ、あんたはわれわれに何を求めているというんだ?」彼は押し殺した声で叫んだ。「あんた自身が求めているものとは何なんだ?」

「完璧な起爆装置」というのが有無を言わせぬ答だった。「どうしてそんなしかめっ面をするんだ？　つまり、君たちは何か決定的なことに触れられただけで、それと向き合うことすらできなくなってしまうのさ」

「しかめっ面などしていないぞ」と苛立ったオシポンは熊そっくりのうなり声を上げた。「君たち革命家は」と相手は落ち着き払って自信たっぷりに言葉を続ける、「君たちを怖れる社会のしきたりに縛られた奴隷なのだ。しきたりの奴隷という点では、そのしきたりを擁護するために頑張っている当の警察と大同小異。そうとしか言いようがない。何しろ君たちはそのしきたりに革《あらた》な命を吹き込もうというのだからな。言うまでもなく、君たちの思想はそれに支配される。そして行動も。かくして思想も行動も中途半端なままになるわけだ」彼はそこで口を噤んだ。その静かな様子から、重苦しく果てしない沈黙の続く気配が漂ったが、ほとんどすぐに彼は言葉を継いだ。「君たちは対抗勢力――例えば警察だな――と同じくらいどうしようもない。この間、トテナム・コート・ロード[8]でばったりヒート警部[9]に出くわしてね。彼はこっちをずっと見ていたが、こっちは向こうを見たりなんぞしなかった。ちらっと目に留めたら、それ

8　ロンドン中央部を南北に走る大通り。オックスフォード・ストリートと交わる。西側には一八七〇年代から一九〇〇年代初頭にかけて、外国からの政治亡命者や革命運動家の暮らす地域があった。

以上見る必要などどこにある？　彼はいろんなことについて考えていたんだろう——上司、自分の評判、裁判、自分の給料、新聞——まああれこれとな。だがわたしは完璧な起爆装置を作ることしか頭にない。彼など無に等しかったよ。まったく取るに足りない存在だった。彼と比べられるどんなくだらない人間がいるか、見当もつかないね——せいぜいカール・ユントか。あの二人は五十歩百歩だな。テロリストも警官も同じ穴のムジナなんだ。革命精神も遵法精神も同じゲームで互いに指し手を競っているだけ。現れた形は違うが、根っこにある怠惰は同じものさ。彼は彼なりにつまらんゲームをやっている——君たちプロパガンダ担当者もご同様。だがわたしはゲームで遊んだりしない。一日十四時間働き、ときには空腹に苛まれたりもする。実験に金のかかることが少なくないからな。そんなときには一日、二日何も食わずに仕事をしなくちゃならない。わたしのビールを見ているね。たしかに二杯目だ。そしてもうすぐ三杯目をもらうだろう。今日はちょっとした休日で、一人祝杯をあげているのさ。いけないか？　わたしには一人、まったく一人、一人っきりで仕事をする根性がある。何年も一人でやってきたんだ」

オシポンの顔は赤黒くなっていた。

「完璧な起爆装置作りを、だろう？」と彼は低い声で嘲るように言った。

「そうとも」と相手は言い返した。「わたしの仕事についての見事な説明だ。委員会やら委員やら何ともご大層だが、君たちの活動がどのようなものか、とてもじゃないがわたしの場合ほど正確には説明できないだろう。わたしこそ真のプロパガンダ担当だよ」

「その点について議論する気はないね」オシポンは個人的な問題など超越しているといった風を装って言う。「だが、あんたの休日を台無しにしなくちゃならないようだな。グリニッジ・パーク[10]で今朝、男が一人爆死したんだ」

「何で知っている？」

「二時からこの方、街頭では大声で新聞が売られている。それを買って、ここに飛び込んできてみたら、あんたがこのテーブルに座っていたというわけさ。そいつはこのポケットに入っている」

彼は新聞を取り出した。大判のその新聞はバラ色[11]をしており、まるで楽天的な自らの信念の熱で頬を赤らめているようだった。彼はそれにさっと目を通す。

9 ロンドン警視庁刑事部のメルヴィル警部がモデルだとされる。一八九〇年代、対テロや対アナキスト対策の花形として新聞紙上で有名だった。
10 テムズ川南岸のグリニッジにある緑地。

「ああ、ここに出ている。グリニッジ・パークで爆発。詳細はいまだ不明。事件発生は十一時半。濃霧発生中。爆発による震動はロムニー・ロードとパーク・プレイスに[12]まで。立木の下の地面にできた巨大な穴を砕けた根や折れた枝が埋めつくした。爆発で粉々になった男の死体の欠片《かけら》が一帯に散乱。それだけだ。あとはひたすら新聞が得意の与太話。おそらく天文台爆破を目論んだ凶悪な企みだろう、だとさ。ふん、ちょっと信じられないね」

彼はもうしばらくその新聞を黙って眺めてから、それを相手に手渡した。しかしこちらはぼんやり活字に目を落としただけで、何も言わずにテーブルに置いた。

先に口を切ったのはオシポン――まだ怒りが収まらない。

「たった一人の男の身体の欠片って書いてある。それゆえにだな、そいつは自爆したってことになる。というわけであんたの休日は台無し、そうだろう？　そんな手があると想像していたのか？　ぼくは夢にも思わなかったね。そんな類のことがここで、この国で計画されるなんて、まったく考えもしなかった。現状にあっては、犯罪と大差ない行為だ」

小男は冷ややかな軽蔑を込めて薄くて黒い眉毛を吊り上げた。

「犯罪だって？　何のことだ？　犯罪とは何なのだ？　そんな断定をして、いったい何が言いたいんだ？」

「どう言ったらいいかな。目下流行《はや》りの言い回しを使うしかないか」とオシポンは苛立たしげに言う。「きっぱり言っておきたいのはだな、こんな事件を起こすとこの国ではわれわれの立場を危うくしかねないということ。それでも犯罪ではないと？　あんたは最近、ブツを多少ともばら蒔《ま》いたはずだ」

オシポンの目つきが険しくなる。相手はすこしも動じず、頷いた頭をゆっくり戻した。

「ばら蒔いたのか！」F・Pのちらしの編集者は声を潜めながらも、思わず怒りの感情を吐き出した。「何てことだ！　あんたは見境なくそいつを渡していたのか、会ったこともない馬鹿者でも、求めにやってくれば」

「まさしくその通り！　この度し難い社会秩序は紙とインクの上に築かれたわけじゃ

11　ピンク色の紙面の新聞として代表的なのが「ピンクのやつ」と呼ばれた『スポーツ・タイムズ』で、競馬を含むスポーツ記事が売物だった。後にヒート警部もピンク色の新聞を取り出す（340頁）。

12　ともにグリニッジ・パークとテムズ川の間を東西に走る通り。パーク・プレイスの現在名はパーク・ヴィスタ。

あない。だから君たちがどう考えようと、紙とインクを結びつけることでそれを潰せるなどとは思わない。そう、誰にでも諸手をあげてブツを差し上げるね、男であろうと女であろうと、また大馬鹿であろうと、来るものは拒まずだ。君たちが今、何を考えているかは分かっている。しかしわたしは〈赤色委員会〉の指示に従うつもりはない。君たち全員がここから追放されようが、逮捕されようが——さらに言えば、首をはねられようが——瞬き一つしないで眺めているだろうさ。われわれ個人個人の身に何が起ころうとも、それはまったく取るに足りないことだ」

彼はこともなげに淡々と、ほとんど感情のこもらぬ調子で話した。オシポンは内心深く動揺したが、相手の超然とした態度を何とか真似ようとした。

「もし警官がやるべきことを分かっているなら、リボルバーであんたを穴だらけにして射殺するか、さもなければ公衆の面前で背後から襲って、袋叩きにしようとするだろうな」

小男はその点についてすでに考慮済みだったらしく、冷静で自信に満ちた様子を崩さない。

「そうだな」彼は少しのためらいも見せずに同意する。「だがそうするためには、彼らは自らを縛ってきた警察制度と対決しなくてはならなくなるだろう。分かるか？

それには人並みでない根性が必要だ。図抜けた根性がね」

オシポンは目をしばたいた。

「万が一、合衆国にあんたの実験所を作ろうものなら、間違いなくそういった目に遭うんじゃないかな。向こうじゃ警官も堅苦しく規則を守ったりしないからね」

「向こうに行って試してみる気はないが、たしかに君の言う通りだ」と相手は認めた。

「あちらの警察はもっと気骨があるし、その気骨は本質的にアナキストと同じものだ。われわれにとって稔りの多い土地だ、合衆国は——実に肥沃な土地だ。あの偉大なる共和国は破壊物質を生み出す根っこを自分のなかに内包している。無法というのがかれらの集団気質。素晴らしいじゃないか。かれらはわれわれを撃ち殺すかもしれない。しかし——」

「高遠すぎてついていけない話だな」とオシポンは不機嫌な不安の念を窺わせる唸り声で言った。

「論理的な話じゃないか」相手は異論を唱えた。「論理には数種類あるが、これは進歩的論理だ。アメリカは問題ない。危険なのは遵法を観念的に捉えているこの国だよ。この国の人間の社会通念は堅苦しい偏見に包み込まれている。それがわれわれの仕事にとって命取りになる。君たちはイギリスがわれわれの唯一の避難場所だなんてのたまっているな。だからなおさらひどい。カプア[13]だよ！　避難所で何がしたいというのだ？　ここで君たちはひたすら語り、印刷し、秘密の計画を立てるだけ。何もやりはしない。カール・ユントのような手合いには何とも好都合なことじゃなかろうかね」

彼はわずかに肩をすくめた。それから相も変わらず悠然と自信たっぷりに言葉を継ぐ。「遵法に対する迷信めいた信仰を打破すること。それがわれわれの目的であるはず。ヒート警部や彼の同類が公衆の面前でわれわれを射殺しても誰も非難などしない、そんな状況になったのをこの目で見られたら、それにまさる喜びはないね。そのときにはわれわれの戦いは半分勝ったようなものだ。古き道徳の崩壊がそれを祀《まつ》る聖堂そのもののなかで始まっていたというわけだから。君たちが目指すべきはそれだろう。ところが君たち革命家は決してそれを理解しようとしない。未来の社会を思い描き、現状から導かれる経済システムの楽しい白日夢に耽っては、行くべき道を見失っている。しかし必要とされているのは、人生観を一新するためにすべてをきれいさっぱり消去し、一から出直すことではないか。君たちが道を譲るつもりにさえなれば、そのような未来がおのずと開けていく。[14]だからこそ、製造したブツをあちこちの街角に山と積んでやりたいとわたしは思う。だがそれは十分な量の手持ちがあればの話で、実際には不足しているから、最善を尽くして真に信頼できる起爆装置を完成させようというわけだ」

オシポンはそれまで水中深くでもがいているような気分だったが、最後の言葉が救助の板でもあるかのように、それにしがみついた。

「なるほど、信頼できる起爆装置か。あの緑地で男をきれいさっぱり消去した起爆装置があんたのものでなかったとしても驚かないことにしよう」

かすかな苛立ちの色が浮かび、オシポンに対峙している揺るぎない表情をした土色の顔が黒ずんだ。

「わたしの抱えている問題は、さまざまな種類のものを使って実際の実験するのが難しいということ、まさにそれなんだ。結局、試してみないことには話にならないから

13 イタリア南西部、ナポリ近くの町。第二ポエニ戦争時、カルタゴの将軍ハンニバルが当地で避寒した。頽廃的で士気をそぐ享楽の地といったイメージがあるらしい。

14 ノルダウの『退化論』では、極端に自尊心の強い独善家、いわゆるエゴ・マニアックの特性として、「つねに現存するものすべてに対する反逆」を目指しながら、「破壊されたものの後に何が取って代わるかには無関心」である点が挙げられており、そうした破壊衝動が「単に本を書いたり集会で演説したりするばかりでなく、ダイナマイト爆弾を使うアナキスト」を生む構成要素の一つである、と述べられている。

な。その上――」

オシポンが相手をさえぎる。

「その男はいったい誰なんだ？　言っておくが、ロンドンにいるわれわれは何も知らない――ブツを渡した男はどんな奴だった、教えてくれないか？」

相手はサーチライトで照らすように、眼鏡をオシポンに向けた。

「教えてくれ、か」彼はゆっくり言葉を繰り返した。「今となっては拒否する理由もあるまいな。ひと言で教えてやろう――ヴァーロックだ」

オシポンは知りたい一心で椅子から数インチ身体を浮かせていたが、これを聞くと横っ面を張られたみたいに再びすとんと腰を落とした。

「ヴァーロックだって！　そんな馬鹿な！」

冷静沈着な小男は一度だけ軽くうなずいた。

「そうとも、彼がその男だ。今回に関しては、たまたまやってきた馬鹿者にブツを渡したなどとは誰にも言わせない。わたしの知る限り、彼はグループ内でも傑出した存在だった」

「その通り」とオシポンは言った。「傑物だ。いや、そうとも言えないか。情報収集全般の中心で、こっちへやってくる同志を迎えるのが主な役目。重要人物というより役に立つ男だ。着想豊かとは言いがたい。何年も前に集会でよく演説をしていた――たしかフランスにいたころだった。だがあまり話のうまい方じゃなかった。ラトーリやモーザー[15]を初めとする旧世代の信頼は厚かったな。あいつが実際に示した唯一の才能は、警察の注意をともかくも躱《かわ》すことができるということ。例えばロンドンでもそれほど厳重な監視を受けているようには見えなかった。ちゃんと結婚もしていたしな。あの店を始めたのも女の金を使ってのことだろう。商売になってもいたようだし」

オシポンは唐突に言葉を切って、「あの女はこれからどうするんだ？」と小声で独り言を呟き、物思いに沈んだ。

相手はこれ見よがしの無関心を装って待っている。この小男の出自ははっきりせず、広く「プロフェッサー」という渾名で知られているだけ。そんな通り名がついたのは、かつてどこかの技術専門学校で化学の実験助手をしたことがあるからだった。不公平な待遇を問題にして学校側と衝突し、その後、染料の実験所に職を得たが、そこでも不愉快極まる待遇を受けた。逆境でも努力を重ね、窮乏に耐え、社会でのし上がるために懸命に働いたあげく、自分の価値を過大に評価するようになったため、世間が彼

15 誰かを仄めかしているのかもしれないが、特定されていない。

を正当に遇することは非常に難しかった――何が正当かという基準は人それぞれの我慢強さに大きく左右されるのだから。プロフェッサーにはたしかに才能があったが、諦めるという重要な社会的美徳が欠けていた。

「知的には取るに足りない男だった」とオシポンがはっきり声に出して言った。心のなかで夫に先立たれたミセス・ヴァーロックの容姿と商売のことをあれこれ考えるのを不意に放棄したのだった。「ごくありきたりの男だ。同志たちとあまり連絡を取らないのはまずいじゃないか、プロフェッサー」彼は咎めるような口調で言う。「彼は何か言っていなかったか？ どんな意図があるかとか？ 一か月ほど会っていなかったもんでね。あの世に行ったなんて信じがたいよ」

「ある建物を攻撃対象とする示威活動になるという話だった」プロフェッサーは言った。「ロケット爆弾を用意するのにそれくらいのことは聞いておく必要があった。建物を完全に破壊するだけの量は到底調達できないと説明したのだが、最善を尽くしてくれとひどく真剣にせがまれてね。大手を振って持ち運べるようなものが欲しいというので、ちょうど手許にあったコーパル・ワニス用の古い一ガロン缶[16]を使ったらどうかと言ったら、それはいいと喜んだよ。いささか手間がかかったな。まず缶の底を切り取って、後からまたはんだづけしなくちゃならなかったからね。しっかりコルク栓のはまった厚いガラスの広口瓶をその缶に入れ、その周りは湿った粘土で固めた。瓶のなかにはX２緑色火薬が詰まっている。それで準備完了だ。起爆装置は缶のねじ蓋につないでおいた。実に巧妙な仕掛けだった――時限装置と衝撃の両方で爆発が起きるのだからな。彼に仕組みを説明してやった。細いスズの管のなかに――」

オシポンはいつの間にかうわの空で聞いていた。

「何が起こったと思う？」彼は相手の言葉をさえぎって尋ねた。

「分からんな。ねじ蓋をきつく締めたか。そうすると時限装置が動き出す。それなのに時間を忘れてしまった。二十分にセットしてあったんだが。別の可能性もある。時限装置が動き出すと、鋭い衝撃があれば瞬時に爆発が起きる。逃げる余裕のないほどぎりぎりまで時間を使ったか、そうでなければ単にそいつを落としてしまったか。装置の接続に異常はなかった――ともかくそれだけははっきり分かっている。仕掛けは完璧に作動したんだ。それでも、ドジな馬鹿者は慌てると接続のことをすっかり忘れてしまうのではないか、と誰でも考える。わたしとしてもその種の失敗をいかに避け

16　コーパルは熱帯の樹木から採る樹脂で、コーパル・ワニスは油絵に使われる。一ガロンはおよそ四・五リットル。

るかについてはずいぶんと頭を悩ました。だが、どうにも防ぎようのない馬鹿が存在するんだ。どんな馬鹿でも使えます、なんて起爆装置は不可能だよ」

彼はウェイターを手招きした。オシポンは凝然と座ったまま。心が千々に乱れ、目はうつろだった。ウェイターが代金を受け取って立ち去ると、ようやく我に返って、いかにも不満そうな表情を浮かべる。

「ぼくにとっては極めて面白くない状況なんだ」彼は考えを纏めるように言う。「カールは気管支炎でこの一週間ベッドから出られない。また起き上がれるかどうか、可能性は五分五分だ。ミハエリスはどこかの田舎で豪勢な暮らしを満喫中。流行りもの好きの出版社が五百ポンドで本の執筆を依頼している。大失敗に終わるだろうに。監獄にいた間は粘り強く思索に耽っていたが、そんな習慣はどこかに消えちまったからな」

プロフェッサーと呼ばれる小男は立ち上がり、上衣のボタンを掛けながら、どこまでも無関心な様子で周囲を見回した。

「どうするつもりだ?」オシポンがうんざりだという口調で尋ねる。彼は〈中央赤色委員会〉の非難を怖れていた。それは一定の住所を持たない組織で、構成メンバーが誰なのか、彼に詳細は知らされていなかった。この事件のおかげでF・Pのちらしを発行するために割り当てられているささやかな補助金が打ち切られることにでもなったら、ヴァーロックの何とも不可解な愚行を本気で恨まざるを得なくなるだろう。

「最も過激な行動様式に対する連帯感と愚かしい無鉄砲とはまったくの別物だ」とオシポンは言った。そこにはどこかむっつりとした冷酷さが漂っていた。「ヴァーロックに何があったのかは知らない。今度のことにはどこか謎めいたところがある。しかし彼は死んでしまった。あんたがどう考えようと勝手だが、こんな状況になった以上、戦闘的革命グループとしては今回のべらぼうなあんたの酔狂とは一切関係がないと言うしか方策がない。その否認に説得力を持たせるにはどうしたらいいか、それが悩ましい」

立ち上がっていた小男はボタンを掛け終え、店を出ようと立ち上がっていた。背丈は座ったままのオシポンと大差ない。その顔に照準を合わせるみたいに彼は眼鏡を構え直した。

「不埒《ふらち》な行いには走っておらず、という証明書を警察からもらえるんじゃないか。君たち全員について、昨夜どこで寝ていたか、向こうは把握しているよ。頼んだら、何らかの公式声明を出すことに同意するかもしれないな」

「おそらく警察はわれわれが今度の事件に何ら関与していないということくらい十分

承知しているだろうさ」とオシポンは苦々しげに呟いた。「だが連中が何と言うかは別問題だ」彼は何やら考え込んだまま、傍らに立っている背の低いみすぼらしい身なりのフクロウを思わせる男のことは一顧だにしない。「すぐにでもミハエリスを見つけ出して、われわれが主催するどこかの集会で心情こもった演説をさせなくては。世間の人間はあいつにセンチメンタルな敬意を抱いているからな。大手の新聞の記者連中とは自分が連絡を取れるし。あいつの言うことはまったくの戯言だろうが、それでも話がうまいから聴衆受けをする」

「苦い薬に混ぜる糖蜜ってとこか」とプロフェッサーが相変わらず平然とした表情を崩さぬまま、低い声で合いの手を入れた。

思案に暮れたオシポンはまったく一人だけで考えごとをしている人間よろしく、ほとんど聞き取れない声で独り会話を続ける。

「とんでもない馬鹿野郎だ！　こんな愚でもない仕事をこの手に押しつけやがって。それなのにこっちは何も知らされていない、一体――」

彼は唇を固く結んで座っていた。情報を得るためにこのまままっすぐヴァーロックの店に行くというのはあまりぞっとしない。彼の考えでは、すでに警察があの店を張っている可能性を否定することはできない。警察は誰かを逮捕しなくてはならないはずだ、と彼は思う。そこには義憤めいた気持ちが混じっていた。というのも、革命家としての平穏な人生行路が他人の過失で脅威にさらされているからだ。しかしまた、店に行かなければ、知っておくべきかもしれない情報を知らないままになる危険がある。さらに彼は考える——もしグリニッジ・パークの男が、夕刊の伝えるように、木っ端微塵に吹き飛ばされたのなら、身許は確認できなかったのではないか。そして、もしそうなら、警察が、目星をつけたアナキストたちの溜まり場として知られている他の場所以上に厳重な見張りをヴァーロックの店につける格別な理由は存在しないことになる——実際、この店、サイリーナスの入口を見張る以上の理由などない。どうせどこへ行こうが、そこかしこで監視の目が怠りなく光っているはず。それでも——

「どうしたものか」と彼はあれこれ考えあぐねて呟いた。

耳障りな声がすぐそばで言う。そこには落ち着き払った軽蔑の響きがあった。

「あの女の持っているものを全部手に入れるまで、どこまでも付きまとったらどうだ」

こう言い捨てて、プロフェッサーはテーブルから立ち去った。オシポンはその洞察に不意を打たれ、思わず立ち上がろうとしたが、身体が言うことをきかない。まるで椅子のシートに固く釘付けされたかのように、虚ろに視線を据えたままじっと動かなかった。演奏者用の腰掛けすらない孤独なピアノが和音をいくつか勇ましく奏でると、さまざまな国の曲をあれこれと弾き始めた。そして彼を店から送り出す最後の曲は「スコットランドのブルーベル」[17]だった。痛ましく切り離された音と音が彼の背でゆっくりと消えていくなか、彼はのろのろとした足取りで階段を上り、ホールを横切って表通りに出た。

大きな入口の前では、道行く人の邪魔にならないようにと側溝に陰気な列をなして、新聞の立売りたちが夕刊を売りさばいていた。肌寒く気の滅入るような早春の一日。薄よごれた空、街路の泥、むさくるしい男たちの纏っているぼろ切れが、印刷所のインク汚れのついた湿っぽい紙屑みたいな新聞の山の出現と見事に調和している。染みのついたポスターが歩道の縁石にずらっと並べられた光景はタペストリーを思わせる。夕刊の立売りは活況を呈していたが、それでも歩道を足早に進む絶えることのない人の流れと比べてみると、総じて無関心のまま通り過ぎられ、売り子は無視されていると言っていい。オシポンは、両方向に行き交う人々の群れのなかに足を踏み入れる前に、急いで左右を見渡したが、プロフェッサーの姿はすでに消えていた。

17 一八〇〇年ごろに作られたバラッド。女優ドロシー・ジョーダン（一七六二〜一八一六）がドゥルリー・レーン・シアターで歌って広く知られるようになった。愛する「ハイランドの若者」が戦闘で死んだのではないかと恐れる娘の歌で、爆弾事件の死者、及びそれを案じるであろうウィニーとの関連が暗示される。日本では「スコットランドの釣鐘草」などの題がつけられている歌。

第5章

プロフェッサーはすでに左に曲がっていた。ほとんど誰もが発育不全の彼より背が高い人混みのなかを、首を少しも動かさず伸ばして歩いていく。失望していないと自分を偽っても無駄なことだったが、しかしそれは感情の問題に過ぎない。彼の超然とした思想は今度のことも、その他のどのような失敗にも動ずることはなかった。次の機会には、あるいはその次には、効き目のある一撃が——真に世間をあっと言わせる一撃が——打ち下ろされるだろう。非道な社会の不正を護る法概念が打ち立てた巨大な殿堂の威風堂々たる前面に、その打撃が最初のひびを入れるのだ。生まれが卑しく、また生まれ持ったなかなかの天分がありながら、それを発揮する妨げとなるほどひどく貧弱な外見のせいもあって、彼は小さいころから、貧困の淵から権力と贅沢を享受する地位へとのし上がる人間の物語に想像力をかき立てられていた。その思考の度を越した、ほとんど禁欲的なまでの純粋さが世間の実態に対するとんでもない無知と結びつき、そのため彼が将来の目標として思い描いたのは、権力と威光を手に入れること、しかも策を弄し、愛敬をふりまき、気配りを怠らず、金にものを言わせるのではなく、ひたすら自らの秀でた本領を発揮して手に入れることだった。そう考えると、自分には間違いなく成功が約束されていると思えた。父親は額の下部が突き出た顔をした男で、身体が弱くて神懸かったところがあり、名は知られていないが厳格なキリスト教の一派に属する巡回牧師で、熱烈な説教をして回っていて、自分の正しさは特権的なものだと絶対の自信を持っていた。気質的に個人主義者だった息子の場合、学校で学ぶ科学が非国教徒の集会で得られたそれまでの信仰にひとたび取って代わると、父親にあっては道徳的な姿勢だったものが、純粋に野心を追求する凶暴なまでに厳格な姿勢へと変貌を遂げたのだった。彼はそれを何か非宗教的な神聖さを帯びたものとして育んだ。自分の野心が挫かれるのを見るにつけ[1]、世界の本性に目が見開かれた。その道徳は薄っぺらで、腐敗しており、不敬極まるものなのだ。どれほど正当と認められる革命でさえ、その道は信条の仮面を被った個人的衝動によって準備される。プロフェッサーの憤怒は憤怒それ自体のなかに、おのれの野心を実現する代行者として

1　ノルダウは極度の自己愛者を野心が挫かれた人間であると記述している。

破壊活動に走るという罪を赦してくれる究極の大義を見出した。公衆が抱いている遵法への信仰を破壊してやろうというのは、彼の衒学《げんがく》趣味に色づけされた狂信の生んだ不完全な定則である。しかし、確立された社会秩序の枠組みは集団もしくは個人による何らかの暴力行為によってしか揺るがすことはできない、という意識下の確信は間違いなく正鵠《せいこく》を射ていた。自分は道徳の代行者なのだ――その考えが心に定着した。容赦ない反抗心をもってその役目を実行することによって、彼は権力と個人的な威光めいたものを手に入れた。それは彼の復讐心に燃えた激しい恨みにとって否定できないことだった。それは心の苛立ちを鎮めてくれた。つまるところ、最も熱烈な革命論者でさえ、他の人間たちと同様に、かれらなりに平安を求めているだけのことかもしれない――慰撫された虚栄心の、満たされた欲求の、あるいはもしかすると痛みを鎮められた良心のもたらす平安を。

みすぼらしい身なりで身体つきも貧弱なこの男は群衆のなかに埋没しながら、自分の力は揺るぎないのだと思いを巡らした。ズボンの左ポケットに入れた手は、自らの禍々《まがまが》しい自由を申し分なく保証するゴム製のボールを軽く握っている。しかししばらくすると、馬車が激しく行き来する車道と男女が入り乱れて混雑している歩道の光景に嫌気が差してきた。そこは長い直線道路で、そこに見えるのは計り知れない多数の群衆のごく一部にすぎないけれども、自分の周りの四方八方、夥《おびただ》しい数の人間の塊がどこまでも、巨大なレンガ造りの建物に隠れた地平線の果てまでも続いているように感じられるのだった。イナゴのように数かぎりなく膨れ上がり、アリのように勤勉で、自然の力のように非情な群衆が、やみくもに、規律正しく、何かに夢中になって、踵を接するように先を急ぐ。かれらは感情も論理も受けつけない。ひょっとすると恐怖も。

それこそが彼の最も恐れずにはいられない疑念だった。恐怖を受けつけないとは！　外を歩いていて、しかも偶々《たまたま》いつになく気持ちが落ち込んだときなどにはよく、人類に対してそうしたぞっとするような、しかも健全な不信感を抱く瞬間を味わうのだった。何ものも人類を動かすことはできないとしたらどうだ？　この種の瞬間は人間というものを一気に把握したいと考える野心家すべてに訪れる——芸術家に、政治家に、思想家に、社会改革家に、あるいは聖人にも。こんな不安に支配されるのは卑しむべきことであり、それに負けぬように際立って優れた人物に活力を与えてくれるのが孤独なのである。そしてプロフェッサーは避難所としての自室を思い浮かべては、揺るぎない勝利感に浸る。戸棚には南京錠が掛かり、雑然と建っている貧しい家々のなかに紛れた完全無欠なアナキストの隠れ家ではないか。乗合馬車を捕まえられる場所に急ごうと、彼は人通りの多い表通りからさっと身を転じて、石の敷きつめられた狭くて薄暗い小路に入った。一方の側に並んだ低いレンガの家の薄汚れた窓には、手をつけられぬほど衰弱し、視力も失った死相が覗いている――取り壊しを待つだけの空っぽの抜け殻だった。もう一方の側からはまだ生気が抜け切ってはいなかった。一本だけ立っているガス灯に向かって、洞窟を思わせる古道具商の店があんぐりと口を開けている。店のなかにはどこか狭い並木道を思わせる曲がりくねった通路が出来ている。それを囲むのは、もつれ合ったテーブルの脚を下生えにした衣裳ダンスの奇怪な森。その通路の奥まった薄暗がりに、背の高い姿見が森の中の池のようにちらちら光っている。不幸な帰る家もないカウチが、不揃いの二脚の椅子と一緒に店の外に置いてあった。プロフェッサーの他にこの小路を使っている人間がもう一人だけいた。がっしりした身体つきのその男は背筋を伸ばして反対方向から歩いてきたが、軽快な足取りを不意に止めた。

「やあ！」と男が声を掛けた。用心深く道の片側に少しだけ身を寄せる。

プロフェッサーはすでに足を止めていた。すばやく身体を半回転させ、両肩が相手とは反対側の壁に触れるほどの位置に立つ。右手は宿無しカウチの背に軽く置かれ、意図を宿した左手はズボンのポケットにすっぽり入ったままである。縁の重い眼鏡の丸いレンズのせいで、そのむっつりした何事にも動じない顔つきがどこかフクロウに似て見える。

活気あふれる大邸宅の側廊での出会いのようだった。がっしりした男は黒っぽいオーバーコートのボタンをきちんとはめ、傘を携えている。あみだに被った帽子の下から大きく覗いた額が薄暗がりのなかでひどく白く見えた。二つの暗い眼窩《がんか》のなかで眼球が相手を刺すように光る。熟れた麦色をした口髭が長く垂れ、その両端が剃りあげた四角い顎を縁取っていた。

「君を捜していたわけじゃない」と男はぶっきらぼうに言った。

プロフェッサーは微動だにしない。この巨大な街のさまざまに入り混じった喧騒が静まって、不明瞭な低い呟きに変わった。特殊犯罪部[2]のヒート警部は声の調子を変えた。

「帰宅を急いでいるわけじゃなかろう?」と彼は尋ねたが、その単純な問いかけにはからかいの響きがあった。

破壊の道徳的代行者たる小男は不健康な顔つきをしたまま、自分だけの威信を手に

2　事実上、一八四〇年頃に創設されたロンドン警視庁刑事部を指すと思われる。

して、黙ったまま勝利感に酔っていた。何しろ脅威にさらされた社会を守れという指令を鎧としてまとったこの男を足止めさせているではないか。彼はカリギュラよりも幸運だった。カリギュラは自らの残忍な欲望をいっそう満足させるためにローマの元老院には頭が一つだけあればいいと願ったが[3]、彼はこの警部一人のなかに、これまで自分が断固として挑みかかってきたありとあらゆる力——法、財産、抑圧、そして不正の力——を見出したのだ。彼は自分の敵のすべてを見て、虚栄心をこの上なく満たしながら、そのすべてに怖れることなく対峙した。敵は彼の前でまるで恐ろしい凶兆を前にしたかのように途方に暮れて立ち尽くしている。人類全員に対して自分がいかに優位に立っているかを証明してくれるこの出会いが巡ってきたことは何ともありがたい、と彼は心のなかでほくそ笑んだ。

　実際、それは偶然の出会いだった。ヒート警部は、午前十一時少し前に犯罪部がグリニッジから最初の電報を受けてからというもの、やりきれないほど多忙な一日を過ごしていた。何より、アナキストたちの活動が活発化するおそれはないと彼が上司の高官に請け合ってから、一週間と経たないうちにそんな無法行為が企てられたという事実だけで十分に迷惑なのだ。彼が安心して何かを断言できるときがあるとしたら、それはあのときを措《お》いて他にはない。あのように断言したとき、彼は限りない満足感を味わっていた。何しろ高官がまさにそう告げられることを強く望んでいることは明らかだったのだから。うちの部が把握せぬまま、二十四時間以内にその種のことが起きるなんてあり得ません、と彼は確言したのだった。そしてそう言ったとき、自分は部内でも指折りの腕利きであると意識していた。彼はさらに、真の知恵があれば控えたはずの言葉まで口にしていた。しかしヒート警部はそれほど知恵が回る方ではなかった――少なくとも真の知恵者ではなかった。真の知恵は矛盾に満ちたこの世において何ごとにも一定の疑いを持つので、彼が現在の地位を獲得する妨げになったことだろう。真の知恵は彼の上司を不安にさせ、彼の昇進の機会を潰してしまっただろう。ところが彼はこれまでとんとん拍子に昇進してきたのである。

「昼夜を問わず、連中の誰一人としてわれわれに見つけられないものなどいやしません。各人一人ひとりについてその動静を時々刻々怠りなく摑んでおりますから」と彼

3　カリギュラ（一二～四一）は残忍さで悪名高いローマ皇帝（在位三七～四一）。ノルダウは極度の自己愛者の例としてその名を挙げ、カリギュラは道徳や法のすべての制約を超越していると考え、首を切れるように人類全体で頭が一つだけならいいものを、と述べたと記しているが、どうやらその発言は正確には「ローマの人間が首一つであったらいいのに」というものであったらしい。

は言い放ち、すると高官はにっこり微笑んでくれたというわけだった。ヒート警部ほど名をとどろかせた刑事が言うべくして言ったのは明らかだったから、申し分なく喜ばしいことだった。高官は警部の宣言を信じた。それは万事異常なしを旨とする自らの考えに合致していたのだ。高官の身につけた知恵は官僚特有のものだった。そうでなければ彼にしても、理論ではなく経験上の問題として、陰謀を企むものたちと警察との間で密に織り上げられた関係にあっては、繋がっていた糸が思いがけず切れたり、空間上、時間上、不意に穴が開いたりという事態の生じることに思いを馳せたかもしれなかった。ある特定のアナキストの動向を細大漏らさず、分刻みで監視することは可能かもしれない。しかしどういうわけか監視対象を数時間にわたって完全に見失うという局面がかならず到来し、そんなときに限って何か多かれ少なかれ衝撃的な（たいていは爆発）事件が起きるものなのだ。ところがこの高官は、万事異常なしという自らの感覚に流されてそのとき微笑んだのであり、今その微笑みが思い出されて、部内きってのアナキスト対応の凄腕であるヒート警部は苛立ちを覚えるのだった。

日頃は落ち着いているこの傑出したスペシャリストの気持ちを滅入らせる記憶の元はそれだけではない。もう一つはその日の朝に起きたばかりの一件だった。緊急の呼出しを受けて警視監の個室に入ったとき、自分が驚きを隠しおおせなかったことを思うと、何とも腹立たしいのだ。成功した人間の本能によって、彼はずっと以前から、一般的に評判というものは、業績もさることながら、それと同じくらいその場にふさわしい態度を取れるかどうかで決まるということを心得ていた。そして電報を突きつけられたときの自分の態度はとても相手に好印象を与えるものではなかったという実感があった。目を大きく見開いて「そんな馬鹿な！」と叫んでしまい、そうすることで、ぐうの音も出ない反証に我が身をさらす仕儀に立ちいたったのだった。その反証は、声に出して読み上げた後、警視監が机の上に叩きつけた電報に人差し指を押しつけるという形で突きつけられた。彼はいわば指先一つで押し潰されたのであり、それはどうにも不愉快な経験だった。経歴に大きな傷をつけてしまうことにもなるではないか！　さらにヒート警部には、おのれの信ずるところを述べ立てても事態を改善するにはいたらないという自覚があった。

「一つだけすぐにでも申し上げられることがあります。監視対象の連中は誰一人としてこの件に関与しておりません」

優れた刑事としての彼の誠実さは揺るぎないものだったが、今にして思えば、この事件に関しては、言質を与えぬよう用心して口を噤んでいた方が、自分の評判をあまり落とさずにすんだのではないか。その反面、もしずぶの素人がこの件に手を突っ込んでくることになれば、評判を維持することは難しいと認めざるを得ない。素人というものはどんな職業でも同じだが、警察にとっても災いの種なのだ。警視監の口調は実に嫌味ったらしく、気に障ることこの上なかった。

それで朝食を取った後、ヒート警部はまったく食事にありつけなかったのだった。ただちに現場検証を始めた彼は、グリニッジ・パークで冷たい不健康な霧[4]を嫌というほど飲み込む羽目になった。その後病院まで足をのばし、グリニッジでの調査がやっと終わったころには、食欲がなくなっていた。医師たちとは違って、原形を留めぬほど破壊された人間の遺体を精査することに慣れていなかったので、病院の一室で作業台の防水シートが外されたとき、目に飛び込んできたあまりの光景に激しい衝撃を受けたのだった。

その作業台の上にはもう一枚防水シートがテーブルクロスのように掛けられ、その四隅がめくれて、土饅頭らしき塊が垣間見える。それは焼け焦げた血まみれのぼろの山で、人食い種族の饗宴のために用意された食材の集まりとでも呼べそうなものがそこから覗いている。よほどしっかりした精神の持主でなければ、たじろがずにはいられない光景である。犯罪部でも名うての凄腕であるヒート警部は何とか踏みこたえたものの、丸々一分間はその場に釘づけになったまま動かなかった。制服姿の地元の巡査はその様子を横目でちらっと見ると、鈍感な純朴さの漂う口調で言った。

「そこにあるのが男の全部です。一切れ残らずそろっています。けっこう難儀でした」

爆発後、現場に最初に駆けつけたのがその巡査だった。彼はその事実を繰り返した。霧のなかで雷のものすごい閃光らしきものが目に入ったとき、キング・ウィリアム・ストリート・ロッジ[5]の玄関口で管理人と立ち話をしていたのだが、全身がひりひりするほどの衝撃があって、木々の間を縫って天文台へ向けて走ったのだった。「この脚が本官を運べる最高速度で」と彼は二度繰り返した。

熱く語る巡査は走るにまかせ、ヒート警部はおびえた様子を隠せぬまま作業台の上にこわごわ身を屈めた。病院の下働きともう一人の男が布の四隅を折り返して引き下がる。警部の目が屠場や端切れ屋でかき集めてきたかとも思えるものがごたまぜになった山を、気味の悪さを厭わず細部まで検分する。

「シャベルを使ったな」と彼は言った。小さな砂利、茶色い樹皮のちっぽけな切れ端、

4　ロンドンが名実ともに「霧の都」であった時代である。その黄色の濃霧の描写が印象的なディケンズの『荒涼館』の冒頭部分にもグリニッジへの言及がある。

5　グリニッジ・パークの管理人の住居で、パークの正面入口脇にある。キング・ウィリアム・ストリートの現在名はキング・ウィリアム・ウォーク。

針のように細く裂けた木の破片があちこちに散らばっているのが分かったのだ。

「使うしかないところがありまして」と鈍感な巡査が言う。「管理人にシャベルを取りに行かせたんです。本官がそれを使って地面を引っ掻いている音を聞くと、彼は木に額を当ててうぇっとえずいていました」

　警部は用心深く作業台に身を屈めながら、喉にこみ上げてくる不快感を必死に抑え込んだ。人間の身体を名づけようもない砕片の山にしてしまった爆発の激しさは、それが雷光のように一瞬の出来事だったはずだと理性では分かっていても、感情を揺さぶられずにはいられなかった。あまりにも冷酷無残ではないか。その男は誰であれ、即死だった。それにしても、人間の肉体が想像を絶する断末魔の苦痛を感じずに、このように欠片の集積になり得るとは信じがたいことのように思える。生理学者でもなく、まして形而上学者ではなかったが、ヒート警部は恐怖の一形態である同情[6]の力によって、卑俗な時間概念を超越した。即死だと！　彼はこれまで大衆向けの出版物で読んだことのある話——目覚めの瞬間に見る長くて恐ろしい夢の話とか、溺れた人間が流されながら、運の尽きた頭を最後に水面にひょいと出したとき、驚くほど鮮明にそれまでの全生涯を生き直す話とか——をことごとく思い出した。意識のありようの不可解な謎に取りつかれたヒート警部は、長年続く法外な苦痛や精神的拷問もまばたきを二度する間に追体験されてしまうのではないか、という恐ろしい考えを抱くまでになった。そうしながらも警部は落ち着いた顔で作業台の上から視線を逸らさない。そこには、日曜のディナーを安上がりにすまそうと肉屋で身を屈め、言ってみればオマケ品探しに目を皿にする貧乏な客といった趣もある。その間ずっと、彼は卓越した捜査員として身につけた能力を発揮し、得られる情報を逃すものかと、自己満足気に取りとめもなく話す巡査の饒舌を馬鹿にすることなく聞き取っているのだった。

「金髪の男でした」と巡査は静かに言って、言葉を切った。「巡査部長に話をした婆さんがメイズ・ヒル駅[7]から出てくる金髪の男を見ていました」そこで一呼吸。「というわけで男は金髪だったんです。上り列車が出た後、男が二人駅から出てくるところを見たんですよ」巡査はゆっくり言葉を継ぐ。「連れだったかどうかは分からないみたいです。大柄の男のことは格別気にも留めなかったようですが、もう一人は金髪の痩せた男で、片手にワニスのブリキ缶を抱えていたという話でした」巡査はそこで話

6 オスカー・ワイルド（一八五四〜一九〇〇）は「社会主義下の人間の魂」（一八九一）において「受難への同情」には「われわれ自身の安全が脅かされることへの恐怖の要素」が含まれると述べている。

7 グリニッジ・パークの北東角にある。

を終えた。

「その女のことを知っているのか？」と警部が作業台に視線を据えたまま呟くように尋ねる。内心、ほどなくして行われるはずの検死の結果、死んだ男の身許は永久に不明のままになるのではないかという漠然とした考えに囚われていた。

「はい。引退した酒場の主人の家の切り盛りを任されていて、パーク・プレイスのチャペル[8]にときどき顔を出しています」と巡査は勿体をつけて言うと、そこで間をおいて、あらためて作業台を横目で一瞥した。それからだしぬけに、「まあ、その男はここにいます――目に入ったものはここに全部。金髪でひょろっとして――かなり細身です。そこに足先が見えますよね。最初に脚を拾い上げたんです。一つずつ。すっかり粉々になっていて、どこから手をつけたらいいか分かりませんでした」

巡査はそこで言葉を切った。無邪気な自己讃美の微笑みが一瞬かすかに浮かび、その丸顔があどけない幼児の顔になった。

「足を取られたんですよ」と彼はきっぱり断言した。「本官も足を取られて、頭から真っ逆さまに倒れ込んだことがあります。走っているときでした。現場は木の根っこがあちこち地面から突き出ています。そのどれかに足を取られて倒れてしまった。その拍子に抱えていたブツが胸の下でドカンと。そういうことじゃないかと」

意識の奥底でこだまのように繰り返される「身許不明人」という言葉が警部をひどく悩ませた。自分だけの情報として、何とかこの事件を謎めいた発端まで遡って追跡したいものだが。刑事として好奇心をそそられる。世間に対して男の身許を特定し、犯罪部がいかに有能かを証明したいのは山々。自分は忠実な公僕なのだ。しかしそれは不可能に思える。問題の出だしの一語からして解読不能――途方もない残酷さということ以外、手掛かりらしきものは皆無なのだから。

生理的嫌悪感を押し殺して、ヒート警部は手を伸ばす。何か確信があってのことではなく、良心を慰めるためだった。つまみ上げたのは一番汚れの少ないぼろ切れ。ビロードの細い切れ端で、それより大きなダークブルーの布地がぶらさがっている。彼はそれを目の高さまで持ち上げた。巡査が話す。

「ビロードの襟です。奇妙なことに、例の婆さんがそのビロードの襟に気づいていたんです。ビロード襟のついたダークブルーのオーバーコートだった、と言っていました。それを着ていたのが婆さんの見た奴なんです。間違いなく。その男がここに全部そろっているという次第です。ビロードの襟やら何やらひっくるめて。切手くらいの

8　イギリス国教会に属さない、いわゆる非国教徒の教会を指すと思われる。

大きさのものなら、何一つとして見落とさなかったと思います」

ここまで聞くと、捜査員として身についた警部の聴力は巡査の声を追うのを止めた。もっと明るいところで検分するために彼は窓際に移動する。三角形をした男物用の布地を詳細に吟味しながら、部屋を背にしたその顔に浮かんだはっとした表情に強い関心が窺われる。彼は不意にその布地を襟から引きちぎると、それをポケットに押し込んでから部屋の方に向き直り、ビロードの襟を元の作業台へと放った。

「シートを掛けろ」と警部はその場に控える係員に素っ気なく声を掛けると、それ以上作業台を振り返ることもなく、巡査の敬礼を受けながら急ぎ足で戦利品を持って出ていった。

折よくやってきた上り列車の三等車室で独り沈思黙考しながら市内に向かう。この焼け焦げた布地の切れ端は信じられないほど貴重なもので、それが何とも思いがけない形で自分の手に転がりこんできたことに驚きを禁じ得ない。天命によってその手掛かりが彼の手のなかに押し込まれたみたいだった。そして物事が自分の意のままになることを望む普通の人間の例に漏れず、彼はそうした図らずも転がり込んだ棚ぼたのような成功に不信の念を抱き始めた。その理由は、それが無理やり押しつけられたもののように思われたからというに過ぎない。成功の実際上の価値は本人がそれをどう見るかで少なからず決まるものだが、天命が何かを見ているわけではない。そこに裁量の働く余地はない。あらゆる点で真っ先に求められるのは、その日の朝、恐ろしくもあれほどまでに跡形もなく自分自身を吹き飛ばした男の身許を公的に立証することだ、という考えはもはや彼から消え去っていた。しかし所属する犯罪部がどのような見解を取るか、確信が持てない。部局というのは、そこに雇われている人間にとってみれば、独自の考えや独自の気紛れさえ持った複雑な人格である。部局はそこに仕える下僕の忠誠心あふれる献身に支えられている。そしてまた、信頼される下僕の献身的な忠誠は一定程度、愛情のこもった軽蔑と結びついている。それだからこそ、言わば部局のご機嫌を損ねずにいられるのだ。慈悲深い天の配剤によって、どんな人間であれ、従者から見れば英雄ではない。[9] 従者に崇め奉られると、英雄自ら服にブラシをかけなければならないだろう。同様にいかなる部局も、そこで働くものが事情通になると、完全無欠の思慮分別を備えた組織であるとは思えなくなってくる。下僕のなかには部局よりものの分かった人間がいる。私情に流されない組織体として、部局が情報を何か

9　英語でほぼ格言と化した言い回しだが、ルイ十四世の愛人だったこともあるマダム・コルニュエル（一六一四?〜九四）の言葉に由来するとされている。またモンテーニュの『随想録』には「召使いの賞讃を受ける人間はほとんどいない」という記述がある。

ら何まで手にすることはあり得ない。知りすぎると部局の効率のためにならないのだろう。ヒート警部はすっかり考え込んで列車を降りた。その思索に不実の入り込む余地は微塵もなかったけれども、女に対してであれ組織に対してであれ、完全な献身という土台にしばしば芽吹く嫉妬から生まれる不信感が皆無だったとは言えない。彼がプロフェッサーに出くわしたのはこうした精神状態のときだった。お腹には何も入っていなかったが、さっき目にしたもののせいでまだ吐き気が残っている。健全で正常な精神の持主でも怒りっぽくなってしまうこのような状態にあったヒート警部にとって、この出会いは殊のほか好ましからざるものだった。プロフェッサーのことは念頭になく、実のところ、アナキストの誰か個人を思い浮かべることなどまったくなかった。この事件の様相を考えるにつけ、どういうわけか、人事の不条理という一般的な観念に思いが向いてしまうのだった。この不条理性というのは、非哲学的な気質の人間にとって、抽象的に考えただけで十分に苛立たしいのだが、具体例となって示されると、我慢できないほどの憤りを覚えるものである。ヒート警部が刑事の職に就いて最初に手掛けたのは、より体力を要する窃盗といった類の犯罪だった。その畑で名をあげ、そして当然のことながら、別の部局に栄転した後も、窃盗捜査には愛情にも似た感情を抱き続けた。窃盗は純粋の不条理とは無縁であり、人間の勤勉さの一つの表れだった。たしかにいびつな形ではあるが、それでも勤勉を旨とする世界で実践された勤勉には違いない。陶器製造所や炭鉱や畑や研磨屋での仕事と同じ理由で行われる仕事なのだ。それは労働であって、他のさまざまな労働との相違点はそれに伴う危険の独特な性質にある。それは関節強直、鉛毒、坑内爆発ガスや粉塵[10]には見られないもので、それ固有の特殊な言い回しで「重労働付き懲役七年」と簡潔に定義されるような性質である。ヒート警部はもちろん道義上の違いがどれほど重要かを感じていないわけではなかった。しかしそれは彼の世話した窃盗犯にしても同じこと。かれらはヒート警部の熟知している道徳体系によって下された厳しい制裁を、ある種の諦めをもって甘んじて受けたのだ。かれらは自分と同じ市民であり、ただ不完全な教育しか受けなかったために道を誤っただけ――ヒート警部はそう信じていた。しかし、その相違点を考慮することで、彼は強盗の心を理解することができた。なぜなら、実際のところ、強盗の心も本能も警察官の心と本能に似たり寄ったりだからである。両者とも同じ行動習慣を受け容れ、お互いのやり口やそれぞれの職業にお決まりの手順

10　関節強直は農作業、鉛毒は陶器製造、坑内爆発ガスは炭鉱労働、粉塵は研磨作業と結びつく危険として挙げられているだろう。

について実際に役立つ知識を身につけている。互いに理解しあっているということが双方にとって好都合であり、そのため両者の関係にはある種の心地よさが成立する。同一の機械が作り出したものでありながら、一方は有用、他方は有害と分類される両者は、相異なった見地からではあるが、しかし本質的には同じように本気で、その機械の存在を当たり前のことと思い込んでいるのだ。ヒート警部の心は反逆の「は」の字も寄せつけなかったが、彼の相手とする盗人たちは反逆者ではなかった。その体力、冷静でぶれない態度、勇気と公正さによって、若くして成功を収めた捜査畑で彼は多大の敬意と多少の追従を受けた。自分は尊敬され、称讃を浴びているという実感があった。そしてヒート警部は、プロフェッサーという渾名を持つアナキストから六歩ほど離れたところで立ち止まり、盗人たちの世界に未練がましく思いを馳せたのだ。かれらは正気で、病的な理想など抱かず、お決まりの手順に従って働き、社会の認めた権威に敬意を払い、憎悪や絶望とはまったく無縁だった。

社会組織のなかで正常なものに対してこのように讃辞を捧げたあと（というのも、彼の直観に照らすと、盗みという観念は財産という観念と同じくらい正常なものに思えるのだ）、ヒート警部は自分自身にひどく腹が立った――なぜ足を止めた、なぜ話しかけた、そもそも駅から警察本署への近道だからと、よりによってなぜこの道を選んだ。それでいて彼はもう一度、権柄ずくの大声で言った。そこには和らげられたとはいえ、威圧的な響きがあった。

「いいか、お前に用はないんだ」と彼は言った。

アナキストはじっと動かなかった。内心の嘲笑が表に出て、歯だけでなく歯茎までむき出しになり、全身を震わせたが、声は漏れない。ヒート警部はよく考えて止めておけばよかったのだが、思わずこうつけ加えてしまった。

「今のところはな。用ができたら居場所はすぐに分かる」

それは非の打ちどころのない適切な言葉だった。しきたりに従っていて、このときの彼のようにふだんから特に目をつけている連中の一人に声を掛ける警察官にいかにもふさわしい。ところがこの言葉を受けた相手の反応は、しきたりからも礼儀からも外れていた。彼の目の先で、発育不全の弱々しい身体つきをした男がようやく口を開いた。

「そのときには間違いなく新聞が居場所を知らせる死亡記事を載せてくれるでしょうよ。それがご自分にとってどんな価値があるか、それは先刻ご承知ですね。どんな内容の記事になるか、容易に想像がつくでしょう。でも、あなたがわたしと一緒に埋葬されるという不愉快な目に遭う可能性もある。もっとも、お仲間がわれわれ二人を選別しようと死に物狂いで頑張るでしょうがね」

ヒート警部はこんな台詞を口にする精神に対して健全な軽蔑の念を抱いていたものの、そこに込められた何とも不快なあてこすりに反応しない訳にはいかない。十分洞察力に富み、正確な情報を持ちすぎるほど持っている彼にとって、それを戯言として切って捨てるなどできない相談だった。この狭い小路の薄暗がりが不吉な影を帯びる。それは壁を背にして、かぼそいが自信に満ちた声でしゃべる色黒で華奢な姿をした小男から発散されるものだった。強健、強靭な生命力を備えた警部の目には、明らかに生きていくのに不向きなこの小男の肉体の貧弱さは何とも不気味に映る。というのも、もし不幸にもそんな惨めな姿に生まれついたら、どれほど若くして死ぬことになろうが気にもなるまいとしか思えないからだ。生への欲望に強く捉えられた警部は新たな吐き気の波に襲われ、額にうっすら汗を浮かべた。都会生活のざわめき、一筋違いでそこからは見えない左右二本の通りを進む車輪のくぐもった音が、曲がった薄汚い小路を通って耳に届く。彼はそれに格別の親しみと甘美な魅力を感じた。彼は人間なのだ。しかしヒート警部は同時に男でもあった。そしてそんな発言を聞き流すことはできなかった。

「そんなのは子ども相手の虚仮威《こけおど》かしだな」と彼は言った。「そのうち捕まえてやるよ」

まさに至言。軽蔑とは無縁の厳粛なまでの静かな口調でその言葉は発せられた。

「おそらくね」というのが返事だった。「でも今みたいな機会はないですよ。真の確信を得た人間にとっては、今こそ自己犠牲を実践する絶好機。こんなに好都合、これほど皆様のためになる機会は二度と見つからないかもしれない。近くには猫一匹いないし、こんな陋屋《ろうおく》のような家並みがあなたの立っている辺りで立派な瓦礫の山を築くくらいのもの。生命、財産をこれほど無駄にしないでわたしを捕まえられることは今後決してないですよ。あなたは生命、財産を守るために給料をもらっているんでしょう」

「誰に向かって口をきいていると思っているんだ」とヒート警部は断固たる口調で言った。「もしこの場でお前を捕まえでもしたら、お前たちと同類になり下がってしまうだろ」

「なるほど、勝負は正々堂々ですか！」

「最後に勝つのはわれわれの方だと肝に銘じておけよ。お前たちのなかには狂犬同様、見つけ次第射殺すべきものがいるということを皆に納得してもらう必要がまだありそうなんでな。そうなったら勝負だ。だがお前たちの考える勝負なんぞ、知ったことじゃない。お前たち自身、知らないんだろうさ。そんな勝負で何も得られはしないぞ」

「それなのに、あなたはそこから何がしかを得ている――これまでは。しかもいともたやすくね。あなたの給料をとやかく言う気はないが、われわれの狙いが何か理解しないからこそ、名を上げてきたんじゃないですか？」

「それなら何を狙っているんだ？」とヒート警部は尋ねる。軽蔑のこもった性急なその口調は、人が時間を無駄にしていると気づいて慌てた時を思わせた。

完全無欠なアナキストは微笑で応えたが、血の気のない薄い唇が開かれることはなかった。高名なる警部は優越感を覚えて、警告しておくぞとばかりに指を一本立てた。

「諦めることだ――それがどんな勝負にしてもな」彼は諭すような調子で言ったが、名を馳せた押込み強盗に保護者然と忠告を与えるような優しさはなかった。「諦めるんだ。多勢に無勢だからな」

プロフェッサーの唇に留まっていた微笑が揺らぐ。内心の嘲笑気分を支えていた自信がなくなったかのようだった。ヒート警部が畳みかける。

「信じないのか、えっ？　それなら自分の周りを見てみるだけでいい。わたしの仲間だらけだ。いずれにしても、お前に勝ち目はない。いつだってヘマをやらかすからな。

盗人ならもっとうまくやらないと、おまんまの食い上げだ」

相手の男の背後には無敵の仲間が大勢控えているのだと仄めかされて、プロフェッサーの胸中に陰鬱な怒りがこみ上げてきた。もはや謎めいた嘲るような笑みは消えている。数を頼んだ敵陣営の力、どんな攻撃にもびくともしない多くの人間の鈍感さ――それが彼の悪意に満ちた孤独に取りついて離れない恐怖だった。しばし唇をわなわなと震わせた後、何とか声を絞り出して彼は言った。

「わたしの方があなたよりも仕事をちゃんとやっていますよ」

「いい加減にしろ」とヒート警部はすぐに相手の言葉をさえぎった。するとプロフェッサーが今度は声に出して笑った。そして笑ったまま歩き出したが、その笑いは長くは続かない。狭い小路を抜けて広い大通りの雑踏に姿を現したときには、悲しげな顔つきをしたただの哀れな小男になっている。彼は歩いた。その足取りは、天地の様相から不気味に距離を置き、雨が降ろうが日が照ろうが、気にもかけずにどこまでも歩き続ける浮浪者を思わせる。一方ヒート警部はその後ろ姿にしばらくじっと目を遣り、それから目的地へと向かうきびきびとした足取りで歩き始めた。天候不良など意に介さないが、この地上で与えられた使命は公認されており、仲間の精神的支援を得られていることを意識している男の足取りだった。この巨大な都市の住人すべて、この国の全住民、いや、地球上で悪戦苦闘しながら暮らしている数限りない人々が自分の味方なのだ——盗人や乞食にいたるまで。そう、現在の職務に関しては、盗人たちも間違いなく自分の味方につく。日頃の活動は広く皆の支持を得ているのだと考えると、彼の胸には今回の厄介な問題に取り組む元気が湧いてくるのだった。

警部の前に立ちはだかる当面の問題は、直接の上司である犯罪部の警視監をいかにあしらうかだった。これは信頼に足る忠実な下僕にどこまでもついて回る問題である。アナキズムはこの問題に独特の色づけをしたけれども、それだけのこと。本当を言えば、ヒート警部はアナキストの思想のことなどろくに考えもしなかった。過度に重大視する必要を認めず、真剣に考える気になれない。それは思想というより治安紊乱《びんらん》行為といった性格の方が強いのだが、ただそこには酔っ払いが口にする人間的言い訳は存在しない。酔っ払いなら、ともかくも上機嫌だろうし、お祭り気分に浸ろうとする愛すべき性向が窺われるのだから。犯罪者として見た場合、アナキストはろくなもんじゃない——下の下もいいところだ。そしてプロフェッサーのことを思い出し、ヒート警部は軽快な歩みを緩めずに歯の間から呟き声を漏らした。

「狂ってる」

窃盗犯を捕まえるのはこれとはまったく別の話だった。そこには、文句なしに分かりやすいルールに従って行われ、参加者無制限のなかで最も優れたものが勝利者となるスポーツであれば、どんなものにも見られる真剣さに通じるものがある。アナキストを相手にするときにはルールがない。それがヒート警部の気に入らないところだった。アナキズムは愚劣の極みなのだが、その愚劣さが公衆の心を興奮させ、高位高官を動揺させ、国際関係にまで影響を与える。歩みを進める警部の顔に厳しい情け無用の軽蔑の色が浮かび、そのまま消えてなくなった。目をつけているアナキスト全員の顔を頭のなかで思い返す。誰一人、以前見知っていた押込み強盗連中の勇気の半分も持っちゃいない。半分も――いや、十分の一も。

本署に着くと、警部はすぐに警視監の個室に通された。見ると警視監はペンを手に、ブロンズ製とクリスタル製の巨大なダブル・インクスタンドを拝むような格好で、書類の散らばった大きなテーブルの上に屈みこんでいた。蛇を思わせる通話管が二本、警視監の木製肘掛椅子の背もたれの上部両側に結びつけられ、彼の両肘に嚙みつかんばかりに口を開けている。警視監は姿勢を崩さず、目だけを上げた。顔よりも黒ずんだ目蓋に皺が深く刻まれている。報告はすでに上がってきている。アナキストの動静は一人残らず正確に跡付けられているな。

そう言うと、彼は目を落とし、別々の書類二枚にすばやく署名をしてからようやくペンを置き、椅子に深く座りなおして誉れ高き部下に訝るような視線を向けた。警部は上司に敬意を表しつつも内心を窺わせることなく、その視線をしっかり受け止める。

「君の言う通りだったのだろうな」と警視監は言った。「最初、ロンドンのアナキストたちは今回の事件に何ら関係していないという話だった。君の部下たちが連中をしっかり監視してくれたことは多とする。だがその一方、このままでは世間に対して警察の無知を告白することにしかならん」

警視監の話しぶりはゆっくりとした、用心深いともいえるものだった。その思考は一つの語の上に留まって身構えてから、次の語に移っていくみたいで、それは言ってみれば、それぞれの語が、過誤の川を慎重に渡り切ろうとする彼の知性のための飛び石になっているかのようだった。「グリニッジから何か有力な手掛かりを持ってきた、というなら話は別だが」

すぐさま警部は調査結果について、感情を交えず明確な報告を始めた。上司は椅子を少し回し、細い脚を組み、片肘で傾けた身体を支え、その手を目の上にかざした。報告に耳を傾ける姿には、骨が浮き出るほど痩身の男の悲しみに沈んだ気品のようなものが漂う。話を聞き終え、彼が頭をゆっくり傾けると、その漆黒の髪の両側に磨き上げられた銀器を思わせる光が一瞬きらめいた。

ヒート警部は相手の反応を待った。終えたばかりの報告について心中思いを巡らせている風だったが、実は補足情報を提供するのが得策かどうか考えているのだった。警視監がそのためらいを途中で断ち切った。

「男が二人いたと言うんだな？」と目の上に手をかざしたまま彼は尋ねた。

警部はまず間違いなく二人いたと思っていた。彼の見るところ、その二人は天文台の塀から百ヤードと離れていないところまで来て、そこで別れたのだ。どうして一方の男が誰にも目撃されずにすばやくグリニッジ・パークから姿を消したかについても彼は説明した。濃霧ではなかったものの、霧が彼に幸いしたのだ。その男は現場まで付き添ってきたが、仕事を一人でやらせるべく、その場に連れを残して立ち去ったのではないか。メイズ・ヒル駅から二人連れが出てくるところを老女に見られた時刻、そして爆発音が聞こえた時刻を勘案すると、その男は同志が木っ端微塵に自爆したとき、実はグリニッジ・パーク駅[11]にいて、次の上り列車を待っていたのかもしれない、というのが警部の考えだった。

「木っ端微塵、なのか？」と警視監がかざした手の下から呟く。

11　現在のグリニッジ駅よりも数百メートル東、グリニッジ・パークの北西角近くにあったらしい。

警部は手短に忌憚なく遺体の様子を述べた。「検死陪審には大した目の保養になるでしょう」と彼はにこりともせず言い添えた。

警視監はかかげていた手を下ろした。

「公表すべきことは何もないわけか」と彼は物憂げに言った。

彼は目を上げ、明らかに言質を与えまいという態度を見せている警部をしばし注視した。警視監は何事につけ、これは幻想ではないかとひとまず疑ってかかる性質の人間だった。公的機関の部局というものはその属官たち次第でどうにでもなり、属官たちは忠誠についてそれぞれ独自の考えを持っているもので、警視監はそのことをよく心得ていた。最初に赴任したのは熱帯地方の植民地で、そこでの仕事が気に入った。それは警察の仕事だった。現地人の間に根を張っていた凶悪な秘密結社を突き止め、それを解体するのに見事な手腕を発揮した。それから長い休暇を取り、かなり衝動的に結婚した。世間的見地から見ればお似合いの結婚だったが、妻は伝え聞いた話を根拠に、その植民地の気候について否定的な意見を持っていた。他方、彼女には有力な縁故があった。まさにすばらしい結婚である。しかし彼は現在の仕事が好きではない。あまりにも多くの部下とあまりにも多くの上司とに翻弄されているように思えるのだ。世論と呼ばれるあの奇妙な情動現象が身近に押し寄せてくるように感じられて気分が重くなり、その理屈に合わない動向に不安を感じる。おそらく無知ゆえに彼は世論の力を勝手に過大評価しているのだ。その評価には善悪両面あるが、とくに悪い面が大きかった。さらに春のイギリスに吹き荒れる東風が（妻には合っていたが）、人間を行動に駆り立てる動機とそうした人間の作り出す組織に対する彼の漠然とした不信感を助長した。このところ彼は自室での事務仕事の空しさにとくに気が滅入り、敏感な肝臓にひどくこたえる日々を過ごしていた。

彼は椅子から腰を上げ、おもむろに全身を伸ばした。それからこんなにも痩身の男にしては珍しい重たげな足取りで部屋を横切り、窓際に歩み寄った。雨が幾筋も流れ落ちる窓ガラスを覗き込むように見下ろすと、まるで大洪水によって突然きれいに洗い流されたみたいに短い通りはすっかり濡れて人影一つない。何とも辛い一日だった。ひんやりとした息の詰まるような霧から始まり、今は一面の冷たい雨。ぼんやり霞むガス灯の炎がちらちら揺れながら水気を含んだ大気のなかで溶けていくようだった。そして人間の高尚な気取りも、悪天候の侮辱に嫌というほど押し潰されると、軽蔑と疑念と憐れみを買うのがせいぜいのどうしようもない巨大な空しい夢としか見えないのだった。

「ぞっとするな、ぞっとする」と警視監は顔を窓ガラスに近づけて密かに思う。「こんな状態がもう十日間も続いている。いや二週間、そう二週間だ」彼は少しの間、完全に思考を停止した。脳の全面停止状態はおよそ三秒間続いた。それからいかにもおざなりな調子で言った。「そのもう一人の男の捜査を当該の沿線ですでに始めているんだな？」

すべて必要な措置が講じられていることに彼が疑いを差し挟む余地はなかった。言うまでもなくヒート警部は犯人追跡の手順を熟知している。またこうした捜査はほんの駆け出しでも当然のことと考えるお決まりの手順なのだ。あの二つの小さな駅の改札係とポーターから少し事情を聞けば、二人連れの身なりについてさらに詳しいことが分かるだろうし、回収した切符を調べれば、二人がその朝どこから乗車したか、たちどころに判明するだろう。それは基本中の基本のことで、手抜きするなどあり得なかった。それゆえ警部は、例の老女が宣誓供述に進んで協力してくれると、ただちにそうした手をすべて打ったと答えた。そして彼はある駅名をあげた。「彼らはそこから乗ったのです」と言葉を継ぐ。「メイズ・ヒル駅で切符を受け取ったポーターが、人相に合致する二人連れが改札口を通る姿を覚えておりまして。看板書きとか室内装飾家といった高級な職に就いているまともな労働者に見えたという話です。大柄な男がぴかぴかのブリキ缶を手に後方の三等車から降りてきて、プラットホームでそれを後からついてきた金髪の若者に渡したということで、これは老女がグリニッジで巡査部長に話した内容と完全に一致します」

警視監は相変わらず顔を窓の方に向けたまま、今回の無法行為にその二人の男が関与していると決めてかかることについては疑問の余地があると述べた。その推理の拠りどころと言えば、急ぎ足の男に突き飛ばされかけた老家政婦の話だけ。どこまで信用できるか、はなはだ疑わしい。突然、霊感が宿ったというなら話は別だが、それは容易に信じがたいことだ。

「それとも率直に言って、その女は本当に霊感に打たれたとでもいうのかね？」彼は重々しい皮肉を込めて尋ねる。依然として室内に背を向けたまま、夜の闇に半ば消えた巨大な街の姿を見つめることにすっかり心を奪われているようだった。「天佑でしょうか」という呟きが聞こえても、振り返りさえしない。その声は彼の率いる犯罪部きっての有能な部下から発せられたもので、その名は何度か新聞に出ており、社会のために粉骨砕身、熱心に働く守護者の一人として、多くの人に知られていた。ヒート警部は少しばかり大きな声を出した。

「ぴかぴかに光るブリキの破片をしっかりこの目で見ました」と彼は言った。「かなりの補強証拠になります」

「それで男たちはその田舎の駅から来たというのだな」警視監は何やら釈然としないまま、考え込むように言った。メイズ・ヒル駅で例の列車から降りた乗客から回収した切符三枚のうち二枚にその駅名があったのです、と告げられた。降車した第三の人物はグレイヴゼンド[12]から乗ってきた行商人で、ポーターたちがよく見知った顔だった。その情報を伝える警部はこれで決まりでしょうといった口吻に多少不機嫌な声音を紛れ込ませた。忠実な下僕は自らの忠誠心を意識し、また忠実な尽力の価値を感じ取りながらそうするのが常なのだ。それでも警視監は海のように広漠たる外の暗闇から目を逸らそうとはしなかった。

「二人の外国人アナキストがその田舎の駅から乗車したというわけか」と彼は窓ガラスに語りかけるように言った。「ちょっと説明がつかないな」

「たしかに。ですが、あのミハエリスがその近くのコテージに滞在しているという事実と照らし合わせれば、まったく説明がつかないわけでもありません」

　この厄介事のなかで思いがけず飛び込んできたその名前の響きに、警視監はぼんやり思い出していたホイスト[13]の集いのことをとっとと頭から追い払った。それは彼の生活のなかで何にもまして元気を与えてくれる習慣だった。部下の誰の助けも借りずに自分の技量を発揮して、だいたい勝利を収めることができるのだ。帰宅して夕飯を食べる前の五時から七時まで、クラブへ行ってホイストを楽しむ。その二時間は日々の暮らしのどんな嫌なことも忘れていられる。そのゲームは心を苛む不満の痛みを鎮めてくれるありがたい麻薬のようなものだった。仲間は陰気なユーモアを得意とするある有名な雑誌の編集者、小さな目に底意地の悪さを湛えた口数の少ない初老の弁護士、そして筋骨たくましい手をしたいかにも軍人らしい単純素朴な老陸軍大佐。クラブでの知り合いというだけで、ゲームの席以外で会ったことはない。しかし彼らは全員、同病相哀れむといった気持ちでこのゲームに臨んでいるみたいだった。まさにそれはこの世に存在することに伴う隠れた病苦を和らげる麻薬そのものといった塩梅。そして毎日、この街に並ぶ無数の屋根の向こうに陽が傾くころになると、熟した心地よいもどかしさが、思わずほとばしる確かな深い友情にも似て、彼の職業上の労苦を軽減してくれるのだ。だが今やこの心地よい感覚は、身体に感ずる衝撃めいたものを残して彼の内から出ていき、その代わりに、社会を護るおのれの仕事に対する一種特別な関心が湧きあがったが、それはどこか不穏当な関心だった。自分が手にしている武器

12 ロンドンの東、テムズ川河口の町。『闇の奥』の冒頭参照。
13 四人で行うブリッジの原型となったトランプ・ゲーム。

に対して不意に鋭い不信感を抱いた、というのが一番適切な表現だろうか。

第6章

博愛の希望を唱える仮釈放中の使徒ミハエリスの保護者である貴婦人[1]は、警視監夫人が付き合っている最も有力で著名な縁故者の一人だった。その貴婦人は警視監夫人をアニーと呼び、夫人が今でも分別が身についていないまったく世間知らずの小娘であるかのように接しているが、夫人の有力な縁故者たちが概してよそよそしい態度を取るなかで、警視監を最初から友人として遇したのだった。すっかり昔のことになるが、若くして素晴らしい相手と結婚したこの老婦人には、社会を動かした大きな事件や、さらには何人もの偉人たちを、しばしの間つぶさに見る機会があった。彼女自身が押しも押されもせぬ貴婦人なのだ。齢を重ねて老境に入ったけれども、例外的な気質の持主で、時の経過を軽蔑し、無視して拒み通すようなところがあった。時間なんぞ、ずいぶんと俗悪な慣習で、劣等な人間の多くが身を委ねているにすぎないと言わんばかり。もっと簡単に打ち棄てられる他の多くの慣習にいたっては、悲しいかな、彼女には慣習として認知してすらもらえない。それもまた気質によるもので、それが彼女には退屈だから、さもなければ、それが彼女の軽蔑や同情の邪魔になるからだった。称讃は彼女には無縁の感情だった（それはまたとないほど高潔な夫が彼女に対して密かに感じる悲しみの種の一つ）。第一に、それはいつも決まって多かれ少なかれ月並みなものに堕してしまうからであり、そしてまた、ある意味で自分が劣った存在であることを認めることになるからである。そしてこの両者ともに、彼女の性質にとってはまったく思いもよらないことだった。彼女はひたすら自分の社会的地位から見えるがままに物事を判断するので、誰憚ることなく自分の意見を歯に衣着せずに言うことにためらいを感じることはない。同じように、行動においても何ら制約を受けない。そしてその気配りは純粋に人間としての優しさから出ており、精力的な行動力は一貫して目を見張るものだった。昂然とした姿勢も嫌味なところが微塵もなく、温かい心情に裏打ちされているので、彼女は三世代にわたって限りない称讃を浴びてきたし、彼女と会うことなどなさそうな人々までもが素晴らしい女性だと断言したのだった。その一方、高い知性と、どこか気高い純真さと、心底旺盛な好奇心——とはいえ、もっぱら社交界の噂話に夢中になる多くの女性たちの好奇心とは違う——をあわせ持った彼女は、ほとんど歴史学の対象となるほど大きな社会的威信にものを言わせ、ありきたりの衆に抜きんでたものをすべて自分の手の届くところに引き寄せては老後を楽しんでいた。合法的にであろうと非合法的にであろうと、また地位や才気や豪胆によってであろうと、幸運や不運のおかげであろうと、衆に抜きんでたものなら誰彼構わずである。王族、芸術家、科学者、若手の政治家はもちろん、見かけ倒しのはったり屋連中までも——何しろかれらはコルクのように水面に顔を出しては表向きの世情の流れの方向を一番よく示すものだから——年齢境遇を問わずに、彼女の屋敷に快く迎え入れられた。そこで彼女はかれらの話に耳を傾け、その真意を見抜き、会得し、値踏みして自らを啓発するのである。彼女本人の言葉を借りれば、彼女は世界が何に向かっているかをじっと見守るのが好き、ということになる。そして実際的な精神の持主なので、人間や物事についての判断が、特殊な偏見に基づいているとはいえ、まったくの誤りということは極めて稀であったし、頑迷であることはめったにな

1　この女性のモデルとして、ディケンズとも親交のあった慈善家のアンジェラ・バーデット＝クーツ（一八一四～一九〇六）を想定する見解がある。彼女の邸宅——「磁器製のバタンインコ像で有名だった邸宅」としてヴァージニア・ウルフの『ダロウェイ夫人』でも言及されている——は社交場として有名だった。大銀行家クーツ家に生まれた彼女はたしかに「大金持ちの老貴婦人」（72頁参照）であったことは間違いない。

かった。彼女の客間は世界広しといえども、警視監の職にある人物が職業上の公的な理由以外で、仮釈放中の罪人に会うことのできるおそらく唯一の場所だろう。ある日の午後ミハエリスをそこに連れてきたのが誰だったか、警視監はあまりよく覚えていなかった。ぼんやりとした記憶では、それは名家の出で型破りの思いやりを示すことで有名な下院議員ではなかったか。とはいえ、型破りの思いやりというのは新聞の漫画欄でいつも物笑いの種になっているものではある。いずれにしても当代の名士や話題となった人々が、一人の老女の卑しからぬ好奇心の殿堂に、互いに連れ合って自由に出入りしていた。色褪せた青いシルクに金箔の縁取りがしてある衝立《ついたて》でさえぎられて人目のほとんど届かない空間に招かれると、誰に出遭うことになるのか見当もつかない。そこは背の高い六つの窓から入る光のなかで、腰を下ろし、あるいは立ったまま小人数で会話を楽しむ人々の声で溢れ返る大きな客間の一角にできた小ぢんまりした隠れ場で、カウチが一つと肘掛椅子が数脚並んでいた。

ミハエリスは庶民感情の激変を身をもって味わっていた。何年も前に警察の護送車から囚人を何人か解放しようと何とも無謀な企て[2]に加わったかどで、彼に終身刑という厳罰が下されると喝采を送った庶民の感情が一変したのだ。解放計画では護送する馬を撃って護衛を蹴散らすことになっていたが、不幸にして、巡査の一人も射殺されてしまった。遺されたのは妻と幼い子ども三人。彼の殉職は国土――その防衛と繁栄と栄光のために毎日のように男たちが当然の義務として命を捨てている――の隅々から、猛烈な怒りと犠牲者に対する抑えきれぬ激しい憐れみの情を掻き立てた。首謀者三名は絞首刑。ミハエリスは当時ほっそりした若者で、錠前屋として働きながら熱心に夜学に通っていた。彼の役目は仲間数人と護送車の後部扉をこじ開けることだったので、死人が出たとは知りもしないことだった。逮捕されたとき、片方のポケットに万能鍵の束、もう一方には大きな鑿《のみ》を忍ばせ、手に短いバールを持っていた。まさしく押込み強盗そのものである。しかし単なる押込み強盗であれば、そんな重い刑を受けはしなかっただろう。巡査の死で彼は惨めな思いに打ちひしがれたが、同時にその

2　一八六七年、アイルランド独立を目指す革命組織フィニアン同盟が同志の救出のため、マンチェスターで護送車を襲撃し、護衛に当たっていた警官を射殺した事件がモデルになっているとされる。三名が絞首刑に処せられたが、武器を持っていなかった一名については当初の死刑宣告が終身刑に減軽された。なお、ミハエリスの人物像に関しては、これとは別に、フィニアン同盟のリーダー格の一人であったマイケル・ダヴィット（一八四六～一九〇六）を挙げる見解もある。彼は銃砲弾薬類の密輸入により十五年の禁錮刑に処せられ、その後仮釈放された。獄中で手記を書いた彼はその「温和な性格と楽天主義」で有名だったと言う。

思いは解放作戦の失敗に起因してもいた。彼はその両方の気持ちを陪審員となった地域住民の前で包み隠さず述べたので、そのような悔恨の情は法廷を埋めつくした人々の目には呆れるほど不十分なものに映った。裁判長は判決を言い渡す際に、この若き被告人がいかに堕落し、感情の麻痺した人間であるかを思い入れたっぷりに語った。

そのことで彼に下された有罪判決は殊のほか有名になったのだが、同じように彼の釈放をいわれもなく有名にしたのは、自分たち自身のためなのか、あるいは何らはっきりとした目的はないのか、いずれにしても彼の投獄に情に訴えることのできる側面を見つけ出し、それをとことん利用したいと考える連中だった。無邪気な心情と素朴な知性の持主である彼は、そうした連中の好きにさせておいた。自分個人の身に何が起ころうが、それは重要ではなかった。おのれの信仰を観照するうちに個性を滅却する聖人と言うべきか。彼の思想は人を納得させる性格のものではなかった。論証を受けつけないのだ。それは矛盾と曖昧に満ちたまま、不屈の博愛主義的信条を形作り、彼はその信条を、あくまで物静かに、唇の周りに温和な確信に満ちた微笑を浮かべながら、伝道するというよりはむしろ告白する。そのとき穢れのない青い目を伏せるのは、人々の顔が見えると孤独のなかで生まれた天来の妙想がかき乱されるからだった。そうした独特の態度も、彼がガレー船を漕ぐ奴隷の足に繋がれた鉄球のように生涯引きずっていかねばならないグロテスクで救いがたい肥満体の主であってみれば、哀れを誘わずにはおかない。警視監が衝立のなかで目にした特等席の肘掛椅子に座っている仮出所中の使徒はそんな様子だった。老貴婦人のカウチの頭部近くの椅子に腰を下ろし、穏やかな声で物静かに語る彼には、幼子さながらにいささかも屈託がなく、そしてどこか子どものような魅力――人を信じて疑わない胸に響く魅力――があった。名の知れた刑務所の四方の壁に囲まれたなかで、未来の秘密の進路について啓示を得た彼には、人類の未来に対する確信がある以上、誰に対しても猜疑の目を向ける理由などない。この好奇心に富む偉大な貴婦人に向かって世界の行く末について明確な考えを提示できないとしても、失望とは無縁の信仰によって、どこまでも真正な楽天観によって、彼女に苦もなく強い感銘を与えることができたのだった。

社会階層の両端にあろうとも、ある種の単純な思考法は曇りなき魂に共通する。この偉大な貴婦人は彼女なりに単純だった。ミハエリスの世界観や信念に彼女を呆れさせ、驚愕させるところはまったくなかった。彼女はそれを自らの高貴な位置に立って判断したからである。実のところ、彼女の同情心はこの種の人間に容易に動かされるものだった。彼女は搾取を旨とする資本家ではない。言ってみれば、浮き沈みを繰り返す経済状況など超越しているのだ。それに、ありふれた人々の窮状のなかでも特に目立つものに向けて包容力の大きな憐れみを発揮できるのは、そうした窮状に彼女自身がまったく無縁であるおかげで、それがどれほど残酷な状態なのかを把握するためには、まず自分の考えを頭のなかで転換して苦難を理解できる形にしなければならないからに他ならない。警視監はそんな二人の交わす会話をとてもよく覚えている。そのとき彼は黙って聞いているだけだった。聞いているものをある意味で興奮させるところのあるやりとりで、最初から不毛に終わることが決まっている点で、感動的ですらあった。それは、はるか離れた惑星の住人同士が何とか精神の交流を果たそうと重ねる努力と似ている。しかしこの熱い博愛精神の奇怪な化身はどういうわけか人の想像力を刺激した。最後にミハエリスは立ち上がり、老貴婦人の差し出した手を取って握ると、きまり悪そうな様子も見せず友人然として、そのまましばらくその手を自分の大きな肉づきのいい掌に包み込むのだった。それから、居間の一角に設《しつら》えられた半ば人目の届かぬその隠れ場に丈の短いツイードのジャケットの下で体内の圧力によって膨れ上がったかのような大きな四角い背中を向けた。周囲に曇りなき慈愛の一瞥を送りながら、数人ずつ集っている他の客たちの間を縫って、彼は離れたドアの方へとよろよろ歩を進めた。彼の通るところでは会話のざわめきが一時止む。彼は偶然目の合った背が高く一際目立つ娘に無邪気に微笑みかけると、その部屋の四方八方から彼を追って投げかけられる視線には気づかぬまま出ていった。ミハエリスの現世への顔見世は成功だった。嘲笑の囁きのかけらすら聞こえない尊重すべき成功である。中断された会話が本来の真面目な、あるいは軽妙な調子で再開された。ただ、がっしりとして手足の長い、見るからに活動的な男が、思いがけず感に堪えたように声を発した──「十八ストーンはあるでしょうね。[3] それでいて背丈は五フィート六インチに足りない。何と哀れな！　ひどい──ひどすぎるな」

警視監と二人だけ衝立の内側に残ったこの館の主である貴婦人は、ぼんやりと彼の方を見つめ、物思いに沈んだまま老いても端整な顔の表情を少しも変えず、ミハエリスから受けた印象を頭のなかで整理しなおしているようだった。白の混じった口髭をたくわえ、恰幅のいい健康そうな男たちが曖昧な微笑みを浮かべて近づいてきて、衝立を囲んだ。さらには、優雅さと強固な意志を兼ね備えた品のある物腰の成熟した女性二人と、くぼんだ頰の髯を綺麗に剃りあげ、往時のダンディよろしく幅広の黒い飾り紐のついた金縁の片眼鏡をぶら下げている男が一人。敬意に満ちた、しかしその思

3　一ストーンは十四ポンド、六キログラム強。したがってミハエリスは体重百十キロ強で身長は百七十センチに満たないことになる。

いをどこまでも差し控えた沈黙が一瞬あたりを支配する。やがて偉大な貴婦人が叫んだ。恨みがこもっているわけではないが、抗議せずにはいられないという憤然たる調子だった。

「あんな人なのに当局から革命家と見られているなんて！　馬鹿馬鹿しいにもほどがあるわ」彼女は警視監を睨みつける。彼は言い訳がましく呟いた。

「危険人物ではなさそうです、どうやら」

「危険だなんて――少しも危険じゃないでしょう。あの人はただ信じているだけ。聖人気質なのよ」と偉大な貴婦人は断固とした調子で言い放つ。「そんな人を二十年も投獄するなんて。あまりの愚かしさにぞっとするわ。それで今度あの人を釈放することになってみれば、味方だった人はみんなどこかへ行ってしまったか、死んでしまっている。ご両親は亡くなっているし、結婚することになっていた娘さんも彼の服役中に死んでしまった。手仕事をするのに必要な腕も錆びついている。そんなことを洗いざらい、少しも怒らずにやさしく語ったわ。でも同時に、時間がたっぷりあったから、自分でいろいろじっくり考えられたって言うの。まったく素敵な代償だこと！　革命家があんな風な人たちだったら、その前にひざまずく人が出てきてもおかしくないわね」彼女がそうやって少し冗談めかした口調で言葉を続けていると、しきたり上の表敬とばかり彼女に向けられていたいくつもの如才ない顔の上で、陳腐な追従《ついしょう》笑いがこわばるのだった。「あの不幸な人はどう見ても、もう自分の面倒を見られそうにないわ。誰かが少し世話をしてあげなくては」「何らかの治療を受けるよう勧めるべきでしょう」少し離れたところから、真面目に忠告しようという軍人を思わせる声が聞こえた。声の主は見るからに活動的な男だった。歳のわりにいかにも健康そうで、丈の長いフロック・コートの生地までが、まるで生体の組織でもあるみたいにしなやかな健やかさを湛えている。「あの人物は足が利かないのも同然ですから」とその男は紛れもなく思いのこもった言葉を付け加えた。きっかけが与えられたのを歓迎するかのように、他の人々も急いで憐れみの呟きを口にした――「驚き入るな」「人間離れしている」「見ていられない」ひどく痩せた幅広の飾り紐つき片眼鏡の男がもったいぶって「奇怪至極」という言葉を発すると、近くにいた客人たちがいかにもその通りとばかり、互いに微笑みを交わすのだった。

警視監はそのときも、またその後も、一切意見表明をしなかった。立場上、仮出所中の受刑者について独自の見解を述べることはできない。しかし実のところ、妻の友人で保護者でもある老貴婦人と同じ見解を持っていた――ミハエリスは感傷的な博愛主義者で、多少常軌を逸したところはあるが、自ら意図しては蝿一匹殺すこともできない人間だと言えるのではないか。だから、今度の厄介な爆弾事件で彼の名前が不意に浮上してきたとき、警視監は仮出所中の使徒にとってそれがどれほど危険な事態かを察知し、すぐにあの老貴婦人が彼に心から惚れ込んでいることを思い出したのだった。あの気紛れな親切心はミハエリスの自由に対するいかなる干渉も黙って見てはいないだろう。何しろ深くて穏やかな確信に満ちた惚れ込み方なのだ。無害な男だと感じていただけではない。それどころかそう公言して憚らず、それは思い込んだら絶対という彼女の精神の混乱によるものだったが、ミハエリス善人説の異論の余地なき証明となった。まるで彼の人間離れした怪物のようなところが、穢れのない幼子の目と太った天使のような微笑みと相俟って、彼女を魅了したかのようだった。自分の抱いている偏見に照らして不快なものではないので、彼女は人間の未来に関する彼の説をほとんど信奉するようになっていた。彼女は社会という複合体に新たに生まれた金権主義の要素を嫌悪しており、人類発展の道として工業を優先する考え方は、その機械的で非情な性格ゆえに、ひどく厭わしく感じられるのだった。温和なミハエリスの唱える博愛の希望が目指すのは、それを完膚なきまで破壊することではなくて、ただそうした趨勢の経済的側面をとことん崩壊させることにすぎない。それに彼女には実際、そうした崩壊のどこに道徳上の害があるのか分からなかった。そうなれば、彼女が深い嫌悪と不信を抱いている有象無象の「成金」どもは一掃されるだろう。彼女が成金を嫌うのは、かれらがいたるところに現れたからではない（彼女はそれを否定した）。かれらが世界についてまったく無知であり、それが主たる原因となって、粗野な認識と無味乾燥の心情しか持ち得なくなっているからなのだ。資本をすべて消滅させてしまえば、かれらもまた消えてなくなるだろう。しかし世界が破滅しても（ミハエリスに訪れた啓示のように、破滅が全世界的なものだとしての話だが）、社会が奉ずる価値は手つかずに残るはずで、最後の硬貨の一枚までなくなったとしても、地位のある人間は影響など受けないはずだ。つまり彼女は、例えばそうした事態がどれほど自分の地位を脅かすことになるのか想像できないのだった。発言が無視されるという経験をしたことのない老女特有の曇りのない怖いもの知らずから、彼女はこうした発見を警視監に述べ立てた。彼はそうした類の話ならすべていつも黙って聞くよう自らに課していたが、行動方針からも性向からもその沈黙が相手を不快にさせないようにと気を配っていた。齢を重ねてからミハエリスの弟子となったこの女性にある種の愛情を感じていたのだ。それは複雑な感情で、彼女の威信、人柄による部分がないではなかったが、とりわけ、過分に持ち上げられていることへの本能的な感謝の気持ちによるものだった。彼女の邸宅で本物の好意を寄せられているという実感があった。彼女は親切そのもの。しかも経験豊かな女性の例に漏れず、現実的な知恵の持主だった。彼が気楽な結婚生活を送れるのも、彼女が寛大にもアニーの夫としての権利を十分に認めてくれたおかげで、そうでなければそんな生活は望むべくもないのだ。彼の妻はあらゆる種類のつまらない我儘《わがまま》、つまらない妬み、つまらない嫉《そね》みに憂き身をやつす女で、そんな妻に対する彼女の影響力は申し分なかった。ただ不幸なことに、彼女の親切も知恵も気紛れなところがあり、どこまでも女性特有のもので、対処するのが難しい。彼女は長年にわたる生涯を通じて完璧な女性のままで、ペティコートを着た男と呼べるようなずるくてひどく迷惑な老女——そうした例はまま見られる——ではない。そして彼の見る彼女はどこまでも女性だった。しかも女性的なものを具現する特別に選ばれた存在だった。そして女性的なものの権化であれば、真実であれ嘘であれ何かを感極まって語る男たち——説教者や占い師、予言者、改革家たち——を、優しく無邪気で猛々しくもある親衛隊を組織して、誰彼の区別なく護るものなのだ。

そんな風に妻と自分の良き友人である傑物女性の素晴らしさをしみじみ思い返すと、警視監は受刑者ミハエリスに降りかかるかもしれない運命を考えて不安を覚えるのだった。いかに間接的にではあろうと、今回の爆弾事件に何らかの形で関与していると疑われてひとたび逮捕されれば、少なくとも再投獄されて刑期を務め上げるまで留め置かれることは免れ難い。そうなれば彼は死んでしまう。生きて出てくることはないだろう。警視監は自分の官職におよそふさわしくない感慨に耽ったが、それは人としての情の深さを真に物語るものではなかった。

「あの男が再逮捕されれば」と彼は考える。「彼女は決してわたしを許さないだろう」

このようにこっそり胸中に抱いたあからさまな思いを素直に認めると、多少とも自嘲的に我が身を省みずにはいられなくなる。好きになれない仕事に就いている人間が、慰めとなる自己幻想をいくつも持ち続けることは不可能なのである。嫌悪、魅力の欠如は職業そのものから人の性格へと広がる。まったき自己欺瞞の心地よさを味わえるのは、職業上定められた活動が幸運にも偶々おのれの気質を偽らないですむと思える場合に限られるのだ。警視監は本国での自分の仕事が好きではなかった。地球上の遠く離れたところでかつて従事していた警察の仕事は、本格的ではないにしろ戦争めいたところ、少なくとも野外スポーツの危険と興奮を感じさせるところがあって、それが慰めになった。彼の真の能力は主として管理者能力に類するものだったが、そこに冒険好きの性質も結びついていた。人口四百万もの大都会の真っ只中で机に縛りつけられていると、彼には自分が皮肉な運命の犠牲者だと思えてならない。その同じ運命が自分を結婚へと導いたのではないか。植民地の気候ばかりか、植民地暮らし特有の他の制約によってもいかに繊細な性質、趣味の持主であるかが証明された並外れて敏感な女との結婚へと。ミハエリスの運命についての自分の不安などくだらないと茶化しながら、それでも彼は不謹慎な考えを頭から消し去りはしなかった。内に強い自己保存の本能を秘めていたのだ。消し去るどころか、彼は心のなかでその考えを罰当りなまでに強調し、前よりもさらに正確に繰り返した——「畜生め！　このいまいましいヒートの奴が好き勝手をやったら、あの男は脂肪にくるまれてきっと獄中で死ぬことになる。そうなれば彼女は決してわたしを許すまい」

黒い服を着た彼の痩せぎすの姿は、後頭部を刈り上げた銀色にきらめく髪の下に襟を一筋覗かせたまま、身じろぎもしない。沈黙があまりに長く続いたので、ヒート警部は思い切って咳払いをしてみた。するとそれなりの効果があった。この熱意と知性に溢れる刑事は、微動だにしない背中を向けられたままながら、上司から質問を受けたのである。

「ミハエリスがこの件に絡んでいると睨んでいるのか？」

ヒート警部は確信していた。しかし慎重だった。

「はい」と彼は言う。「信頼すべき証拠が十分あります。いずれにせよ、ああした男を野放しにしておく筋合いはありません」

「何がしかの決め手になる証拠はまだないのだな」という感想が呟きとなって発せられた。

ヒート警部は黒い細身の背中を見据えて眉を吊り上げた。その背中は彼の知性と熱意をはねつけるように、あくまで頑なに動かない。

「あの男を有罪にする十分な証拠を整えるのは難しくありません」と何の屈託もなさそうに彼は行い澄まして言い、「その点についてはお任せください」とまったく無用の言葉を付け足して思いの丈をぶちまけた。というのは、世間が今度の事件に格別の憤りを感じて万が一大騒ぎになった場合に備えて、あの男を確保していつでも世間に突き出せるようにしておくのは素晴らしいことに思われたからである。とはいえ、世間が大騒ぎするかどうかは分からない。それはもちろん、つまるところ新聞の扱い次第だった。しかしいずれにしても、職業柄、監獄の御用商人とも言えるヒート警部は適法本能の持主であり、公然たる法の敵には例外なく投獄こそがふさわしい運命であると信じている。その信念が強すぎるあまり、ここで機転の利かし方を間違えてしまった。思わず少し自惚れた笑いが浮かぶのを止めずに、こう繰り返したのである。

「その点はお任せのほどを」

警視監はこの言葉に我慢ができなかった。これまで十八か月以上も何とか平静を装ってきたのだが、それは警察機構と自分の部下たちに対する苛立ちを懸命に抑えた結果だった。彼は言ってみれば、丸い孔に強引に押し込まれた四角い栓で、ずっと昔から引き継がれているあの滑らかな丸みを日々加えられる暴行のように感じるのだが、もう少し角の取れた人間なら、肩をちょっとすくめてから、媚びるほどおとなしくその丸みに我が身をはめ込んで文句を言うまい。彼が特に腹立たしく思うのは、根拠もないのに何事によらずお任せしなくてはならないことだった。ヒート警部のかすかな笑い声が聞こえると、警視監は感電して窓ガラスから身体ごとくるりと跳ね飛ばされたみたいに、すばやく向きを変えた。警部の顔を見ると、その場にふさわしい自己満足の色が口髭の背後に潜んでいる。それればかりではない。警部の丸い目に経験上身についた油断のない視線の痕跡が残っているのも分かる。その目はおそらくそれまで自分の背中を見つめていたのだろう。そしてその熱のこもった凝視は警視監と一瞬目が合うと、単なる驚きの目つきへと変わるのだった。

警視監はたしかにその地位にふさわしい資質をいくつか備えている。彼は突然、疑念に囚われた。こう言って一向に差支えないはずだが、警察のやり方について(警察が彼によって組織された準軍隊なら話は別だが)彼の頭には事あるごとに疑念が湧き上がってくるのである。疲労のあまり疑念が眠りにつくことがあったとしても、それはただまどろんでいるに過ぎない。そして彼はヒート警部の熱意と能力を評価はしていたものの、格別の高評価ではなく、まして心を許すなど思いもよらないことだった。

「この男は何かを企んでいる」と彼は心のなかで叫ぶと、急に腹が立ってきた。怒りにまかせて大股で机まで戻ると、乱暴に腰を下ろす。「わたしはここで屑同然の書類の山に囲まれて身動きができない」彼は理不尽な怒りに駆られて思う。「捜査の糸をすべて手にしていることになっているが、その実、手にできるのは部下から預けられた糸だけ。しかもその糸の先をどこに結びつけるかは彼らの勝手ときている」

彼は頭を上げて、精力的なドン・キホーテを思わせる特徴ある目鼻立ちの痩せた細長い顔を部下の方に向けた。

「いったいどんな切り札があるというのだ？」

相手は目を見開いた。瞬きもせず、その丸い目を少しも動かさずに見つめる。それはさまざまな犯罪者たちを相手にするときのお決まりの目つきだった。その目で見つめられた犯罪者は、然るべき警告を受けると、無実の罪を着せられたと言わんばかりの、あるいは素朴を装った、あるいは不承不承ながら観念したといった口調で供述を始めるのだ。しかしこのときの彼のいかにも刑事らしい石のような凝視の背後には、驚きの色がいささかなりとも潜んでいた。というのも犯罪部きっての敏腕刑事であるヒート警部は、軽蔑と苛立ちが見事に結びついたそうした口調で話しかけられることに慣れていなかったのだ。新しい思いがけない経験に不意打ちをくらった人のように、彼は明確な答を先延ばしするような返し方をした。

「ミハエリスの関与を証明するどんな証拠を持っているか、というお尋ねですか？」

警視監は相手の弾丸のような丸い頭をじっと見た。北欧の海賊を思わせる口髭の先端が重たげな顎の下まで垂れている。青白い顔面すべてがふっくらとした相貌には決然とした性格が窺われるが、太りすぎのためにそれが損なわれている。目尻から狡猾そうな皺が何本か放射状に走っているのが認められる。そんな有能で誰からも信頼されている刑事をあらためて見つめているうちに、彼は霊感に打たれたように不意に一つの確信を得た。

「君がこの部屋に入ってきたとき」と彼は慎重な言い方をする、「犯人として念頭に置いていたのはミハエリスではなかったと思えるふしがある。主犯としてはね——それどころか、ひょっとすると彼のことなどまったく考えていなかったのかもしれない」

「思えるふしですか？」とヒート警部は呟いた。いかにも驚いたといった体だったが、幾分かは本当に驚いていた。この事件には下手をすると間違いかねないややこしい一面のあることに気づいていたのだ。その一面に気づくと、ある程度の不誠実さ——老練とか思慮とか分別といった名のもとに、人間の関わる諸事全般にわたってどこかの時点で立ち現れる種類の不誠実さ——を強いられる。彼がこのとき感じたのは、綱渡り芸人が、演技の最中に客から見えない本来の仕事場から飛び出してきた演芸場の支配人の手で、不意にロープを揺すられるようなことがあれば、きっと感じる気持ちに似ていた。そんな仲間の裏切るような行動によって引き起こされる激しい怒りと精神的な頼りなさは、今にも落下して首の骨が折れるのではないかという不安と結びついて、俗な言い方をすれば、「頭に血が上って」しまうだろう。また同時に、自分の技に泥を塗られたという気分にもなるだろう。人間というのは、おのれの個性などよりもっと実体のあるものに自己を同一視し、自分のプライドをどこか、例えば社会的地位の高さとか、やらねばならない仕事の立派さとか、あるいは気取らずに、運がよければ味わえないとも限らない仕事にまさる怠惰とか、そういったところで育まざるを得ないからである。

「そうだ」警視監は言った、「思えるふしがある。ミハエリスのことが一切念頭になかったと言うつもりはない。しかしヒート警部、君は提示した事実をさも重要そうに言うけれども、その言い方に何か釈然としないものを感じるのだよ。それが本当に犯人発見の手掛かりになるのであれば、どうしてすぐにその筋を追わなかったのかね、その村に自分で行くなり、部下の誰かを遣るなりして？」

「わたしがそんな捜査ミスをやるとお考えなのですか？」とヒート警部はひたすら思慮深く響くように努めて聞き返した。思いがけず落着きを保つことに精神を集中せざるを得なくなって、口調が大事とばかりその一点にすがったのだが、その結果、叱責に身をさらす羽目に陥ってしまった。というのも、警視監が少し顔を顰《しか》めながら、その言い方は何とも不穏当だな、と評したからである。

「しかし君がそう口にした以上」と彼は冷ややかに言葉を継ぐ、「はっきり言うことにするが、わたしの本意はそんなことではない」

彼は言葉を切って、くぼんだ目で相手をまっすぐ見据えた。その視線は言葉に出さずとも「そして君はそれが分かっている」という結びのひと言を十分に体現している。いわゆる特殊犯罪部の長としての立場上、犯罪者の胸中にしまい込まれた秘密を探り当てる捜査に自ら出向くことのできない警視監は、罪を証明する真実を探り当てる優れた才能を少なからず部下に対して発揮するところがあった。その特異な本能を欠点と呼ぶには当たるまい。それは生まれつき自然と身に備わったものだった。彼は秘密を探る仕事に生まれついた人間なのだ。それが無意識のうちに彼の職業の選択を決定したのだった。もし本能が人生において彼を失望させたことがあるとすれば、それはある例外的な事情で結婚を迎えたときだったのかもしれないが、それもまた自然の成り行きというもの。街中を歩き回ることができないので、その本能は引きこもった執務室にやってくる人間という素材を餌にしていた。われわれは決して自分自身であることを止めるわけにはいかないのである。

机に片肘をついて細い脚を組み、そして痩せた掌で頬を撫でながら、特殊犯罪部を統括する警視監はこの事件の実態を把握しようと、さらに一歩踏み込もうとしていた。部下のヒート警部は、彼が洞察力を駆使するに値するまたとない好敵手というわけではないにしても、部下のなかで一番手応えのある相手であることは間違いない。定評を疑ってかかること。それこそまさに看破者としての警視監の才能が発揮されるところなのだ。記憶が蘇り、はるか遠方の植民地で知ることになった先住民の族長のことが思い出される。植民地総督は代々、族長の立場にある太った財産持ちの老人を、白人の確立した秩序と遵法精神の忠実な味方であり支持者として、信用し厚遇するのが長年の伝統となっていた。ところがいざ懐疑の目を向けて調べてみると、その族長は何よりおのれ自身の味方で、他の誰の味方でもないことが判明した。厳密な意味で裏切り者というわけではない。だがそれでも、彼は自らの利益と安楽と安全に対する相応の配慮を怠ることがなく、よってその忠誠心には多くの危険な保留条項がつく人物だった。天真爛漫に二枚舌を使うようなどこか無邪気なところもあったが、やはり危険人物であることに変わりはない。なかなか正体を摑ませない男だった。体格的にもかなりの大物で、(もちろん肌の色は違うが、それは当然として)ヒート警部の外貌には上司たる警視監にその男を思い起こさせるところがあった。目やまして唇がそっくりというわけではない。似ているとは何とも奇怪な話だ。しかしアルフレッド・ウォレスもマレー諸島について著したあの有名な書[4]のなかで、アルー諸島の島民のなかの黒い皮膚をした裸の未開人のとある老人がイギリス本国の親友に奇妙に似ているのを発見した、と記しているではないか。

警視監はその職に就いてからはじめて、給料に見合う本物の仕事に手を染めようとしているように感じた。そしてそれは気持ちのいいものだった。「古手袋を裏返すように、この男の腹の内を暴いてやろう」彼はそう考えながら、思案げな視線をヒート警部にじっと注いだ。

「いや、そんなことを考えていたわけじゃない」彼は再び口を切る。「むろん君は自分の職務を承知している。そこに疑いの余地はない。まさにそれだからこそ、わたしは——」彼はそこで急に言葉を切って、口調を変えた。「ミハエリスが関与していることを示す決定的な証拠を提示できるのかな？　つまり、二人の容疑者が――二人だというのは確かなようだが――列車に乗った駅から三マイルと離れていない村に、現在ミハエリスが住んでいるという事実以外の証拠を」

「それだけでも追及する意味はあると思います。あの手の男の場合は」と警部は落着きを取り戻して答えた。警視監の頭が納得したようにわずかに動いたのを見て、この名物刑事の怒りのこもった驚きは大いになだめられた。というのも、ヒート警部は心優しい男であり、素晴らしい夫、ひたむきに子供を愛する父親であって、世間と部内から得ている信頼が気立てのよさに好ましく作用して、他ならぬこの執務室を次々に通り過ぎていくのを見てきた歴代の警視監といい関係でありたいと思っていたからである。これまで仕えた警視監は三人。最初は軍人めいたぶっきらぼうな態度をした赤ら顔の人物で、白い眉毛が特徴のひどい癇癪持ちだったが、意に添った接し方をすれば扱いは難しくなかった。彼はここで定年を迎えた。二人目は完璧な紳士で、自分と他人の立場をどこまでもはっきりわきまえていて、この職を辞して外地の役職へと栄

4　アルフレッド・ラッセル・ウォレス（一八二三～一九一三）は博物学者で探検家。ダーウィンとほぼ同時代に独自の自然選択説を唱えた。その著『マレー諸島』（一八六二）はコンラッドの愛読書で、『ロード・ジム』（一九〇〇）などのマレーものにその影響が見られる。

転する際には、ヒート警部の働きのおかげで（本当のことだ）勲章を授けられた。彼の許で働くのは誇りでもあり、喜びでもあった。三番目にやってきたのは当初から多くのものにとって思いがけない人物で、十八か月経っても依然として部内のものにとってどこか謎めいたところのある存在である。全体としてヒート警部はこの上司を基本的に無害な人物、一風変わっているが害のない人物だろうと思っている。いま話しているのはその人物であり、警部は敬意のこもった面持ちを保ちつつも（そんなことに意味はない、義務の問題なのだ）、心のなかではここはおとなしく我慢してあげようと思いながら聞いているのだった。

「ミハエリスはロンドンから村に行く前に、届け出ているのか？」

「はい、届け出ています」

「それで彼はその村で何をしているのだろうか？」と警視監は言葉を継いだが、その点についての情報を熟知した上でのことだった。ミハエリスは古い木製の肘掛椅子に窮屈そうに無理やり身体を押込み、虫食い跡のあるオーク材のテーブルに向かっている。屋根のタイルに苔が生えた、四部屋からなるコテージの二階。日夜、手が震え文字が斜めになるのも構わず、人類の歴史における「黙示録」のような書となるべき『ある囚人の自伝』を執筆しているのだ。四部屋だけの小さなコテージの狭い空間に世間から離れて一人閉じこもっていると、霊感が湧きやすい。監獄にいるのと似ているが、ただ前にいた刑務所内の我が家では、暴虐極まる規則によって忌まわしくも強制的に運動させられ、そのため落ち着いて考えられなかったが、ここではその心配がない。太陽がまだ地上を照らしているかどうかすら、彼には分からない。文筆に熱中する彼の額から汗がしたたり落ちる。愉悦に満ちた熱情が彼を駆り立てる。それは彼の内なる生命の解放であり、魂を広い世界へと解き放つことだった。そして彼の無邪気な虚栄心（出版社から五百ポンドという金額を提示されて目覚めたのだ）の高まりはどこか運命的であり、また神聖なものであるように思われた。

「もちろん、正確な情報が得られていれば何よりなのだが」と警視監は本心を隠したまま、ミハエリスの話題に固執した。

ヒート警部が、ことさらに細部にこだわろうとする相手の態度に新たな苛立ちを覚えながら答えた。ミハエリスが村に到着したときから地元の警察は報告を受けています。そして数時間もすれば十分な情報の入った報告が上がってくるはずです。地元署の警視へ電報を――

こうした内容をかなりゆっくりとした口調で述べながら、彼の心はすでにその発言がどのような結果をもたらすかを考量しているようで、それはわずかに眉を寄せたことに表れていた。しかし彼の言葉をさえぎって、質問が投げかけられた。

「その電報はすでに打ったのか？」

「いえ、まだです」と彼は驚いたように答えた。

警視監は不意に組んでいた脚をほどいた。そのすばやい動きと好対照に、含むところがありそうに問いかける口調はさりげなかった。

「君はミハエリスが事件に関与していると考えているのかね、例えば爆弾の準備とかに？」

警部は考え込むような様子を見せた。

「そうは申しません。目下のところ、何かを申し上げる必要がないのです。彼は危険人物と目される連中と繋がっています。仮出所後、一年もしないうちに〈赤色委員会〉の委員になっていますし。お勤めご苦労様というお愛想みたいなものでしょうが」

そう言って警部は笑ったが、そこには多少の怒りと多少の軽蔑がこめられていた。ああいった手合いの男を相手にするとき、慎重になるのはお門違いであるばかりか法にも反する心の動きなのだ。二年前に釈放されたとき、ネタ不足を埋めるためにお涙頂戴を狙った一部ジャーナリストがミハエリスを有名人に仕立てあげて以来、腹立たしい思いが胸にくすぶって消えることがない。あの男ならどんな些細な嫌疑で逮捕したところで、不当逮捕になどならない。法にかなった適切な処置だと見えるに決まっている。前任の上司だったら、二人ともその点はすぐに分かってくれたはず。それがこの上司ときたら、イエスともノーとも言わず、夢でも見ているみたいにそこに座っているだけではないか。さらに言えば、ミハエリスの逮捕は合法かつ適切であるばかりか、ヒート警部をいささか悩ませている小さな個人的問題を解決することにもなるのだった。その問題は彼の評判、心の安らぎに、職務の効果的な遂行にさえ関係していた。というのも、ミハエリスは今回の爆弾事件についておそらく何がしかのことを知っているだろうが、だとしても、隅々まで熟知しているはずはない、と警部は半ば確信していたからである。その方が好都合なのだ。事件に関わりがありそうだと頭に思い浮かぶ何人かと比べれば、あいつの知っていることなど高が知れている——警部にはそう断言できた。だがそうした真の関係者と思しき連中の逮捕となると、ミハエリスの場合ほど話は単純ではないし、この種のゲームのルールに照らして得策ではない。このゲームのルールはミハエリスに対してそんなに甘いものではない。何しろ前科者なのだから。それなのに法が用意してくれる便宜を使わないでいるなんて、愚の骨頂ではないか。感情にまかせてお涙頂戴とばかりにあいつを持ち上げたジャーナリストたちも、今度は感情にまかせて怒りを爆発させてこきおろすだろう。

自信たっぷりにこのような見通しを立てると、ヒート警部は自分だけが味わう勝利の魅力を感ずるのだった。それでいながら、平均的な既婚の市民として誰からも後ろ指をさされることのないその胸の奥底では、あれこれの事件のせいであの命知らずの狂暴なプロフェッサーなる男と否応なく関わらざるを得なくなっていることへの嫌悪感が、ほとんど無意識のうちにではあるが無視できぬ声をあげて止むことがない。この嫌悪感は小路で偶然彼と出会ったためにいっそう強まっていた。その遭遇は通常の満足をもたらしてはくれなかった。警察官が犯罪者連中と職務を離れて個人的に接するときには、自分は立場が上であるという満足感を覚えるもので、それによって権力を持つものの虚栄心がなだめられ、同じ人間を支配したいという卑俗な願望がそれなりに満たされるのがふつうなのだが。

ヒート警部にはあの完全無欠なアナキストが同じ人間とはとても思えなかった。手のつけられない男、触れないでおくべき狂犬そのもの。警部が彼を怖れていたというわけではない。それどころか、いつか捕まえてやるつもりだった。だが今ではない。機の熟するのを待って、ゲームのルールにのっとり、効果的な形できっちり逮捕してやろうではないか。ただ、今はそんな手柄を目指す時ではない。個人的にも警察官という立場からも、多くの理由で時期尚早なのだ。ヒート警部はそう強く感じていた。そんな彼にしてみれば、今回の事件に関して、どこへ通じているのか見当もつかない闇に包まれた面倒な路線を進むのは止めて、ミハエリスという名の静かな（そして法の認めた）待避線へと入るのが正当かつ妥当なことだった。そして彼は上司の含みのある問いかけを誠実に再考しているかのように、その言葉を繰り返した。

「爆弾への関与ですか。いえ、そうだと明言はいたしません。そこまで突き止めることはできないかもしれない。しかし、彼がこの件に何らかの形で関わっているのは明らかで、その点は難なく突き止めることができます」

彼の顔にはしかつめらしく高圧的で何事にも動じない表情が浮かんでいた。手練《てだ》れの盗人たちによく知られひどく恐れられている表情である。ヒート警部は人間ではあるが、微笑む動物ではない[5]。けれども心の奥では、警視監が反論もせず自分の意見を受け容れる態度を見せたことに満足を味わっていた。警視監が静かに呟いた。

「それでそちらの方を重点に捜査がなされるべきだと本当に思っているのだな？」

5　アリストテレスの人間についての有名な定義で、『動物部分論』において人間は唯一の笑う動物である、と述べられている。蛇足を付け加えれば、本作品では、動物との類比、あるいは対比によって人間を定義しようとする記述が散見される。

「そうです」

「確信があると？」

「はい。それが間違いなくわれわれの取るべき道です」

警視監はそれまで頬杖をついていた手を外した。その動作はひどく唐突で、いつもの物憂げな態度を考えると、全身が崩れ落ちかねないと思われた。ところがそれに反して、彼は仕事机の向こう側で驚くほど機敏に背筋を伸ばして座り直した。しかもそれは鋭い音を立てて、手で机を叩いた上でのことだった。

「わたしの知りたいのは、どうして今までそのことを頭から消していたのかということだ」

「頭から消していた、ですか」警部はひどくゆっくりと鸚鵡《おうむ》返《がえ》しに答えた。

「そうとも。この部屋へ呼ばれるまでは――そうだろう」

警部は着ている服と素肌の間の空気が不快な熱を帯びたように感じた。それまで味わったことのない思いもよらない感覚。

「もちろん」彼は、自分の発言がとことん考え抜かれたものであることをことさら強調するように口を開く、「自分にはどうにも分かりかねますが、もしあの受刑囚のミハエリスに手を出してはならない理由があるのであれば、地元の警察にあいつを追わせなかったのは、むしろよかったということになるんじゃありませんか」

これだけのことを言うのに警部がひどく時間をかけたので、警視監が終始一貫して耳をそばだてて聞いていたのは、あっぱれな忍耐強さであると思われた。だが返答は間髪を容れずになされた。

「わたしの知っている理由などありはしない。いいかね、警部。わたし相手に君のような立場の人間がこうした策を弄するのは極めて不適切、不適切の極みではないか。それに不正直でもある。こんな風にわたしに頭を使わせて謎を解かせようなんて言語道断。まったく呆れるじゃないか」

彼はそこで一息入れたが、言い淀むことなく言葉を継いだ。「言う必要もあるまいが、ここでの話は職務上の命令、指示といったものではさらさらないよ」

こう言われたからといって、警部の気持ちは到底治まるものではない。心のなかでは裏切りに遭った綱渡り芸人の激しい怒りがこみあげる。信頼を得ている公僕としてのプライドがある彼にとっては、あなたの首を折ろうとロープが揺らされたわけではありませんよと請け合われたところで、それは露骨に無礼な言葉を投げつけられたのと大差ない。同じように気に障る。誰も彼もがびくついていると思ったら大間違いだ！　警視監なんぞはしょっちゅう入れ替わる。だが凡ならざる才を持った警部は咲いては枯れる花のような役所の飾りではない。首の骨が折れるのを怖がってなぞいない。自分なりの綱渡りの仕方に水を差された。正直な怒りが燃えたぎるにはそれで十分ではないか。そして心中の思いは相手を選んで変わるものではないから、[6]ヒート警部の思いは脅迫的で予言めいた調子を帯びる。「おい、あんた」いつもはあちこちへとせわしなく動く丸い目を警視監の顔に据えたまま、彼は心のなかで思うのだった。

「おいあんた、あんたは自分のいる場所ってもんが分かっていないんだ。その場所にしても、あんたのことをいつまでも覚えてなんぞいないだろうよ、[7]絶対に」

　そうした腹立たしい思いに対して、火に油を注いでやろうとでもいうかのように、人当たりのいい微笑みらしきものが警視監の口許をよぎった。屈託のない事務的な態度を取りながら、その一方で手を緩めず綱渡りのロープにさらに一揺れを加えたのである。

「君が現場で発見したものに話を移そうじゃないかね、警部」

「馬鹿が職場とお別れするのももうすぐだ」ヒート警部の心のなかでは予言めいた思考が続いていた。しかし彼がすぐに思い返したのは、上級職の人間はたとえ「石もて追われる」（それがまさにぴったりのイメージだった）羽目になっても、ドアから逃げ出すときに、部下の脛をこっぴどく蹴飛ばすくらいの余裕があるということだった。

彼はバシリスク[8]を思わせる睨み殺すような視線をとくに和らげもせず、何の感情も表さずに言った。

「いま捜査のその点を話題にしようとしていたところです」

「結構。それで現場から何を持ち帰ってきたのかね？」

警部はすでにロープから飛び降りることに心を決めていたので、鬱然としながらもあっさりと地面に降り立った。

「住所を一つ持ち帰りました」と彼は言って、ポケットからダークブルーの焼け焦げた布切れをゆっくり取り出した。「爆発で粉々になった男の着ていたオーバーコートの切れ端です。もちろんそのコートが彼のものだったとは言い切れません。盗品だった可能性すらないではない。しかしよく見れば、そんなことはまずあり得ないと思われます」

警部は上司の机へと歩み寄ると、その青い布きれを慎重に広げる。死体置き場のむ

6　神は地位、貧富などによって人を選ばないというよく知られた表現が『使徒行伝』一〇章三四節にある。
7　『ヨブ記』七章一〇節の「彼の家もまた彼を忘れてしまう」を響かせるか。
8　伝説上の怪物で、一睨みで人を殺したとされる。

かつくような塊のなかから拾い上げてきたものです。ときに襟の下に仕立屋の名前の入っていることがありますから。大して役に立つことはあまりないのですが、それでも――。何か手がかりになるものが見つかるのでは、と期待しなかったと言えば嘘になりますが、まさか――それも襟の下なんかではなく、襟の折り返しの裏側に縫いつけてあったんですが――キャラコの四角い布に不褪色インクで住所が書かれているとは思いもよりませんでした。

警部は布切れを広げていた手をどけた。

「誰にも気づかれずに持ち帰りました」と彼は言った。「それが最善だと思ったもので。必要とあらば、いつでも提出できます」

警視監は椅子から少し腰を浮かせ、机上の布切れを手許に引き寄せると、何も言わずにそれを見つめる。普通の紙巻きタバコ用の巻紙より少しばかり大きめのキャラコに、不褪色のインクで三十二という数字とブレット・ストリート[9]という文字が書かれているだけ。警視監は心の底から驚いた。

「何だってそいつはこんなラベルをつけて歩き回っていたんだ、訳が分からん」と彼は言いながら、ヒート警部を見上げた。「何とも奇妙な話じゃないか」

「あるホテルの喫煙室で出遭った老人なんですが、出先での事故や急な病気に備えて、すべての上衣に住所と名前を縫いつけていました」と警部は言った。「八十四歳だとのたまっていましたが、そんな歳には見えませんでした。それから急に記憶喪失になるのが怖いとも言っていました。そんな人の記事がよく新聞に出ているじゃないかと」

そんな思い出話は警視監の質問によって不意にさえぎられた。ブレット・ストリート三十二番地には何がある、という問いかけだった。警部は、不当な策略によって無理やり地面に降ろされた以上、少しも隠し立てなどしない率直なる正道を歩もうとすでに心に決めていた。知りすぎることは犯罪部のためにならないと固く信じている場合には、思慮分別を働かせて知っている事実を隠すことが、彼なりの忠誠心に照らして言えば、職務にかなうことだった。もし警視監がこの件の捜査を間違った方向に持っていきたいと考えているとしたら、それを止めることはもちろん不可能である。しかし今や警部には警視監の意向に進んで寄り添う理由はない。そこで彼は簡潔に答えた。

「店があります」

9　架空の街路名。以下にあるようにソーホーにあるという設定である。

警視監は、青いぼろ切れに目を落とし、さらに詳しい情報を待ち受ける。しかしそれが提供されないので、自ら進んで情報を得ようと、穏やかに忍耐強く、次々に質問を浴びせた。その結果、ミスター・ヴァーロックの商売がどのようなもので、彼がどんな外見をしているか、そのおおよそのことを知り、最後にはその名前を聞きだした。そこで一呼吸おいて目を上げると、警部の顔がどこか生き生きとしているのが分かった。二人は黙ったまま互いに相手を見つめた。

「もちろん」警部は言った、「犯罪部にその男の記録はありません」

「わたしの前任者で、いま君が話してくれたことを少しでも知っていたものはいたかね?」と警視監が尋ねる。机に両肘をついて、両手を合わせて顔の前に掲げた姿はまるで祈りを捧げようとするかのようだったが、その目に敬虔さは微塵も宿っていない。

「いいえ、どなたもまったくご存じありません。報告を上げたところで、どんな意味があったでしょう。あの種の男は警察の人間に広く知られるようになっては使いものにならなくなります。わたしが彼の正体を知っていて、警察に役立つように使えれば、それで十分でした」

「そんな風に自分だけが私的に情報を抱えているということは、君の公的な立場と矛盾するのではと思わないのかね?」

「まったく矛盾しません。極めて妥当なことだと考えます。こう申しては何ですが、そのおかげで今のわたしがあります――凄腕の刑事と目されているこのわたしが。彼の件はあくまで私事に属することです。フランス警察にいる個人的な友人がそれとなく教えてくれたところでは、その男はとある大使館のスパイとのこと。私的に友情を育み、私的に情報を入手し、私的にそれを利用する――彼との関係はそういうものだと理解しています」

この名うての警部の心のありようがその下顎の輪郭に影響を及ぼしているようで、まるで刑事として傑出した存在だという強い自意識が人体組織のその部位に宿っているみたいではないか――警視監はそう我が身に言い聞かせたが、静かに「なるほど」とだけ返して、差し当たりその点は棚上げした。それから組んだ両手に顎を載せて尋ねる。

「それなら――私的な話ということで構わないが――その大使館のスパイとの私的な接触はいつから続いているのかね？」

この問いに対する警部の私的な返答、相手の耳に届く言葉にはとてもならないほど私的な返答は、

「あなたがこの地位に就くことなど考えもしなかった昔から」

立場を意識したいわば公的な発言は格段に厳密なものだった。

「その男と初めて会ったのは七年余り前になります。帝国から王族お二方と宰相が当地を訪問されたときです。わたしはその賓客警護のための手配をする総責任者でした。当時の大使が[10]シュトット＝ヴァルテンハイム男爵。ひどい心配性の老紳士で、ギルドホール晩餐会の三日前のこと、夕刻になってからですが、ちょっと会えないかと言ってきました。わたしは大使館の一階におりました。玄関前には王族お二方と宰相をオペラ鑑賞にお連れする馬車が停まっていましたから。伝言を受けてすぐに二階へ上がりますと、男爵は寝室のなかを行ったり来たり。見るも哀れなほど悲嘆に暮れた様子で、両手を固く握りしめていました。ロンドン警察とわたしの能力には全幅の信頼を置いているが、パリから着いたばかりの男を待たせていて、この男の情報は間違いなく信用できるというのです。それでその話を聞いてほしいというわけでした。そのまま隣の化粧室に連れていかれると、待っていたのは厚ぼったいオーバーコートを着た大柄な男。片手に帽子とステッキを持ったまま、ぽつねんと椅子に座っていました。男爵はフランス語で親しげに『話したまえ』と男に声を掛けました。その部屋は照明を少し落としてあります。男とは五分ほども話したでしょうか。たしかに非常に驚くべき情報でした。それから男爵は落ち着かなげにわたしを部屋の隅に呼んで、その男のことを訝めそやすのです。それを聞いてわたしが振り返ると、男は幽霊のようにすでに姿を消してしまっていたのでした。椅子から立つと、どこか裏の階段を使ってこっそり出ていったのでしょう。彼を追う時間はありません。何しろ急いで大使の後についてその部屋を出て、大階段を降りて、貴賓一行が無事にオペラ鑑賞に出発するのを見届けなければなりませんでしたから。しかしわたしは早速その夜から、得られた新情報に従って行動を起こしました。完全に正しい情報かどうかはともかく、それはきわめて重大なものであると思われたのです。王族のシティ[11]訪問の日にわれわれが不面目な厄介事に巻き込まれずに済んだのは、多分にその情報のおかげだったでしょう。

それからしばらくして、わたしが警部に昇進して一か月かそこら経ったころでしょうか、あるとき、逞しい身体つきの大柄な男が目に留まりました。以前どこかであったことがあるような気がしたのです。ストランドの宝石店から急ぎ足で出てくるところでした。わたしは彼の跡をつけました。ちょうどチャリング・クロス[12]へ向かってい

10 ロンドン市長が市庁舎で年一回開く晩餐会。当時は十一月九日。
11 ロンドンの旧市街で、市長と市会が自治を行うテムズ川北岸の地区。英国の金融・商業の中心。訪問の日とは前記の晩餐会の日ということ。

たものですから。たまたま部下の刑事の一人が通りの向こう側に見えたのを幸い、手招きして呼び寄せ、その男を指し示して、二、三日行動を監視したら報告するようにと命じました。すると早速、翌日の午後にはその部下がやってきました。報告によれば、男は下宿のおかみの娘とその日午前十一時三十分に登録所に婚姻届を出し、彼女と二人、一週間の予定でマーゲイト[13]へ発ったらしい。部下は荷物が辻馬車に積まれるところまで見ていました。鞄の一つには古ぼけたパリの荷札が貼ってあったそうです。なぜかその男のことが頭から離れず、次にパリに赴く用務ができたとき、パリ警察の例の友人にその男のことを尋ねました。友人の語るところでは『話し向きからすると、君の言っているのは〈革命赤色委員会〉に出入りしているそこそこ名の通った間諜だろう。イギリス生まれだと自分では言っている。もう何年もロンドンにあるどこかの外国の大使館のシークレット・エージェントとして働いているんじゃないかとわれわれは睨んでいる』とのこと。これを聞いてすっかり記憶が蘇りました。シュトット＝ヴァルテンハイム男爵の化粧室で椅子に座っているのを目にしながら見失った男だったのです。友人にまずその推測通りだろうと言いました。わたしの知る限り、男がシークレット・エージェントであるのは間違いないところでしたから。その後、友人はその男に関する記録をすべてわたしのために探し出してくれました。知るべきことは知っておいた方がいいと思ったからですが、しかし警視監は彼の履歴をいまお聞きになりたいわけじゃないでしょう？」

警視監は両手に顎を載せたまま首を振った。「いま重要なのは、君とその使い道のある人物とがこれまでどんな関係を築いてきたかということだけだ」と彼は言って、その倦んだようなくぼんだ目をゆっくり閉じる。それから再びかっと見開くと、そこにはすっかり生気が戻っていた。

「わたしたちの間に公的な関係は一切ありません」警部は苦々しげに言った。「ある晩、男の店を覗いて自己紹介をし、最初に会ったときのことを話してみました。彼は眉一つ動かしません。今は結婚してここに落ち着いているので、ささやかなこの商売の邪魔だけはしないで欲しいと言うのです。それでわたしは自分の責任で、とんでもなく怪しからんことに首を突っ込まないかぎり警察は手を出さない、と請け合いました。それは彼にとって少なからず意味のある約束です。というのも、われわれがひと言、税関に通知すれば、パリやブリュッセルから送られてくる荷物のいくつかは必ず

12　ストランドはシティから西に走る大通りで、チャリング・クロスに至る。
13　ロンドンの南、ケント州にあるシーサイド・リゾート。ヴィクトリア朝以来、労働者階級や下層中産階級に人気があった。

ドーヴァーで[14]開けられて、確実に没収されますから。ひょっとすると終いには起訴ということにもなりかねません」

「ずいぶんと危ない商売だな」と警視監は呟いた。「何でそんな商売を?」

　警部は落ち着き払って軽蔑したように眉を上げた。

「おそらくコネがあった――大陸にいる友人がそうしたものを扱う連中のなかにいたのでしょう。あの男が付き合うのにうってつけの連中ですから。それに彼は怠け者で、その点も連中と同じです」

「彼を保護してやる代償に何を得ているのかね?」

　警部はミスター・ヴァーロックの果たす役割にどれほどの価値があるかについて詳しく語りたいとは思わなかった。

「わたし以外のものに大して役立つとは思いません。あの手の男を利用するときには、あらかじめこちらも相当のことを知っておく必要があります。彼としてははっきりと言えないことも多いのですが、わたしには仄めかされた意味が分かります。こちらが情報を欲しているときには、彼はたいてい何かを仄めかしてくれます」

　警部はそこで不意に思慮深い内省に耽って口を閉じた。警視監の方は、ヒート警部の名声はその〈シークレット・エージェント〉の権化というべきヴァーロックによってもたらされた部分が大きいのではないか、とふと思って笑みがこぼれそうになるのを抑え込んだ。

「使い道ということでもっと一般的なことを申し上げますと、われわれ特殊犯罪部のチャリング・クロスおよびヴィクトリア駅[15]を担当する刑事は全員、彼と接触する人間を見逃さないよう命令を受けています。彼は新しくロンドンにやってきた人間と頻繁に会い、それ以後も連絡を絶やしません。そういった類の職務を与えられているようです。わたしが誰かの住所を急いで知りたいときには、彼に訊けば必ず手に入ります。もちろんこうした関係をどう続けるべきかは承知の上です。この二年間、直接会って口をきいたことは三回とありません。無署名で短いメモを送る。すると彼は同様にわたしの自宅住所にメモで返してくるといった具合です」

警視監は時折、ほとんどそれと分からないくらい小さく頷く。警部はさらに言葉を継いで、ミスター・ヴァーロックが〈革命推進国際評議会〉の主要メンバーたちから全幅の信頼を寄せられているとは思わないが、大体において信用できる男であると思

14 ケント州の港町。ヨーロッパ大陸との交易の拠点。
15 ロンドン中心部にある主要鉄道駅で、大陸からの訪問者を受け容れるターミナル。

われていることは間違いない、と言い添えた。「然るべき理由から、何やら不穏な動きがあると感じたときには」と警部は話を纏める、「いつでも必ず何がしかこちらが知っておくべき情報を提供してくれましたから」

「今回ばかりは裏切られたわけだ」

「不穏な動きの気配などまったく感じなかったのです」とヒート警部は気色ばんで答えた。「こちらから何も尋ねなかったのですから、何事であれ彼としてはわたしに告げようもありません。警察の一員ではないのです。こちらで雇った手先みたいなわけにはいきません」

「そうだな」と警視監は呟いた。「外国政府が雇ったスパイなのだから。そんな相手にこちらの手の内をさらすわけにはいかない」

「わたしは自分なりの流儀で仕事をやらせてもらいます」と警部は言い放った。「そのことでさらに言わせていただくなら、わたしは悪魔とだって取引して、その結果には責任を負うつもりです。誰もが知ればいいことばかりじゃありません」

「君の考える秘密保持は所属する部局の長を蚊帳の外に置くことにあるようだが、[16] それはいささか行きすぎというものじゃないのかね。男の住まいは店の上か」

「男？　ヴァーロックですか？　はい、店の上に住んでいます。妻の母が夫婦と同居しているようです」

「その家は監視しているのか?」

「まさか、それはまずいでしょう。彼のところに出入りする人間のなかには監視をつけているものもいますが。わたしの考えでは、彼は今度の事件について何も知らないでしょう」

「これはどう説明するのだ?」警視監は机に置かれた目の前の布切れを顎で指した。

「何の説明もしません。まったく説明不可能です。わたしの持っている情報では見極めがつきません」警部は率直に認めた。確固不動と思える名声の持主ならではの率直さだった。「いずれにせよ、目下のところ無理です。わたしの見るところ、この件に最も深く関わっているのはミハエリスであると近々判明するでしょう」

16 ロバート・アンダソンの『アイルランド自治運動についての付帯説明』(一九〇六)によると、一八八〇年代のグラッドストン内閣の内務大臣であったウィリアム・ハーコートは、警視監であったアンダソンの寡黙ぶりに腹を立て「アンダソンの考える機密保持とは内務大臣に情報を教えないことだ」と述べたエピソードが「作者のノート」で言及されている(521頁参照)。秘密主義への反発はこの作品のテーマの一つかもしれない。ハーコートは次章で登場するエセルレッドのモデルであるとされる。

「そう思うのか？」

「はい。他の連中はシロだと請け合えますから」

「パークから逃げたと考えられているもう一方の男についてはどうかね？」

「今ごろはどこかへ高飛びしているんじゃないでしょうか」それが警部の見解だった。

警視監は相手をじっと見つめた。それから何をすべきか、行動方針をはっきり決めたかのように、不意に立ち上がる。実際、彼はその瞬間、ある魅力的な誘惑に抗することができなくなったのだった。警部は、今日のところはこれまでにするが、この件についてさらに相談したいから明朝早くあらためて出頭するように、という声を聞いた。彼は少しも感情を面に出さず、落ち着き払った足取りで部屋を出ていった。

警視監の行動計画がどのようなものであるにせよ、それは事務仕事とはかけ離れたものだった。執務室に閉じ込められ、明らかに現実味を欠いた書類ばかりを相手にする事務仕事は彼にとって悩みの種以外の何ものでもない。心に決めた行動はそんなものとは無縁なものに決まっている。そうでなければ警視監の行動が急にてきぱきとしたものに変わったことの説明がつかない。警視監は一人になるや否や、憑かれたように帽子を探し、頭に載せた。そうした上で、再び腰を下ろし、事件全体を再度考えなおしてみる。しかしすでに心が決まっていたので、再考にさして時間はかからない。

そして警部が帰路についてからほどなくして、警視監もまたその建物をあとにしたのだった。

第7章

警視監は泥水でぬかるんだ塹壕《ざんごう》を思わせる短くて狭い道を進み、それからとても広い大通りを横切ると、ある役所の立派な建物に入り、とある政界の大立者に無給で雇われている若い私設秘書への取り次ぎを求めた。[1]
現れたその秘書は色白ですべすべの顔をした若者で、髪を左右対称に分けているせいか、大柄で几帳面な生徒といった印象を与える。警視監の頼みを胡散臭そうに聞き、声を潜めて返答した。
「先生が会ってくれるかというんですか？　難しいと思いますよ。下院から一時間ほど前に歩いてこられて、事務次官との面談を終え、今また下院にお戻りになるところですから。次官を下院に呼んでもよかったのですが、歩いて往復されるのは、軽く身体を動かそうというわけでしょう。会期中は時間がなくて、それくらいしか運動できませんから。愚痴っているわけじゃありませんよ。むしろこのちょっとした散歩を楽しんでいます。先生はわたしの腕につかまって、黙々と歩かれるんです。でも、きっととてもお疲れだと思います――つまり――今、ご機嫌麗しくというわけにはいかないかと」

「グリニッジの事件のことで伺ったんだがね」

「えっ、それはまた！ 先生は警察に憤慨していますよ。でも、どうしてもとおっしゃるなら、お伝えしてきますが」

「そうしてくれ。頼むよ」

無給の秘書は警視監の胆力に感嘆した。自ら進んで無邪気な表情を作ってドアを開け、特別扱いされている優等生特有の自信に満ちた態度で部屋に入っていった。ほどなくして部屋から出てきた彼が頷いてみせたので、警視監がどうぞと開いたままになったそのドアを通って入室すると、大きな部屋で待ち構えているのは政界の大立者一人だけだった。

背も高く堂々たる体軀の人物である。色白で面長ながら大きな二重顎で下膨れした顔が白いものの混じった頰髯で縁取りされた卵形をしているせいもあって、この政界

1　明示されていないが、内務省であると考えられる。

の大立物はどこまでも膨らんでいく人間のように思われた。仕立屋にとって残念なことだが、ボタンを無理やりはめたみたいに黒い上着の真ん中に縦横に皺が寄っていて、そのためにそうした印象がいっそう強まる。猪首にそっくり返るように鎮座した頭から、腫れぼったい下瞼の上の二つの目が相手を見下すように睨み、その目に挟まれた押しの強そうな鉤鼻が大きな青白い顔面のなかで堂々と隆起している。長テーブルの端に用意されているぴかぴかのシルクハットと使い込まれた手袋も膨れ上がって、巨大に見える。

彼はひどく大きな長靴をはいて炉の前の敷物の上に立ったまま、挨拶の言葉一つかけはしない。

「今回の事件をきっかけにまたダイナマイトによる爆破行動が始まるのかどうかを知りたい」と彼は単刀直入に耳に心地よく響く低音で尋ねる。「詳しい話は無用だ。そんなことを聞く時間はない」

警視監の姿はこの無骨な巨漢を前にすると、オークの大木に話しかける一本の葦のように弱々しく見える。実際この人物の家系は、この国の最も古いオークの木の樹齢より何世紀も長く途絶えることなく続いているのだった。

「いいえ、そんなことは断じてありません。保証します」

「そうか。しかし君たちがあちらで考える保証とやらは」と大物政治家は軽蔑を込めた手振りで大通りに面した窓の方を示して言う。「閣僚を馬鹿者に見せることを主眼にしているのだろう。爆弾事件のようなことはありえるはずもないと他ならぬこの部屋で確約されてから、一か月も経っていないのだがね」

「失礼ながらサー・エセルレッド、これまでわたしは閣下にいかなる保証も差し上げる機会を得ておりませんが」

すると見下すような視線が警視監に注がれた。

---

2 「あちら」とはロンドン警視庁を指すと思われる。ニュー・スコットランドヤードはホワイトホール・プレイスという大通りを挟んで、当時の内務省とは至近の距離にあった。ただし厳密に言うと、ロンドン警視庁の名前の由来となったグレート・スコットランドヤードからウェストミンスター橋近くのこの地への移転は一八九〇年で、時代設定を考えると記時錯誤の可能性が高い。

3 「大物政治家」という表現は十八世紀に英国の首相だったロバート・ウォルポールを指す定型表現らしい。同時代の作家ヘンリー・フィールディングは「大物」について「物について使われるときは大きさを表すが、人について使われるときは多くの場合、小ささ、あるいは卑小さを表す」と述べ、『大物盗賊ジョナサン・ワイルド』(一七四三)でもウォルポールを皮肉っているが、ここにも類似の皮肉が見られるのかどうか。

「たしかに」心地よく響く低音が事実を認めた。「ヒートを呼んだのだ。君は新天地でまだまだ不慣れだろう。そこでうまくやっているのかね？」

「日々、何がしかのことを学ばせてもらっていると思います」

「なるほど、そうだな。成功を祈るよ」

「ありがとうございます、サー・エセルレッド。今日も一つ学んだことがあります。それもつい一時間ほど前に。この件には、アナキストによる通常の無法行為を徹底的に究明することで明らかになるものとは異なった要素が多分にあります。それで参上した次第です」

大物政治家は大きな手の甲を腰に当て、両肘を突き出した。

「なるほど、続けてくれ。手短にな」

「くどくど長話はいたしません」と請け合って、警視監は静かな落ち着いた口調で話し始める。その話が続いている間に、大物政治家の後ろに置かれた時計――それはマントルピースと同じ黒っぽい大理石製で、大きな渦巻き模様のついた重々しく光沢のある代物で、ぼんやりとはかなげな音で時を刻んでいる――の針が動いて、七分が経過したことを示した。警視監はその間一貫して、この情報もついでながら申しますが、という口調を崩さない。そしてその語り口の中に小さな事実がことごとく、つまりはすべての詳細が、いささかのわざとらしさもなく見事に組み込まれるのである。相手は声も漏らさず、また話をさえぎるような素振りさえ見せない。政界の大立者は高貴な先祖の一人の彫像と化していたのかもしれなかった。もっともその先祖は十字軍の軍服を脱がされ、身体に似合わぬフロック・コートを着せられていると言わねばならないが。警視監は一時間でも話していられるのでは、と感じたけれども、分別を失うことはなかった。いま述べた七分が経過したとき、唐突に話を打ち切って締めくくる。その結びの言葉は話の冒頭を繰り返したものだったが、実に淀みなく説得力に溢れていて、サー・エセルレッドは心地よい驚きを覚えるほどだった。

「本件の表面下に見出せる事柄は、他の事件なら看過してかまわないでしょうが、尋常な類のものではありません。少なくともまさにこんな状況ですから。それで特別の措置が必要です」

サー・エセルレッドの口調は重々しさを増した。確信に満ちた声だった。

「そうだろうな。外国の大使が関わっているときては」

4　既述のように内務大臣ウィリアム・ハーコートがモデルとされるが、この名には皮肉が込められているかもしれない。十一世紀前後のイングランド王、エセルレッド二世は「無策王」という渾名を持つ。

「はあ、大使ですか？」瘦身の警視監は直立姿勢のまま抗弁するように言った。顔にはほんのわずか笑みが浮かんでいる。「大使が関係しているなどというようなことを仄めかしたとしたら、わたしは愚か者ということになります。それにそれはまったく無用なことです。なぜなら、もしわたしの推測が正しければ、関係しているのが大使か玄関付きの召使いかということはつまらぬ些末事にすぎませんから」

サー・エセルレッドは大きな口をまるで洞穴みたいにあんぐりと開けた。その中を鉤鼻がしきりに覗き込もうとしているような顔つきになる。その口から発せられる低い地鳴りのような声は軽蔑と憤怒に満ちた音色を奏でるオルガンが遠くから響いてくるようだった。

「まったく！　どうにもならん連中だ！　クリム＝タータリー王国のやり口をこの国に持ち込むなんて、どういうつもりなんだ？　トルコ人だってもう少し礼儀を知っておる」

「お忘れですか、サー・エセルレッド、厳密な意味では確かなことは何もこちらに分かっていないのです、今のところは」

「まったくそうだ！　だが君はこの事件をどう見る？　手短にな」

「奇妙な児戯に類するむき出しの向こうみず、とでも申しますか」

「性悪な小僧どもの世間知らずの振舞いには我慢できん」と言う大物政治家の膨れ上がった巨軀は、膨らみをさらに少しましていくようにも見えた。その見下すような視線が警視監の足許のカーペットを押し潰さんばかりに突き刺さる。「今度の件では連中にとことん痛い目を味わってもらおうじゃないか。われわれは立場上——。大局的に見てどのような方向を考えている？　手短に言ってくれ。細かい話は要らんぞ」

「承知しています、サー・エセルレッド。原則として、シークレット・エージェントの存在は許されるべきではないというのがわたしの主張です。悪を阻止しようとシークレット・エージェントを使うわけですが、実は当の悪の現実的危険性を助長しかねません。スパイが情報を捏造することは誰でも知っています。しかし政治活動や革命

5　先祖が十字軍に加わっていたらしいサー・エセルレッドに似合いの発言だろう。敵を漠然と非キリスト教圏に想定している。「クリム」はクリミア、「タータリー」は凶暴だと噂されたタタール族（韃靼人）を暗示する（この語は英語で普通名詞化して「凶暴な人間」を意味するほどである）。モンゴル帝国の西方進出以後、モンゴル人を含めてタタール人という呼び方が使われるようになり、また帝国の支配下にあった南ロシア一帯にいたトルコ人もそう呼ばれた。「クリム・タータリー」はW・M・サッカレー（一八一一〜六三）が一八五四年のクリスマスに出版した子ども向けの諷刺ファンタジー『バラと指輪』に登場する王国の名でもある。

運動の領域では、プロのスパイは、ときに暴力に訴えながら、事実そのものまで容易にでっちあげ、一方で相手に負けまいという対抗心を煽り、他方でパニック、拙速な法制定、見境いのない憎悪を促すという二重の悪をまき散らすのです。しかしながら、われわれが身を置いているのは完璧な世界ではなく――」

炉前の敷物の上に立っている相手は堂々たる巨軀を動かすことなく、大きな肘を突き出して、だみ声で口早に言った。

「分かりやすく言ってくれないか」

「はい、サー・エセルレッド。完璧な世界ではない、と申しました。ですから、本件がどのような性格のものかを悟るとすぐに、これは極秘裏に扱うべきものと考え、あえてこちらに出向いてきた次第です」

「それで結構」大物政治家は警視監の行動を是とし、二重顎の上から満足気な目で見おろした。「嬉しいことだな、君の職場にも閣僚をときには信頼できる相手と考えるものがいるらしい」

警視監は面白そうに微笑んだ。

「実はこの辺りでヒートを更迭した方がいいのではないかと考えておりまして――」

「何？　ヒートを？　能無しだというのか？」と大物政治家は敵意をむき出しにして

叫んだ。

「とんでもない。サー・エセルレッド、わたしの言葉を不当に曲解しないでいただきたい」

「それでは何だ？　才走りすぎると？」

「それも違います。少なくとも平常は。わたしの推論はすべて彼から得た情報を基にしたものです。わたし自ら発見したのは、彼がその男を個人的に利用しているという一点だけ。彼を非難することなど誰にもできません。手練れのベテラン刑事ですから。職務遂行には道具となるものが必要だという趣旨のことを言われました。それを聞いてふと思ったのですが、その道具はヒート警部の私有財産に留めずに、特殊犯罪部全体で共有した方がいい。この部の職域はシークレット・エージェントの活動を抑え込むことにまで及ぶべきだというのがわたしの考えです。しかしヒート警部は犯罪部の古強者。そんなことをしたら、犯罪部の道義が貫けなくなり、効率が損なわれるとわたしを非難するでしょう。きっと、犯罪的な革命運動家たちに保護の手を差し伸べることになる、と頭から決めつけてくる。彼にはまさにそう見えるでしょうからね」

「なるほど。しかしそれなら君はどうしたいのだ？」

「申し上げたいのは、まず第一点。何らかの暴力沙汰が起きたとします。それが家財に損害を与えるものにせよ生命に危害を加えるものにせよ、その事件はアナキズムとは無縁の所業、まったくの別物、何かの権威を後ろ盾にした犯罪の類なのだ、と言明できたところでほんの気休めにしかならないということ。たしかにそうした事例は一般に考えられているよりはるかに多いと思ってはおりますが。次に、外国政府に雇われているこうした人間がいることで、明らかにわれわれの監視効率がある程度まで低下しているということ。その種のスパイは何の気兼ねもなく無謀な行為に走ることができる。それはとんでもなく無謀な行為も辞さない陰謀家連中も及ばないほどです。そうしたスパイは仕事をするのに何の制約も受けません。何かを完全に否定するのに必要なだけの信念も、非合法の観念に暗黙のうちに想定される合法意識も持ち合わせていないのです。第三に、わが国は革命運動家たちを匿っていると非難されていますが、そのグループにこうしたスパイが存在するとなると、何も確かなことは言えなくなります。しばらく前にヒート警部から何も心配ないという報告をお受けになりました。それは決して根拠のないものではなかった。それなのに主筋と関係のなさそうな挿話めいた今回の事件が起きた。本件を些細な挿話と呼ばせて頂きます。本件は、敢えて申し上げますが、主筋から離れた挿話のようなもの、どれほど常軌を逸していようとも、何らかの全体計画の一部を構成するものではありません。ヒート警部を驚かせ、困惑させている事件の特異性そのものが本件の性格を雄弁に物語っているとわたしには思えるのです。詳細を省いてお話ししているつもりですが、サー・エセルレッド」

「まったくそのようだな。できるだけ簡潔に頼む」

警視監は仰せの通りにするつもりであることを、掛け値なしに敬意のこもった身振りで示した。

「今回の事件の経緯には愚かさと意志薄弱の奇妙な結びつきが見られ、そのおかげで、背景を探れば、狂信に凝り固まった一個人の気紛れな奇行というだけでは片付かない何かがきっと見つかるはずだという確信めいた予感がわたしにはあります。何しろ本件は間違いなく計画的犯行ですから。実行犯は現場まで誰かに誘導されてやってきたあげくに放り出され、慌てて一人で事を運ぶ羽目になったように思われます。推測ですが、その人物はこの爆弾事件を実行する目的で外国から連れてこられたのではないでしょうか。同時に、彼は道を尋ねるだけの英語も知らなかったと結論せざるをえません。聾唖者だったのだという突飛な仮説を受け容れるなら話は別ですが。もしかすると――。いや無責任な想像は止めておきます。その男は明らかに偶発的な事故で自爆しました。奇妙な事故というわけではありません。しかし小さいながら奇妙な事実が一つ残っています。これもほんの偶然によって、男の服から住所が判明したのです。信じがたいちょっとした事実ですが、信じがたいだけに、それをうまく説明づけられる解釈があれば、それは必ずや本件の真相に触れることになるでしょう。ヒートにこの件の担当を続けさせるのではなく、そうした解釈を個人的に、つまりわたし自身で追求しようと思うのです、手掛かりが得られそうなところへ出向いて。手掛かりはブレット・ストリートにある店に隠れています。そこにいるあるシークレット・エージェント、かつてさる大国の駐英大使だった故シュトット＝ヴァルテンハイム男爵の信頼を得ていた腹心のスパイの口から聞きだせるはずです」

警視監はそこでいったん言葉を切ってから付け加える。「ああした連中はまったく厄介です」政界の大御所は下を向いていた視線を上げて相手を見ようと、暖炉の前の敷物の上でゆっくりと頭をそれまで以上に後方に反らした。そのためひどく傲慢そうに見える。

「その仕事をどうしてヒートにやらせないのかね？」

「彼が犯罪部の古強者だからです。彼らは自分なりの道義を持っています。わたしの捜査方針はヒートの目には本務の逆用と映るでしょう。彼にとって本務は明快であって、事件現場を捜査していくなかで拾い上げた些細な証拠をもとに、できるだけ多くの名の通ったアナキストに罪を帰することに他ならない。それに対してわたしは、彼に言わせれば、そうした連中の嫌疑を晴らすのにご執心ということになる。今回の曖昧模糊とした一件を、詳細に及ぶことなく、できるだけ平明にご説明しているつもりですが」

「ヒートはそう考えると?」サー・エセルレッドの誇り高き顔が堂々たる高みから呟くような声を発した。

「残念ながらまず確実に。しかもそう考えながら仕事をする彼は、あなたやわたしには想像がつかないほどの強い怒りと嫌悪を覚えるでしょう。彼はすばらしい公僕です。その忠誠心にいらぬ緊張を強いるわけにはいきません。そんなことをするのはどんな場合であれ間違いです。それに、わたしとしては自由に行動したい。ヒート警部に任せても然るべき自由裁量権を与えるのが妥当でしょうが、わたしはそれ以上の自由が欲しいのです。ヴァーロックというその男を見逃すつもりなどさらさらありません。想像ですが、自分と本件との関わりを――それがどんなものであるにしろ――こんなにも早く悟られて、彼は愕然とするでしょう。彼を怯えさせること自体はそんなに難しくはありません。しかしわれわれの狙う真の標的は彼の背後のどこかに潜んでいる。大臣の権限でその男に対し、身の安全をわたしが適当と考える程度に保証していただきたいのですが」

「むろん構わない」と大御所は敷物に立ったまま言った。「できるだけ多くの事実を見つけ出すのだ。君の流儀でやるがいい」

「一刻の無駄も許されません。早速今夜から着手しなければ」と警視監は言った。

サー・エセルレッドは腰に当てていた手を上衣の後ろ裾の下へと移し、頭を反らしてじっと相手を見た。

「今夜の議会は遅くなるだろう」と彼は言った。「もし閉会になっていないようだったら、新事実という手土産を持って議院まで来てくれ。トゥードルズに君が来るかもしれないからと言っておく。わしの部屋まで案内してくれるはずだ」

いかにも若々しく見える私設秘書トゥードルズは大家族で親戚も多いが、その一族はこぞって彼がいかめしい大物に上りつめる人生を歩むという期待を抱いていた。それに対して、彼がつれづれにまかせて思い描く美化された上流世界の現実の住人たちは、彼をトゥードルズという渾名で呼んでペット扱いすることにしたのだった。そしてサー・エセルレッドは妻と娘たちが毎日（多くは朝食の席で）その名を口にするのを聞いて、にこりともせず鹿爪らしくその名を口にするようになっていた。

警視監はひどく驚き、また深く感謝した。

「必ず何かを見つけ出して議院の方に伺います。お時間があるようでしたら――」

「時間はないだろう」と大御所は相手をさえぎって口を挟んだ。「しかし会うことにしよう。今はもう時間がない――それで君は自分で行こうというのだな?」

「はい、サー・エセルレッド。それが一番かと」

大御所は頭を後ろに反り返らせすぎたか、警視監を視野のうちに捉えておくには、目を閉じるほど細めねばならなくなった。

「ほう、そうかね。で、どんな策を――変装でもするのか?」

「さすがに変装までは。服を着替えては行きます。当然ですが」

「当然だな」と大物政治家は繰り返したが、そこにはどこか気のない尊大な響きがこもっていた。大きな頭をゆっくりと回し、肩越しに横目を向ける。その傲慢な視線の先では、どっしりとした大理石の時計がかすかな音で人知れず時を刻んでいた。金メッキを施された二本の針が彼の背後で、好機到来とばかり、こっそり二十五分も時を進めていたのだった。

時計の針が見えずにいた警視監は、その間、時間を取りすぎたかと少し不安になった。しかし彼の方に戻した大物政治家の顔に苛立ちや動揺の色はない。

「たいへん結構」と彼は言い、役所仕事とばかりにもっともらしく時を刻む時計をことさら軽蔑するように、そこで一息入れた。「しかし君がそうした方針を取ろうと思ったきっかけは何かね？」

「以前より、わたしには持論がございまして」と警視監は口を切った。

「ああ、そうとも、持論だな。それは当然だ。しかし直接の動機は何なのだ？」

「何と申し上げたらいいでしょう、サー・エセルレッド。旧来のやり方に対する新参者の反発、事実を直接知りたいという欲望、ある種の苛立ち、とでも言いますか。昔は馬車馬のように働いたものです。しかし今ではお仕着せの馬具が昔とは違ったものになってしまった。それがわたしの傷つきやすい部分に当たってひりひり痛むのです」

「まあ、本部での職務をうまくこなしていくよう願うよ」大物政治家は優しく言って、手を差し伸べる。その手は柔らかだったが、詩歌で称えられる農夫の手のように大きくて力強かった。警視監は握手をし、部屋を出た。

外の部屋ではトゥードルズがテーブルの端にちょこんと腰掛けていたが、生来の能天気さを抑えて歩み寄り、警視監を迎えた。

「どうです？　うまくいきましたか？」と彼はそれがさも重大事であるように尋ねた。

「万事うまくいった。君には一生感謝するよ」と警視監は答える。その面長の顔はぎ

こちないほど無表情で、いかめしさを湛えてはいるが、いつ頬が震えて笑い出しても
おかしくなさそうな相手の独特の表情とは対照的だった。

「どういたしまして。ですが、真面目な話、想像もつかないと思いますよ、漁業の国有化法案を攻撃されて、先生がどれほど苛立っておいでか。反対派は社会革命の始まりだと言っています。たしかに革命的な法案です。でもあの人たちは礼儀を知らない。個人攻撃は——」

「新聞で読んだよ」と警視監は応えた。

「ひどいでしょう? お分かりにならないでしょうが、先生が日々処理しなければならない仕事は膨大な量にのぼります。全部お一人でなさるんですよ。今回の漁業法案の件は誰にも任せられないみたいで」

「それなのに、まるまる半時間もさいてもらって、わたしのつまらない話にお付き合いいただいたわけだ。海老で鯛を釣ったことになるか」と警視監は口を挟んだ。

6　グリニッジ爆破事件当時、第二次漁業法案を巡る議論があったが、国有化といった革命的な法案ではなかった。架空の「国有化法案」にはサー・エセルレッドという人物に対する作者の揶揄が窺われるだろう。漁業は一八六二年から内務省の管轄下にあったが、この作品の時代設定に重なる一八八六年に商務省に管轄が移っている。

「つまらない話？　それを聞いて安心しました。でもそれならこちらには来ないでいただきたかったですね。今度の案件を巡る応酬で先生はひどくお疲れになっていて。もう疲労困憊なんです。通りを歩くとき、先生がどんな風にわたしの腕にもたれかかるかでお疲れ具合が分かります。それに街中を歩いて、先生は安全なんでしょうか？今日の午後、マリンズが一党をここまで送り込んできたんです。街灯ごとに警官が張りつき、ここパレス・ヤード[7]との間ですれ違う人間ときたら、半数は一目で刑事だと分かります。こんな状態ではそのうち先生は神経が参ってしまう。ああした外国のやくざ者たちが先生に物騒なものを投げつけるなんてことはありませんかね？　そんなことになったら国家的不幸ですから。この国は先生なしでは立ち行きません」

「もちろん君なしでも、だろう。何しろ大臣は君の腕にもたれかかっているのだからね」と警視監は真顔で言った。「二人ともあの世行きってことになるかもしれないよ」

「若者が歴史に名を残すには手っ取り早い方法ですね。英国の大臣が暗殺されたら大事件扱いされるというのがまず通り相場ですから。でも冗談はさておき――」

「歴史に名を残したかったら、君はそのために何かやり遂げなくちゃならんと思うが。真面目な話、先生にも君にも何ら危険はないよ。過労に気をつけさえすれば」

　人のいいトゥードルズはこの言葉に気をよくして、悦に入ったように含み笑いをした。

「漁業法案の件でくたばったりはしませんよ。夜の遅いのには慣れっこですから」と彼は無邪気な軽薄さの漂う口調で言い放つ。しかしすぐに気が咎めたのか、まるで手袋をはめるように、いかにも政治家らしいむっつりとした表情を浮かべかけた。「先生はずば抜けた知性の持主ですから、仕事がどれほどあってもそれに負けるはずがありません。心配なのは先生の神経です。あの口汚い人でなしのチーズマンを頭にした反動派一味が先生を毎晩のように罵倒するんです」

「まさか大臣がとことん革命を始めようなどとは」と警視監は呟いた。

「時は来たれり、ですよ。そしてそんな仕事をやれる大人物は先生をおいて他にはいません」革命の支持者たるトゥードルズは、警視監の冷静で何かを探るような視線を浴びて思わず気色ばんで抗弁した。廊下のずっと先の方で差し迫ったようなベルが響き、この若者はいかにも忠実な秘書らしくその音に耳をそばだてた。「お出かけだ」と彼は意気込んで囁くと、帽子をひったくるように取って、またたく間に部屋から姿を消した。

7 国会議事堂の議員出入口のあるニュー・パレス・ヤードを指すと思われる。

警視監は別のドアから部屋を出たが、秘書の若者ほど屈託のない足取りにはならない。来たときと同じに大通りを横切り、狭い道を通って、再び本務の建物のなかに入った。その足早の歩調を緩めずに自室のドアまで進む。開けたドアを閉め切らぬうちから机に目を遣る。しばしその場に立ちつくし、それから机に歩み寄る。周囲の床を見回し、椅子に腰を下ろすと、ベルを鳴らしてそのまま待った。

「ヒート警部はもう出かけたか？」

「はい、半時間ほど前に出ていかれました」

警視監は頷いた。「それなら構わない」そしてじっと座ったまま、被った帽子を後ろにずらして考える——唯一の物証を黙って持ち去るとはいかにもヒートらしい度外れた厚かましさだな。しかしその思いに悪意はない。古強者の刑事は自由に振舞うものだ。住所の縫い込まれたオーバーコートの切れ端が放置しておくべき代物でないのはたしかだ。ヒート警部の抱いている不信感を露骨に示すこの行為を頭から拭い去りながら、警視監は妻に書面をしたため、それを使いの者に届けさせた。夫婦で会食を共にする約束をしていたミハエリスの後見人である老貴婦人に詫びてくれるようにという内容だった。

丈の短いジャケットに丸くて背の低い帽子。洗面台と一列に並んだ木製の掛け釘と棚板が一枚だけ備えつけられ、カーテンで仕切られただけの続きの間とも呼べないところでそれを身につけると、彼の重々しくて褐色の面長な顔が際立って見える。煌々と明かりのついた部屋に戻った姿は冷静な憂い顔のドン・キホーテの幻影よろしく、陰鬱な神懸かりらしく目がくぼみ、どこまでも思慮深い態度に乱れは見えない。彼は慎み深い影さながらにふだんの仕事場を足早に立ち去ると、水が抜かれたぬるぬるの養魚池へ降り立つごとく表の通りへと降りていった。くすんだ陰気な湿り気が彼を包む。家々の壁は濡れそぼち、道路の泥が燐光を発して光っている。彼がチャリング・クロス駅のわきの狭い道からストランドに出たときには、土地の霊にすっかり同化して周囲に溶け込んでいた。夕方になるとその界隈の暗い街角を飛び回る姿の見られる奇妙な外国人が一人増えた、くらいにしか思われなかったかもしれない。

彼は舗道の縁まで来て立ち止まり、そのまま待った。鍛えこまれたその目は街路を満たす光と影が無秩序に交錯するなかでも、辻馬車が一台ゆっくりと近づいてくるのをはっきりと認めていた。手をあげたりはしなかったが、乗降用の足掛けが縁石に沿って滑るように足許までやってくると、大きな車輪がまだ動いているのも気にせず、巧みに身を滑り込ませ、はねあげ戸から頭上の馭者に声を掛ける。それは上の馭者台から反り返るような姿勢で前方を見つめていた男が、客の乗ったことにほとんど気づかないほどの早業だった。

　さほど長い道のりではなかった。合図を受けて馬車が急に停まったのは、大きな反物屋の前に立つ二本の街灯に挟まれた何の変哲もないところだった。立ち並ぶ商店は夜に備えてどれもなまこ板で店先を囲っている。はねあげ戸から硬貨を一枚差し出すと、その乗客はすっと馬車を降りて立ち去った。馭者の心には、どこか不気味で奇矯な振舞いをする幽霊のような客だったなという思いが残った。しかし手触りからして硬貨の額は満足のいくものであり、文学的素養とは無縁だったので、ほどなくして気づいてみたら、その硬貨がポケットの中で枯葉に変わっているのではないかなどという不安に苛まれずにすんだ。[8]馭者という職業柄、客たちの世界よりも一段高いところに座っている彼にとって、客がどのような振舞いを見せようと、それは格別関心を寄せることではない。手綱をぐいと引いて馬を回れ右させたところに彼の哲学が現れていた。

　一方、警視監は角を曲がったところにある小さなイタリア料理店ですでに料理を注文しているところだった。そこはこれ見よがしの鏡と白いテーブルクロスを餌にして、腹を空かせた人間を引き寄せる罠と言うべきよくある店の一軒で、細長い店内に新鮮な空気はないがこの店独自の雰囲気を漂わせている。とはいえそれは、空腹というあさましい欲求にどうにも我慢しきれなくなった卑しむべき人間を嘲るいかさま料理の雰囲気だった。この不埒な気配濃厚の店内で、警視監は自らの企てを反芻しながら、自らの正体をさらに幾分か手放したように見える。彼は自分一人だけだという感覚、邪悪な自由の感覚を味わっていた。それはなかなか気分のいいものだった。手短に食事を終えて代金を払い、立ち上がって釣銭を待っていると、ドアのガラスに映った自分の姿が見え、それがふだんの自分とあまりにもかけ離れた姿なのに驚く。彼は陰鬱な好奇の目で自分の姿を見つめていたが、そのうち突然何かがひらめき、上着の襟を立てた。この手直しが彼には好ましいものに思われた。それで仕上げに、黒い口髭の両端を捻ってつまみ上げてみる。こうした小さな修正によってもたらされた見た目に捉えがたい変化は彼にとって満足のいくものだった。「これで十分だろう」と彼は思った。「これから少し雨に濡れ、はねが上がることになるし──」

彼が気づくとウェイターがそばに来ていて、目の前のテーブルの端には銀貨が何枚か重ねられていた。ウェイターの片方の目はその銀貨に釘づけになっていたが、もう

8　フランスの作家、アルフォンス・ドーデ（一八四〇～九七）の『不滅』（一八八八）に金貨が枯葉に変わる場面が描かれているようだが、高価なものが木の葉や塵に変わるといった挿話は童話や民話によく見られるものだろう。

一方の目は背が高くあまり若くはない女の背中を追っていた。その女はまったく目が見えない様子だが、誰の助けもいらないといった態度で奥のテーブルまで進んでいく。常連客のようだった。

店を出たとたんに警視監の心に宿ったのは、ここの常連たちはいかさま料理を始終口にしているうちに、国民的特徴も個人的特徴もなくしてしまったのだ、という感想だった。何とも奇妙な話である。イタリア料理店なるものは他ではお目にかかれない英国独特の施設なのだから。しかしここにやってくる客たちは、何の国民性も刻印されずに体裁だけをもっともらしく整えて目の前に供される料理同様、国籍を奪われたものたちであり、また、その職業や付き合う仲間を見ても、さらには人種的に言っても、かれらには何ら個性と呼べるものが刻印されていない。かれらはひょっとしてこのイタリア料理店のために創られたのだろうか。もしこのイタリア料理店がかれらのために創られたというなら話は別だが、この仮定はとても成立しそうにない。何しろあの客たちはこうした特別な店以外では、どこにいても場違いで得体の知れない存在になってしまいそうだ。他の場所ではとてもお目にかかれない不可解な連中。かれらが昼間どんな仕事に就き、夜どこで床に就くのか、さっぱり見当もつかない。しかも彼自身が今や得体の知れない存在と化していた。誰も彼の職業を言い当てることはできないだろう。床に就くことについては、彼の心のなかでもはっきりした見通しがない。もちろん帰宅すべき家が問題なのではない。ただ、そこへいつ戻れるかがはなはだ疑わしいのだ。いま出てきた店のガラスのドアがバタンとも言い切れない中途半端な音を立てながら背後で閉まるのを聞いて、誰にも遠慮のいらない気儘《きまま》な心地よさを実感した彼は、ただちに足を踏み出した。ぬめぬめした軟らかい泥と濡れた壁土がどこまでも続くなかに、街灯が点在している。そんな街並を包みこみ、押し潰すようにのしかかり、貫通し、むせるほど息苦しくさせる湿ったロンドンの夜の闇。その正体は煤煙と水滴である。

ブレット・ストリートはさほど遠くなかった。三角形の空き地の一辺から分かれた細い脇道で、その空き地を取り囲む暗くて謎めいたいくつかの建物は小さな商取引の殿堂が並んでいるといった趣を湛えているが、夜ともなれば商いをするものもいない。ただ角にある果物屋の露店だけが派手な光と色をきらめかせている。その先は黒一色。そしてそちらに向かうまばらな人影も、オレンジやレモンの山を一歩でも過ぎると姿が見えなくなるのだった。足音も響いてこない。消えたきり、二度と帰ってこないのかもしれない。特殊犯罪部の長たる彼は冒険好きな心持ちのおもむくまま、こうして消えていく人影を少し離れたところから興味深げに見守った。気分が浮き立つ――執務室のデスクとお役所仕事用のインクスタンドから何千マイルも離れて、ジャングルの中でただ一人待ち伏せに遭ったような感覚。多少とも重要な仕事を前にしてこのように思考が楽しげに広がるということは、われわれのこの世界が結局のところ、たいして深刻なものではないということを証明しているように思われる。というのも、警視監は元来、物事を軽々しく扱う人間ではなかったからである。

巡回中の警官がオレンジとレモンの発するまばゆい輝きのなかの暗い動く影となって、ブレット・ストリートへと急ぐでもなく入っていった。警視監はまるで犯罪者仲間の一員でもあるみたいに、人目につかぬようその場に佇み、警官の戻ってくるのを待った。しかしその巡査は永久に彼の視界から消えてしまったようで、戻ってくることはなかった。ブレット・ストリートの反対側の端から出ていったに違いない。

警視監はこう結論づけると、今度は自らその通りに足を踏み入れる。すると大きな幌付き馬車が馭者たち相手の安食堂の薄明かりのともる窓ガラスの前に停まっているのに出くわした。馭者は店内で飲食中。馬たちは大きな鼻面を地面まで下ろし、頭から吊るされた袋のかいばを食べるのに余念がない。通りのその先、安食堂とは反対側にもう一つ、おぼろげな光の怪しげな筋が漏れていた。そこはミスター・ヴァーロックの店の正面で、店内には新聞類が吊るされ、正体の分からない厚紙の箱やら大小様々の本が山になっている。警視監は道路を挟んで向かい側からそれをじっと見つめた。間違いない。これといった特徴のない雑多な品物がごちゃごちゃ並んだ正面の窓の脇のドアが半開きになったままで、そこから屋内のガス灯の光が舗道に細長くくっきりと伸びていた。

警視監の背後で荷馬車と馬たちが一つの塊となり、全体が何かの生き物と化したかに見える――四角い背中をした黒い怪物が通りの半分をふさいだまま、突然蹄鉄で地面を叩き、激しくベルを鳴らし、荒々しく息を吐き出しているような。どぎついほど華やかで不吉なまばゆい光が見えるのは繁盛している酒場のもので、それは広い通りを挟んでブレット・ストリートのもう一方の出口に面していた。このまばゆい光の防御壁は、ミスター・ヴァーロックの家庭的な幸福に包まれたつつましい住処の周囲にたちこめる影に対抗し、この通りの暗さを外に出ないようにと押し戻し、それをさらに重苦しく、陰気で不吉なものにしているようだった。

第8章

ミセス・ヴァーロックの母親は、酒類も供する飲食店の主人何人か（故人となった不幸な夫のかつての知人たち）に執拗に嘆願を繰り返して、当初冷淡であった彼らに多少とも熱を吹き込んだ結果、とうとうある私設老人ホームへの入居許可を獲得した。そこは金持ちの酒場経営者が同業者の貧しい寡婦のために作った施設だった。[1]

不安を感じているだけに頭の働きが鋭くなり、老女はこの目的を誰にも知らせず断固とした決意で実現することにしたのだった。そう心に決めたのは、娘のウィニーが「母ったらこの一週間ほとんど毎日、辻馬車代に二・五シリング銀貨や五シリング銀貨を使っているの」と思わず言わざるを得なかった時期のことである。しかしそれは愚痴として言われたのではない。ウィニーは母親の身体の不具合をとても気にしていた。彼女がそうやって急に乗物に夢中になったことに驚いたにすぎない。ミスター・ヴァーロックは彼なりにそこそこ気前がよかったので、妻のこうした発言は自分の思索の邪魔になると文句を言って取り合わなかった。実際、彼はしばしば深く長い思索に耽る。五シリング硬貨などよりも重要な問題に関わる思索である。それが重要な問題であることに疑問の余地はなく、哲学に照らしてその全側面を明晰に考えることは比類なく困難な問題だった。

目指したことを手際よく秘密裡にやりおおせたところで、この勇敢な老女は一部始終をミセス・ヴァーロックに打ち明けた。勝利感で気持ちは高ぶっていたが、心がびくついてもいた。内心震えていたのは、日頃から娘の冷静沈着な性格を怖れつつ称讃してもいたのだが、ウィニーはいったん機嫌を損ねると、何があっても恐ろしいほど黙りこくってしまい、手がつけられなくなるからだった。しかし内心そのような不安を抱えているからといって、自分の外見に備わった尊ばれるべき温和な落着きという利点を――たとえそれが三重顎と老体の持つ肉がたるむほどのふくよかさと不自由な脚のおかげでもたらされたものであるにしても――むざむざ無駄にはしなかった。ミセス・母親から告げられた内容があまりにも思いがけないものだったので、

1　引退した酒類販売業者のためにロンドン南部のペカムに一八二七年に建てられた施設を暗示するらしい。総戸数は二百近くあり、入居者は選挙によって決められたという。

ヴァーロックは話しかけられたときのいつもの反応とは異なり、やりかけていた家事の手を止めた。店の奥の居間の家具を掃除していた彼女は母親の方に顔を向けた。

「いったいどうしてそんなことをする気になったの？」と彼女は憤慨と驚愕の混じった叫び声をあげた。

彼女の受けたショックは激しいものだったに違いない。事実を距離を置いて捉え、黙って受け入れるのが彼女の強みであり、人生における防衛手段でもあったのだが、このときの彼女はそうしたいつもの態度を保てなかったのだ。

「ここは居心地がよくなかったの？」

思わずこうした問いかけを繰り返してしまった彼女は、しかし、次の瞬間にはいつもの行動の一貫性を取り戻し、再び掃除に取りかかった。その間、薄汚れた白い縁なし帽と艶のない黒い鬘をかぶった老女はおびえて黙りこくって座っていた。

ウィニーは椅子の掃除を終えると、ミスター・ヴァーロックが帽子とオーバーコートを身につけたまま休むのに愛用している馬巣織りの肘掛椅子の後ろにあるマホガニーのテーブルに雑巾をかける。余念なくその仕事に励んだが、しばらくするともう一つ質問をしてみようという気になった。

「いったいどうやってそんなことができたの、お母さん？」

事の本質――それに立ち入らないのがミセス・ヴァーロックの行動原理である――に関わらないだけに、この好奇心は許されるものだった。単に方法を尋ねているだけなのだから。老女はこの問いかけを心から歓迎した。誠意をもって話しあえるきっかけが与えられたのだ。

彼女は娘に細大漏らさず事情を説明した。あれこれと人の名前を出し、容貌の変化に浮き彫りにされる時の猛威について、誰も歳には勝てないから、と余計な感想を挟みながら。出された名前は大体が酒類販売免許を持った飲食店の主人たちで、「可哀想な父さんのお友達だよ」というわけだった。彼女がとくに感謝をこめて長々と説明したのは、大きな醸造所の経営者の男爵は下院議員で、この慈善施設の理事長も務めておいでで、その方がいかに親切で偉ぶらずに世話してくださったか、ということだった。そんな風に熱を込めて力説したのは、その人物の私設秘書にわざわざあらかじめ日時を決めて面会してもらったからである――「とても礼儀正しい紳士でね。黒ずくめの服を着て、穏やかな憂いのある声の持主なの。でもひどく痩せていて物静かな人。まるで影みたいだったよ」

ウィニーは母親の話が続くあいだ掃除を引き延ばしていたが、それが終わると居間を出て、いつものように（二段下がった）台所に入った。何の感想も口にしなかった。

ひどい悶着を引き起こしかねないこの話を娘がおとなしく聞いてくれたことにうれし涙さえ浮かべて、ミセス・ヴァーロックの母は今度は家具について怠りなく頭を回転させた。何しろそれは彼女の家具だったからである。そしてときに、自分のものでなければよかったのに、と思ったりもする代物だった。一人暮らしも辞さない英雄的精神はまことに結構だが、テーブルや椅子、真鍮製のベッド台等々をどう処理するかで、後々、とんでもなく悲惨な結果が生じかねないものである。彼女自身、必要とする家具がないではない。繰り返し頼み込んだ結果、ようやくその慈悲深い胸に彼女を抱き寄せてくれた施設が入居者への気遣いとして与えてくれるものと言えば、むき出しの板張りの床と安物の壁紙を張っただけのレンガの壁しかないのだから。彼女は一番価値のない、そしてまた一番傷のついた家具を選んだが、そんな細やかな配慮も、ウィニーの哲学が事実の内側には関知しないということであってみれば、娘に気づかれるはずもなかった。娘は、母親は一番気に入ったものを選ぶもの、と決めてかかっていた。因みにミスター・ヴァーロックはと言えば、その一心不乱の瞑想が万里の長城よろしく、空しい努力と人目を欺く見せかけに満ちたこの世界に生じる有象無象から彼を完全に隔離していた。

運び出す家具の選別が終わると、今度は残すものの処理が厄介な問題になった。しかもそこには特別な事情が関係していた。ブレット・ストリートに置いていくのは当然だが、彼女には二人の子どもがいるのだ。ウィニーは賢明にもミスター・ヴァーロックというあの素晴らしい夫と結婚しているから、お金に困ることはないだろう。だがスティーヴィーは無一文。それにちょっと変わっている。法律上の公平を主張する前に、それどころか偏愛の情にほだされるよりも前に、何よりも彼の立場を考えてやらなくては。こんな家具を所有したところで、とても将来の備えになりはしないが、彼に持たせるのが当然だろう――あのかわいそうな子に。でもそんなことをすると、姉夫婦におんぶにだっこ状態にある彼の立場に妙な変化を与えてしまうことになりかねない。世話してもらう権利と言ったら言い過ぎだけれど、それを主張できなくなるのが心配。それにミスター・ヴァーロックは傷つきやすい人だから、椅子に座るたびに義理の弟に恩義を感じなくてはならないなんて耐えられないかもしれない。殿方相手に長年下宿屋を営んできた経験から、ミセス・ヴァーロックの母親は人間誰しも気紛れな面があることを陰鬱な気持ちで、しかし諦念とともに理解していた。もしミスター・ヴァーロックが急に、スティーヴィーに向かってそのご大層な家具なんぞどこか他のところへ持っていってしまえ、と命ずる気になったらどうだろう？　その一方、もし家具を二人に分けるとなったら、どれほど入念にやったところで、ウィニーにとっては多少とも癪の種を与えることになるはず。それは駄目。やっぱりスティーヴィーは一文無しのまま、おんぶにだっこ状態にしておかねば。そしてブレット・ストリートを後にするときに、彼女は娘に言ったのだった。「わたしが死ぬまで待つなんて無意味よ。ここに残していくものは一切合切あなたのものだからね」

ウィニーは帽子を被り、母親の背中に回ったままひと言も発することなく、老女の外套の襟を黙々と整えた。母親のハンドバッグと傘を手にした彼女の顔には何の感情も表れていない。ミセス・ヴァーロックの母親にとっておそらく人生最後となるはずの馬車の旅に三シリング六ペンスを支払う時が来ていた。かれらは店のドアから外に出た。

かれらを運ぶことになる乗物は、そんな格言があればの話だが、「真実は戯画よりもむごし」という格言を絵にかいたような代物だった。一頭の弱々しい馬に引かれ、ロンドンの流しの馬車がぐらつく車輪を回しながらやってきたのだ。駆者台の男は片手の先がなかった。この思いがけない駆者の姿は平然と受け流せるものではない。鉤形をした鉄製の義手が上着の左袖から突き出ているのを目にすると、ミセス・ヴァーロックの母親は数日来彼女を支えていた怖れを知らぬ勇気を急に失ってしまった。実際、怖気づいたのだ。「どう思う、ウィニー?」老女は乗るのをためらった。大きな顔をした馭者が詰まった喉から無理やり絞り出されたような声で、早く乗れ、と促す。馭者台から身を乗り出したその男のかすれた声には謎めいた怒りがこもっていた。今さら何が問題なんだ? それが大の男を相手にした扱いか? 男の巨大な汚れた顔がブレット・ストリートのぬかるんだ路上で真っ赤になった。ちゃんと免許をもらっているのはどうしてだか分かっているのか、と彼は詰問口調で尋ねた。

この地区担当の警官が親しげな視線を送って彼をなだめ、それから女性二人に向かって、格別気を遣うでもなく言った。

「この男はもう二十年も馬車を流していますが、事故を起こしたって話は聞きませんね」

「事故だと!」と馭者は軽蔑のこもったかすれ声で叫んだ。

警官の証言で一件落着となった。未成年の子どもを中心に七人ほど集まっていた野次馬の小集団も散っていった。ウィニーが母親に次いで馬車に乗り込む。スティーヴィーは馭者台に上がった。ぽかんと開いた口と不安げな目が、今しがたの事の成り行きに対して彼の心がどう反応したかを示していた。狭い道では間近で家々の正面の壁がゆっくりと揺れながら過ぎていって、馬車の進み具合を乗客に知らせる。窓ガラスががたがた、びりびりと大きな音を立てて揺れ、馬車の通り過ぎた後、壁が崩れてしまうのではないかと思えるほどだった。そして弱々しい馬は浮き出た背骨の上にかかった馬具を腿のあたりまでだらんと垂らしたまま、どこまでも辛抱強く爪先で気取ったダンスを踊っているみたいに見える。その後ホワイトホール[2]のもっと広い通りに来ると、馬車の進み具合を目で確かめることはできなくなる。長く続く大蔵省のビルの前では、窓ガラスのがたがた、びりびりが際限なく続き、時そのものが停まっているかのよう。

とうとうウィニーが口を開いた。「あんまりいい馬じゃないわね」

彼女の目が暗い車内で、前方をじっと見据えたままきらりと光る。馭者台ではスティーヴィーがまずあんぐり開けた口を閉じる。必死に「やめて」と叫ぶためだった。馭者は義手の鉤に巻きつけた手綱を高く掲げたまま、一顧だにしない。聞こえなかったのかもしれない。スティーヴィーの胸が隆起した。

「鞭はやめて」

馭者は多くの色が混じり合い膨れてむくんだ顔をゆっくりと回した。白髪が逆立っている。小さな充血した涙目が光る。大きな唇は紫色をしていた。それは閉じられたまま開かない。汚い右手の甲で巨大な顎に生えた無精ひげを撫でる。

「そんなこと、しちゃ、だめ」スティーヴィーが憤然として口ごもりながら言った。

「痛いから」

「鞭はだめ、だと？」相手は思慮深げな、くぐもった声で問いただすと、いきなり鞭をふるった。そうしたのは彼の魂が残忍で心が邪悪だったからではない。馬車代を稼がねばならなかったからである。そしてしばらくの間、セント・スティーヴンズの壁[3]が、その塔や小尖塔とともに、微動だにせず黙したまま、じゃらじゃらと音を出す一台の馬車を見つめることになった。とはいえその馬車は先へと進んでもいた。ところが橋の上まで来たときに一騒動が起きる。スティーヴィーが突然、馭者台から降りようとしたのだ。舗道で叫び声があがり、人々が駆け寄り、馭者が怒りと驚きのあまり、しゃがれ声で罵り言葉を吐きながら、馬車を急停止させたのである。ウィニーが窓を下げて、顔を出す。すっかり血の気が失せている。馬車の奥では母親が苦悶に満ちた叫び声をあげている――「あの子が怪我をしたの？　怪我をしたの？」

スティーヴィーに怪我はなかった。馬車から落ちてもいない。しかし興奮するといつものことだが、まともに言葉をつなげられなくなっていた。窓に向かって口ごもり

2　トラファルガー・スクエアから国会議事堂に至る通りで官庁が立ち並ぶ。馬車はソーホー地区から南下している。
3　国会議事堂のこと。ホワイトホールの端に位置し、ウェストミンスター・ブリッジに隣接する。

を伸ばす。

ながら叫ぶのがやっと――「重すぎる、重すぎるよ」ウィニーが必死に彼の肩へと手を伸ばす。

「スティーヴィー！　すぐに馭者台に上がりなさい。二度と下りようとなんてしてはだめ」

「いやだ、いやだよ。歩く、歩かなくちゃ」

なぜ歩かなくてはいけないかを説明しようとしてスティーヴィーは口ごもり、言うことがすっかり支離滅裂になってしまう。彼の気紛れな欲求にとっては、身体が耐えられないかもしれないなどということは問題にならない。スティーヴィーであれば、ダンスを踊っているみたいな足取りの弱々しい馬に息を切らさず歩調を合わせるくらい造作もないことだっただろう。しかし姉は断固として認めない。「何て馬鹿なことを！　聞いたことないわ！　馬車を走って追いかけるなんて！」母親は馬車の奥で怯えてどうしていいか分からぬまま、涙ながらに訴えるだけだった。

「ああ、そんなことさせないでね、ウィニー。迷子になっちゃうわ。あの子にそんなことをさせないで」

「もちろんよ。あきれたわ！　スティーヴィー、こんな馬鹿なことをミスター・ヴァーロックが聞いたらきっと嘆くわよ、いいこと。とても悲しむわ」

ミスター・ヴァーロックが嘆き悲しむと思うと、根が従順なスティーヴィーはいつものように強く心を動かされ、一切の抵抗を止めて、諦めきった面持ちで再び馭者台に上がった。

駆者はすっかり気分を害し、怒りに燃えた大きな顔を彼に向けた。「こんなふざけた真似は二度とするんじゃないぞ、兄さん」

喉から無理やり絞り出されて、ほとんど音にならないほどの厳しいかすれ声でそれだけ言った後、駆者は粛然と物思いに沈んで馬車を進めた。彼の頭ではこの奇妙な出来事を余すところなく理解することはできない。しかしその知性は、駆者台に座ったまま長年風雨にさらされ物事に無感覚になるにつれて若い時分の活発さを失っていたとはいえ、自ら考えるという健全さを失ってはいなかった。そして彼は、スティーヴィーは酔っぱらった若造であるという仮説をおごそかに放棄するのだった。

馬車のなかでは二人の女性が肩を寄せ合い、がたぴし、がたがた、じゃらじゃらといった道中ずっと続く揺れや騒音に黙したまま耐えていたが、スティーヴィーの思いがけない行動によってその沈黙が破られていた。ウィニーが声を張り上げた。

「母さんは結局、思い通りにしたのね。後々不幸だって言っても自業自得よ。あっちで幸せに暮らせるとは思えない。とても思えないわ。家は居心地が悪かったの？　世間の人はわたしたちのことどう思うかしら――母さんがこんなふうに慈善施設に身を委ねることになったら？」

「ねえ、お前」母親は馬車の騒音に負けじと大声で言う。「お前はまたとない最高の娘でいてくれたよ。それにミスター・ヴァーロック。あんな人は他に――」

ミスター・ヴァーロックの素晴らしさについて語ろうとしたが言葉がうまく出てこず、彼女は涙のにじんだ老いた目を車内の天井へと向ける。それから今度は、馬車の進み具合を確認しようとでもいうように窓の外を眺めるのにかこつけて、顔を横に向ける。馬車の歩みは遅々としていて、歩道の縁石のそばを進んでいく。夜、闇を濃くしはじめた汚い夜、南ロンドンの不吉で騒がしくどうにも手のつけられないざわつく夜が、最後の馬車の旅路を行く彼女に追いついていた。背の低い店構えで並ぶ商店のガス灯の明かりに照らされて、黒と藤色のボンネットを被った彼女の大きな頰がオレンジ色に光った。

ミセス・ヴァーロックの母親の顔色は黄ばんでいた。寄る年波のためであり、生まれつき胆汁分泌過多の傾向があったためでもあるのだが、最初は妻として、次には寡婦として、辛くて苦労の多い生活の試練を味わったこともそれに輪をかけていた。顔を赤らめればオレンジ色がかって見えるのだった。この女性は慎み深くはあるが、逆境に押し潰されまいと心が頑なになってしまっており、しかも顔を赤らめるのが似合う年齢はとうに過ぎていたのだが、娘の前で間違いなく赤面してしまったのだ。慈善住宅――狭さと設備の簡素さから見て、墓に入ったら味わうことになるさらに窮屈な環境に慣れる訓練をしておいたほうがいいという親切心から考案されたとでも言えそうな住宅――に向かう途上、他に乗客のいない四輪辻馬車のなかで、悔恨と恥辱からくる赤面を我が子から隠さざるを得なくなったのだった。

人々は何と思うだろうか？　彼女にはよく分かっていた、みんなが、ウィニーの言う世間の人々――つまりは、亡夫の昔の友人たちをはじめとして、思いがけないほどうまく気を惹くことのできた人たち――がどう思うか。あれほどうまく口説き落とせるとは自分でも意外だった。しかし、慈善住宅を申請したことでかれらが何を考えるかは容易に推測できる。男の本性には攻撃的な残忍性と並んで表に出ない繊細さが存在しているから、そのおかげで、彼女の置かれた状況について度を越した穿鑿《せんさく》はなされることがなかった。彼女は唇をあからさまに固く結び、自分の状況はこの沈黙が雄弁に物語っているはずで、話すつもりはまったくないという気持ちをあらわにして質問を封じた。相手の男たちはそんな風に接すると、いかにも男らしく、急に無関心になるのだった。彼女は女たちと付き合いのないことを一再ならず喜んだ。女というのは男と比べて生まれつき相手への思いやりに欠け、穿鑿好きときているから、彼女が慈善施設などという最後の手段に訴えざるを得なくなるなんて、実の娘と女婿はどんな非情な仕打ちをしたのかと根掘り葉掘り訊かずにはいられなかっただろう。一度だけ、この施設の理事長を務める大きな醸造所の経営者でもある下院議員の秘書が主人の代理として現れ、申請者の実情について役目柄、細部にわたってあれこれ質問されたとき、彼女は彼の面前で追い詰められた女性が泣くように、あからさまに声をあげてわっと泣いたことがある。その痩せた上品な紳士は「度肝を抜かれた」様子で彼女をしげしげと見つめた後、ここは慰めの言葉をかけるのが得策とばかり、自らの立場を離れてみせた。そんなに思い詰めてはいけません。本慈善施設の入居規定は「子どものいない寡婦」に限ると厳密に決めているわけではないのです。実際、あなたに資格がないなどという規定は一切ありません。しかしながら、委員会としては十分にお話を伺ったうえで慎重に判断する必要があります。ご家族のお荷物になりたくないというお気持ちは重々お察しいたしますとも、云々。そこまで言ったところで、ミセス・ヴァーロックの母親はさらに激しく泣きだして、秘書はいたく失望することになったのだった。

ほこりっぽい黒色の鬘を被り、薄汚れた白木綿のレースの花綵《はなづな》飾りのついた古い絹のドレスを纏ったこの大柄な女性の涙は、正真正銘、悲嘆の涙だった。泣いたのは、彼女が英雄的精神の持主であると同時に短慮性急だからであり、また二人の子どもを深く愛していたからに他ならない。若い娘はしばしば若い男の幸福のために犠牲にされる。今の場合、彼女はウィニーに犠牲を強いようとしているのだった。真実を押し隠すことで、ウィニーの評判を貶めようとしているのだ。もちろんウィニーは独り立ちしている。お互い出会うこともない赤の他人の意見など気にする必要はない。ところがスティーヴィーは不幸にも母親の英雄的精神と短慮性急よりほか、自分のものと呼べるものはこの世に何一つないではないか。

ウィニーの結婚当初こそ、これで安心という思いに浸ったが、時とともにそれも薄れ(何ごともいつまでも続きはしないのだから)、ミセス・ヴァーロックの母親は奥の寝室に一人閉じこもり、寡婦となった女性に世間が押しつける経験の教訓を思い起こしたのだった。しかしそこに無益な恨みがましさがこもっていたわけではない。彼女の諦念はほとんど気高いと言えるほどに蓄積されていた。波立つ感情を抑えて彼女は思うのだ――この世ではあらゆるものが朽ち果て擦り切れるのが道理、親切を施すのは気立てのよいものには簡単なはず、娘のウィニーはとても献身的な姉であり自信に満ち溢れた妻ではないか――と。しかしウィニーの弟に対する献身ぶりに関しては、彼女も感情を抑え切れない。枯朽の法則は人間に関わることすべてに、さらには神に関わることでもいくつかには当てはまると思うのだが、この娘の弟を思う気持ちだけは例外なのだと考えた。そうせずにはいられなかった。そう考えないと、怖くなってとても耐えられなかっただろう。しかし、娘の結婚生活を考えたとき、自分に都合のいい幻想はすべて断固として拒絶した。冷静かつ理性的に考えれば、ミスター・ヴァーロックの親切心にかける負担が少なければ少ないほど、その恩恵にあずかれる時間が長くなるのではないか。もちろんあの素晴らしい男性は妻を愛している。だがおそらく彼にしても、然るべき愛情を表現するのに同居する妻の身内の少ない方が好ましいはず。その愛情はひたすら不幸なスティーヴィー一人に向けられた方がいい。こうして英雄的精神の持主である老女は献身的な行為として、また深慮遠謀の一手として子どもたちと別れる決心をしたのだった。

この方策のもたらす「功徳」は以下の点にある（ミセス・ヴァーロックの母親は彼女なりにあれこれと気がつく人間だった）。つまり、こうすることで、スティーヴィーの道義上の権利が少しでも正当化されるようになるのではないかということである。あの不幸な子は——少し変わってはいるけれど、気立てもよくて人の役にも立つ子なのに——自力で立つにいたっていない。ベルグレイヴィアの下宿屋に備えつけてあった家具が引き取られたのにどこか似て、彼もこの母親と一緒に引き取られてきたのだ、ひたすら母親の所有物でもあるみたいに。自分が死んだらあの子はどうなってしまうのだろう、と彼女は自問する(ミセス・ヴァーロックの母親は幾分なりとも想像力が豊かだった)。そしてそう自問すると、血の気の引く思いに襲われる。そして死んでしまったら、不幸なこの子の身に何が起ころうと、自分にはそれを知る手立てがないのだと考えると、それもまたぞっとせずにはいられない。しかし彼を姉に引き取らせることで、こうやって自分が家を出ていくことで、直接面倒を見てもらえる立場という御利益を彼に与えてやれる。ミセス・ヴァーロックの母親が英雄的精神から短慮性急な行動に出た隠れた動機はここにあった。彼女の自己放棄の行為は実際、息子が生涯にわたって安住できるようにするための方策なのだ。そうした目的のために物質的な犠牲を払う人間もいるが、彼女なりの犠牲の払い方がこれだった。それしか方法がないではないか。その上、このやり方が功を奏するかどうかの確認もできるだろう。結果が良くても悪くても、臨終の床で恐ろしい不安に悩まされずにすむはず。しかしそれは辛い、どこまでも辛い、残酷なまでに辛い選択だった。

馬車はごろごろ、じゃらじゃら、がたがたと進んでいく。実際、このがたがたは桁違いだった。度外れて激しく大きく揺れるために、前に進んでいるという感覚がことごとく消えてしまい、結果として、罪を罰するために中世で使われた据え付け装置——それとも、ものぐさ人間の治療のために考案された目下流行りの機器と言うべきか——のなかで揺さぶられているかのよう。何ともやりきれないほど惨めな気持ちになる。張りあげたミセス・ヴァーロックの母親の声は苦痛のあまり泣き叫んでいるように響く。

「ねえ、できるだけ時間をさいて会いに来てくれるわね、お願いだから」

「もちろんよ」とウィニーはまっすぐ前に目を向けたままそっけなく答える。

そして馬車はガス灯の輝きと揚げた魚の匂いに包まれ、湯気と油だらけの店の前をがたがたと進んだ。

老女は再び泣き叫ぶように言った。

「それから、不幸なあの子にぜひとも日曜日ごとに会いたいわ。日曜日くらい老いた母親と過ごすのを嫌がりはしないだろうし——」

ウィニーは何を言うのとばかり声を荒らげた。

「嫌がるですって！　冗談じゃない。不幸なあの子がどんなに寂しがるか。お母さんにはそのこと、少しくらい考えてほしかったわ」

それを考えなかったなんて！　英雄的精神の持主であるこの老女は、ビリヤードの球のようにあちこちへと勝手に動き回る厄介なものが喉から飛び出そうになるのを飲み込んだ。ウィニーは馬車の前方を向いて口をとがらせたまましばらく黙って座っていたが、やがていつになくきつい調子で口を開いた。

「最初のうちはあの子の面倒を見るのが一仕事になるでしょうね。あんな風に落着きをなくしたままだろうし――」

「何をするにしても、あの子がお前のご主人に厄介をかけることのないようにしておくれよ」

こうして二人は母と娘の間で馴染みの話題に沿って新しい状況の意味するところを論じ合った。馬車のがたがたは止まらない。ミセス・ヴァーロックの母親が幾許かの危惧を表明する。スティーヴィーはこんなに遠くまで一人で無事に来られるかしら？　あの子は今では昔みたいに「うわの空」じゃない、というのがウィニーの断固たる主張。それについて二人の意見は一致した。それは間違いのないところだ。ずっとよくなった。ほとんどまともではないか。母娘はごろごろ進む馬車のなかで、かなり陽気な気分になって声高に会話を続けた。しかし突然、母親としての不安が新たに顔を出す。施設に来るには途中で乗合馬車を乗り換えなくてはならないし、乗り換えるには少し歩かないといけない。難しすぎるわ！　老女は悲嘆に暮れ、我を失う。

ウィニーはじっと前方を見つめている。

「そんなに取り乱さないでよ、お母さん。絶対にあの子を会いに行かせるから」

「いえ、お前、やめて頂戴。会わないようにしようと思うから」

彼女は流れる涙を拭った。

「だってお前にあの子を連れてくる時間の余裕はないし、もし万が一あの子が自制心を失って馬鹿な振舞いに及んだり、道に迷ったり、誰かの咎め立てを受けたりしたら、名前も住所も思い出せなくなって、何日もずっと行方知れずのままになってしまうんじゃないかねえ――」

スティーヴィーが可哀想に救貧院の養護施設に――たとえ身許照会の間だけでも――収容されている姿を思い浮かべて、彼女は胸が痛んだ。誇り高い女性なのだ。ウィニーの視線は厳しさを増していた。何らかの方策を考え出そうと、一点を見つめたまま動かない。

「毎週わたしが連れていくことはできないわ」と彼女は叫んだ。「でも心配しないで、お母さん。ずっと行方知れずなんてことにはならないように気をつけるから」

二人はそれまでとは違ったどすんという衝撃を感じた。がたがた鳴る馬車の窓の外に見えるレンガの柱が動いていない。とんでもなく激しい揺れとすさまじい音の響きが突然止んで、女二人は茫然自失の体。何が起きたのだろう？　母娘とも深い静寂のなかで身じろぎもせず、怯えたようにすわっていたが、そのうちドアが開き、がさついた喉から絞り出したようなかすれ声が聞こえた。

「着きましたぜ」

破風造りの小さな家々が並んでいる。どれも一階にはくすんだ黄色の窓が一つ。その家並みに取り囲まれ灌木の点在する暗い草地は、ごとごとと行きかう馬車のにぶい音を響かせる大通りの光と影が織りなすパッチワークから柵で仕切られている。そうしたちっぽけな家々の一軒——一階の小さな窓に明かりの灯っていない家——のドアの前に馬車は停まっていた。最初にミセス・ヴァーロックの母親が後ろ向きに、手に鍵を握って降りる。ウィニーは駅者への支払いのため敷石道で足止めされている。スティーヴィーは小さな包みをあれこれと家の中に運びこむ手伝いを終えて、表に出てくると、この慈善施設の敷地内に備え付けられたガス灯の明かりの下に立った。駅者が大きな垢だらけの掌のなかではひどく小さく見える銀貨を見つめる。それは、この悪にまみれた地上で、所詮は短い命しか持たない人間の野心に溢れた勇気と労苦の報酬として生まれる結果がいかにつまらないものであるかを象徴していた。駅者が支払ってもらった額は不満のないものだった——シリング銀貨が四枚。彼は何らかの憂鬱な問題を解く驚くべき鍵がそこにあるとでもいうように、それをまったく無言のままじっと見つめる。その宝物を内ポケットにしまおうとゆっくり手を動かしたものの、ぼろぼろになった上衣の奥でその場所を探し当てるのが一苦労だった。彼はずんぐりとした体形をしていて、動きが硬い。細身のスティーヴィーは少し肩を張り、両手を暖かいオーバーコートの脇ポケットに突っこんだまま、敷石道の端に立ち、ふくれたように口をとがらせている。

駅者は薄ぼんやりと何かを思い出したのか、その緩慢な動きを止めた。「おや、そこにいたのか、兄さん」と彼はかすれ声で言った。「またこいつに会いたい、ってとこか?」

スティーヴィーは馬をじっと見ている。臀部《でんぶ》がはなはだしく盛り上がって見えるのはあまりの憔悴のせいか。短くこわばった尻尾は心ない笑いを生むために据え付けられたかのよう。前軀に目を転ずると、古ぼけた馬皮を被った板と見紛うような痩せて平べったい首が、大きな骨ばった頭の重みでうなだれたように地面へと傾いている。耳は左右ばらばらの角度で無造作に垂れ、地上を居として言葉を発することのないこの住人の姿には死の影が漂う。暑苦しいそよとも動かぬ大気のなかで、肋骨と背骨のところからまっすぐ上へと湯気が立っていた。

駅者がぼろぼろで垢だらけの袖口から突き出た鉤形の鉄製義手でスティーヴィーの胸を軽くたたいた。

「なあ、兄さん。あんた、ひょっとして朝の二時まで駅者台に座る暮らしが好きってか？」

スティーヴィーは相手の、瞼の縁を赤くした猛々しい小さな目をぼんやりと覗き込む。

「こいつは足が悪いわけじゃねぇ」と相手のせき込んだようなかすれ声が続く。「悪いところなんぞ、どこもありゃしない。ほら、見てみるがいいさ。あんたが好きっていってもな――」

無理やり絞り出したようなかすれ声のために、彼の言葉にはこれは秘密だぞといった脅迫めいた響きがこもる。スティーヴィーの虚ろな目がゆっくり怯えた表情へと変わっていった。

「いいか！　朝の三時、四時までずっとだぞ。寒いし、腹は減る。客探しよ。酔っ払いどもをな」

彼の浮き立つような深紅の頰には剛毛の白い髯が生えていた。そして彼はスティーヴィーに家庭を持つといかに大変か、そして大きな苦しみを背負い、しかもとても不老不死ではいられない男たちがいかに厄介な問題を抱えているかについて語るのだった。それはヴェルギリウスの描くサイリーナスが果汁を塗られて顔中赤くしたまま、シチリアの純朴な羊飼いたちにオリンポスの神々の話をしている姿にどこか似ていた。[4]

「馭者といっても夜専門の馭者よ、このわしは」と言う彼のかすれ声には、誇りと激しい苛立ちの混じったような響きがあった。「乗っけた客が気前よく支払ってくれるもんはありがたく頂戴しなくちゃあ。家じゃかみさんと四人のがきが待っているんでな」

その父親宣言は奇怪と言えるほど思いがけないものだったので、周囲の世界がぎょっとして口もきけなくなったみたいだった。あたりを沈黙が支配し、世界の終末を予言する馬と言うべき老馬の脇腹から慈善の心あふれるガス灯の光のなかをただ湯気が立ちのぼるばかり。

馭者は何やらぶつくさ言った後、謎めいたかすれ声で付け加えた。

「この世界、生きていくのは楽じゃねえ」

スティーヴィーの顔にはしばらくぴくぴくと痙攣が走っていたが、ついに高ぶった感情がいつものように簡潔な言葉となって迸り出た。

「ひどい！　ひどいよ！」

彼の視線は馬の肋骨に注がれたまま。自意識に搦《から》め捕られた陰気なその様子は、世界のひどさを目にするのが怖くて周囲を見る気になれないかのようだった。細身の体形、バラ色の唇、そして青白く澄んだ顔色のせいで、頰が金色の産毛で覆われているにもかかわらず、繊細な少年といった風情を湛えた彼は、怯えたときの子どもさながらに口をとがらせている。背が低くがっしりとした身体つきの馭者は、透き通った腐食性の液体に浸されてずきずきと痛みが走っているとでもいうように猛々しい小さな目で彼を見つめた。

「馬にも辛いが、わしのような哀れな貧乏人にはもっと辛いご時世よ」と彼はようやく聞き取れるほどの声で、ぜいぜいと喘ぐように言った。

「哀れだ！　哀れ！」とスティーヴィーは口ごもり、発作的な同情心に駆られながら、両手をポケットのさらに奥へと突っ込んだ。何も言うことができない。あらゆる苦痛や惨めさに対する優しさ、その馬を幸せに、馭者を幸せにしてあげたいという気持ちが高まり、何としてもかれらを家まで連れ帰って寝かせてやりたいという一風変わっ

4　ヴェルギリウス『牧歌』の第六歌で、水の精アイグレーにマルベリーの汁を顔に塗られたサイリーナスが、シチリアの羊飼いたちを聴衆に古い伝説を歌って聞かせる。サイリーナスについては117頁の注7参照。

た願望にまで達していたからである。そしてそれが不可能であることも彼には分かっていた。スティーヴィーは頭がおかしいわけではないのだ。それは謂わば象徴的な願望である。しかも同時に、それは知恵の母たる経験から生まれているだけに、明確に感じ取れる願望でもあった。彼が子どものころ、魂の暗澹たる苦痛に苛まれ、恐怖と惨めさと悲嘆と不幸に打ちのめされて、どこかの暗い街角でうずくまっていると、きまって姉のウィニーがやってきて、彼を連れ帰り、寝かしつけてくれた。そのベッドは心が慰められるこの世の天国だった。スティーヴィーは例えば自分の名前や住所といった単なる事実は往々にして忘れてしまうのだが、その時々の感情は消えることなくありありと彼の記憶に残る。思いやりの心に満ちたベッドに寝かしつけられるのは、何ものにも勝る救済だった。ただ一点、大勢の人間が享受するのは不可能であるところにこの救済の難点があった。そして馭者を見ながら、スティーヴィーはこの難点にはっきり気づくのだった。なぜなら彼には事の道理が分かっていたから。

　馭者はスティーヴィーなど存在していないとでもいった様子でおもむろに帰り支度を続ける。馭者台に上りかけようとしたものの、最後の最後で、いかなる気持ちの変化からか、ひょっとすると単に馬車に乗るのが嫌になっただけのことかもしれないが、思い留まった。馭者台に上るのを止め、浮世の労苦を共にするじっと動かぬ相棒に歩み寄って、身を屈めて手綱を摑むと、見事な力業だろうと言わんばかりに、右腕で一息に相棒の大きな疲れきった頭を自分の肩の高さまで引き上げた。

「さあ行くぞ」と馬にだけ聞こえるように彼は囁いた。

足を引きずりながら彼は馬車を引いて出発した。去っていくその姿にはどこか厳粛な雰囲気が漂っている。車道の砂利がゆるやかに回る車輪の下でばりばりと悲鳴をあげ、馬の痩せこけた腿が苦行僧を思わせることさらにゆっくりとした動作で、光の下から暗がりへと草地を横切って姿を消す。明暗のぼんやりとした境界を作り出しているのは、この小さな私設老人ホームに並ぶ尖った屋根と弱い明かりの灯った窓。砂利の悲しげな叫びが車道の先までずっと続いていた。そのうち慈悲深い施設の門口に備え付けられたランプの間に葬列のようなかれらの姿が再び現れ、一瞬、光に照らし出された。背の低いずんぐりした男が拳で馬首を上に掲げながら引きずる足をせわしげに動かし、次に、痩せた馬が寄る辺なきもののこわばった威厳を湛えて歩き、最後に、黒くて背の低い箱を載せた車輪が滑稽にもよちよち歩きをしている風情で進んでいく。かれらは左に曲がった。門を出て五十ヤードも行かないところに酒場があるのだった。

スティーヴィーは慈善施設の一軒の前に立つ街灯の傍らに一人残され、両手をポケットに深く突っ込んだまま、何を睨むでもなく虚ろで不機嫌な目を怒らしていた。

ポケットの底でその無力で弱々しい手が憤りで固く握りしめられている。苦難に対する彼の病的な恐れに直接にせよ間接にせよ作用するものを前にすると、スティーヴィーは最後には手がつけられないほど激してしまう。高潔な怒りでその脆い胸が張り裂けんばかりに膨らみ、一途な眼差しが変じて横目で睨むようになる。自分の無力を知るという点にかけてはこの上なく思慮深いスティーヴィーだったが、激情を抑えるだけの思慮深さは持ち合わせていなかった。分け隔てない博愛精神からくるその優しさには二つの面があり、それがメダルの表と裏のように切っても切れないように結びついている。度を越した同情から生まれる苦悩の後には、決まって無邪気ながら容赦ない怒りから生まれる苦痛がやってくるのだ。この二つの精神状態は外見的には無駄に身体が震えるという同一の徴候となって現れ、姉のウィニーはそうした弟の興奮を宥めはするが、その背後に潜む二面性を理解することはなかった。ミセス・ヴァーロックはこの束の間の人生を、物事の根本にある真相を知ろうとして一瞬でも無駄にしたりはしないのだ。これは経済的な身の処し方であると言える。どこから見ても思慮分別に富んだ振舞いと見えるし、実際そこには思慮分別による利点がないではない。どう見ても人は知りすぎないのがいいらしい。そしてそうした考え方は生来の怠惰とたいへんうまく調和する。

これを最後にと子どもたちの許を去ったミセス・ヴァーロックの母親は同時にこの世からも去ったのだと言えそうなその夜、ウィニー・ヴァーロックが弟の心理をあれこれ忖度することはなかった。もちろんその哀れな少年は興奮していた。彼女は戸口で、スティーヴィーが心から母を慕う気持ちに駆られてここへ訪ねてくるとき、ずっと行方知れずになる危険への対処法は心得ているから、とあらためて老いた母親に請け合うと、弟の腕を取って歩き去った。スティーヴィーは独り言さえ呟かなかったが、彼の幼少時代に培った姉としての献身的愛情に満ちた特別の勘で、彼が真実ひどく興奮していることを彼女は感じ取った。弟の腕にもたれかかっていると見せて、しっかりそれを摑んだまま、この場にぴったりの言葉は何かと考える。

「ねえ、スティーヴィー、交差点では姉さんから目を離さないで。それから馬車に乗るときは、立派な弟らしく先に乗ってね」

このように男なのだから護ってほしいと頼まれたスティーヴィーは、いつものことながら、その頼みにも素直に応えた。頼まれると嬉しくなるのだ。彼は顔を上げて、胸を張った。

「心配ないよ、ウィニー。心配はだめ。馬車、分かったよ」と、子どものおどおどしたところと大人の男の決然とした口調が綯《な》い交《ま》ぜになったようなそっけない舌足らずの早口で答える。護るべき女性に腕を貸し、怖れるものは何もないといった様子で意気揚々と歩を進めるが、下唇がだらりと下がっていた。それにもかかわらず、薄汚れた道幅の広い大通り——馬鹿馬鹿しいほどたっぷりと降り注ぐガス灯の光のおかげで、快適な暮らしの陰に隠れたその貧弱さを愚かしくもさらけ出している大通り——の歩道を進むこの姉弟は、通りすがりのものにもはっきりそれと分かるほどよく似ているのだった。

角の酒場のドアの前でガス灯の光の氾濫は見紛いようもない邪悪の極みにまで達していたが、そこの縁石のそばに四輪馬車が停まっていた。馭者台は無人で、修理もできないほど朽ち果てたために側溝に打ち棄てられているように見える。ミセス・ヴァーロックはそれが馬車だと分かった。見るからに嘆かわしい状態で、どこもかしこも背筋の凍るようなグロテスクな惨めさと気味の悪さで完璧に覆われていて、死神の馬車もかくやと思わせる。それで、女性特有の馬に対するためらいのない同情心（馬車に乗っているときは別だが）から、ミセス・ヴァーロックは何気なく言葉を発した。

「哀れな馬！」

スティーヴィーが不意に歩みを遅らせ、姉を引き留めようと腕をぐいと引いた。

「哀れ！　哀れだ！」と彼は、そう言ってくれた姉に感謝するように激しい調子で断ずる。「馭者だって哀れなんだ。あの人が自分でそう言った」

弱々しい孤独な馬の姿を見て、彼はすっかり打ちのめされた。強く揺さぶられても頑として動かず、その場に立ち尽くしたまま、人馬が一体となって背負わされた惨めさに対する同情に溢れた目に新たに見えてきたものを何とか言葉にしようとする。しかしそれはひどく難しい。「哀れな馬、哀れな人たち！」と繰り返すのが精一杯。思いの丈はとても伝えられそうもなく、彼は「何てこと！」と怒気を含んだひと言を吐き出しただけで、そのまま口を噤んでしまった。スティーヴィーは言葉を自在に操れる人間ではない。彼の思考が明瞭さと正確さを欠いていたのはまさにそのためなのかもしれない。だが彼は余人の及ばないほど十全に、そして多少とも深く感じ取るのだ。あのひと言は、ある不幸な存在が別の不幸な存在に苦痛を味わわせることによって生きていくしかないということ――哀れな馭者が言ってみれば家にいる哀れな子どもたちの名のもとに哀れな馬を鞭打つということ――に対する彼の怒りと恐怖の感覚をすべて含んでいる。そしてスティーヴィーには鞭打たれることがどういうことかが分かっていた。それを経験から知っていた。ひどい世界だ。ひどい！　ひどい！

彼のたった一人の姉で、保護者、擁護者であるミセス・ヴァーロックはそうした深い洞察力の持主であるとは言えなかった。その上、彼女はあの馭者の雄弁が放った魔法にかかってはいない。「何てこと」という言葉に込められた真意を知る由もなかった。そこで少しも慌てずこう言った——

「さあ、ぐずぐずしないで、スティーヴィー。仕方ないのよ」

従順なスティーヴィーはついていく。しかし今や誇りは消え、足を引きずるようにして進むだけ。口から洩れるのは中途半端な単語の断片。単語らしく聞こえたとしても、互いに無関係な断片が繋がれているだけで、まともな単語になっていない。まるで何がしか自分の感情にしっくりくる考えを手に入れるために、思い出せるすべての語を感情に合わせるべく調整しようとしているかのようだった。そして実際、彼はついにはそれを手に入れる。足を止め、すぐに声に出して言った。

「哀れな人たちにとってひどい世界なんだ」

やっと浮かんだ考えをそう言葉にしたとたん、彼はあらゆる形を取って現れているひどさが自分にはすでに馴染みのものであることに気づいた。今の状況は彼の確信を限りなく強めたが、同時に怒りにも火を注いだ。誰かがその罰を受けなければならない——厳しく罰せられなければならない——と感じる。彼は何でも疑ってかかる懐疑論者ではなく、ひたすら道義を重んじる人間だったから、正義の情熱に流されるところがあった。

「ぞっとする！」と彼はひと言だけ付け加えた。

ミセス・ヴァーロックの目に彼がすっかり興奮していることは明白だった。

「誰にもどうにもならないことなの」と彼女は言った。「ぐずぐずするのはやめて。それが姉さんを護ってくれる態度なの？」

スティーヴィーはおとなしく歩みを早めた。立派な弟であることは彼の誇り。完全無欠な道義心がそうあることを彼に要求するのだ。けれども、そんなことを姉のウィニー——彼女は立派な姉だ——から告げられると心が痛む。誰にもどうにもならない、なんて！　彼は沈鬱な面持ちで進んでいたが、ほどなくして急に晴れ晴れとした表情に変わった。人間誰しも似たりよったりだろうが、彼もまた、宇宙の不思議を前に当惑しながらも、ときとしてこの地上で組織された権力に対する信頼を感じて慰められるのだった。

「警察だ」というのが彼の自信に満ちた提案。

「それは警察の仕事じゃないわ」というのが道を急ぐミセス・ヴァーロックのそっけない返事。

スティーヴィーの顔が長くのび、すっかり陰気な表情になった。彼は考えこんでいた。深く考えるほどに下顎がだらりと垂れさがる。そして、どうしようもないといった虚ろな顔つきで、それまで続けた知的作業を放棄した。

「それは違うの？」と彼は呟いた。諦めた様子だが、驚いてもいる。「違うの？」これまでロンドンの警察について、それは悪を抑える慈悲深い機関なのだ、と自分なりに理想の姿を思い描いていたのだった。慈悲深さという観念はとくに、青い制服の警官は立派な力を備えているという彼の認識と密接に結びついていた。彼は誰彼の区別なく巡査のことが大好きで、無邪気な信頼を寄せている。だからこのとき心が痛んだのだ。さらに、警察官が二枚舌を使っている可能性に気づかされて腹も立つ。何しろスティーヴィーは素直で、まったく陰日向がないのだ。警察が猫を被るなんて、どういうつもりだろう？　額面通りの価値を信ずる姉とは違って、彼は物事の奥底まで探りたいと思う人間だった。怒りのこもった問いを叩きつけて探究を続ける。

「それじゃ警察の仕事って何なの、ウィニー？　警察は何をするの？　教えてよ」

　ウィニーは論争が嫌いだった。しかしまず何より怖いのは、母親と離れ離れになった結果、スティーヴィーが寂しさのあまり不機嫌にふさぎ込んでしまうことであり、ここで無下に議論を拒否するわけにもいかない。何の皮肉も込めずに、とはいえ〈中央赤色委員会〉の委員であり、あるアナキスト集団と親密に付き合い、社会革命に身を捧げているミスター・ヴァーロックの妻としておそらく不自然ではない言い方で、彼女は答えた。

「警察の仕事を知らないの、スティーヴィー？　何も持っていない人たちが持っている人たちから何かを取ったりしないようにすることよ」

彼女が「盗む」という語の使用を避けたのは、その言葉がいつも弟を不安にさせるからだった。スティーヴィーは傷つきやすい正直者なのだ。ある種の単純な原理原則を（「風変わり」なせいで）不安を感じないではいられないほど深く吸収してしまったために、ある種の犯罪が少し仄めかされるだけで、激しい恐怖に襲われる。人の言葉にすぐに動揺してしまうのはいつものこと。今も姉の言葉に動揺し、飛び上がるほど驚き、彼は頭を必死に働かせた。

「どういうこと？」と彼はすぐさま不安げに尋ねた。「何も持ってない人がお腹を空かしていてもそうなの？　そんなときでもいけないの？」

二人は歩みを停めていた。

「たとえそうでもだめなの」とミセス・ヴァーロックは、富の配分といった問題に煩わされたりしない人間特有の平然とした様子で答え、まともな色をした馬車が来ないかと車道の先に目を凝らした。「絶対にだめ。でもこんな話をして何になるの？　お腹を空かせて困ったことなんてないでしょうに」

彼女は横に立っている青年然とした少年にすばやい一瞥をくれた。人好きのする魅力的で優しい若者に見える。ただ少し、ほんの少し変わっているだけ。彼女にはそうとしか見えない。何しろ彼は、彼女の無味乾燥な人生のなかで、情熱を——憤りに駆られた情熱も勇気に満ちた情熱も憐れみに溢れた情熱も、さらには自己犠牲に走る情熱さえも——刺激してくれる塩味といったものと結びついているのだ。彼女は続けて

「それにわたしが生きている限り、あなたがお腹を空かせる心配はないわ」と口にはしなかったが、そう言ってもよかったかもしれない。そのために有効な手を打ってきたわけだから。ミスター・ヴァーロックはとてもいい夫。誰だって弟を好きにならずにはいられないというのが彼女の偽らざる気持ちだった。彼女は不意に叫んだ。

「急いで、スティーヴィー。あの緑色の馬車を停めるの」

一人前の男たらんと武者震いしながら片方の腕を姉に貸していたスティーヴィーは、もう一方の腕を頭上高く振り上げ、近づいてくる馬車を停めることに見事に成功した。

それから一時間後のこと、店のカウンターの奥でミスター・ヴァーロックは読んでいた、あるいはともかくも眺めていた新聞から目を上げた。その目に映ったのは、帰ってきた二人の姿。妻のウィニーがドアのベルの消え入りそうな音とともに入って

きて、そのまま店を突っ切り、二階へと上がっていく後を、義弟のスティーヴィーがついていった。妻の姿を見ると気分がよくなる。それは彼特有の心の動きだった。義弟の姿は目に映らないに等しい。というのも、最近ミスター・ヴァーロックと五感で捉えられる世界との間に陰鬱な思案がヴェールのように降りてきていたからである。彼は妻の後ろ姿を、まるでそれが幻でもあるかのように、ものも言わずじっと目で追った。家では静かなかすれ声で話すのが常だったが、今は無言のまま。夕食になって、いつものようにひと言「アドルフ」と妻に呼びかけられても、やはりそのかすれ声は聞かれなかった。食卓についたはいいが、帽子をあみだに被ったまま、半ばうわの空でただ食事を飲み込むだけ。帽子を被るのは戸外の活動が大好きだからではなく、外国のカフェに足繁く通った結果それが習慣になったのだが、そのおかげで、ミスター・ヴァーロックは定位置の炉辺からいつまでも離れようとしないにもかかわらず、すぐにでもぷいと出ていくよという気配が漂うのだった。ひび割れたベルががらがらと鳴った。それを聞いた彼が黙って店へと姿を消し、また無言のまま戻ってくること二回。彼が席を外している間、ミセス・ヴァーロックは自分の右側に誰もいないことを痛切に意識する。母親がここにいてくれたらと思う彼女の目は石のようで何の感情も映さない。一方スティーヴィーは同じ理由から、テーブルの下の床が熱くてたまらないとでもいうように、もぞもぞとしきりに足を動かすのだった。ミスター・ヴァーロックが沈黙の権化と化して食卓に戻ると、ミセス・ヴァーロックの目つきに微妙な変化が現れ、スティーヴィーも姉の夫に対する畏怖の混じった大きな尊敬の念から、落ち着かなげに足を動かすのを止めて、彼に敬意溢れる同情の眼差しを向けた。ミスター・ヴァーロックは悔やんでいるんだ。姉のウィニーから（馬車の中でのことだ）家に戻ったら、ミスター・ヴァーロックは悲しんでいるだろうから、余計な心配をかけてはいけないよ、と言い聞かされた。スティーヴィーに自制を促す主な要因は父親の怒り、下宿していた殿方たちの苛立ち、そしてミスター・ヴァーロックの陥りがちな度外れた悲しみだった。始終事あるごとに惹き起こされるとはいえ、必ずしも理解しやすくはないこれら三つの感情のなかで、一番道義心に訴えるのは最後のものだった――ミスター・ヴァーロックは〈いい人〉なのだから。その倫理的事実を彼の母親と姉が揺るぎない土台の上に確立していた。二人は抽象的な徳性などとはまったく関わりのない理由から、ミスター・ヴァーロックの背後にそれを確立し、打ち立て、聖別したのだった。そしてそれは当のミスター・ヴァーロックのあずかり知らぬことである。彼に対する正当な評価として、こう言って一向に差支えないだろう――彼は自分がスティーヴィーの目にいい人だと映っているなどとは少しも思っていなかった、と。しかし、それは事実だったのだ。それどころか、スティーヴィーの知る限り、彼はいい人と言いうる唯一の人間だった。何しろ、下宿していた殿方たちはある程度の日数が経つと入れ替わる深い付き合いのない人たちで、彼らの履いていたブーツは別としても、はっきりとした個性を持つにはいたらなかったし、父親の折檻について言うなら、あまりの厳しさになすすべもなく悲しむだけの母親と姉としては、その被害者に父さんはいい人だからそうしているのよ、と教え込むのが憚られたのである。そんなことを言うのは冷酷すぎるというものだろう。それにそう言ったところで、スティーヴィーが信じなかった可能性すらある。ミスター・ヴァーロックに関しては、スティーヴィーの寄せる信頼の障害となるものは何もない。ミスター・ヴァーロックはどこから見ても、それでいてどこか謎めいた〈いい人〉だった。そしていい人の悲しみは尊いものである。

スティーヴィーは義兄に敬虔な同情の眼差しを向けた。ミスター・ヴァーロックは悔やんでいる。ウィニーの弟はこのとき、いい人たるその男の抱えた謎とこれまでにないほど深い霊的な交わりができた。理解できる悲しみだ。それにスティーヴィー自身も悔やんでいた。とても悔やんでいた。同じ種類の悲しみだ。そしてこの不愉快な状態に意識が引きつけられて、彼は足をもぞもぞと動かした。常日頃、彼の感情は手足が揺れ動くことによって示されるのだった。

「足を動かさないで静かにするのよ」と威厳と優しさをこめてミセス・ヴァーロックが言った。それから夫の方に向き直ると、本能的な察知能力を見事に発揮して、無頓着な声で尋ねた――「今夜はお出かけになるの？」

ただそれだけの問いかけでミスター・ヴァーロックは気を悪くしたらしかった。不機嫌そうに首を振り、それから視線を落として座ったまま、丸々一分間、自分の皿に載ったチーズを見つめる。その一分が過ぎると、立ち上がり、そして出ていった――店のドアのベルをがらがら鳴らして、文字通り、外へ出ていくのだった。彼がこのように身振りと裏腹の行動に出たのは、周りに不愉快な思いをさせたかったからではさらさらなく、抑えがたい不安を覚えていたからである。外出したからといって、少しでも気が晴れるというわけではない。ロンドンのどこへ行っても欲しいものは見つけられない。それでも彼は外出した。鬱々たる思いを引きつれたまま暗い通りを歩き、明るい街路を抜け、気乗りしないながら飲み明かそうとでも思ったのか、しゃれのめした酒場を二軒覗いたものの、長居はしないで出てくる。そしてそのあげく、脅威にさらされている我が家へと戻るのだった。ぐったりしてカウンターの奥に腰を下ろすと、鬱々とした思いが飢えた黒い猟犬の群れと化して彼を取り囲む。家の戸締りをし、ガスを止めると、その思いを抱えたまま二階へ上がる——床に就こうとする男にとっては何とも恐ろしい護衛団と言うべきである。妻はしばらく前にベッドに入っていた。横たわったふくよかな身体の輪郭がベッドカバーにぼんやりと浮き彫りになり、枕は頭の下、片手が頰の下に当てられている。いかにも平静な魂の持主であるとばかり、早くも眠ろうとしているその姿態は、彼の気持ちをざわつかせる。大きな目は見開かれたまま、シーツの雪のような白さと好対照をなして何を見るでもなくただ黒く光っている。彼女は身じろぎ一つしない。

彼女は平静な魂の持主だった。物事は深く詮索するものではないと心底思っていた。その天性の直観が彼女の力、彼女の知恵となっている。しかしこの何日もミスター・ヴァーロックはずっと黙ったままで、そのことが彼女の心に重くのしかかっていた。実のところ、神経に障りつつあった。横になって、じっとしたまま、落ち着いた声で彼女は言った。

「そんな短い靴下のままで歩き回ったら風邪をひきますよ」

妻の気遣いと女性の思慮に似つかわしいこの発言がミスター・ヴァーロックを不意打ちした。ブーツは階下で脱いだものの、スリッパに履きかえるのを忘れ、足音を立てないながら檻の中の熊よろしく寝室内をのそのそとうろついていたのだった。妻の声を聞いて立ち止まった彼は夢遊病者のような無表情な目で相手を見つめる。それがあまりに長く続くものだから、ミセス・ヴァーロックはシーツの下で手足を少しだけ動かした。しかし白い枕に埋めた黒髪の頭も、頬の下に当てた手も、そして瞬き一つしない大きな黒い目も動くことはなかった。

夫の無表情な視線を浴び、また踊り場の向かいの空っぽになった母親の部屋のことを思い起こすと、彼女は痛いほど強烈な孤独感に襲われた。これまで母親と離れたことはない。母娘は互いに支え合って生きてきた。それをあらためて実感し、その母が去ってしまった、永遠に去ってしまったのだ、と自分に言い聞かせた。ミセス・ヴァーロックは幻想を持ったりはしない。しかしスティーヴィーはこの家にいる。それで彼女は言った。

「母は自分のやりたいことをやったの。何であんなことをしたのか、わたしには意味が分からないけれど。あなたに愛想尽かしされたと思ったはずはない、それは確か。あんな風に出ていくなんて、ひどい話だわ」

ミスター・ヴァーロックは読書家というわけではない。使える比喩表現の数はおのずと限られている。けれども状況を考えれば、そんな彼が沈没するしかない船から逃げ出すネズミを思い浮かべても一向におかしくないところがあった。それを口にしかかったほどである。彼は疑り深く、恨みがましい気持ちになっていた。ひょっとしてあの老女はそんなに鼻が利いたのだろうか？　しかしこんな疑念が理不尽であるのは分かりきったことだから、ミスター・ヴァーロックは口を慎んだ。とはいえ、まったく無言だったわけではない。物憂げにこう呟いた――

「かえってよかったのかもしれないよ」

彼は服を脱ぎ始めた。ミセス・ヴァーロックは動かない。少しも動かず、その目は夢見るように静かに一点を見つめたまま。心臓までもが何分の一秒か静止したかのようだった。その夜の彼女は俗に言う「いつにない」状態で、単純な言葉もいくつかの異なった意味――それもたいていは不愉快な意味――を持ちうるのだと多少とも身にしみて感じていたのだった。かえってよかった、とはどういうこと？　そしてどうして？　だが彼女は不毛な思索に耽るという怠惰な行為に走る気にはならない。むしろ物事は深く詮索するものではないという信念を強めたのだった。なかなか現実的ですばやく頭をめぐらすことのできる彼女は、時を移さずスティーヴィーを話題にした。彼女にあっては、一途な目的追求に誤りなどあろうはずがなく、またそれは直観の力に裏打ちされてもいたからである。

「これからの何日か、あの子をどうやって元気づかせたものか、見当もつかないの。

母親がそばにいないことに慣れるまで、きっと一日中くよくよ気を揉んで過ごすことになるんだわ。とってもいい子なのだから。わたし、あの子のいない暮らしなんて考えられない」

ミスター・ヴァーロックは服を脱ぐ手を休めない。その姿は、言ってみれば広大な救いのない砂漠で、周りのことなど一切眼中になく、ひたすら我が身に意識を集中して服を脱いでいる孤独な男そのもの。というのも、われわれが共通して受け継いだこの麗しき大地が、ミスター・ヴァーロックの心の目には、そんな砂漠のように生きにくいところと映っていたからである。部屋の内も外もひっそりと静まり返り、踊り場に掛かった時計の寂しく時を刻む音が、お付き合い下さいとばかり部屋の中に忍び込んでくる。

ミスター・ヴァーロックはベッドのお決まりの場所に潜り込み、ミセス・ヴァーロックの背中の隣で無言のままうつぶせに寝る。太い両腕は放棄された武器、捨てられた工具のようにベッドカバーの外に投げ出されている。そのときの彼は妻に向かって、胸につかえているものを洗いざらい吐き出そうかという気になっていた。今こそ絶好の時のように思える。ちらっと目を遣ると、視野の片隅に映る彼女の肉づきのいい肩は白い布の柔らかな襞に包まれ、頭の黒髪は床に就くために三本の三つ編みにされて、それぞれの毛先が黒のテープで結ばれている。そして彼は思い留まった。ミスター・ヴァーロックは妻を愛していた。妻ならばそのように愛されて然るべきかたちで、つまり、夫として、何より大切な所有物に手厚い心配りをするように、愛していた。夜のために結ったその黒髪、肉づきのいい肩は、身近に感じられる神聖さという一面を備えていた。それは家庭の平和に宿る神聖さだった。彼女は身じろぎ一つしない。まだ形を成していない大きな未完成の横臥像を思わせる。彼は彼女の大きく見開いた目ががらんとした部屋の奥底を覗き込むようにしていたのを思い出した。彼女は謎めいている。それは生きているものが持つ謎だった。故シュトットﾞ=ヴァルテンハイム男爵の送るいくつもの人騒がせな至急便で名を轟かせたシークレット・エージェントΔ《デルタ》は、そのような謎に土足で入り込む男ではない。彼はすぐに怖気づくし、また怠惰でもあった。それは多くの場合、善良さの秘訣となる怠惰である。彼は愛と臆病と怠惰から、その謎に触れるのを差し控えた。これからいつだって時間はたっぷりあるだろう。数分間、眠気を誘う部屋の沈黙のなかで、黙って苦しみに耐えた。それから決然と意を決してその沈黙を破った。

「明日、大陸へ渡ることにするよ」

妻はすでに眠りに落ちていたのかもしれない。彼には分からなかった。ところが実は、ミセス・ヴァーロックは彼の声を聞いていた。目を大きく見開いたまま、じっと横たわったまま、物事は深く詮索するものではないという直観的な信念を強めていたのだった。とはいえ、ミスター・ヴァーロックがそうした旅行に出ることは取り立てて異例のことではない。パリやブリュッセルから仕入れて品揃えを更新するのだ。彼みずから出かけていって仕入れてくることもよくある。ブレット・ストリートの店には贔屓筋としてちょっとした好事家仲間ができていた。ミスター・ヴァーロックが手を染める商売が何であれ、またとないほどそれにふさわしい秘密の仲間たちだった。何しろ彼は、気質と必要との不可思議な調和の結果、これまでずっとシークレット・エージェントとして出色の存在だったのだから。

しばし間をおいて彼は言葉を継いだ。「一週間か、ひょっとすると二週間ほど留守にする。日中はミセス・ニールに手伝いに来てもらうといい」

ミセス・ニールはブレット・ストリートで雑役に従事する女性である。放蕩者の指物師との結婚の犠牲者で、大勢の子どもを抱えて困窮にあえいでいた。腕を真っ赤にし、腋の下まで粗い麻布のエプロンで覆い、ごしごしと激しく手を動かし、ブリキのバケツをかたかた鳴らしながら、泡立った石鹼水とラム酒の臭いのする呼気に貧者の苦悶を込めて吐き出すのだった。

ミセス・ヴァーロックはいろいろと思惑があったが、それはおくびにも出さず、まったく何も考えていないような無頓着な口調で言った。

「あの人に一日中いてもらう必要はないわ。スティーヴィーとわたしとで十分やっていけます」

踊り場の寂しい時計のチクタクと鳴る音が十五回、限りない永遠の淵へと沈んでいくに任せた後、彼女は尋ねた。

「明かりを消しましょうか？」

ミスター・ヴァーロックは苛立ったようなかすれ声で答える。

「消してくれ」

第9章

ミスター・ヴァーロックが大陸から戻ったのは十日後。外国旅行での新奇な経験で気分が一新した気配は微塵もなく、顔つきも家に戻る喜びで晴れ晴れとしたところがない。店のベルをがらがら鳴らして入ってきた姿には憂鬱と苛立ちの混じった憔悴しきった様子が窺える。鞄を手に持ち、うつむき加減に大股でまっすぐカウンターの奥に進むと、ドーヴァーからずっと歩き通しだったとでもいうように、椅子にどかっと腰を下ろした。朝早くの帰宅だった。陳列窓に並んだ雑多な商品の埃を払っていたスティーヴィーがぽかんと口を開け、敬愛と畏怖のこもった目で彼を見た。

「ほら、これ！」とミスター・ヴァーロックは言って、床に置いた旅行鞄を軽く蹴飛ばした。するとスティーヴィーが跳びかかるようにしてそれを摑んで運んでいった。身を挺してお手伝いしますよと言わんばかりの得意顔である。そのすばやさにミスター・ヴァーロックは心底驚いた。

店のベルが鳴ると、居間の火格子に石墨を塗って光沢出しをしていたミセス・ニールは部屋のガラス扉を通して音の主の姿をいち早く認め、屈していた膝を伸ばして立ち上がると、働きづめで汚れたエプロン姿のまま、台所にいるミセス・ヴァーロックに「ご主人がお帰りです」と告げに行った。

ウィニーの出迎えは店の奥のドアのところまで。

「朝食に何か召し上がるでしょう」と彼女はその場で言った。

ミスター・ヴァーロックはとんでもないことを勧められて、気圧されたとでもいった風に両手をわずかに振った。しかしひとたび居間に入ると、目の前に出された食事を拒みはしなかった。そこが公共の場所ででもあるかのように、帽子を後ろにずらしただけで、厚手のオーバーコートの裾を椅子の両側に三角形に垂らしたまま食べる。そして、茶色い油布のカバーのかかったテーブルを挟んで、妻のウィニーが、おそらく夫の帰宅という状況に巧みに調子を合わせてのことだろう、彼を相手に妻らしい話を淡々とする。放浪の旅の末に帰還したオデュッセウスを迎えたペーネロペイアさながらに。もっとも、ミセス・ヴァーロックが夫の不在中に何かを織っていたわけではない[1]。でも、二階の部屋をすべて隅々まで掃除し、いくらか商品も売った、と彼女は言った。それからミスター・ミハエリスが何度か顔を出しました。この間の話では近々、田舎のコテージに移り住むって。ロンドン＝チャタム＝ドーヴァー線[2]沿線のどこかみたい。カール・ユントも一度やってきたわ。あの人の言う「意地悪な家政婦のばあさん」の腕に抱えられて。あの人こそ「虫唾が走る」わ。彼女はカウンターの奥で身を固めたまま、石のような無表情とぼんやりとした目でそっけなくあしらった同志オシポンについては何も語らなかったが、心のなかであの頑強な身体つきのアナキストを思い浮かべたことは、話が一瞬途切れ、頬が本当にかすかながら赤く染まった点に窺われた。そして彼女は、留守中の家の話の流れのなかでスティーヴィーを引き合いに出せる頃合いを見計らっていて、その時が来ると早速彼を話題にし、この子はすっかりふさぎこんでいたの、と言った。

「こんな風に母がいなくなったせいよ」

ミスター・ヴァーロックは「知ったことか！」とも、「スティーヴィーなんかくそくらえだ！」とも口にしなかった。そして夫の内心の秘密を知る由もないミセス・ヴァーロックであってみれば、これほど自制してくれる彼の雅量の広さに感謝するはずもなかった。

「いつもほどちゃんと働かない、というわけじゃないの」と彼女は続ける。「とてもよく手伝ってくれるわ。家の手伝いだけじゃ物足りないみたいと思えるほど」

ミスター・ヴァーロックは彼の右側に座っているスティーヴィーにさりげない眠たげな一瞥をくれた。華奢な身体つきで、顔は青白く、バラ色の口を虚ろに開けている。非難がましい視線を送ったわけではない。そこには何の意図も込められていなかった。それにたとえミスター・ヴァーロックが妻の弟のことを並外れて役立たずだと一瞬思ったとしても、それは漠然としたすぐに消えてしまう思いであって、そこには何らかの思いが世界を動かすことを可能にするあの力と持続性の欠片《かけら》もない。ミスター・ヴァーロックは上体を反らして帽子を脱いだ。彼が腕を伸ばしてその帽子を下に置くより早く、スティーヴィーが跳びかかってそれをわしづかみにすると、恭《うやうや》しく台所へと運び去る。またしてもミスター・ヴァーロックは驚いた。

「あなたのためなら、あの子、何でもするわ、アドルフ」と彼女はいつもながらの落ち着いた口調をできるだけ崩さずに言った。「あなたのためなら、たとえ火の中に

---

1 ホメーロスの『オデュッセイア』において、オデュッセウスの貞淑な妻ペーネロペイアは、長年にわたる夫の不在中、言い寄る多くの求婚者たちから相手を選ぶのは織物を完成させた後にすると言いながら、昼に織った分を夜にほどいて、彼らをはぐらかした。

2 チャタムはイングランド南東部のケント州を流れるメドウェイ川河口近くの町。爆破事件に関係して言及されたメイズ・ヒル駅、グリニッジ・パーク駅はいずれもこの路線にあった。

だって飛び込むでしょう。あの子は――」

注意深い彼女はそこでいったん口を閉じて、台所のドアの方に耳をそばだてた。

そこではミセス・ニールが床磨きをしていた。幼い子どもたちのためにと訴えると、彼女は哀れっぽい苦しげなうめき声で話しかけた。彼女はスティーヴィーの顔を見ると、彼女がいとも簡単に、ウィニーからときどきもらっている小遣いを恵んでくれる気になることを知っているのだった。撒き散らした水のなかを四つん這いになって働く彼女の服は汚く濡れ、その姿はごみ置き場と汚水のなかで生きている家に住みついた両棲類か何かを思わせる。そんな彼女がいつものように切り出した――「坊ちゃんはほんとに結構なご身分ですね、紳士みたいに何もしなくていいなんて」それから続けて、お涙頂戴とばかり大仰な誇張を交えつつ、安いラム酒と泡立った石鹸水のひどい臭いのする息によって悲惨な暮らしぶりは嘘ではないと証明しながら、貧者の恨み節を延々と述べ立てる。ごしごしと床をこすり、ひっきりなしに鼻をくんくんいわせ、しゃべりまくる。表裏のない人間である。細くて赤い鼻の両側で、しょぼついた翳《かす》み目《め》が涙で溢れている。体内である種の興奮性飲料不足が起きていることを今朝、思い知らされたからだった。

居間にいるミセス・ヴァーロックが心得顔で言った。

「またいつものミセス・ニールだわ。小さな子どもたちがどんなに辛い目に遭っているかという話。みんながみんな、彼女の言うほど小さいなんてありえないわ。何人かは独り立ちしてもいいくらいの歳になっているはず。あれを聞かされれば、スティーヴィーが怒るだけ」

彼女の言葉を裏書きするように、台所のテーブルを拳で叩くドンという音がした。いつものように同情がつのっていったスティーヴィーは、ポケットに一シリングもないことに気づいて腹を立てたのである。ミセス・ニールの「おちびちゃんたち」の窮乏をすぐに救えない以上、誰かが代わりに苦しむべきだと感じていた。ミセス・ヴァーロックは立ち上がると台所に入り、「そんな馬鹿な話はやめなさい」と言った。そして断固として、しかし優しく、それをやめさせた。ミセス・ニールが小銭を手にすると、すぐ近くの黴臭い安酒場――「悲しみの道」[3]を進むときに避けては通れぬ停留場――に飛び込んで、火酒をあおることになるのは目に見えていた。酒浸りの習慣についてのミセス・ヴァーロックの論評は、事の表面の背後を見ようとしない人間の口から出たことを考えれば、思いがけずなかなか奥の深いものだった。「もちろん、

3 キリストが十字架を背負って磔の地ゴルゴタまで歩いた道を指す言葉。

彼女は逆境に屈しないためにそうするしかないのよ。わたしだってミセス・ニールと同じ立場だったら、同じようになると思うわ」

同じ日の午後、居間の暖炉の前で何度か長いうたた寝を繰り返したミスター・ヴァーロックが、最後のうたた寝からはっと目覚め、散歩に出かけようと思うと言うと、店にいたウィニーが言った。

「あの子も連れていってくれないかしら、アドルフ」

その日ミスター・ヴァーロックが驚いたのはこれで三度目だった。彼は呆気にとられて妻を見つめた。彼女はいつもの平静な口調で続ける。あの子は何もすることがないと、家の中でずっとふさぎ込んでいるの。それを見ていると、落ち着かなくなって、不安になるの、と彼女は胸の内を明かす。落ち着き払ったウィニーの口から出ると、その告白も誇張を含んでいるように響いた。でも本当なの、スティーヴィーは傍目にも不幸だと分かる犬か猫みたいにふさぎ込んでいるの。よく暗い踊り場に上っては、あの大時計の下の床に座りこむと膝を立てて、両手で顔を抱えている。薄暗がりのなかで大きな目をきらりと光らせているそんなあの子の青白い顔に出くわすと、心配でたまらなくなるのよ。あの子が階段の上にいると思うだけで落ち着かなくなるわ。

ミスター・ヴァーロックは突拍子もない思いつきには慣れっこになっていた。何しろ彼は妻を、夫なら当然そうあるべき接し方で、つまり大きな包容力をもって愛しているのだ。しかしこのときは心中、看過できない異論がわき出てきて、彼はそれを一言で纏めた。

「わたしを見失って、街中で迷子になってしまうんじゃないか」

ミセス・ヴァーロックは自信に満ちた様子で首を振った。

「そんなことにはならないわ。あの子のこと、ご存じないのよ。あなたをひたすら崇拝しているの。でも万が一、あの子とはぐれたとしても——」

ミセス・ヴァーロックはそこで一瞬、逡巡して口を閉ざす。だがそれはほんの一瞬のことだった。

「あなたはそのまま散歩を続ければいいわ。心配いらない。あの子は大丈夫。間違いなくそのうち無事にここに戻ってくるから」

「本当かい？」と彼は疑わしげに声をあげた。だが義弟は傍目《はため》に見えるほど馬鹿ではないのかもしれない。一番分かっているのは妻だ。彼は物憂げな目を逸らし、かすれ声で「それじゃあ、ついてこさせたらいいさ」と言った。そうは言いながら、再び暗い不安に引き戻されてしまうのだった。暗い不安は騎手の後ろに座りたがるものかもしれないが、[4]同時に、馬を飼えるほど裕福でない人々——たとえばミスター・ヴァーロック――のすぐ後にいかに迫ったらいいのかも承知しているのである。

店の戸口に立ったウィニーの目からは、ミスター・ヴァーロックの散歩にこのゆゆしき不安が随行しているところは見えない。彼女は薄汚れた通りを遠ざかる二人の姿を見送った。一人は背が高くがっしりとした身体つき、もう一人は痩せて背も低く、華奢な首をしていて、大きな透けて見えそうな耳の下で少しばかり肩をそびやかしている。着ているオーバーコートの素材は同じもので、帽子はともに黒くて丸形。そうした外見の類似に触発されて、ミセス・ヴァーロックは空想に耽った。「父と息子と言ってもおかしくないわ」と彼女は考える。ミスター・ヴァーロックはスティーヴィーがこれまでの人生のなかで接した誰よりも父親らしいとも思う。さらに、こうなったのは自分の選んだ行為の結果であると認識してもいた。そして数年前に自分は正しい決断を下したのだ、と喜ぶ気持ちに穏やかな誇りが混じる。そんなに容易ではない、涙さえ伴う決断だったのだ。

それから日が経つにつれて、ミスター・ヴァーロックが心優しくスティーヴィーを相棒として受け容れてくれたらしいのを見て、彼女はいっそう嬉しくなった。今では、散歩に出かける段になると、当然いつも同じ調子でというわけではないけれども、おそらく飼犬を随行に連れ出そうとする主人と同じような気分で、ミスター・ヴァーロックは彼に声を掛けるようになっている。家のなかではミスター・ヴァーロックがスティーヴィーを興味津々といった眼差しでじっと見つめている姿が見受けられたりもする。彼自身の態度も変わった。相変わらず無口ではあったが、以前ほど物憂げな様子はない。むしろ時として苛立つようになったとミセス・ヴァーロックは思う。それはきっと前よりよくなったと見るべきことなのだ。スティーヴィーはと言えば、時計の下でふさぎ込むことがなくなった。その代わり、部屋の隅で誰かを脅かすような独り言を呟いている。「何を言っているの、スティーヴィー?」と尋ねられても、ただ口を開け、目を細めて姉を見るだけ。時折、格別の原因も見当たらないのに拳を固めてみたり、一人でいるところを見かけると、好きな円を描くようにとあてがわれた紙と鉛筆を何も描かずに台所のテーブルに置き去りにしたまま、顔を顰めて壁を睨みつけていたりする。これも変化だったが、よくなったとはとても言えない。ミセス・ヴァーロックはこうした突飛な振舞いをすべて、興奮という一般的な枠組みのなかに捉え、スティーヴィーが夫とその友人たちとの会話から、本人にとって好ましくない

4 古代ローマの詩人、ホラティウス『歌章』の「騎手の背後に暗き不安が坐せり」(豊かな人間にも不安はある)を踏まえる。

ことまで耳にしているのではないか、と不安を覚え始めた。「散歩」をしていると、ミスター・ヴァーロックは当然いろいろな人に会い、会話を交わす。それはどうしようもないこと。散歩は彼の戸外での活動に不可欠の要素であり、妻がその実態を深く詮索することなど決してなかった。ミセス・ヴァーロックは自分が難しい状況に置かれたと感じはしたが、それまでと変わることなく内心の窺い知れない平静さを失わずにそれに対処した。その振舞いに店の顧客は感じ入り、驚きさえ覚えたのであり、また他の訪問客は幾分訝しみながらも、然るべき距離を置いて彼女と接するのだった。困るのよ！　スティーヴィーに聞かせたくない話題の出るのが心配なの、と彼女は夫に言った。あの子を興奮させるだけだもの。だってあの子にどうこうできる問題じゃないでしょ。誰にもどうにもならないことなんだから。

店のなかでの会話だった。ミスター・ヴァーロックは黙ったまま。反論を口にはしなかったが、反論があるのは明らかだった。それでも妻に対して、スティーヴィーを散歩の相棒にしたらどうかと思いついたのは他の誰でもない、彼女自身ではないか、と指摘することは差し控えた。そのときのミスター・ヴァーロックは、公平な観察者の目に人間離れした雅量の持主であると映ったことだろう。彼は棚から小さな厚紙の箱を下ろし、覗き込んで中身の無事を確かめると、カウンターの上にそっと置いた。

そうしてからようやく沈黙を破り、しばらくロンドンの外に送り出すのがスティーヴィーのためになると思う、といった意味のことを口にした。ただ、彼がいないことにお前が耐えられないかもしれないが。

「あの子がいないことに耐えられないですって！」とミセス・ヴァーロックが相手の言葉をゆっくり繰り返した。「それがあの子のためになるというのに、いない暮らしにわたしが耐えられないなんて！　あきれるわ！　もちろんあの子がいなくたってやっていけます。でもあの子に行くところなんてないのよ」

ミスター・ヴァーロックは茶色の包装紙と荷造り紐を取り出し、ミハエリスが田舎の小さなコテージで暮らしていると呟いた。そこには誰も訪ねてこないし、余計な話が交わされることもない。ミハエリスは本を執筆中なのだから。

ミセス・ヴァーロックはミハエリスへの好意をはっきりと表明した。「むかつく老人」と呼んでカール・ユントへの憎悪をそれとなく示した。そしてオシポンについては何も言わない。スティーヴィーだけど、あの子が大喜びすること間違いなしだわ。ミスター・ミハエリスはいつもあの子にとても優しく、親切だし。きっと気に入ってくれているんだわ。実際、いい子だもの。

「あなたも近頃はあの子のこと、とても好いてくれているみたいね」と彼女は、しばし間をおいてから、揺るぎない自信に満ちた口調で付け加えた。

ミスター・ヴァーロックは厚紙の箱を郵便小包用に縛っている途中で、変に力を入れたせいで紐が切れてしまい、自分だけに聞こえるくらいの小声で何度かののしり言葉を吐いた。それからいつものしわがれた呟きにまで声を高め、スティーヴィーを田舎に連れていくのは少しも苦ではない、自分が無事にミハエリスのところに預けてこよう、と明言した。

彼はこの計画を翌日さっそく実行した。スティーヴィーは少しも嫌がらない。どこか戸惑い気味ながらも、むしろ積極的だった。事あるごとに、とくに姉に見られていないときには、ミスター・ヴァーロックのぼってりした顔に含むところのないもの問いたげな視線を送った。その表情には自らを恃《たの》む気概と不安が混在し、さらに一つのことに熱中した気持ちが現れていて、それは小さな子どもが初めてマッチ箱を渡され、自分で火を点けていいよと言われたときの表情に似ている。しかしミセス・ヴァーロックは弟が素直に応じたことにすっかり満足し、田舎に行ったらむやみに服を汚してはだめよ、と注意した。それを聞いたスティーヴィーが保護者であり擁護者である姉に返した眼差しには、生まれてこの方、初めて子どもらしい全幅の信頼が欠けているようだった。不遜で陰鬱な眼差し。ミセス・ヴァーロックは微笑んだ。

「あらあら、怒ることないじゃない。自分が機会さえあればすぐに服を汚してしまうこと、分かっているでしょ、スティーヴィー」

ミスター・ヴァーロックはすでに通りを先へ進んでいた。

こうして母親の英雄的精神から生まれた行動と弟の田舎逗留による不在の結果、ミセス・ヴァーロックはそれまで以上に、店にいるときばかりでなく家のなかでも、まったく一人になることが多くなった。グリニッジ・パークで爆破未遂事件のあった当日、彼女はいつもより一人でいる時間が長かった。ミスター・ヴァーロックは始終、散歩に出なくてはならないのだ。ミスター・ヴァーロックがその朝早くに出かけ、夕暮れ近くまで帰ってこなかったからである。一人でいるのは嫌ではない。外出したいとも思わない。ひどい天気だし、店のなかの方がよほど居心地がいい。カウンターの奥に座って縫物をしていた彼女は、ミスター・ヴァーロックがベルを激しく鳴らして入ってきたときも目を上げなかった。彼の戻ってきたことは、表の舗道を歩く足音ですでに分かっていた。

彼女は目を上げなかったが、ミスター・ヴァーロックが何も言わず、額が隠れるほど帽子をぎゅっと目深に被ったまま、まっすぐ居間のドアに向かうと、穏やかに声を掛けた。

「ひどい天気ね。スティーヴィーに会いに行ってらしたんじゃなくって?」

「いいや! 行ってないよ」とミスター・ヴァーロックは静かに答え、ガラス張りの居間のドアを思いもよらぬ勢いでバタンと閉めるのだった。

ミセス・ヴァーロックは縫物を膝に置いたまま、しばらくじっとしていたが、やがてそれをカウンターの下にしまうと、腰を上げて店のガス灯をつけた。それがすむと、居間を通って台所に向かう。ミスター・ヴァーロックは今にお茶が欲しいと言うだろう。自分の魅力に自信があるウィニーは、結婚生活の日々の遣り取りのなかで、夫に仰々しく優しいことばをかけてほしいとか、格別丁重に接してほしいとか思ってはいない。そんなものはせいぜいが空疎な古臭い風習で、おそらくまともに守られたことなどなく、今日では上流階級の最高の人々の間でさえ打ち捨てられ、自分のような人間の属する階級の規範には最初から無縁のものなのだ。彼女は夫に特段の丁重な扱いを求める妻ではなかった。しかし彼はいい夫であり、彼女はその権利に誠実な敬意を払っていた。

いつものミセス・ヴァーロックなら、自分の魅力を確信している妻ならではのどこまでも落ち着いた態度で、居間を通って台所に向かい、家事に取りかかるところである。ところがこのときは、かすかな、非常にかすかな、そして気忙しくがたがたと鳴る音が次第に大きくなって耳朶《じだ》に響いてきた。奇怪、不可解なその音がミセス・ヴァーロックは気になった。そして、それが何の音かその正体がはっきりすると、途中で立ち止まった。驚きと不安に襲われる。手にしたマッチ箱でマッチを擦り、居間のテーブルの上にある二台のガス灯の火口にかざして明かりをつける。それにはちょっとした疵があり、最初びっくりしたみたいにひゅーという音を立てたが、それから気持ちよさそうに喉を鳴らす猫のような音を出して快調に燃えた。

ミスター・ヴァーロックはいつになくオーバーコートを脱ぎ捨てていた。ソファの上に投げかけられたままになっている。帽子も脱ぎ捨てられたに違いなく、ソファの端の下にひっくり返って転がっている。彼は暖炉の前に椅子を引っ張り出して、両足を炉格子のなかに突っこんで、頭を両手で挟み、真っ赤な火床に覆いかぶさるように身体を屈めていた。抑え切れずに激しく歯をがちがち言わせ、そのせいで巨大な背中全体も歯に合わせたように震えている。ミセス・ヴァーロックはぎょっとした。

「びしょ濡れじゃありませんか」と彼女は言った。

「たいしたことない」とミスター・ヴァーロックは身体の芯から震えているような声をやっと絞り出して、口ごもりながら答える。がちがち鳴る歯の震えをやっとのことで抑えているのだった。

「寝ていないといけないわ」と言った彼女は本気で心配していた。

「その必要はない」とミスター・ヴァーロックは鼻を詰まらせながらかすれ声で答える。

彼が朝の七時から午後五時までの間に、どういうわけかひどい風邪をひいてしまったことは間違いない。ミセス・ヴァーロックは前屈みになった彼の背中を見つめた。

「今日はどこへいらっしゃったの？」と尋ねる。

「別にどこへも」ミスター・ヴァーロックは低い息が詰まったような鼻声で返した。何かが気に入らなくてむすっとしているか、もしくは激しい頭痛に襲われていることを窺わせる態度である。その返答がいかに不十分で不誠実なものであるか、部屋がしんと静まり返ったことでそれが痛いほど際立った。彼は鼻を詰まらせながら、弁解がましく言葉を添えた。

「実は銀行に行ってきたんだ」

ミセス・ヴァーロックは耳をそばだてる。

「銀行に、ですか」と感情を交えずに言う。「何の用事で？」

ミスター・ヴァーロックはもぐもぐとはっきりしない声で答えるが、火格子の上に鼻をかざしたまま、明らかに渋々といった風である。

「金を引き出したんだ！」

「どういうことです？　全額をですか？」

「そうだ、全額だ」

ミセス・ヴァーロックは寸足らずのテーブルクロスを丹念に広げ、テーブルの引出しからナイフ二本とフォーク二本を取り出したが、そのお決まりの手順を不意に中断した。

「どうしてそんなことをしたんです？」

「じきに必要になるかもしれないからな」とミスター・ヴァーロックは鼻声で曖昧に答えた。うっかり漏らした風を装った計算ずくの返答も、もう続けることができなくなりそうだった。

「どういうことかしら、分からないわ」と極めてさりげない口調で言った妻だったが、テーブルと食器棚のあいだに立ったまま動かない。

「わたしを信じていればいいんだ」ミスター・ヴァーロックは火格子の方を向いたまま、ささくれだった気持ちで答えた。

ミセス・ヴァーロックはゆっくりと食器棚の方に向かい、慎重な口ぶりで言った。

「ええ、そうですね。信じていますわ」

そして彼女はお決まりの手順に戻った。彼女の家らしい平和と静寂に包まれたまま、皿を二枚並べ、パンとバターを用意し、テーブルと食器棚の間を静かに行き来した。ジャムを取り出す段になって、目の前の現実を考える――「一日中外出していたのだから、お腹が空いているでしょうね」そしてもう一度、食器棚のところに戻り、コールドビーフを手にした。それを猫が喉を鳴らしているような音を立てて燃えている火口の下に置き、暖炉にしがみついたまま微動だにしない夫をちらっと一瞥して、（二段下りて）台所に入った。彼女が再度口を開いたのは、切り盛り用のナイフとフォークを手に戻ってきてからのことだった。

「信じていなければ、結婚などしなかったわ」

暖炉の上の棚飾りの下で前屈みになっているミスター・ヴァーロックは、両手で頭を抱えたまま眠りに落ちたみたいに見えた。ウィニーはお茶を淹《い》れると、小声で「アドルフ」と呼びかけた。

ミスター・ヴァーロックはすぐに立ち上がり、少しよろめきながら食卓についた。妻は切り盛り用ナイフの切れ味を確かめて皿の上に置き、コールドビーフを用意したわ、と指差した。彼は顎を胸につけるようにうつむいていて、それに気づかない。

「風邪には食べるのが何よりでしょ」とミセス・ヴァーロックは異を挟む余地を与え

ぬ口調で言った。

　彼は顔を上げ、首を横に振った。目が充血し、顔は赤い。指でかきむしった髪がすっかりそそけだっている。全身見苦しい姿で、とんでもない放蕩に耽った後の不快感と苛立ちと打ちしおれた気分に襲われていることが傍目にも明らかである。しかしミスター・ヴァーロックは放蕩者ではない。誰かに後ろ指をさされるような振舞いに及ぶ人間ではないので、様子がおかしいのは風邪の熱のせいかもしれなかった。彼は紅茶を三杯飲んだが、食べ物には手をつけなかった。いくら勧めても憂鬱そうな顔をそむけて手を出そうとしないので、ミセス・ヴァーロックは最後に言った。

「足が濡れているんじゃないですか？　スリッパに履きかえなくては。今夜はもう出かけないんでしょう？」

　ミスター・ヴァーロックはむっつりとしたまま手ぶりを交え、ぶつぶつと独り言のように呟いて、足は濡れておらず、また濡れていようがいまいが気にならないのだ、とその意を伝える。スリッパの件は取るに足りないものとして無視されてしまった。しかし夜にまた外出するかどうかという問いかけは思いがけない展開を呼んだ。ミスター・ヴァーロックの考えていたのは夜の外出ではない。それよりはるかに広大な計画に囚われていたのだ。不機嫌なとぎれとぎれの話が明らかにしたのは、ミスター・

ヴァーロックが海外への移住の適否を考えているということだった——候補地として フランスがいいのかカリフォルニアがいいのか、そこまではっきりしてはいないのだが。

まったく予想外の、本当とは思えない、想像もつかないことであるために、この雲を摑むような移住宣言は少しの賛同も得られなかった。ミセス・ヴァーロックはまるで、来るはずもない世の終わりが近いぞと夫に脅かされている、とでもいった風情で、平然と言い返した。

「何て馬鹿なことを！」

ミスター・ヴァーロックは言い放つ、自分は何もかもうんざり、嫌になったのだ、それに——と、そこで彼女が相手の言葉をさえぎった。

「あなたは悪い風邪をひいたのよ」

たしかにミスター・ヴァーロックがいつもの状態にないのは明らかだった。肉体的にはもちろん、精神的にも。鬱々たるためらいからしばし口を噤んだ彼は、沈黙を破ると、なぜこれから移住が必要なのかについて、気の滅入る一般論をいくつか呟いた。

「移住が必要なのね」とウィニーが繰り返す。静かに椅子に背をもたせかけ、腕を組んだまま、夫と向かいあっている。「誰のせいでそうしなくてはならなくなるのか知りたいものだわ。あなた、奴隷じゃないのよ。この国では誰も奴隷になる必要なんかない――だから奴隷になんかならないで」彼女は一呼吸おき、決して曇ることのないいつもの率直さで「商売だってなかなかのものよ」と言葉を続けた。「家に不満はないでしょう」

彼女は隅の食器棚から暖炉で赤々と燃える火にいたるまで、居間をぐるりと見回した。店は怪しげな商品を並べ、陳列窓をいわくありげにほの暗くし、人通りの少ない狭い路地に向けてドアを半開きにしているが、そんな店の奥にこぢんまりと納まっている我が家は、家庭の品位と安楽に欠かせないものをすべて備えていて、誰に見られても恥ずかしい家ではない。彼女の献身的な愛情は弟のスティーヴィーがここを出ていった喪失感に襲われている。彼は今ミスター・ミハエリスのところでケント州の小路に囲まれたじめじめした田舎暮らしを送っている。彼女は自分こそが庇護者だという気持ちが強いだけに、彼のいない寂しさを痛感する。ここはあの子の家でもあるのだ――屋根も食器棚も火の入った暖炉も。そう考えると、彼女は立ち上がってテーブルの反対側に行くと、思いを込めて言った。

「それにわたしが嫌になったわけじゃないでしょう」

ミスター・ヴァーロックは何も答えなかった。ウィニーは彼の後ろから身体をもたせかけ、肩越しに彼の額に唇を押し当てた。そしてそうしたままじっとしている。外界からは囁き一つ聞こえてこない。舗道を行く足音が店から漏れる控え目な薄明かりのなかを消えていく。テーブルの上のガス灯だけが、居間を覆う沈黙のなかで喉を鳴らす猫のような音を坦々と出し続けていた。

思いがけない、そして長いキスが続くあいだ、ミスター・ヴァーロックは両手で椅子の端を握りしめながら、神官のような不動の姿勢を崩さなかった。押し当てられた唇が離れると、椅子から手を放して立ち上がり、暖炉の前に立った。もはや部屋に背を向けてはいない。腫れぼったい顔をし、薬でぼうっとなったみたいに妻の動きを目で追う。

ミセス・ヴァーロックは何事もなかったかのようにテーブルの上を片づけている。その静かな声が、夫がふと口にした提案について、家庭人らしい道理をわきまえた口調で論評する――そんなこと、あれこれ頭を悩ますまでもないでしょう。彼女はあらゆる観点から海外移住はあり得ないと宣言した。しかし彼女の真の関心事はただ一つ、スティーヴィーが幸福に暮らせるかどうかということなのだ。その点で言えば、弟は確かに「変わって」いて、何の準備もなしに外国に連れていけるとはとても思えない。言うべきことはそれだけだった。ところがその極めて重要な論点に直接触れるのを避けて話しているうちに、その話しぶりは次第に熱を帯びてくる。話しながら、紅茶カップを洗うためにそっけない仕草でエプロンを身につけると、相手が反応してくれないまま話している自分の声に興奮したかのように、ほとんど辛辣とも言える口調で、あろうことかこう口にしたのだった――

「外国へ行くのなら、お一人でどうぞ。わたしは行きませんから」

「一人で行くわけがないじゃないか」とミスター・ヴァーロックはかすれ声で答える。彼の内に秘めた生活から発せられた無味乾燥な声が、このときは不可解な感情で震えていた。

ミセス・ヴァーロックはすでに自分の発した言葉を後悔していた。自分でも思いがけないほど薄情な言葉になってしまった。それに言わずもがなの軽率な発言だった。実際、彼女にそんなことを言うつもりはさらさらなかったのだ。それは片意地張った思いつきを授ける悪魔の囁きに唆《そそのか》されたときに出る言葉の一種だった。しかしその発言が片意地とは無縁のものだったように見せるすべを彼女は心得ていた。

彼女はゆっくりと首を回すと、暖炉の前で根を生やしたように突っ立っている夫に、その大きな目を見開いて、半ばお茶目な、半ば冷酷な眼差しを投げかける。ベルグレイヴィアの下宿屋時代のウィニーなら、体面が気になり、世間知らずでもあったから、とても真似のできない眼差しである。しかし相手の男は今では夫になっており、彼女ももはや世間知らずではない。真面目な表情を仮面のように固めたまま、その眼差しをたっぷり一秒、相手に注ぎながら、彼女は冗談めかして言った。

「行けないわよね。わたしがいないと寂しくて耐えられないものね」

ミスター・ヴァーロックは一歩、足を踏み出した。

「そうとも」と彼は声を高め、両腕をぐっと差し出して彼女の方に歩み寄った。その表情には何がしか荒ぶった気持ちと疑念が表れていて、妻を絞め殺そうとしているのか、抱きしめようとしているのか、定かならぬところがある。しかし丁度そのとき、ミセス・ヴァーロックの気を逸らすように店のベルががらがらと鳴った。

「お客さんよ。あなた出て」

彼は立ち止まり、差し出されていた両腕がゆっくりと下がる。

「あなた出てよ」とミセス・ヴァーロックが繰り返した。「わたしエプロンをつけたままだもの」

ミスター・ヴァーロックは生気を失った目をしてぎこちなく妻の指示に従った。その所作はまるで顔を赤く塗られた自動人形。しかもその似具合は、体内にからくりが仕込まれていることを自覚しているといった馬鹿げた気配を湛えている自動人形を思わせるものだった。

彼は居間のドアを閉めて出ていく。ミセス・ヴァーロックはてきぱきとトレイを台所に運んだ。カップや他の食器をさっと洗ったところで手を休め、耳を澄ます。何の音も聞こえてこない。客はずっと店内にいる。店に来た客なのだ。そうでなければミスター・ヴァーロックは家のなかに連れてくるはず。彼女はエプロンの紐を一気にほどくと、それを椅子に放り投げ、ゆっくり居間へと戻る。

まさにそのとき、ミスター・ヴァーロックが店から入ってきた。

出ていったときの彼は赤ら顔だった。今は見たこともない紙のように白い顔をしている。薬のせいか熱のせいか、ぼうっとした様子だったのが、それが消えて、短時間の間に、困惑し何かひどい悩み事を抱えたような表情に変わっている。彼はまっすぐソファに向かうと、そこに掛かったオーバーコートを、まるで怖くてそれに触れられないとでもいうように、突っ立ったまま見下ろすのだった。

「どうしたの?」とミセス・ヴァーロックは抑えた声で言った。半開きのドアの隙間を通して、客がまだ帰っていないのだと分かる。

「今夜、出かけないといけないようだ」とミスター・ヴァーロックは言った。オーバーコートを手にしようともしない。

ウィニーは一言も口にせず店へと向かい、居間のドアを閉めると、カウンターの後ろに入る。まず椅子にちゃんと腰を下ろして落ち着くまでは、客に面と向かって目を向けることはなかった。しかしそれまでに、客が背の高い痩身の男で、先をぴんと張った口髭を生やしていることを看て取っていた。実際、男はそのとき、髭の先をぴんと整えたところだった。立ち襟から出ている顔は長くて骨ばっている。少し跳ねがあがり、全身が少しばかり濡れてもいた。顔色は浅黒く、わずかにくぼんだこめかみの下で張った頬骨がくっきりと浮き上がって見える。まったく見ず知らずの人物だった。店の客でもない。

ミセス・ヴァーロックは相手に穏やかな目を向けた。

「大陸からいらしたんですか？」と彼女はしばらく間をおいてから言った。

長身の痩せた男はミセス・ヴァーロックとまともに目を合わせることなく、かすかな独特の笑みを返すだけだった。

ミセス・ヴァーロックの穿鑿がましさとは無縁の視線は、少しもぶれずに彼に据えられたまま動かない。

「英語はお分かりになりますよね」

「ええ、英語は分かります」

彼の返事に外国訛はない。ただ、そのゆっくりとした話しぶりから、気楽に英語が話せるというわけではないように見受けられた。そしてミセス・ヴァーロックはそれまでのさまざまな経験から、ある種の外国人はイギリス人よりも立派な英語を話すことを知っていた。彼女は居間のドアをじっと見つめたまま言った――

「イギリスでずっと暮らそうとお考えではなさそうですね」

見知らぬ相手はまたしても黙ったまま微笑みを返した。優しげな口と探るような目をしていた。それから少し悲しそうに首を振ったように見えた。

「大丈夫、夫が最後まで面倒を見て差し上げますから。それはそうと、数日はミスター・ジュリアーニのところにお泊まりになるのが一番だと思いますよ。コンチネンタル・ホテルっていうんですが、紹介のない人はお断りのところで、静かに過ごせます。夫がお連れしますわ」

「それは何よりです」と痩身で色黒の男は言ったが、その眼差しが急に険しくなった。

「うちのミスター・ヴァーロックとは以前からのお知り合いですか？　フランスでとか？」

「噂を聞いたことはありました」と訪問者はゆっくりと念を凝らした口調で告白したものの、そこにはこの話題はさっさと打ち切りにしたいという意図が窺えた。

しばしの間があった。やがて口を開いた男の口調はずっとくだけたものになっていた。

「ご主人はひょっとしてわたしを通りで待とうと外出してしまったとか？」

「通りでなんて！」とミセス・ヴァーロックは驚きのあまり相手の言葉を繰り返した。「そんなはずはないわ。この家に他の出入口はありませんから」

彼女は少しの間、平然とした様子を崩さず座っていたが、やがて席を立って、ガラス張りのドアから奥を覗いた。それから唐突にドアを開けると、居間に姿を消した。

ミスター・ヴァーロックはオーバーコートを羽織っただけだった。どうしてそんな格好のまま、まるでめまいか吐き気でもしたみたいに両腕をついてテーブルにもたれているのか、彼女には訳が分からない。「アドルフ」と半ば声をひそめて呼びかけ、彼が頭を上げると――

「あの男の人を知っているの？」と口早に尋ねた。

「噂を聞いたことはある」とミスター・ヴァーロックは不安げな囁き声で答え、猛々しい視線をドアに投げつけた。

ミセス・ヴァーロックの穿鑿がましさとは無縁の美しい目に一瞬、憎悪の炎が燃え上がる。

「カール・ユントの仲間なのね――あのいやらしい老人の」

「いやいや、違う」と強く否定したミスター・ヴァーロックは、あちこち手探りで帽子を捜している。しかしソファの下からそれを取り出しても、帽子の使い方が分からないとでもいった様子で手に持つだけだった。

「ともかく――あの人、あなたを待っているわ」とミセス・ヴァーロックはようやく言った。「ねえアドルフ、最近あなたが悩まされている大使館の人じゃなくって？」

「大使館の人間に悩まされているだって」ミスター・ヴァーロックははっとして思わず鸚鵡返しに答えた。激しい驚きと恐怖に襲われていた。「大使館の人間なんて、誰から聞いたんだ？」

「あなた自身よ」

「何だ！　何だと！　このわたしがお前に大使館のことを話したというのか！」

ミスター・ヴァーロックの怯え方、困惑ぶりは度を越していた。妻が事情を説明する。

「最近、寝言でちょっと口にすることがあるのよ、アドルフ」

「何を――何を口にした？　お前、何を知っている？」

「大したことは何も。たいてい無意味な戯言だもの。ただ、何かに悩んでいることだけは分かるの」

ミスター・ヴァーロックは乱暴に帽子を被った。怒りの奔流で顔中が深紅に染まる。「無意味な戯言だと！　大使館の連中ときたら！　一人ずつ心臓を切り取ってやりたいもんだ。だが好きなだけ見張らせておいてやるさ。こっちだって黙っているだけじゃないからな」

彼は色をなして息巻き、テーブルとソファの間を行ったり来たりした。はだけたオーバーコートがその角に引っかかるのを気にもしない。真っ赤な怒りの奔流が引いて顔面は蒼白になり、小鼻がひくひくしている。ミセス・ヴァーロックは、現実的に割り切るのが何よりとばかり、夫のこうした変化は風邪のせいだと判断した。

「ともかく」と彼女は言った。「誰だか知らないけれど、あの人をできるだけ早く追い払って、ここにいるわたしのところに戻ってきて。あなたは一日か二日か、静かに休まないといけないもの」

ミスター・ヴァーロックは怒りを鎮めた。そして青白い顔に意を決した表情を浮かべ、今にもドアを開けようと手をかけた。そのとき妻が声を潜めて彼を呼び戻した。

「アドルフ！　アドルフ！」彼はぎくっとして動きを止め、妻のところに戻った。

「引き出したお金はどうしたの？」と彼女が尋ねる。「ポケットに入れたまま？　それよりは――」

ミスター・ヴァーロックは少しの間、妻の差し出した手のひらをぽかんと眺めていたが、はっと合点がいったように額を叩いた。

「お金？ そうだ、そうとも！ 何のことか分からなかったよ」

彼は胸ポケットから新しい豚革の札入れを取り出した。ミセス・ヴァーロックはそれ以上何も言わずそれを受け取り、ミスター・ヴァーロックと彼の客が店を出ていった後も、がらがらと鳴るベルの音が消えるまでその場にじっと佇んでいた。店が静まり返ってはじめて札入れを覗き込み、金額はどれほどだろうかと紙幣を取り出した。調べ終わると、何かをじっと考え、不安が拭えない様子で周囲を見回す。彼女はこの家の静寂と孤独に取り囲まれていた。結婚してから暮らしてきたこの住まいが、まるで森の只中に建つ一軒家のように孤立した危険な場所であるように感じられる。堅牢強固な家具はいくつか揃ってはいるものの、どこに隠してもとても安全とは思えず、とくに彼女の考える押込み強盗は、すぐにも隠し場所を探し当てる目を持っているのだった。そんな彼女の強盗像は現実離れしたもので、べらぼうな天賦の才と奇跡的なまでの洞察力を持った強盗なのである。現金箱は論外。強盗が真っ先に目をつける場所ではないか。ミセス・ヴァーロックは急いで服の留金を二つ外し、札入れを前身ごろの下に滑り込ませた。こうして夫の貯えを隠しおおせてしまうと、ドアのベルががらがらと鳴り響いて客の来訪を告げたが、その音もむしろ嬉しいものだった。ふりの客を相手にするときの臆することなく相手をじっと見据える眼差しと石のような無表情を纏って、彼女はカウンターの奥へと出ていった。

店の真ん中で男が一人、すばやい冷静な視線をぐるりと周囲にめぐらせて店を観察している。その目は壁を走ったかと思うと、天井に向かい、床も見逃さない——すべてが一瞬の早業。長い金色の口髭の先が顎の下にまで垂れ下がっている。格別親しいとは言えずとも、古くからの知り合いらしい微笑みを浮かべている相手を見て、ミセス・ヴァーロックは以前に会っていたことを思い出す。店の客ではない。彼女は「営業用の眼差し」をただの無関心な表情に和らげ、カウンターの奥から男と向き合った。男が歩み寄ってきた。それなりに打ち解けた風ではあるが、それほどあからさまではない。

「ご主人はいますか、ミセス・ヴァーロック？」と男は気安く朗々とした声で尋ねる。

「いいえ、外出しています」

「それは残念。少しばかり個人的な情報を聞きたいと思って立ち寄ったんですがね」

それは掛け値なしに本当のことだった。ヒート警部はまさしく家路の途中にあり、帰宅したらそのまま休んでしまおうと思っていた。何しろ、今度の事件から自分は事実上外された、と我が身に言い聞かせていたのだ。いささか冷笑的に、少しばかり怒りのこもった思いに耽ると、自分の職務上の立場にどうしようもなく強い不満を覚えたので、外の空気を吸って気晴らしをしようと意を決したのだった。友人として、言ってみればそぞろ歩きのついでに、ミスター・ヴァーロックを訪ねて悪いはずはない。官職から離れて外に出た彼はいつもの乗物を使ったが、それは一民間人としてのことだった。乗物の便が向かう先はどれもたいていミスター・ヴァーロックの家の方角である。ヒート警部は一民間人としての立場をどこまでも大事にしていたので、ブレット・ストリート近辺で交通整理や巡回をしている警官に会わないよう細心の注意を払った。こうした警戒は彼のような立場にいる人間にとっては、誰にもよく知られていない警視監などという職にある人間よりも、はるかに必要なことなのだ。こうして犯罪者の仲間内では臆病者呼ばわりされそうなこそこそした足取りで、民間人ヒートはブレット・ストリートに入った。グリニッジで手に入れた布切れはポケットに入っている。私人の立場でそれを取り出して見せようなどとは露ほども思っていなかった。それどころか、ミスター・ヴァーロックが自ら進んで何を話す気になるのか、ただそれを知りたいと思っただけなのだ。願わくは、ミスター・ヴァーロックの話がミハエリスの有罪であることを示すような類のものであってほしい。それは職業上の良心からくる期待と言ってよかったが、そこに道徳上の価値がないわけではなかった。ヒート警部は正義に仕える下僕なのだから。ミスター・ヴァーロックが不在であると知って、彼は落胆した。

「もし長時間留守にするわけではないとはっきりしているなら、ちょっと待たしてもらいますが」と彼は言った。

ミセス・ヴァーロックが何か請け合うようなことを口にすることはなかった。

「知りたいのはまったく個人的な情報でしてね」と彼は繰り返す。「どういうことかお分かりでしょう？　どこに出かけたか教えてもらえませんか？」

ミセス・ヴァーロックは首を振った。

「分かりかねます」

彼女は彼に背を向けると、カウンターの後ろの棚に並んだ箱を整えた。ヒート警部は考えを巡らせながら、そんな彼女をしばし見つめた。

「わたしのことはご存じでしょう」と彼は言った。

ミセス・ヴァーロックは振り向いた。その冷静さがヒート警部を驚かせる。

「まさか！　警察の人間であることは言わずもがなのはず」と彼は語気鋭く言った。

「わたしの気にすることではありませんわ」とミセス・ヴァーロックは言い、箱の整頓に手を戻す。

「ヒートと言います。特殊犯罪部のヒートです」

ミセス・ヴァーロックは厚紙製の小箱を几帳面に然るべき場所に置き直すと、身体をめぐらせて、再び彼と対面した。その目は生気を感じさせず、手持ち無沙汰の両手をだらりとさげている。しばらく沈黙が支配した。

「ではご主人は十五分前に出ていったと！　いつ戻るかは言わなかった？」

「連れがいました」とミセス・ヴァーロックは何気なく漏らした。

「友人と？」

ミセス・ヴァーロックは後ろ髪に手をやった。ほつれ毛一つない。

「訪ねてきたのは知らない人です」

「なるほど。その来客はどんな人物でした？　よかったら教えてもらえませんかね」

ミセス・ヴァーロックに異存はなかった。そしてヒート警部は、その男が色は浅黒く、痩せて細長い顔をし、口髭の先がぴんと撥ねていたと聞かされると、傍目にも分かるほど動揺し、思わず叫ぶのだった——

「くそ、思った通りだ！　あいつはすぐ動いたんだ」

彼は直属の上司の官職を無視した行動に心底げんなりした。しかし彼は上司と違って、常軌を逸した気紛れな行動を取る人間ではない。ミスター・ヴァーロックの帰りを待つ気はなくなる。二人が連れだって出かけた理由は分からないが、一緒に戻ってくる可能性もある。この事件の捜査はまともではない、余計な手が入って引っ掻き回されている、と彼は苦々しい気持ちになった。

「ご主人を待つ時間はなさそうですな」と彼は言った。

ミセス・ヴァーロックはこの言葉を気のない様子で受け取った。ヒート警部はずっと彼女の超然とした態度がどうにも頭から離れなかったのだが、このときになっていたく好奇心が刺激された。警察とはまったく縁もゆかりもない民間人でもあるみたいに、あれこれの感情に思いが乱れて、なかなか心が決まらない。

「もしよければ」と彼は彼女に目を据えて言った。「何が起きているのか、よく分かるように話してくれませんか」

ミセス・ヴァーロックは美しい気だるげな目で無理やり相手の視線をはね返しながら呟いた。

「起きている、って！　一体何が起きているというんです？」

「そりゃあ、ご主人とちょっと話したいと思ってお邪魔した件ですよ」

その日、ミセス・ヴァーロックはいつものように朝刊を斜め読みした。しかし家から一歩も出てはいなかった。新聞売りがブレット・ストリートに足を踏み入れることはない。ここでは商売にならないのだ。それで彼らの呼び売りの声は大通りの喧騒のなかを漂ったまま薄汚れたレンガの壁の間で消えて、この店の入口までは届かない。夫は夕刊を買って帰らなかった。いずれにしろ彼女は夕刊を見ていない。ミセス・ヴァーロックはどんな事件があったのか、何も知らないのであり、彼女は静かな声でそのように答える。そこには本当に驚いている響きがあった。

ヒート警部は相手がそれほど何も知らないとは到底信じられなかった。そっけなく、愛想をかなぐり捨ててありのままの事実を述べる。

ミセス・ヴァーロックは目をそむけた。

「わたしに言わせれば、そんな話は馬鹿げています」と彼女はゆっくりとした言葉で断言した。いったん口を噤んだ後で、「わたしたちはここで、他人の言いなりになって奴隷暮らしをしているわけじゃないんですから」

ヒート警部は気をゆるめずその先を待ったが、それ以上の言葉はなかった。

「それでご主人は帰宅したとき、あなたに何も話さなかったのですか？」

ミセス・ヴァーロックはただ首を左右に振るだけで、否定の意を表した。物憂く気まずい沈黙が店内を支配する。ヒート警部は苛立ちを抑え切れなかった。

「それとは別件ですがね」と彼は突き放したような口調で切り出した。「ご主人と話したいちょっとした問題がありまして。われわれの押収したものがですね、何と言いますか、盗品のオーバーコートではないかと睨んでいるんですよ」

ミセス・ヴァーロックは、この晩はとくに盗人のことが気に掛かっていたので、思わず懐にそっと手を当てた。

「なくなったオーバーコートなんてありません」と彼女は落ち着いて答えた。

「そいつは変だな」と民間人ヒートは言葉を継ぐ。「見たところ、こちらには不褪色インクがいろいろ取り揃えてありますね――」

彼は小さな瓶を一つ取り上げ、店の中央にあるガス灯にかざして眺める。

「紫色――ですか」と言って、それを元の場所に戻す。「繰り返しますが、変なんですよ。何しろそのオーバーコートは裏にラベルが縫いつけてあって、そこに不褪色のインクでお宅の住所が書かれているんですから」

ミセス・ヴァーロックはかすかに驚きの声をあげて、カウンターの上に身を乗り出した。

「それじゃあ、弟のものです」

「弟さんはどちらです？　会えますか？」と警部は単刀直入に尋ねた。ミセス・ヴァーロックはカウンターの上にさらに身を乗り出す。

「いいえ、ここにはいません。ラベルに書いたのはわたしです」

「弟さんは今どこに？」

「このところずっとここを出て――友人のところ――田舎に」

「そのオーバーコートを着ていた人間は田舎からやってきたんですよ。それで友人の名は？」

「ミハエリス」とミセス・ヴァーロックは畏怖を覚えたような声で告白した。

警部はひゅーと口を鳴らした。目がきらりと光る。

「まさにぴったり。大当たりだ。それで弟さんだが、どんな人かな――身体つきはがっしりしていて色黒――そうじゃないですか？」

「いえ、違います」ミセス・ヴァーロックは急き込んで大声になる。「その男が盗人ですよ。弟は痩せていて色白です」

「なるほど」と警部は納得したように言った。そして、不安と驚きとの間で揺れながら彼を見つめているミセス・ヴァーロックから必要な情報を聞き出した。どうしてコートの裏にそんな風に住所が縫い付けてあったのか？　そうやって彼は、その朝ぞっとする思いで調べた跡形もなく小さな破片となった肉体が、神経質でいつも何かに気を取られている一風変わった若者のものであること、そして今、自分に話している女性がその若者を赤ん坊のときから世話してきたこと、を知るにいたったのだった。

「興奮しやすいのでは？」と彼は言ってみた。

「ええ、そうなんです、あの子は。でもどうしてコートをなくすなんてことに――」

ヒート警部は半時間足らず前に買ったピンク色の新聞を突然引っ張り出した。彼は競馬に関心があった。職業柄、この国の市民を不信と疑いの目で見なければならないヒート警部は、他ならぬこの夕刊スポーツ紙に掲載される競馬予想に全幅の信頼を寄せることによって、人間の心に植えつけられた何事もすぐに信じこもうとする本能的性向を薄めているのだった。手にした最終版の夕刊をカウンターに置くと、あらためて手をポケットに突っ込み、屠場と端切れ屋でかき集めてきたかと思える屑の山から偶然手に入った布切れを引っ張り出して、確認してくださいとミセス・ヴァーロックの前に差し出した。

彼女は無意識に両手で受け取る。それを見ているうちに目が大きくなったようだった。

「はい」と小声で答えると、彼女は頭を上げ、よろめくように少し後退った。

「一体どうしてこんなにずたずたに？」

警部は布切れを彼女の手からカウンター越しに摑み取った。彼女は力なく椅子に座りこむ。これで身許は完全に割れた、と彼は思う。そしてその瞬間、驚くべき真相全体が垣間見えたのだった。ヴァーロックこそ「もう一人の男」なのだ。

「ミセス・ヴァーロック」と彼は言った。「どうやらあなたはこの爆弾事件について、ご自分で自覚している以上によくご存じではないかという気がするんですがね」

ミセス・ヴァーロックは驚きのあまり、椅子に座ったまま身じろぎ一つしない。茫然自失といった体である。何がどう繫がっているのだろう？ 彼女は全身が硬直してしまい、店のベルががらがら鳴っても首を回せないほどだった。しかし官職を離れた私人調査員ヒートはその音を聞いて踵を返す。すでにドアを閉め終えたミスター・ヴァーロックの姿があった。少しの間、二人は見つめ合った。

ミスター・ヴァーロックは妻には目を向けず、警部の方に歩み寄る。警部は彼が一人で帰宅したのを見て、ほっとしていた。

「あなたがここへ！」とミスター・ヴァーロックが重々しい声で呟く。「誰を追って

5　第4章でオシポンが取り出す新聞と同じものと思われる（121頁）。

いるんです？」

「誰も」とヒート警部が低い声で答える。「いいか、少しばかり話したいことがあるんだ」

ミスター・ヴァーロックはまだ青白い顔をしていたが、何か心を決めたような風があった。それでも妻を見ようとはしない。彼は言った――

「それじゃあ、こちらへ」そして先に立って居間に入った。

居間のドアが閉められたとたん、ミセス・ヴァーロックは椅子から跳び上がり、ドアを一気に開けそうな勢いで駆け寄ったが、そうはせずに、その場に膝をついて鍵穴に耳を当てた。[6]二人は部屋に入るとすぐにその場に立ち止まったらしく、警部の声がはっきり聞こえる。とはいえ、彼の人差し指が突き刺すように夫の胸に押しつけられているところは見えない。

「あんたがもう一人の男なんだな。男が二人グリニッジ・パークに入っていくところを目撃されているんだ」

そしてミスター・ヴァーロックの声が答える。

「じゃあ、わたしを連行するがいい。何か障害でも？　あなたにはそうする権利がある」

「そういうことじゃないんだ。あんたが自分の正体を明かした相手のことはよく知っている。このくだらん事件はそいつが全部一人で処理しなくてはならんだろう。だがな、間違ってくれるなよ、あんたの罪を見つけたのはこのわたしなんだ」

それからはぶつぶつという呟き声しか聞こえなかった。ヒート警部はミスター・ヴァーロックにスティーヴィーのコートの切れ端を見せていたに違いない。なぜならスティーヴィーの姉で、保護者、擁護者である彼女の耳に夫の声が少し大きくなって届いたからである。

「今度の計画をあいつに感づかれた気配はありませんがね」

それからしばらくはまたミセス・ヴァーロックには呟き声しか聞こえなくなった。しかし聞き取れないいわくありげな呟き声よりもはっきり口にされた言葉の方が頭に強く響いて、彼女は悪夢のような思いに囚われるのだった。今度はドアの向こうでヒート警部の声が高まる。

「あんたは頭がおかしくなったんだ」

---

6 このドアがガラス張りだと考えるといささか滑稽なように思えるが、二人の男が話に夢中であれば、あり得ない光景ではないかもしれない。それとも冷静さを失ったのは作中人物だけではないということだろうか。

これにミスター・ヴァーロックの声が答える。そこには暗い怒りとでもいったものが込められていた。

「たしかにこの一か月かそれ以上、おかしかったですとも。だが今はまとも。すべて終わったんです。そのうち全部、頭から消える。後は野となれ山となれですよ」

いったん沈黙が降りる。それから民間人ヒートが呟く。

「何が消えるんだ？」

「何もかもですよ」とミスター・ヴァーロックの荒らげた声が聞こえるが、次にはひどく低い声に変わる。

しばらくすると、再び声が高まった。

「知り合ってもう数年になりますね。そしてわたしが役に立つことはお分かりのはず。ご存じの通り、わたしはまっすぐな人間だ。そう、まっすぐですよ」

旧知の情に訴えるこうした言い方は、警部にとってははなはだ不愉快なものだったに違いない。

彼の声に警告するような響きがこもる。

「約束してもらったことがそのまま実行されなどと、あまり当てにしないことだな。わたしがあんたの立場だったら、とっとと国外脱出をはかるね。そうなればわれわれ警察が追いかけることもないだろう」

ミスター・ヴァーロックの小さな笑い声が聞こえた。

「なるほど、他の人間にわたしを追い払ってもらうのがあなたには好都合だというわけですか。いや、いや。今更わたしと手を切ろうなんてだめですよ。あの連中にはまっすぐな人間として付き合いすぎました。こうなれば何もかもが明るみに出るしかない」

「それなら明るみに出すがいいさ」ヒート警部の声がおざなりの賛意を示す。「だが、現場からどうやって逃げたのか教えてもらおうか」

「チェスターフィールド・ウォークへ向かって歩いているときでした」という夫の声がミセス・ヴァーロックの耳に届く。「ばんという爆発音が聞こえたんです。それで走りました。霧が深かった。ジョージ・ストリート[7]のところを通り過ぎるまで誰にも会わずじまい。本当ですよ」

「そんなにあっさりとか！」とヒート警部の声に驚きが満ちる。「爆発音には驚いた

7 チェスターフィールド・ウォークはグリニッジ・パークの南西を、ジョージ・ストリートは西を、それぞれほぼ南北と東西に走る通り。

だろう？」

「ええ、早すぎました」と告白するミスター・ヴァーロックの陰気でかすれた声が響く。

ミセス・ヴァーロックは鍵穴に耳を押しつけた。唇は青ざめ、手は氷のように冷たい。目が二つの黒い穴かと思えるような血の気の失せた自分の顔は、まるで炎に包まれているように感じられる。

ドアの向こう側で交わされている声がずっと低くなった。言葉は断続的にしか聞き取れない。それは夫の声のときもあり、警部の滑らかな声のときもあった。警部の言うのが聞こえた。

「彼は木の根っこに躓いたんじゃないかと見ているんだが」

これに対してかすれた声が静かに淀みなく流れる時間が続き、その後で警部が何かの問いかけに答えるみたいに、語気を強めて言った。

「もちろん。吹き飛ばされて木っ端微塵。跳び散った手足、砂利、衣服、骨、木の破片――みんなごたまぜだ。いいか、まともな遺体にするのにシャベルを持ってこなくちゃならなかったんだぞ」

それまで膝立ちの姿勢だったミセス・ヴァーロックは不意に跳びあがった。耳を塞ぎ、カウンターと壁の棚の間をよろめくように椅子の方に進む。自制を失った目が警部の残したスポーツ紙を見つけ、カウンターに身体をぶつけながらそれをひったくったまま椅子に倒れ込み、開こうとして、どこまでもお気楽なバラ色の紙面を真ん中から破いてしまうと、床に投げ捨てた。ドアの向こう側では、ヒート警部がシークレット・エージェントのミスター・ヴァーロックに話しかけている。

「それじゃあ、すべてを告白することが実際には身を護ることになると?」

「そうですね。洗いざらいぶちまけるつもりです」

「あんたの思惑通りに警察が信じるとは思えんな」

そう言いながら警部は頭をめぐらせていた。事件がこのように展開したことで、多くのことが暴露されてしまう。一人の有能な人間の手で耕されることによって、個人にとっても社会にとっても紛れもない価値を持つにいたった知の領地が荒廃してしまう。警視監ときたら、何とも余計なお節介をしてくれたものだ。結果、ミハエリスは無傷のままで、プロフェッサーの手仕事が明るみに出る。監視体制全体が混乱し、新聞が際限なく騒ぎ立てるだろう。そう考えると不意に天啓が降りてきて、新聞というのは何事につけ、愚か者によって書かれ、馬鹿者が読むものなのだと悟るのだった。自分の言葉にミスター・ヴァーロックが思わず次のように答えたとき、彼は内心同意せざるを得なかった。

「信じてはくれないでしょうね。でも告白すればいろんなことがひっくり返る。わたしはこれまでまっすぐな人間としてやってきた。今度のことでもまっすぐに――」

「警察がそうさせてくれればな」警部は皮肉な調子で言った。「おそらく被告席に送られる前に、あれこれ振舞い方を教えられるだろう。そうしてそのあげく、思いもかけない判決を受ける羽目になるかもしれんぞ。さっきまであんたと話していた紳士をあまり信用する気にはなれんのでね」

ミスター・ヴァーロックは顔を顰めて聞いていた。

「できるうちに国外へ脱出すべし、というのがわたしからの忠告だ。上からの指示は何ら受けていないぞ。あいつらのなかには」とヒート警部は「あいつら」という言葉をことさらに強調しながら続ける。「あんたはもうこの世とおさらばしていると考えているものもいるからな」

「まさか!」とミスター・ヴァーロックは思わず声が出る。グリニッジから戻ってからというもの、ずっと人目につかない小さな酒場のカウンターで時間を潰してきたけれども、こんなありがたい知らせはまず望むべくもなかった。

「まあそういうことだ」警部は相手に頷いてみせる。「姿を消せ。とっとと逃げるんだ」

「一体どこへ？」とミスター・ヴァーロックは怒鳴った。顔を上げ、閉まったままの居間のドアを見つめ、しみじみとした口調で呟く。「今夜、わたしをどこかへ連れ出してくれるだけでいいんです。おとなしくついていきますから」

「そうだろうとも」と警部は嘲笑まじりの皮肉を込めて同意しながら、相手の視線を追ってドアを見る。

ミスター・ヴァーロックの額に急にうっすらと汗が浮かんだ。一向に心が動かされた風のない警部の前で、彼は内緒話でもするようにかすれ声をひそめて言った。

「あの少年は知恵遅れで責任能力がない。裁判になれば誰にでも一目瞭然だったはず。施設に入れておくしかなかった。どんなに悪く転んでもせいぜいが裁判所まで行けばすむ予定だった、もし――」

警部はドアの把手に手をかけて、ミスター・ヴァーロックの顔に向かって囁く。

「その若者は知恵遅れだったかもしれんが、あんたは狂っていたに違いない。何だってこんな正気とは思えない沙汰に及んだんだ？」

ミスター・ヴァーロックはミスター・ヴラディミルのことを思い出すと、言葉を選ぶのにためらいは感じなかった。

「ヒュペルボレイオスの豚野郎[8]のせいですよ」と怒りを吐き出す。「そいつのことを世間では紳士とも言うんでしょうがね」

警部は相手にじっと目を据えて、分かっているとばかり頷くとドアを開けた。ミセス・ヴァーロックはカウンターの後ろにいて、その音を耳にしたかもしれないが、彼の出ていくのを見はしない。耳に刺さるベルのがらがらいう音が後に残った。彼女はカウンターの後ろの持ち場に座って動かない。こわばった身体をぴんと伸ばして椅子に座っているその足許には、二つに破られた汚いピンク色の新聞が開いて落ちたまま。顔に押し当てた両手の掌は激しく震え、その皮膚は無理やりにでも剝ぎ取りたい仮面でであるかのように、指先が額にぎゅっと突き立てられている。身じろぎ一つしないその姿は、すっかり取り乱して頭を壁に打ちつけながら絶叫するといったこれ見よがしの薄っぺらな身振りでは到底及ばないほど、激しい怒りと絶望を、いつ爆発するかもしれぬ悲痛な激情を、雄弁に表していた。足早に大股で店内を横切って出ていったヒート警部は、彼女にはほんの一瞥をくれただけだった。そして紐状に曲がった鋼鉄の金具の先にぶらさがったひび割れだらけのベルが鳴り止むと、ミセス・ヴァーロックの周囲では、彼女の姿勢には金縛りの魔力が備わっているとでもいうのか、何もかもが動きを止めた。蝶の形をしたガスの炎でさえ、吊り下げられたT字形の張り出しランプ受けの両端で、ゆらめきもせず燃えている。怪しげな品の並んだ商品棚はくすんだ茶色に塗られ、ガス灯の光も飲み込んでしまうようだったが、そんな店内で、ミセス・ヴァーロックの左手にはめられた結婚指輪の金の輪が、宝飾品のつまった素晴らしい宝箱からごみ箱に落とされた一品さながらに、曇り一つない光を湛えて燦然《さんぜん》と輝いていた。

8　第2章でヴァーロックがミスター・ヴラディミルに対して「ヒュペルボレイオス人」という語を使っていた。45頁の注11参照。

第10章

警視監はソーホー近くから乗った辻馬車を急がせてウェストミンスターの方へ向かい、太陽の決して沈むことのない帝国[1]のまさしく中心で降り立った。屈強な身体をした巡査が数人、この威厳に満ちた場所を警備するという任務に格別何も感じていないようではあるものの、彼に向かって敬礼する。彼はお世辞にも気高いとは言えない表玄関を突き抜け、何百万という人々の心にとって議会という名に値する唯一の議会の構内を進み、奥まで行ってようやく革命の支持者たる気紛れトゥードルズの出迎えを受けた。

この身綺麗で優等生の好青年は面には出さなかったが、警視監がこんなに早く姿を現したことに内心驚いていた。来るのは真夜中頃になるだろうと言われていたのである。これほど早くやってきたということは、何が起きているのかは分からないが、好ましくない事態が生じているのだ——それが彼の出した結論だった。気立てのいい若者の場合、性格は陽気でありながら、他人が不幸だと分かるとすぐに心の底から同情するといったことがしばしば見られるが、このときの彼がまさにそれで、彼が「親方」と呼ぶ政界の大立者と、さらには警視監のことが気の毒に思えてならなかった。彼の目には警視監の顔がそれまでになく不吉なまでに無表情で、驚くほど憂鬱そうな気配を漂わせているように映った。「何て奇妙な顔つきなんだ、まるで外国人みたいじゃないか」と密かに思いながらも、親しみのこもった能天気さを発揮して、離れたところから微笑を送る。そして警視監がやってくると、試みが失敗した気まずさを言葉の山の下に埋めてやろうという優しい気遣いから、間髪を容れずに滔々と話し始めるのだった。曰く、今夜かと思われていた大襲撃はどうやら立ち消えになりそうですよ。「あの人でなしチーズマン」のろくでもないご機嫌取りが、恥知らずに手を加えた統計を持ち出して、出席者もまばらな議会を嫌というほどうんざりさせていまして。わたし（トゥードルズ）は、いつそいつの演説にみんな嫌気が差して退場し、流会と

1　大英帝国を形容するこの決まり文句は、『ブラックウッズ・マガジン』にクリストファー・ノースの筆名で寄稿して人気を博したジョン・ウィルソン（一七八五～一八五四）に由来するものとされるが、この作品で描かれるロンドンがもっぱら陰鬱な薄暗がりに支配されていることを考えると、極めてアイロニカルに響く。

いうことになってもおかしくないと思っているんです。でもそいつは、大食漢のチーズマンに気兼ねなく食事をとらせるために、時間稼ぎをしているだけかもしれません。いずれにせよ親方は、お帰りになればと何度申し上げても頑としてこちらに残っておられます。

「すぐにお会いくださると思いますよ。お一人で部屋にこもって、海のすべての魚[2]に思いをめぐらせておいでですから」とトゥードルズはお気楽な調子で言って、おしゃべりを止める。「どうぞこちらへ」

　心根は優しいのだが、この若い私設秘書（無給である）も人間共通の弱さを免れているわけではなかった。まさに仕事で不始末をしでかした男そのものとしか見えない警視監の感情を逆撫でしたくはない。しかし彼の好奇心はなまじの同情心では抑え切れないほど強かった。我慢できずに、先導しながら振り向いて何気ない口調で尋ねる――

「それであなたのニシンは？」

「捕まえたよ」と警視監は手短に答えたが、相手を撥ねつけるつもりは毛頭なかった。

「それはよかった。ここにいるお偉方たちが小さなことで落胆させられるのをどんなに嫌っているか、それは驚くほどですから」

この含蓄ある発言の後、トゥードルズは何やら考えに耽った様子。いずれにしてもまるまる二秒ほど何も言わなかった。それから――

「何よりです。でも、そのう、それっておっしゃるほど本当に些細なことなんですか?」

「ニシンの使い道を知っているかい?」と警視監が逆に尋ねる。

「イワシの缶詰に使われたりしますね」とトゥードルズは含み笑いをしながら答える。彼は漁業の仕組みについては新しい知識を仕入れており、それ以外の産業の諸問題に関して無知なのと比べると、博識と言えるほどだった。「スペインの海岸にはイワシの缶詰工場が並んでいて――」

警視監は政治家見習いの言葉をさえぎった。

「そう、その通り。だがニシンはまた時に、クジラを捕るのに使われることもある」[3]

「クジラですか。ひぇー!」とトゥードルズは息をこらして叫ぶ。「じゃあ、クジラを追っているんですか?」

2 ノアとその子らを祝福した神が「海のすべての魚」を彼らに与える、と記された『創世記』九章二節を響かせるか。
3 英語では「ニシンでクジラ/サバを捕る」という慣用表現で「海老で鯛を釣る」を意味する。

「というわけでもない。追っているのはホシザメの類と言ったらいいかな。ホシザメがどんなものか知らないかもしれないが」

「いいや、知ってますとも。魚関連の専門書に埋もれて暮らしていますから——そうした本で書棚は一杯ですよ、図版入りのね。……そいつは危険でいかにも獰猛そうな憎むべきろくでなしでしょう、つるっとした顔面に髭を生やした」

「まさにその通りだよ」と警視監が褒めたたえる。「ただし、わたしの相手は髭を綺麗に剃っているがね。君も会っているよ。知恵の回る魚野郎と言うべきか」

「会っているですって!」とトゥードルズが信じられないといった様子で言う。「一体どこで会ったんだろう、見当もつかないな」

「エクスプローラーズ[4]でだと思うが」と警視監は小声でさりげなく言った。その極めて排他的なクラブの名前を聞いたとたん、トゥードルズはぎょっとしたように立ち止まった。

「そんな馬鹿なこと」と彼は言い返したが、そのクラブ名に気後れした風だった。

「どういうことです? 会員ですか?」

「名誉会員だ」と警視監は怒りをかみ殺すように呟いた。

「まさか!」

毒気に当てられたようなトゥードルズの様子を見て、警視監はかすかに微笑んだ。

「絶対に他言無用だよ」と彼は言った。

「こんなひどい話、聞いたことがない」と言い捨てたものの、トゥードルズの口調は弱々しい。まるで驚愕のあまり、一瞬にして持ち前の能天気さが奪い取られてしまったみたいだった。

警視監が彼に微笑みの消えた一瞥を送る。政界の大御所の部屋に着くまで、警視監にそんな不快で不穏な事実を打ち明けられたことで傷つけられたとでもいうように、トゥードルズが憤慨と重苦しさに満ちた沈黙を破ることはなかった。エクスプローラーズ・クラブは選り抜きの人々のもので、そうした上流階級の純粋な社交の場だと思い込んでいた彼の考えに、その事実は革命的な変更を迫ったのだ。トゥードルズが革命の支持者だと言っても、それは政治の世界だけのことで、自らの社会的信念や個人的感情に関しては、この地球上で割り当てられた天寿をまっとうするまで、変えることなく持ち続けていたいと思っている。この地球は大体において、暮らしていくの

4 「探検家たち」を意味する架空のクラブ名だが、この名から連想される「トラヴェラーズ」というクラブがクラブ街として有名なペル・メル通りに実在した。その名の通り、クラブ員には外交官や外務省関係者など、外国生活、旅行を経験した紳士たちが多かったという。

にいいところだ、と彼は信じているのだった。

　彼が立ち止まって道を譲った。

「ノックせずにお入りください」と彼は言った。

　外光をすべてさえぎるように下まで垂れた緑色の絹のカーテンが織りなす影のせいで、部屋にはどこか森の奥の薄暗がりといった雰囲気が漂っている。大御所は人を見下すような目つきをするが、その目が肉体上の弱点だった。その弱点を誰にも知られないように隠していて、機会さえあれば、決して忘れずに目を休ませるのである。部屋に入った警視監には最初、大きな頭を支え、大きな青白い顔の上半分を隠している大きな青白い手しか目に入らなかった。執務机に置かれた文書急送箱の蓋は開いており、そのそばには長方形をした数枚の用箋とばらばらになった一握りの羽根ペン。その大きくて平らな机上にはそれ以外何もない。ただ、古代ローマ人のような外衣を纏った小さなブロンズ像が一体、輪郭を半ば消しながらあくまでも静かに、神秘に満ちた瞳を凝らしている。警視監は勧められて椅子に腰を下ろした。仄暗い光のなかに身を置くと、顔が細長く、黒髪で痩せぎすであるという彼の身体上の顕著な特徴のせいで、いつも以上に外国の人間のように見える。

　大御所は一向に驚いた風がない。話を聞きたいという気配はおろか、何の感情も窺えない。光の脅威を避けて目を休ませている姿勢は深く瞑想に耽っているようで、少しもその姿勢を崩さない。しかし口調には浮世離れしたところはなかった。

「さてと！　早くも何を見つけたんだ？　のっけから予想外のことに出くわしたわけか」

「必ずしも予想外というわけではありません、サー・エセルレッド。遭遇したのはある心理状態である、と申し上げたらいいでしょうか」

大立者は少しばかり身体を動かした。

「こちらに分かるように明快に頼む」

「失礼しました、サー・エセルレッド。おそらくご存じのことでしょうが、多くの犯罪者はどこかの段階で告白したい、誰かに胸の内を洗いざらいぶちまけたい、という抑え切れない欲求を感じるものです。誰かというのは誰でもいいわけで、それが警察である場合も少なくありません。ヒートが何としても表に出したくなかった男、ヴァーロックがまさにそうした心理状態にある男だったのです。その男が、言ってみれば、こちらの胸に自ら飛び込んできたという次第。わたしとしては自分が何者であるかをそっと言い、さらに『今度の事件の背後にお前がいることは分かっている』と付け加えれば十分でした。彼にしてみれば、すでにわれわれに知られているなんて思いもよらぬことだったでしょう。でも、少しもうろたえたところはありませんでした。身許を知られてどれほど驚いても、まったくためらうことはなかった。こちらは質問を二つ投げかけるだけのこと——黒幕は誰だ？　実行犯は誰だ？　と。最初の質問には驚くほどはっきりした答をくれました。二つ目の方ですが、爆弾を持っていた男は彼の義弟であると踏んでいます。まだ子どもで、知恵遅れだったようです……。何とも奇妙な事件で——すべてをお話しするには時間が足りません」

「それで何が分かったのかね？」と大御所が尋ねる。

「第一に、前科者のミハエリスは今度の一件とまったく無関係であること。もっとも、爆弾を持った若者は今朝の八時まで、田舎の彼のところに仮住まいしていたのは事実ですが。今にいたるまでミハエリスはこの事件について何一つ知らないでしょう」

「そう断言できるのか？」と大御所は尋ねる。

「間違いありません、サー・エセルレッド。このヴァーロックという男が今朝ミハエリスのところまで出かけていき、ぶらぶら散歩でもしようと持ちかけて若者を連れ出したのです。それが初めてのことではありませんから、ミハエリスが何か変だと思うはずもない。その他のことは、サー・エセルレッド、当のヴァーロックが怒りにまかせてすべてぶちまけてくれました——一部始終余すところなく。作戦行動の結果がとんでもないことになってしまったせいで、とても冷静ではいられなかったのです。閣下やわたしにはとても本気でなされた行動とは思えませんが、本人は明らかに拭いがたい傷を受けました」

それから警視監が手をかざして目を休めている大御所に手短に説明したのは、ミスター・ヴラディミルの事の運び方や人となりについてミスター・ヴァーロックがどう思っているかということで、警視監はその判断に一定の妥当性があると考えているようだった。しかし大御所は言った――

「そいつは何とも突飛な話のように思えるが」

「そうですね。誰しも突拍子もない冗談だと考えるでしょう。ところが彼はそれを真面目に受け取ったらしい。脅迫されていると感じたのです。彼は昔、老シュトット＝ヴァルテンハイムに直接連絡を取る立場にあり、余人をもっては代えがたい仕事をしていると思うようになっていました。脅迫を受けるなんて、まさに不快極まる青天の霹靂《へきれき》。すっかり冷静さを失ったのでしょう。怒りと恐怖に取りつかれた。間違いないと思いますが、彼は大使館の連中が自分を放り出すだけでなく、何らかの手を使って警察に売る可能性もあると考えた、という印象を持ちました――」

「どれくらい時間をかけて話を聞いたのかね」と大御所は大きな手をかざしたまま、

相手の言葉をさえぎって口を挟む。

「四十分ほどでしょうか、サー・エセルレッド。コンチネンタル・ホテルという評判のよろしくない宿の一室を予約して、そこで二人きりで。犯罪計画を苦労して実行した後によく見られるあの反動に襲われていると見ました。彼は決して犯罪常習者ではない。義弟に当たるあの哀れな若者の死をあらかじめ企んでいたわけではないことは明らかです。この出来事は彼にとってショックだった――それはわたしにも看て取れました。もしかすると彼は感受性の強い人間かもしれません。誰にも分かりませんが、その若者のことが好きだった可能性すらある。義弟は現場から無事逃げられると思っていたとしても不思議ではありません。もしそうなっていたら、この事件の裏に何があるのか、誰にも分からなかったでしょう。いずれにせよ、彼は逮捕される以上の悪い事態が義弟に及ぶ危険性を意識してはいませんでした」

警視監はそこで自分の言葉を反芻するように、ちょっと間を置いた。

「とはいえ、義弟が逮捕された場合、どうしてこの件への自分の関与が隠しおおせると思えたのか、わたしには分かりかねますが」と彼は言葉を継いだ。何しろ、哀れなスティーヴィーがどれほど〈いい人〉たるミスター・ヴァーロックに傾倒していたか、彼は知らないのだ。階段で花火遊びをしたスティーヴィーは、愛する姉がなだめたりすかしたり、怒ったり、さらにはあらゆる策を弄して事情を知ろうと尋ねても、その後何年も一貫して、不思議なほど頑として口を噤んでいたほどだった。というのも、スティーヴィーの忠誠心ときたら……。「ええ、どうしてなのか、わたしには想像がつきません。逮捕という事態をまったく想定していなかったのかもしれません。こんな言い方はいかにも奇矯なものに響くかもしれませんが、サー・エセルレッド、彼のうろたえぶりを見ていると、衝動的な人間が一切の苦労に終止符を打とうと自殺した後になって、自殺しても無駄だったことに気づいた、といった感を抱かされます」

警視監はこう弁解口調で話を終えた。だが実のところ、奇矯な発言にはそれなりの明快さというものがあり、大御所が腹を立てることはなかった。緑色の絹のカーテンの織りなす影でぼんやりとしか見えない大きな身体と、大きな手にもたせかけた大きな顔がわずかながらぴくぴくっと動き、それとともにくぐもった、しかし力強い音が断続的に響いた。大御所は笑っていた。

「それで、その男をどうしたのだ？」

警視監は躊躇なく答える。

「店で待つ妻のところにすぐにでも帰りたい素振りでしたので、帰してやりました、サー・エセルレッド」

「そうなのか？　姿をくらましてしまうだろうに」

「失礼ながら、そうは思いません。あの男がどこへ行けるでしょうか？　その上、忘れてならないのは、彼としては同志から攻撃される危険も考えざるを得ないという点です。あの店が彼の持場。そこを捨てる説明がつきません。しかし、たとえ行動の自由を妨げるものが一切ないとしても、彼は何もしないでしょう。目下のところ、何らかの決断をするだけの気力がないのです。さらにもう一点、指摘させていただくなら、もし彼を留置したということになると、まず閣下のご意向を遺漏なく伺ってからと考えた行動を、伺う前に実行してしまったということになったでしょう」

政界の大物が大儀そうに立ち上がった。部屋の緑色がかった薄明かりのなかに堂々たる姿がぼんやり浮かぶ。

「今夜、法務長官に会って、明朝、君のところに使いを出そう。他に何かいま話しておきたいことがあるか？」

警視監も立ち上がっていた。こちらは痩身で身のこなしもしなやかである。

「とくにないと思います、サー・エセルレッド。ただ、もし詳細な説明を、ということでしたら――」

「いや、詳細は結構だ」

大御所のぼんやりとした姿が縮んだように見える。まるで詳細なるものを肉体が恐れおののいているみたいだったが、じきに巨大な重々しい姿に戻って警視監に近づき、大きな手を差し出した。「その男には妻がいるという話だったな」

「その通りです、サー・エセルレッド」と警視監は答え、差し出された手を恭しく握った。「れっきとした妻であり、紛れもなくまともな夫婦です。彼によれば、大使館での会見の後、すべてを放り出し、店も売って、この国を出ようかとも思ったのですが、ただ妻が外国行きなど聞き入れるはずのないことが分かっていたので、とのこと。いかにまともな夫婦の絆であるかをまたとないほどよく示す話です」と、自分も妻に外国行きを聞き入れてもらえなかった警視監は少し表情を引き締めて言葉を続ける。「そう、れっきとした妻です。それに犠牲者はれっきとした義理の弟。見方によっては、われわれの目の前で展開しているのは一つの家庭内問題の劇ということになります」

警視監は少し笑った。しかし大御所の頭はもうこの事件からずっと遠くへ離れてしまったようだった。考えているのは国内問題に関わる政策、すなわち、異教徒チーズマンに対抗して自らの十字軍的武勇を発揮すべき戦場だったかもしれない。警視監はすでに忘れられた存在になったとばかり、そっと気づかれずに部屋を出た。

彼には彼なりの十字軍的本能がある。今度の事件は、ヒート警部にとってはどのみち忌まわしいものだが、彼には神慮によって与えられた十字軍としての聖戦の始まりのように思われた。それを始めようと心中ひそかに誓う。ゆっくりとした足取りで帰宅の途に就くと、道すがら、いかなる作戦で臨むべきかと想を練り、強い嫌悪と満足の混じり合った気分でミスター・ヴァーロックの心持ちについて考えをめぐらせる。

彼は家までずっと歩いて帰った。居間が暗かったので二階に上がり、寝室と隣の化粧室の間で少し時間を使って着替えをした。二つの部屋を行きつ戻りつするその姿は思索に耽った夢遊病者を思わせる。しかし彼はその思索を捨て去るのだった。そしてミハエリスの保護者である貴婦人の邸宅で妻と合流すべく、再び家を出た。

歓迎されることは分かっていた。二室ある客間のうちの小さい方へ足を踏み入れたとたんに、ピアノの傍に数人と一緒にいる妻の姿が目に入った。目下売出し中のあるまだ若いと言える作曲家が、ピアノ椅子に座って話しかけている。聞いているのは老年を思わせる背中の見える太った男二人と若さを感じさせる背中を見せている細身の女性三人。衝立の奥にいる貴婦人と同席しているのは二人だけ。男女一人ずつ、貴婦人の座る寝椅子の裾で肘掛椅子に並んで腰を下ろしている。貴婦人が警視監に手を差し出した。

「今夜はいらっしゃらないと思っていました。アニーの話では――」

「はい、仕事がこんなに早く片付くとは思ってもいませんでしたので」

警視監は声を落としてつけ加えた。「嬉しいご報告があります。ミハエリスはこの度の事件に一切関係がなく――」

前科者の保護者はこの報告を憤然として受け取った。

「なんですって？　警察って何て愚かな。あの人が関係していると考えたっていうの、今回の――」

「愚かではありません」と警視監は相手の言葉をさえぎって、敬意を表しつつも反駁する。「十分頭が働きます――頭が働かなくては捜査ができません」

沈黙が降りた。寝椅子の裾にいた男は貴婦人に話しかけるのを止めており、かすかな微笑を浮かべて状況を見守っている。

「あなた方、初対面ではないかしら」と貴婦人が言った。

ミスター・ヴラディミルと警視監は貴婦人によって紹介され、堅苦しくまた用心深く礼を尽くして、互いに相手を認めあって挨拶を交わした。

「この方、さきほどからわたしを怖がらせることばかりおっしゃるのよ」ミスター・ヴラディミルの隣に座っていた淑女が彼の方に頭を傾けながら、突然声をあげた。警視監はその女性とは初対面ではなかった。

「怖がっているようにはお見受けしませんね」と彼は断言したが、それは、倦んだような穏やかな眼差しで彼女の様子を念入りに確認した後のことだった。そうしながら内心、この家に来ているといつになるかは別として、会えない人間はいないのだな、と考えていた。ミスター・ヴラディミルはウィットを解するので、バラ色の顔いっぱいに笑みが浮かんでいるが、その目は強い信念を持った人間のように少しも笑っていない。

「そうね、でも、少なくとも、怖がらせようとしたわ」とその女性は言い方を修正する。

「習慣のなせる業じゃないでしょうか」と、霊感のひらめきに抗しきれずに警視監は言った。

「この人、世の中にありとあらゆる恐怖を味わわせてやると脅かしていたんですもの」と、心地よいゆっくりとした口調で淑女が続ける。「グリニッジ・パークのこの度の爆破事件の話がきっかけで。ああした人たちの活動が世界中で潰されてしまわないかぎり、何が起こるか誰もがびくびくして過ごさなくてはいけないようね。そんな重大事件だとは思いもよりませんでしたわ」

ミスター・ヴラディミルは寝椅子の方に身体を傾け、声を抑えて貴婦人とにこやかに話していて、聴いていない風を装っていたが、警視監の言葉は耳に届いていた――

「ミスター・ヴラディミルは間違いなく、この事件の真の重要性を正確に把握しておられると思いますよ」

ミスター・ヴラディミルは、この忌々しいでしゃばりの警察官は何が言いたいのだろう、と自問した。気紛れな権力の手先の犠牲になった世代の血を受け継いでいたので、彼は人種的にも、国民としても、また一個人としても、警察というものを怖れていた。それは祖先から継承した弱点であり、彼の判断力、理性、経験とはまったく関係がない。彼はその恐怖に生まれついたのである。しかし、ある種の人が猫に感じる不合理な恐怖にも似たその感情によって、イギリスの警察に対する彼のとめどない軽侮の念が弱まることはない。彼は貴婦人への話を終えると、椅子に座った身体の向きを少しだけ変えた。

「われわれはこうした連中相手に多くの経験を積んでいる、とおっしゃりたいのでしょう。まさにその通り。連中の活動には大いに悩まされています。そこへいくとあなた方は」――ミスター・ヴラディミルはちょっと言い淀んで、困惑したような微笑を浮かべた――「そこへいくとあなた方は、連中が自分たちのなかにいるのを喜んで許しておられる」と、綺麗に剃りあげた両頬に笑窪を浮かべて、彼はいったん言葉を結んだ。それから、より深刻なのは、と言わんばかりに付け加える――「言わせていただくなら、われわれが悩まされているのは、あなた方がそうしているせいなのです」

ミスター・ヴラディミルが話し終えると、警視監は視線を落とし、会話が途絶えた。そしてほとんど時をおかず、ミスター・ヴラディミルは暇乞いをした。彼が寝椅子に背中を向けたとたん、警視監も立ち上がる。

「あなたは残って、アニーを家まで連れてお帰りになると思っていましたのに」とミハエリスの保護者が言った。

「今夜のうちにやらなければならない仕事がまだあることが分かりましたので」

「それって関係が――?」

「ええ――まあ、そうです」

「ねえ、おっしゃってよ。本当のところ何なの――この怖いお話って?」

「その内実を申し上げるのは難しいのですが、歴史に残る大事件になるかもしれません」と警視監は言った。

彼は急いで客間を出ると、ミスター・ヴラディミルはまだ玄関ホールにいて、大きな絹のハンカチを丁寧に首に巻いているところだった。後ろに控えた従僕がオーバーコートを掲げ持ち、別の従僕は玄関ドアを開けるべく待ち構えている。警視監もしかるべくコートを用意されると、そのますぐにドアを開けてもらった。正面の階段を下り立ったところで、どちらへ行こうか思案している体で足を止める。従僕の手で開けられたままになっているドアからこの様子を見ると、ミスター・ヴラディミルはホールから出るのを止め、葉巻を取り出して、火を所望した。平服を着た初老の男が気を遣ってそっとマッチを差し出したが、火が消えてしまう。すると従僕が玄関のドアを閉めたので、ミスター・ヴラディミルは安心して大きなハバナ葉巻にゆっくり火を点けた。ようやく館を出た彼は、あの「忌々しい警察官」がまだ歩道に立っているのを見てげんなりした。

「ひょっとしてわたしを待っているのか」と思ったミスター・ヴラディミルは、辻馬車が流していないものかと辺りを見回した。影もかたちもない。舗道の縁石のわきで自家用の四輪馬車が二台、主人の来るのを待っている。馬車のランプが煌々と明るく燃え、並んだ馬は石の彫像のように微動だにせず佇み、ケープを被った馭者たちも、大きな鞭の白い革紐をぴくりとも動かさずに、じっと座っていた。ミスター・ヴラディミルが歩を進めると、「忌々しい警察官」がすぐ脇に並んで歩調を合わせる。何も言わない。四歩進んだところで、ミスター・ヴラディミルは激しい憤りを覚え、落ち着かなくなった。このままではやり切れない。

「ひどい天気だ」と彼は邪険に相手を突き放すように言った。

「穏やかですよ」と警視監は冷めた調子で答える。しばらく黙っていたが、「ヴァーロックという男を押さえましたよ」とさりげなく告げた。

ミスター・ヴラディミルはよろめくことも、ふらつくこともなく、足取りは同じままだった。しかし「何だって？」と思わず大声が出るのを止めることはできなかった。

警視監は言葉を繰り返さず、「彼のことはご存じですな」と同じ調子で続けた。

ミスター・ヴラディミルは立ち止まった。声が嗄れていた。

「どうしてあなたはそんなことを言うんです？」

「わたしが言うんじゃない。ヴァーロックがそう言っているんです」

「嘘つき犬みたいな男だ」とミスター・ヴラディミルはどこか東洋風の言い回しをした。しかし心のなかでは、イギリス警察の驚異的な手際のよさに畏怖に近いものを感じてもいる。警察に対するこうした評価の激変のせいで、少し吐き気を覚えるほどだった。彼は葉巻を投げ捨て、先へと歩を進めた。

「今度の件で何よりうれしかったのは」警視監がゆっくりとした口調で言葉を続ける。

「それが、かねがね何とかせねばと思っていたちょっとした案件を処理するためのまたとない足がかりになってくれたことでしてね。つまり、外国のスパイや警察や、それからその何と言うか――犬どもですか、そうした連中をこの国から一掃するためのね。わたしに言わせれば連中は厄介極まる存在であり、同時に、危険要素でもある。しかしそうした手合いを一人ずつ探し出そうとしても、ことはそうそう簡単ではない。かれらを雇っていることが雇主にとって好ましくない状態にすること、それが一番です。慎みのない状況になりつつありましてね。それはこの国にいるわれわれにとって危険でもある」

ミスター・ヴラディミルは再びしばし立ち止まった。

「何がおっしゃりたいんです？」

「このヴァーロックを起訴すれば、どれほど危険で慎みを欠いたことが起きようとしているかを広く国民が知ることになるでしょう」

「あの手の人間の言うことなど、誰も信じるわけがない」とミスター・ヴラディミルは馬鹿にしたように言った。

「証言が具体的事実を詳細に積み重ねられれば、多くの人が納得するでしょう」と警視監が自らの見解を述べる。

「では本気でその方針で進むというわけですね」

「狙っていた獲物を押さえた以上、選択の余地はありません」

「あなた方のやろうとしていることは、革命家を気取る与太者たちの法螺吹き根性をあおるだけじゃありませんか」とミスター・ヴラディミルは抗弁した。「何のために世間を騒がせたいんです？——倫理観からですか、それとも他に？」

ミスター・ヴラディミルは明らかに不安を感じていた。警視監はこうしてミスター・ヴァーロックがかいつまんで話した内容には間違いなく何がしかの真実があることを確認すると、気のない風を装って答える——

「現実的な意味もありますよ。われわれは本物の罪人を監視するために手に余るほどの仕事を抱えていましてね。無能だとは誰にも言わせませんが、どんな口実があろうとも、むざむざ偽者にかかずらう無駄をするつもりはないんです」

ミスター・ヴラディミルの口調が高飛車になった。

「わたしとしては、あなた方と同じ見方はできません。それは身勝手というものです。わたしの祖国愛を疑われては困るが、それとは別に、われわれは——つまり政府も国民も、ということですが——よきヨーロッパ人であるべきだ、といつも思っているのですよ」

「なるほど」と警視監はあっさり言った。「ただ、あなた方はヨーロッパを反対側から見ているわけですがね。しかし」と気さくな調子で続ける、「外国政府にこの国の警察は無能だと思われるのは心外ですね。今度の爆弾事件をご覧なさい。見かけ倒しの偽事件だけに、跡付けるのは格別難しい。それなのに十二時間も経たないうちに、文字通り粉々になった男の身許を割り出し、これを企てた人物を見つけ出し、さらには彼をけしかけた黒幕の目星もつけた。さらにその先まで進むことだってできたのです。ただわれわれの領分の外に出ないようにしただけのこと」

「それではこの教訓となる犯罪は外国で計画されたというわけですな」とミスター・ヴラディミルはすばやく言った。「外国で計画されたものだと認めるのですね?」

「理論上はね。理論上、外国の領土で、というにすぎません。フィクションによって国外ということになっているということです」と言って、警視監は大使館のことを仄めかした。大使館はそれが帰属する国の肝要なる一部と考えられているのだから。「しかしそれは枝葉末節のこと。この件をお話ししたのは、我が国の警察について一番うるさく文句を言うのがあなたの政府だからでしてね。われわれはそんなにひどくない。われわれの手際のよさをぜひとも知っていただきたかった次第です」

「それは何ともかたじけないことで」とミスター・ヴラディミルは感情を押し殺した

ように声をひそめて言った。

「この国にいるアナキストは全員特定ができています」警視監はヒート警部の言葉をそのまま使った。「いま必要なのは万事安全を期すために煽動工作員を排除することです」

ミスター・ヴラディミルは手を挙げて通りかかった辻馬車を停める。

「ここに入るのではないのですか」と警視監は言った。温かく人をもてなしてくれそうな堂々たる建物の前だった。大きな玄関ホールの明かりがガラスの扉を通して入口の階段を照らしている。

しかしミスター・ヴラディミルは石のような目をして辻馬車の座席に腰を下ろしたまま、一言も口にせず去っていった。

警視監自身、その堂々たる建物に立ち寄りはしない。エクスプローラーズ・クラブである。ミスター・ヴラディミルはこのクラブの名誉会員だが、今後ここで姿を見ることは少なくなるだろうという思いが警視監の頭をかすめる。彼は時計を見た。まだ十時半。何とも充実した一晩だった。

第11章

ヒート警部が去ると、ミスター・ヴァーロックは居間のなかを歩き回った。時折、開いたドア越しに妻の方に目を遣る。「あいつはもうすべてを知った」と思い、彼女の悲しみには同情を覚えながら、自分自身に関しては多少とも胸のつかえの取れた気がしていた。ミスター・ヴァーロックの精神は、偉大さには欠けるかもしれないが、優しい感情を抱くことはできる。妻に打ち明けねばならないという思いのせいで、ずっと熱に浮かされているような感覚に襲われていたのだった。ヒート警部が訪ねてきてくれたおかげで、その重荷から解放された。その限りでは助かった。後は妻の悲しみにどう対面するかだ。

ミスター・ヴァーロックは死がもたらす悲しみと対面することになるとは思ってもみなかった。死の持つ破滅的性格は、どんな気の利いた理屈をこねまわそうとも、あるいはもっともらしい雄弁を駆使しようとも、言いくるめられるものではない。ミスター・ヴァーロックにはスティーヴィーをあのような不意の暴力によって死なせるつもりなど毛頭なかった。そもそも死なせるつもりがなかった。スティーヴィーが死んだ今、生きていたときよりも厄介なことになっている。ミスター・ヴァーロックは自分の計画がうまく行くものと考えていた。大人相手に奇妙にその裏をかくこともあるスティーヴィーの知能ではなく、彼の疑うことを知らない従順さと疑うことを知らない献身ぶりを土台にして立てた計画だったのだ。人の心理を読むのが大して得意ではないミスター・ヴァーロックではあるが、スティーヴィーの狂信的な思い込みがどれほど強いかは分かっていた。だから、スティーヴィーは教えられたとおりに天文台の壁のところから無事歩いて戻ってこられるだろうと図々しくも考えたのだ。それまで何度か下見で連れていった道を通って、グリニッジ・パークの境界の外で待つ義兄と、あの賢くていい人であるミスター・ヴァーロックと、合流できるはずだと。どれほど馬鹿でも爆弾を仕掛けて立ち去るのに十五分もあれば十分なはずだった。しかもプロフェッサーは十五分以上の余裕があると請け合っていたではないか。それなのにスティーヴィーは一人になると、五分も経たないうちに転んでしまった。そしてミスター・ヴァーロックの道義心が粉々に砕かれてしまったのだ。よりによってあんなことになるとはまったくの想定外だった。スティーヴィーが取り乱して迷子になり、さんざん探したあげく、最終的にはどこかの警察か田舎の施設に保護されているのが見つかる、といった可能性は考えていた。スティーヴィーが逮捕されることさえ想定内のことで、それについて不安は感じなかった。ミスター・ヴァーロックはスティーヴィーの忠誠心がなまなかなものではないと高く買っていた。というのも、散歩を繰り返すたびに、沈黙の必要性とあわせて、それを入念に叩き込んでいたからである。逍遥学派の哲学者よろしく、ミスター・ヴァーロックはロンドンの街路をあちこち歩き回りながら、巧みな理由づけをふんだんに盛り込んだ会話を重ねて、スティーヴィーの警察観に修正を加えることに成功していた。これほど傾聴し、讃美してくれる弟子に恵まれた賢者はいない。どこから見ても、あくまで従順でかぎりなく崇拝してくれるので、ミスター・ヴァーロックはこの若者に好意に近いものを感じるまでになっていた。いずれにしても、自分の関与がこれほどすぐに悟られてしまうとは彼にとって想定外のことだった。妻が万が一に備えて、あらかじめあの子のオーバーコートに住所を縫いつけておこうと思いつくなんて、ミスター・ヴァーロックの想像だにしないことだった。誰しもあらゆることを想像できるわけではない。だが、散歩中にスティーヴィーを見失っても心配いらないと妻が言っていたのは、そういうことだったのだ。彼女はあの子は無事姿を見せますから安心して、と言っていた。たしかにあの少年は姿を現した、物凄い形で！

「やれやれ」とミスター・ヴァーロックは驚きながら呟く。妻はどんな意図からそんなことをしたのだろう。スティーヴィーが心配で目を離さずにいなくてはという気苦労をかけさせまいとしたのだろうか？　よかれと思ってやったことなのはまず間違いない。ただ万が一の備えでそうした、とこちらに言ってくれてもよかったではないか。ミスター・ヴァーロックは店のカウンターの後ろに足を踏み入れた。妻を強い言葉で叱りとばすつもりはない。ミスター・ヴァーロックに恨みがましい気持ちはなかった。思いがけない事態の展開のせいで、彼は運命論者になってしまっていた。今となっては何をどうすることもできない。彼は言った——

「あの子の身に害が及ぶようなことをするつもりはさらさらなかったんだ」

ミセス・ヴァーロックは夫の声の響きに身震いした。顔を覆った手は動かない。故シュトット＝ヴァルテンハイム男爵の腹心のシークレット・エージェントだった男はしばし、重苦しく執拗で虚ろな眼差しを妻に向けた。彼女の足許に破り捨てられた夕刊が落ちている。それを読んでもあまり多くのことは分からないはず。ミスター・ヴァーロックは妻に話さなくては、と思う。

「あのろくでなしヒートだな——えっ？」と彼は言った。「ひどいことを言ったんだな。人でなしだ、女性に向かって考えなしにそんなことを口走るなんて。こっちは君にどうやって切り出したものかと、具合が悪くなるほど悩んだというのに。最善の方法を考えあぐねて、チェシャー・チーズ亭[1]の小さな談話室に何時間も座っていた。分かってくれるだろう、あの子に害が及ぶようなことをするつもりはまったくなかったんだ」

〈シークレット・エージェント〉の権化たるミスター・ヴァーロックは真実を語っていた。時ならぬ爆発で一番大きなショックを受けたのは夫としての愛情だった。彼は言葉を継いだ――

「鬱々としてあそこに座って君のことを考えていたんだ」

妻がまたしてもかすかに身体を震わせるのを認め、彼は心が痛んだ。彼女があくまで顔を隠した両手を外そうとしないので、しばらくそっと一人にしておいた方がいいだろうと思う。そうした細やかな気遣いから、猫が満足気に喉を鳴らしているような音を立てているガス灯のともる居間へと引き返す。ミセス・ヴァーロックの先を見通す妻らしい深慮から、ミスター・ヴァーロックの食事用にと、テーブルの上にコール

1 当時ロンドンのパブによく見られた名前。ここではどこのパブかは分からない。

ドビーフが切り盛り用のナイフとフォークと半分にした丸ごとのパンと一緒に用意してあった。彼はいま初めてそれに気づき、自分でパンと肉を切り、食べ始めた。

心が何も感じなくなっているせいで、食欲が出ない。ミスター・ヴァーロックはその日、朝食を取らなかった。何も食べずに家を出たのである。てきぱきと物事をこなす人間ではなかったから、神経を昂ぶらせて決断を下したものの、それが喉につかえたような感じがどうにも抜けなかったのだ。食べようとしても、固形物は何一つ飲みこめなかったことだろう。ミハエリスの暮らすコテージは刑務所の監房並みに食料が不足していた。仮釈放中の使徒が口にするのはわずかばかりのミルクと古くて固くなったパンのかけらだけ。その上、ミスター・ヴァーロックが到着したときには、彼はつましい食事を終えて、すでに二階に上がっていた。文筆にいそしむという骨は折れるが楽しい仕事に没入し、彼はミスター・ヴァーロックが小さな階段の下から呼びかけても返事をしなかった。

「この若者を一、二日家に連れて帰るよ」

そして実のところ、ミスター・ヴァーロックは返事を待たずに、さっさとコテージを出ていたのだった。従順なスティーヴィーをしたがえて。

行動計画がすべて終わり、自分の運命が予想外の早さで自分の手から取り上げられてしまった今、ミスター・ヴァーロックは身体の力が抜けてしまったような感覚に囚われていた。テーブル脇に立ったまま、肉を切り分け、パンをスライスにし、食事を口に放り込みながら、時折妻の方に視線を投げかける。彼女がいつまでも動こうとしないので、食事も一向に楽しくない。彼は再び店に入り、彼女のすぐそばまで近づいた。顔を覆ったままの彼女の悲しみを前にすると不安に駆られる。もちろん、彼女がひどく動揺することは分かっていた。けれども何とか気を取り直してほしい。運命論者としての彼がすでに受け容れているこの新たな危機的状況においては、妻の全面的な助力と忠誠が必要だった。

「どうしようもないんだ」彼は沈鬱な同情を滲ませて言った。「なあ、ウィニー、明日からのことを考えなくちゃ。わたしが連行された後は、君の才覚だけしか頼るものがなくなるんだ」

彼はそこで言葉を切った。ミセス・ヴァーロックの胸が痙攣したように波打つ。これではミスター・ヴァーロックはとても安心できるものではない。彼の見るところ、新たに生まれたこの状況下で、それに関わる二人に必要とされるのは、冷静さと決断力であり、激しい悲しみから来る精神の乱調とは対極にあるその他もろもろの特性なのだ。ミスター・ヴァーロックは人情に厚い人間である。帰宅したときには、妻が弟への情愛にどれほど惑溺しても仕方ないという覚悟ができていた。ただその感情がどのような性質のもので、どれほど大きいものなのかを理解していなかった。そしてそれも仕方のないことである。彼がそれを理解するには、自分自身であることを止める他なかったのだから。彼は驚き、落胆した。それでその気持ちがどこか荒っぽい口調となって現れた。

「こっちを見たっていいだろう」としばらく待ってから彼は言った。

ミセス・ヴァーロックの顔を覆っている両手の間から絞り出したような声が返ってきた。生気のない、痛ましいばかりの声だった。

「生きているかぎり、あなたの顔なんて見たくありません」

「えっ、何だって？」ミスター・ヴァーロックはこの宣言の表面的な文字通りの意味にぎょっとしたにすぎない。どう見ても筋の通らない発言、度を越した悲しみが思わず口に出ただけではないか。彼は妻の言葉に夫の寛大さというマントを投げかけるのだった。ミスター・ヴァーロックの精神には深みが欠けている。個人の価値はそれぞれの人間が本来的に何であるかによって決まる、という誤った思い込みに支配されているために、ミセス・ヴァーロックの目にスティーヴィーがどれほど大きな価値をもって映っていたか、どうにも理解できないのだ。彼女の悲しみ方は大仰すぎる、と彼は心のなかで思う。それもみんなあのヒートの野郎のせいだ。この女の気持ちを動転させるなんて、何がしたかったんだ？　だが彼女自身のためにも、こんな状態のまま放っておくわけにはいかない。このままでは頭がおかしくなってしまうかもしれない。

「いいか、こんな風に店のなかでずっと座っているわけにはいかないぞ」と彼はわざと厳しく言ったが、多少とも本気で腹を立ててもいた。二人とも寝ずに夜を明かさねばならないとしたら、話し合うべき緊急の現実的な問題があるからこそではないか。

「いつ何時、誰が入ってくるか分からないんだぞ」と彼は言葉を継いで、相手の反応を待った。何の反応もない。そして待っている間に、ミスター・ヴァーロックの心は死が動かしがたい最終的なものであるという思いに囚われる。彼は口調を変えた。

「なあ、こんなことをしていても彼は戻ってこないよ」と優しく言う。彼女を両手で同情と苛立ちの同居するその胸に抱きしめてやりたいという気になっていた。しかし少し身震いした他は、ミセス・ヴァーロックに自明の理を説く夫の言葉に動かされた気配もない。気持ちが動いたのはミスター・ヴァーロックの方である。根が単純な彼は、自分という人間の存在を強く主張することで相手に節度を求めようという気になるのだった。

「冷静になってくれないか、ウィニー。もし死んだのがこのわたしだったら、どうなっていたことか！」

彼は心のどこかで妻が泣きわめくのではないかと期待していた。しかし彼女は少しも姿勢を崩さない。身体をちょっと後ろに反らすと、そのままあったく動かなくなり、その姿から気持ちのありようを窺うすべもない。激しい苛立ちと不安に似た感情とで、ミスター・ヴァーロックの心臓の鼓動が早まる。妻の肩に手を置いて彼は言った。

「馬鹿なまねをするなよ、ウィニー」

彼女は無反応のまま。顔を見ることができない女を相手に意味のある話をすることは不可能だった。ミスター・ヴァーロックは妻の両手首を摑んだ。しかし彼女の手は糊付けされたように顔から離れない。彼が引っ張ると、身体ごと前に傾き、椅子から離れそうになる。そんなにも力なくぐにゃっとした彼女に愕然とした彼が椅子に戻そうとしたとき、突然彼女は全身を硬くして彼の手を振りほどき、店から出ると、居間を通って台所へと駆け込んだ。何ともすばやい動作だった。彼は彼女の顔を一瞬垣間見ただけだが、その目つきから自分を見ていないことが分かった。

必死に椅子取りゲームをやっているといった趣だった。ミスター・ヴァーロックがそれまで彼女の座っていた椅子にすぐさま座ったからである。ミスター・ヴァーロックは両手で顔を覆ったりしなかったが、思いに沈んだ暗澹たる気分がヴェールとなってその表情を隠していた。一定の期間、服役することになるのは避けようもないだろう。今ではそれを避けたいとも思わない。ある種の不法な復讐から身を護るうえで、監獄は墓場と同じくらい安全な場所だし、そこにいれば希望が持てるという利点もある。彼が思い描いているのは、一定期間服役して早期に釈放してもらい、それからどこか海外で暮らすという未来であり、それは、もし失敗した場合のこととして、あらかじめじっくり考えていたことだった。危惧していたような失敗とは少し違うとしても、なるほどあれは失敗だった。もう少しで成功しそうだったのに。こちらがいかに凡人の及ばぬ能力の持主であるのかを見せつけ、人を虫けらのように愚弄することなど二度とできないほどミスター・ヴラディミルの心胆を寒からしめるまで、あと一歩のところだったのに。少なくとも今のミスター・ヴァーロックにはそう思えるのだった。大使館での名声は計り知れないものになっていたはずだ、もし——もし妻がスティーヴィーのオーバーコートの内側に住所を縫いつけるなんて間の悪いことを思いつかなければ。ミスター・ヴァーロックは決して馬鹿ではなかったので、スティーヴィーに対して自分が特異な影響力を行使できることを自覚するのに時間はかからなかった。それが何に由来するのかを——案じ煩う女二人によって彼が並外れた知恵と善良さの持主であると教え込まれたためであることを――正確に理解していたわけではないけれども。ミスター・ヴァーロックはあらかじめあれこれ万一の事態を予測し、どんな事態になってもスティーヴィーは本能的な忠誠心と見境のない自由裁量権を発揮するだろうという正しい洞察に導かれた目論見を持っていた。それなのに、予想外のまさに不測の事態が起きてしまい、彼は人間味のある一人の男として、そして妻を愛する夫として、愕然としたのである。それ以外の点ではどこから見ても、事態はむしろ好都合だった。死に備わった永遠の裁量権に太刀打ちできるものは何一つとしてない。チェシャー・チーズ亭の小さな談話室で途方に暮れ、怯えながら座っていたとき、ミスター・ヴァーロックはそう考えざるを得なかった。彼の感受性は彼の判断力の邪魔をしなかったからである。スティーヴィーが粉々に飛び散ってしまったという事実は想像すると心穏やかではいられないが、成功を保証するものに他ならない。というのも、言うまでもなく、ミスター・ヴラディミルの脅しの目的は壁を破壊することではなくて、精神的動揺を生み出すことだったからである。ミスター・ヴァーロックには大きな苦悩と苦痛を与えることになったが、目的とされた結果は生まれたと言えるだろう。ところがその結果がまったく思いも寄らないかたちでブレット・ストリートの我が家にもたらされたとき、ミスター・ヴァーロックは、それまでは地位を守ろうと悪夢に囲まれた男さながらに必死に頑張ってきたにもかかわらず、凝り固まった運命論者の精神でその打撃を受け容れたのだった。守ろうとした地位が吹き飛んだのは誰のせいでもない。小さなちょっとした事実一つがそれを惹き起こしたのだ。暗闇でオレンジの皮の切れ端に滑って転び、足の骨を折ったようなものではないか。

ミスター・ヴァーロックは疲れきった溜息をついた。妻には何の恨みもない。彼は考える――服役している間はあいつが店番をしなくてはならなくなるだろう。そして同時に、最初のうちはスティーヴィーが死んで辛く悲しい思いをするだろうと思うと、彼女の身体と気力がひどく心配になる。どうやって孤独に耐えていくのだろう、この家でたった一人きりになってしまって？　服役している間、心身の不調から倒れたりしてもらっては困る。そんなことになったら店はどうなる？　この店は無用の長物ではない。運命論者たるミスター・ヴァーロックはシークレット・エージェントとしての自分が身を誤ったことは受け容れたものの、正直なところ、何にもまして妻への気遣いから再起不能な身の破滅を招くつもりなど毛頭なかった。

黙ったまま台所の見えないところへと姿を消した妻に彼はぎょっとさせられた。こんなとき、義母が彼女と一緒にいてくれさえしたら。だがあの愚かな老女ときたら――。怒りに満ちた落胆が彼を捉える。何としても妻と話さなくては。人間はある種の状況下では自暴自棄になるものだ、と教えてやることはもちろんできる。しかし彼はそんな知識を述べ立てるほど自制心を失いはしなかった。何よりもまず、今夜が店を開けておくような場合でないのは明らかだった。彼は立ち上がると、通りに面したドアを閉め、店のなかのガス灯を消した。

こうして家のまわりに誰も近づかないようにしてから、ミスター・ヴァーロックは居間に入り、台所の奥を覗いた。ミセス・ヴァーロックは、哀れなスティーヴィーがたいてい夕方になると紙と鉛筆を手に、混沌と永遠を暗示するあのきらめくばかりの無数の円を描くのに陣取っていた場所に座っていた。テーブルの上で腕を組み、その腕に頭を載せている。ミスター・ヴァーロックは彼女の背中と結った髪をしばらく見つめていたが、そのうち台所のドアから離れた。ミセス・ヴァーロックの悟ったような、ほとんど尊大とも見える無関心こそ、これまでかれらが波風立たずに過ごせた家庭生活の土台だったのだが、このような悲劇的な状況によって話し合うことが必要になった今になってみると、そのせいで彼女と言葉を交わすのがひどく難しいのである。ミスター・ヴァーロックはその困難を痛感した。彼は居間のテーブルの周りを、檻に入れられた大きな動物を思わせるいつもの様子で歩き回るのだった。

関心を抱くことは自己開示の一形式であるから、何に対しても一貫して無関心な人間はつねに幾分か謎めいている。ミスター・ヴァーロックは台所のドアに近づくたびに、妻に不安げな視線を送った。彼女が怖かったからではない。ミスター・ヴァーロックはその女性に愛されていると勝手に思っている。しかしこれまで彼女相手に打ち明け話をするような習慣はなかった。しかも今しなければならない打ち明け話は人間心理の深層に関わるものである。自分でも漠然としか感じていないことを、ただでさえそれに不慣れな人間がどうやって彼女に告げられるだろうか？　死を招く運命のたくらみが存在するのだとか、精神のなかで育った概念が結果として、目に見える存在様式や固有の独立した力、さらには暗示的な声すらも獲得することがあるのだとか、そういったことを。丸々として才気にあふれ、髭をきれいに剃った顔に付き纏われた男にとっては、しまいには、そいつを追い払う突拍子もない便法として知恵の子が思い浮かんだりもするのだ、などと言えたものではなかった。

このように某大国の大使館に勤める一人の参事官のことを心に思い描いたとたん、ミスター・ヴァーロックはドアのところで立ち止まった。怒りの表情を浮かべ、拳を握りしめて妻に向かって声を掛ける。

「わたしの相手にしなくてはならなかった奴がどんなろくでなしか、君には分からないんだ」

彼はもう一度テーブル周りの巡回を始めた。それから再びドアのところに来て立ち止まり、二段高いところから台所のなかを怒りに燃えた目で覗き込んだ。

「愚かな男なんだ。何かと人を馬鹿にする奴で、危険極まりない。まともな分別も持ち合わせていない。あいつと比べればまだしも——。何年尽くしてきたと思っているんだ！　このわたしのような人間を！　あの危険な勝負をずっと命がけでやってきたんだ。君は知らなかった。当然だ。結婚して七年、わたしはいつ何時ナイフを突き立てられるかもしれないという危険を背負っている、なんて話をしたところで何になる？　わたしを好いてくれる女に心配をかけるような男じゃないんだ。君は知る必要なんかなかったのさ」

ミスター・ヴァーロックは怒りを抑え切れずに息巻きながら、あらためて居間を一巡する。

「毒へビみたいな奴だ」と彼は再度、ドアの前で口を開いた。「冗談半分にわたしを追い出して、野垂れ死にさせようとしたんだ。上等な冗談だと喜んでいるのが分かったよ。このわたしのような人間をだぞ！　いい加減にしろ！　この世でまたとないほど高い地位にいる人間の何人かは、今日まで自分の二本足で歩けるのはわたしのおかげだと感謝しなきゃならんくらいだ。君が結婚したのはそういう男なんだよ！」

彼がふと気づけば、妻はいつの間にか身体を起こしていた。ミセス・ヴァーロックの両腕はテーブルの上に伸びたままになっている。ミスター・ヴァーロックはまるで自分の言葉がどんな効果を上げたかそこから読み取れるとでもいうように、彼女の背中を見つめた。

「この十一年間、わたしは命の危険を冒してありとあらゆる殺人テロ計画を阻止しようとしてきたんだ。そうした革命家連中を何十人と追い払った。国境で捕まるようにと、その呪われたポケットに爆弾を忍ばせたままにしてな。老男爵は彼の国にとってわたしがどれほど価値のある人間かを理解していた。そこへ不意に豚野郎がしゃり出てきて――何も知らぬくせにやたらに威張りくさる豚野郎が」

ミスター・ヴァーロックは二段の段差を下りて台所に入ると、食器棚からタンブラーを取り出した。それを手に流しに歩み寄るが、妻を見ようとはしない。

「老男爵だったらしたはずはないんだ、朝の十一時にわたしを呼びつけるなんてどうしようもなく馬鹿なまねは。この街には、わたしがあそこに入っていくのを見かけたら、遅かれ早かれ平気でこのわたしを殴り倒そうとする輩が二人や三人はいるんだからな。よりによってわたしのような人間をいたずらに人目に晒すなんて、人を人とも思わない愚行の極みだ」

ミスター・ヴァーロックは流しの上についた蛇口をひねり、怒りの炎を消すため、立て続けに水三杯を喉に流し込んだ。ミスター・ヴラディミルの振舞いは彼の体内組織をかっと燃え上がらせる熱い焼きごてのようなものだった。彼にその忠義のかけらもない行為を水に流すことなどできはしない。この男は、社会が貧しい人々に課する普通の辛い仕事をしようとはしなかったが、人知れず勤勉さを発揮して、たゆまず一意専心、働いてきたのだった。ミスター・ヴァーロックは忠義心に富んでいた。雇主に対して、社会の安定という大義に対して、そしてまた自らの愛情に対しても、忠義を尽くしてきた。それは、タンブラーを流しに置いた後、振り向いて口にした次の言葉に明らかである。

「君のことを思い出さなかったら、あの威張り散らした人でなしの喉を摑んで、暖炉に頭を押し込んでやりたかったよ。わたしの相手が務まるもんか、ピンク色の顔をきれいに剃りあげたあんな——」

ミスター・ヴァーロックは最後まで言い終えずに口を閉じた。まるで締め括りの単語は口にするまでもないとでもいった風に。彼は生涯を通じて初めて、この無関心な女に秘密を打ち明けたのだった。異常な事態が起き、またこの告白をしている間に感情が高ぶってきたために、ミスター・ヴァーロックの心のうちからスティーヴィーのたどった運命のことはきれいさっぱり消えてしまった。その若者が恐怖と怒りで口ごもりながら日々を送っていたことも、彼が凄まじい死に方をしたこととあわせて、ミスター・ヴァーロックの心の視野からしばし消え去っていたのだった。だからこそ、目を上げた彼は妻の眼差しが思いも寄らないものだったのにぎょっとした。狂気じみた眼差しではなく、ぼんやりとした眼差しでもない。それは特異な注視であり、彼の期待に添うものではなかった。なぜならミスター・ヴァーロック自身ではなく、その先のどこか一点を凝視しているように思えたからである。その印象があまりに強烈で、ミスター・ヴァーロックは思わず肩越しに振り返った。そこには何もない。石灰塗料で上塗りされた壁があるだけ。ウィニーの素晴らしき夫は壁に記された文字を見出すことはなかった。[2] 彼は妻の方へと向き直り、多少とも口調を強めて繰り返す――

「あの男の首を絞めてしまうところだった。正直、あのとき君のことを考えなかったら、あいつに席を立つ余裕も与えず、首を絞めて半殺しの目に遭わせていただろう。そうなったら、あいつは必死になって警察を呼んだだろうなんて思っちゃいけない。

2　バビロンの王ベルシャザルは酒宴の席で壁に文字の記されているのを発見し、預言者ダニエルがそれを王の運命を示すものであると解読するというエピソードを踏まえるか。『ダニエル書』五章参照。

とてもそんな度胸はなかったさ。どうしてか——分かるだろう？」

彼は心得顔に妻に向かってまばたきしてみせた。

「いいえ」とミセス・ヴァーロックはくぐもった声で、彼の方をまったく見ずに言った。「何の話をなさっているのかしら？」

溜まった疲労から来る大きな失望がミスター・ヴァーロックを襲った。ずっと心の休まる時のない一日を過ごし、彼の神経は擦り切れる寸前。一か月も頭がおかしくなるほど気苦労を重ねたあげく、思いも寄らない悲惨な結末を迎えて、ミスター・ヴァーロックの激しく動揺した精神は休息を渇望している。シークレット・エージェントとしての彼の経歴は誰にも予想できなかったかたちで幕を閉じてしまった。ただ、今夜はようやく一夜の眠りにつけるのではないか。しかし妻の様子を見た彼には、どうやらそれも疑わしく思えてきた。彼女はひどく思いつめている。まったく彼女らしからぬことだ、と彼は思う。そこで何とか気持ちを奮い立たせて声をかけた。

「しっかりしなくちゃだめだよ、君」と同情をこめて彼は言った。「起こったことは元に戻せはしないのだから」

ミセス・ヴァーロックはかすかにはっと驚いたようだったが、その白い顔の表情筋はぴくりとも動かない。彼女の方を見てはいなかったミスター・ヴァーロックは重々しく言葉を続けた。

「床に就くのが一番だ。君に必要なのは思い切り泣くことだから」

この判断の取柄と言えば、それが人間なら誰しも認める見解であるということくらいしかない。女性の激しい感情は、まるで空に漂う水蒸気ほどの実体しか持たないとでもいうように、おしなべて最後には必ず驟雨となって消えるということが世間の共通理解となっている。そしてもしスティーヴィーがミセス・ヴァーロックの絶望した眼差しの下で死の床に就き、彼女の優しく庇護する腕のなかで死んでいたなら、彼女の悲しみは苦い純粋な涙の洪水のなかに慰めを見出していただろうと考えても、あながち間違いとは言えまい。ミセス・ヴァーロックにも他の人々と変わりなく、人間のたどる運命が普通に降りかかってきたら、それに耐えられるくらいの無意識の諦念が備わっていた。「そうした運命に思い煩う」ことなく、彼女はそれが「深く詮索するものではない」と承知していた。しかしスティーヴィーの死の痛ましい状況は、ミスター・ヴァーロックにしてみればより大きな災厄の部分を構成する一挿話に過ぎなかったが、彼女の涙をその源から涸《か》らしてしまっていた。それは白熱した火熨斗で両目を擦られたせいだと言ってもいい。同時に、固く冷え切って氷の塊となった彼女の心は、その肉体を内側から身震いさせ、その顔を凍りつかせた。ぴくりとも動かないその顔が見つめるのは何も記されていない石灰塗料の塗られた壁。ミセス・ヴァーロックは、達観からくる慎みを剝ぎ取られると、母性的で激しい気性の持主であり、矢も盾もたまらぬほど堪えきれなくなった今、その気性のせいで、微動だにしない彼女の頭のなかをさまざまの思いがぐるぐるとめぐっている。そうした思いははっきり言葉で表現されるというより、ぼんやり想像されるだけのもの。ミセス・ヴァーロックは他人に対しても自分に対しても、著しく言葉数の少ない女性だった。裏切られた女の怒りと失望を胸に、彼女は自分の人生行路を心のなかで振り返る。思い浮かぶのはほとんどが幼いころからスティーヴィーの過ごした辛い生活との関わりだった。スティーヴィーの一生は、人類の思考と感情に刻印を残した稀有な人々の生涯にも似て、単一の目的と高貴な調和のとれた霊感に彩られたものだった。だがミセス・ヴァーロックの心に浮かんだ幻に高貴さや壮麗さはない。彼女の見たのは、たった一本のロウソクの光を頼りに「商売屋」のひとけのない最上階にあるベッドに少年を寝かしつけようとしている自分の姿だった。その家の上階は暗いのだが、通りの高さにある階下は照明とカットグラスとで妖精の住む宮殿よろしく、やけにきらきらと輝いている。ミセス・ヴァーロックの見た幻で壮麗と言えるものは、そのけばけばしいまでのきらびやかさだけ。彼女は思い出す——少年の髪にブラシをかけ、エプロンの紐を結んでやっているところを。だがそんな彼女もまだエプロンをしているのだった。それは小さなひどく怯えている子どもを同じくらい小さいがそんなには怯えていない幼子が慰めている図。幻のなかに彼女は見る――繰り出される拳を（しばしば彼女の頭で）さえぎったこと、大人の怒り（それほど長くは続かないが）を防ごうとドアを閉めて必死に押さえたこと、一度火かき棒が（それほど離れたところからではないが）飛んできたときは、それまで嵐が荒れ狂っていたのだが、そのせいで雷鳴の後に続くあのまったく無音の不快な静寂が訪れたこと。そして現れては消えるこうした暴力的な場面すべてに、唸るように喚き散らす大人の耳障りな音が響く。それは父親としてのプライドを傷つけられ、自分が呪われた人間である何よりの証拠は、子どもの一人が「よだれを垂らしたうすのろで、もう一人が底意地の悪い悪魔のような女」であることだと言いつのる男の発する声。何年も昔のことになるが、彼女はそんな風に言われていたのだった。

ミセス・ヴァーロックの耳にそうした言葉が再び幻聴めいて響いたかと思うと、それに続いて、ベルグレイヴィアの下宿屋の陰鬱な影が彼女の肩に降りてくる。それは胸が潰れるような記憶、気持ちの萎える幻だった――無数の朝食のトレイを何段あるとも知れぬ階段を行き来して運び、一ペンスをめぐって値切り交渉を際限なく続け、地下から屋根裏部屋まで各部屋の掃除洗濯という際限ない単調な骨折り仕事をこなす。その一方、身体の弱った母がむくんだ脚をよろめかせながら汚れた台所で料理をし、無意識のうちに彼女たちの労苦すべてを運命づけた霊と言うべき哀れなスティーヴィーが台所の隣の流し場で下宿人の殿方たちのブーツ磨きに励むのだ。しかしこの幻には暑い夏の息吹がこもっている。その中心にいるのは晴れ着に身を包み、黒髪の上に麦藁帽子を載せて木製のパイプを口にくわえた若者。愛情細やかで陽気なこの青年は、人生のきらめく流れを下る船旅を共にするのに何とも魅力的な道連れだった。ただ彼の乗っている船は何とも小さかった。オールを漕いでくれる女性の伴侶一人分の席はあるが、乗客を迎える余地がない。目を背けて涙にむせんでいるウィニーを置いて、彼がベルグレイヴィアの下宿屋の戸口から漂うがまま姿を消してしまうのを止めるすべはなかった。彼は下宿人ではなかったのだ。下宿人だったのは無精者のミスター・ヴァーロック。夜更かしと朝寝を繰り返し、朝には寝具のなかから眠たそうにおどけたことを口にするが、重たげな瞼の間の目には何かに夢中になっている輝きがあり、またいつもポケットには金が入っていた。彼の人生の怠惰な流れにはいかなる類のきらめきもない。流れ行くのは人知れぬ秘密の場所なのだ。だが彼の船は広さに余裕があるように見え、また彼の寡黙な度量の広さは同乗する客の存在を当然のこととして認めていたのだった。

ミセス・ヴァーロックの追いかける過去の幻は、彼女が忠実に犠牲を払うことで得た七年間にわたるスティーヴィーの生活の保障へと移った。その保障はいつしか信頼へと、家族としての感情へと成長した。静かな池のようにどこにも流れぬ深いその感情の表面は保護膜に覆われていて、同志オシポンが時折そこを渡るくらいでは、容易に波立つことはなかった。頑強なアナキストである彼は臆面もなく誘惑するような色目を使い、その眼差しにはよほどの大馬鹿でないかぎり、どんな女でも気づかずにいられない背徳的な清らかさが宿っていたけれども。

台所で最後の言葉が発せられてから数秒しか経っていないが、ミセス・ヴァーロックの幻はすでに二週間足らず前に彼女の見た一場面を映し出していた。瞳孔が思い切り開かれた目で、彼女は夫と哀れなスティーヴィーが店を出てブレット・ストリートを並んで歩いていく姿の幻を凝視する。それはミセス・ヴァーロックの天性が生み出した存在——優雅とも魅力とも無縁で、美しくはなく品位があるとも言いがたいが、感情の持続性と一途な目的意識にかけては実にあっぱれな存在——の最後の場面だった。そしてこの最後の幻に映った姿はしなやかな輪郭を持ち、本物そっくりで、生きていた時を髣髴《ほうふつ》とさせるほど細部まで真に迫っていたので、ミセス・ヴァーロックは彼女の人生について至高の夢想図を再現しながら、その口から絞り出すような苦悶に満ちたかすかな呟きを漏らしそうになる。しかしそれは恐怖に打ちのめされた呟きであり、蒼白になった唇の上で消えていった。

「父と息子のようになれたかもしれないのに」

ミスター・ヴァーロックは立ち止まり、心労で疲れきった顔を上げた。「え？　何だって？」と彼は尋ねた。返事がないので不穏なうろつきを再開する。そして歩き回っているうちに、不意に太くて肉づきのいい拳を威嚇するように振り回して、大声を発した――

「そうとも、大使館の奴らだ。とんでもない連中だ。この一週間のうちに、そのうちの何人かに思い知らせてやる、地上で大手を振って暮らせるご身分ではないということをな。え、何だって？」

彼は頭を垂れたまま、横目づかいの一瞥をくれた。ミセス・ヴァーロックは石灰塗料の塗られた壁を見つめている。何もないのっぺりした壁――完全な空白を。それは突進し、頭をぶつけるべき空白だった。ミセス・ヴァーロックはずっと身じろぎもせず座っている。ずっと静止して動かない。夏空の太陽が信じ切っていた神慮の裏切りによって突然消えてしまったら、陽光を浴びていた地球上の半分の人間は誰しも驚きと絶望のあまり動きを止めてしまうだろうが、彼女の姿はそれに似ていた。

「大使館だ」とミスター・ヴァーロックは、まず顔を顰めて、狼もかくやと思えるほど歯をむき出しにした後で、再び口を開いた。「あそこで半時間ほど棍棒を持って暴れまわりたいもんだ。そうしたらとことん殴って、あの連中の骨を一本残らずへし折ってやるんだが。まあいい、わたしのような男を御用済みとばかり外に放り出して知らんぷりを決めこむとどういうことになるか、これからたっぷり思い知らせてやる。黙ってなぞいるものか。あいつらのためにわたしがやってきたことを全世界に教えてやる。怖くなんかないぞ。構うものか。何もかも明るみに出る。洗いざらいぶちまけるんだ。見てろよ！」

こうまくしたてて、ミスター・ヴァーロックは激しい復讐の念を露わにした。それは実に適切な復讐だった。ミスター・ヴァーロックの天性が促すところと合致している。さらにそれは、彼の力で可能な範囲内のことであり、彼の生涯を捧げた活動にすんなり調和するという利点もある。何しろ仲間が秘密裡に従事する非合法の行為を暴露することこそが彼の活動だったのだから。アナキストであろうと外交官であろうと、彼にとっては同じこと。ミスター・ヴァーロックは気質的に相手を選んで態度を変えるような人間ではなかった。[3]作戦行動の全領域にわたって、彼の軽蔑は等しく配分される。しかし革命的プロレタリアートの一員として——そのことに疑いはない——社会的に高い地位にある人間に対してはかなりの敵意を抱いていた。

「何があってもやってやる」と彼は言葉を継ぐと、そこで口を噤み、妻の方をじっと見つめる。彼女は空白の壁をじっと見つめていた。

台所の静寂が長引き、ミスター・ヴァーロックは落胆を禁じ得ない。妻が何かしら答えてくれるものと期待していたのだ。しかしミセス・ヴァーロックの唇はいつもの形を崩さず、顔の他の部分と同様、彫像のようにまったく動かない。それでミスター・ヴァーロックは落胆した。とはいえ、今は彼女に発言を求める時ではない、と認めてはいた。ひどく言葉数の少ない女なのだ。彼の心理の根底に関わる理由から、ミスター・ヴァーロックは自分に身を許した女性なら誰でも信頼するところがあった。だから彼は妻を信頼していた。二人の生き方は完璧に調和していたが、ぴったり重なり合っていたわけではない。それは暗黙の調和であり、ミセス・ヴァーロックの無関心とミスター・ヴァーロックの怠惰で何事も秘密にする性質に合っていただけのこと。二人ともさまざまな事実や動機の底に潜む真相を探ることは差し控えていた。

この慎み深さはある意味ではお互いに対する二人の信頼を表しているけれども、同時に、かれらの仲睦まじさにどこか曖昧な要素を持ち込むことにもなった。夫婦関係のあり方にこれが完璧というものはない。ミスター・ヴァーロックは妻が自分のことを理解してくれていると思ってはいたが、それでもこのとき、彼女が何を考えているかはっきり言ってくれれば、それを喜んで聞いただろう。その言葉は一つの慰めになっただろう。

この慰めが彼に与えられなかった理由はいくつかあった。一つは身体上の障害――ミセス・ヴァーロックは声をまともに制御することができなくなっていた。悲鳴と沈黙のあいだの何を選択したらいいのか分からず、本能的に沈黙を選んだのだ。ウィニー・ヴァーロックは気質的に寡黙な人間だった。それにスティーヴィーの死のことで頭が一杯で、その有様を想像すると、あまりのむごたらしさに麻痺状態に陥っていた。頬は蒼白、唇は灰色で、全身が驚くほど硬直してぴくりともしない。そしてミスター・ヴァーロックの方を見もせずに思う――「この男があの子を連れ去って殺したのだ。あの子を家から連れ去って殺したのだ。わたしから連れ去って殺したのだ！」ミセス・ヴァーロックの全存在がそうしたいつ果てるとも知れない狂わんばかりの思いに責めさいなまれていた。その思いは彼女の血管に、骨に、毛根に浸み込んでい

3　第6章の類似の表現についての209頁の注6参照。

た。そして心のなかでは聖書に記された服喪の姿勢を取っていた――手で顔を覆い、服を引きちぎり、そして悲嘆と哀悼の叫びが頭を満たしていた。[4]しかしその歯は二度と離れぬとばかり固く合わされ、涙の涸れた目は憤激のあまり熱くなっている。なぜなら彼女は従順な人間ではなかったから。彼女の弟に対する保護の仕方には最初から、猛々しい怒りに支えられたところがあった。戦いを厭わぬ愛で愛するしかなかったのだ。彼女は弟のために闘ってきた――自分自身とさえも。彼の死は苦い敗北感を生み、それとともに挫折した情熱の激しい苦しみをもたらした。それは普通の死の衝撃ではない。その上、スティーヴィーを彼女から奪ったのは死ではない。彼を奪ったのはミスター・ヴァーロックではないか。彼女は見ていたのだ。夫があの子を連れ去るのを手をこまねいてただじっと見ていた。そして行かせてしまった、馬鹿みたいに――何も知らない馬鹿みたいに。そしてあの子を殺した後、この男は家で待つ妻のところに帰ってきた。他の夫が家で待つ妻のところに帰ってくるように平然と……。

食いしばった歯の間からミセス・ヴァーロックは壁に向かって呟く――

「それなのにわたしときたら、夫が風邪を引いたのではと心配してしまった」

ミスター・ヴァーロックはその言葉を聞いて、勝手に解釈した。

「どういうことはなかったんだ」と彼は不機嫌に言った。「動転していたんだ。君のことを考えて動転したんだ」

ミセス・ヴァーロックはゆっくりと頭を回し、視線を壁から夫の身体へと移した。ミスター・ヴァーロックは指先を口にくわえて床を見ていた。

「どうしようもないんだ」と彼は言い、口から手を下ろした。「しっかりしないといけない。事態を把握して落ち着いて対処しなくちゃ。警察の関心を惹いたのは君のせいなんだよ。いや、気にしなくていい。そのことはこれきりだ」と彼は度量のあるところを見せて言葉を続ける。「君は知るはずがなかったからな」

「知るはずがなかったわ」と吐き出すようにミセス・ヴァーロックが言った。まるで死体が言葉を発したようだった。ミスター・ヴァーロックは自分の話の穂を継いだ。

「君を非難しているんじゃない。奴らの目を覚ましてやるんだ。いったん監獄に入ってしまえば、安心して話せるからな――分かるだろう。大丈夫、あっちに行っているのは二年間だけだから」と彼は心底気がかりだといった口調で続ける。「わたしより君の方が楽だろうがな。何しろ君にはやることがあるのに、わたしの方は――。いい

4　愛する者の死を知って、遺されたものが「顔を覆う」「服を引きちぎる」「悲嘆と哀悼の声を上げる」という記述は聖書に何度か見られる。

か、ウィニー、君にはこの店を二年間、潰さないよう切り盛りしてもらわなくちゃならない。どうするかはよく知っているな。頭がいいんだから。売り時がきたら伝言を送るよ。慎重の上にも慎重に振舞ってくれ。あの同志たちは君の行動に絶えず目を光らせているはずだから。できるかぎりうまく立ち回り、余計なことは一切口にしないこと。君が何をしようとしているか、誰にも悟られてはならない。出所したとたんに頭を殴られたり、背中をぐさりと刺されたりするのはごめんだからね」

ミスター・ヴァーロックは創意と先見の明を駆使して今後待ち構える問題への対処法を考えながら、このように語った。その声は沈んでいた。状況を正しく感じ取っていたからである。起きて欲しくないと思っていたことがことごとく起きてしまったのだ。将来が不確かなものになっていた。彼の判断力はもしかすると、ミスター・ヴラディミルの人を人とも思わぬ愚行を怖れるあまり、一時的に鈍ってしまっていたのかもしれない。四十歳を少し越えた男が、このままでは仕事を失うと考えたら、ましてやその男が政治警察のシークレット・エージェントであって、自分はとても有用な人間なのだという自覚と要人たちからも高く評価されている立場とに安住しているならなおさら、ひどく取り乱してしまっても無理からぬことだろう。彼の行動は無理からぬものだった。

今や目論見が一瞬にして崩れ去ってしまっていた。ミスター・ヴァーロックは冷静だった。だが楽観していたわけではない。強い復讐の念から自分の抱えた秘密をすっかりばらし、みずからの功績を公然とひけらかすシークレット・エージェントは、捨て鉢で殺傷も厭わぬ激しい憤怒の的になる。この危険をことさらに強調することなく、ミスター・ヴァーロックは妻にそれをはっきり理解させようとした。革命家連中にむざむざ殺されるつもりはない、と彼は繰り返した。

彼はまっすぐ妻の目を覗き込んだ。彼の視線を女の広がった瞳孔がその測り知れない深みへと引き込む。

「君のことが好きだから、殺されるわけにはいかないんだ」少しこわばったように笑いながら彼は言った。

ミセス・ヴァーロックの蒼ざめた能面のような顔にかすかな赤みが差した。過去の幻はすでに消え去り、彼女は夫の発した言葉が聞こえたばかりでなく、その意味をも理解したのだ。その言葉は彼女の精神状態とまったく相容れないものだったので、彼女は少し息苦しさを感じた。ミセス・ヴァーロックの精神は見事なまでに単純明快な状態にあった。しかし健全だったわけではない。それはあまりにも一つの固定観念に囚われていた。脳髄の隅々まで満ちる思いは、七年間とくに嫌悪感を抱くことなく暮らしてきたこの男が「可哀想なあの子」を殺すために自分のところから連れ去ったのだ、ということ——肉体的にも精神的にも親しみを覚えるようになっていた男、ずっと信頼していた男がわたしのところからあの子を連れ去って殺したのだ！　形の点からも内容の点からも、そして無生物の見え方さえ変えてしまう普遍的な効果の点からも、その思いはじっと動かさず、いつまでも風化させてはいけないものだった。ミセス・ヴァーロックはじっと座っていた。そしてその思いの向こうに（台所の向こうではない）ミスター・ヴァーロックの姿が行ったり来たりしている。帽子とオーバーコートという見慣れた格好で、ブーツで彼女の脳髄を踏みつける。彼はおそらく話しかけているのだろう。しかしミセス・ヴァーロックの思いがその声をほとんど遮断していた。

しかし時折、その声が耳に届く。いくつかの語が結びついて聞こえてくる。その意味は基本的に将来に望みをかけるものだった。そうした言葉が聞こえてくるたびに、ミセス・ヴァーロックの開いた瞳孔は、遠くをじっと見つめるのを止め、夫の動きを追う。その視線には光明の見えぬ不安と不可解な心の傾注が窺われる。自分の携わった秘密の仕事の周辺事情には隅々まで精通しているミスター・ヴァーロックは、計画通りに連携した行動を取れば万事うまく行くはずだという見通しを語った。激怒した革命家たちのナイフから身を躱《かわ》すことは総じてそんなに難しくはない、と彼は本気で思っていた。彼らの怒りがどれほど激しく、またその怒りの手が（プロとしての目的のためなら）どれほど伸びるかについて、それをゆめゆめ軽視してはならないと思い知らされる経験をこれまで何度もしていたので、どんな形であれ、あれこれと幻想を抱くことはない。何を重視すべきかをまともに判断するためには、まず精密に測定しなければならないのだ。彼はまた、どれほどの善行もどれほどの醜行も、二年も経てば——二年もの長い年月が経てば——忘れ去られてしまうことを知っていた。初めて妻に打ち明けた真に内密の話は心底楽観的なものだった。同時に彼は、できるかぎり自信のある態度を見せるのが得策であるとも考えていた。そうすればこの哀れな女を少しでも元気づけられるだろう。自分のこれまでの全人生にいかにも似合いの形で、釈放も当然、秘密裡に行われるだろうから、そうなったら時を移さず、二人してすぐに姿を消そう。行方をくらます手段については、自分を信じてくれ。何をすればいいのかは心得ている。そうなれば、たとえ悪魔であろうが——

彼は手を振った。悪魔など問題にならないとでもいった仕草のように見える。それはひたすら妻を元気づかせたいからだった。情け深い好意から出た言葉だったのだが、ミスター・ヴァーロックにとって不幸なことに、聞き手と波長が合っていなかった。

その自信に満ちた口調が、相手の言葉をほとんど聞き流していたミセス・ヴァーロックには次第に耳障りになってきたのだ。彼女にとって、今さら言葉が何になるというのだろう？　彼女に取りついた固定観念を前にして、言葉は善かれ悪しかれいかなる効果も彼女に与えることはできない。彼女の暗い視線が、罰は難なく免れられると断言する男の姿を追う。この男が可哀想なスティーヴィーを家から連れ出して、どこかで殺したのだ。ミセス・ヴァーロックはそれがどこだったか正確には思い出せなかったが、心臓がそれと分かるほど激しく動悸を打ちはじめた。

ミスター・ヴァーロックは優しい夫が妻に声を掛けるときの口調で、静かな暮らしがまだたっぷり何年もこれからの二人に待っているはずだという確固たる信念を語っていた。収入をどうするかといったことにまでは触れない。ただ、それは静かな暮らしでなければならない。そして、いわば隠遁して二人寄り添い、草である人々に紛れて目立たずに暮らすのだ、すみれの暮らしのように慎ましく。ミスター・ヴァーロックは「しばし、じっと隠れて満を持す」という言い方をした。もちろんイギリスから遠く離れて。ミスター・ヴァーロックの思い描いているのがスペインなのか南米なのか明らかではないが、いずれにしてもどこか外国だった。

この外国という言葉はミセス・ヴァーロックの耳に届くと、彼女の心に明確に印象づけられた。この男は外国に行く話をしている、と。だが彼女の受けた印象は完全に脈絡を欠いていた。そうなると習性となった心の動きというのはあなどれないもので、ミセス・ヴァーロックはすぐさま、そして無意識のうちに、「それでスティーヴィーはどうするの?」と自問していた。

それは一種の健忘症だった。だが彼女は即座に、その点についてはもう心配する理由はないのだと気づいた。もはや心配する理由はなくなっている。可哀想なあの子は連れ出されて殺されてしまった。可哀想なあの子は死んだのだ。

この一過性の健忘症の衝撃がミセス・ヴァーロックの知性を刺激した。どんな成り行きになればミスター・ヴァーロックが驚くことになるか、おぼろげながら彼女には分かってきた。自分はもうここに、この台所に、この家に、この男と一緒にいる必要はない。あの子は永遠に旅立ってしまったのだから。一切の必要はないのだ。そう考えると、ミセス・ヴァーロックはバネで弾かれたように立ち上がった。しかしそれなら自分をこの世に引き留める何があるのか、彼女には分からない。そして分からない

5 「人はみな草なり」という表現が『イザヤ書』四〇章六節、「人はみな草のごとし」という表現が『ペテロの第一の手紙』一章二四節に見られる。またすみれは伝統的に慎ましさの象徴である。

ことが彼女をその場に留めた。ミスター・ヴァーロックは夫らしい心配そうな様子で彼女を見つめた。

「ようやく君らしくなったな」と彼は落ち着かなげに言った。妻の目の暗さに何かしら奇妙なものが窺われて、自分の楽観的な見方に自信がなくなったのだ。まさにそのときだった、ミセス・ヴァーロックが自分は地上の一切の軛《くびき》から解き放たれた人間なのだと考え始めたのは。わたしは自由を手に入れた。そこに立っている男に代表されるような存在との契約はおしまい。わたしは自由な女だもの。彼女の頭をめぐっているこうした考えが何らかの形で感知できたなら、ミスター・ヴァーロックはひどいショックを受けただろう。心情に関することでは、ミスター・ヴァーロックはいつも恬淡として寛大だったが、愛されるのは自分の価値によるものだという以外の考え方をしたことがない。この点では、倫理観と虚栄心が合致しているので、彼はどうにも救い難い人間ということになる。道徳と法に基づいた結びつきにおいては、愛されるのは本人の価値によるはずだと彼は信じて疑わないのである。歳を取り、太って体重が増えたが、相変わらず、自分そのものの価値によって愛されるだけの魅力に不足はないと信じ切っていた。ミセス・ヴァーロックが一言も発せずに台所から出ていこうとするのを見て、彼は自分の思いが裏切られたと感じた。

「どこに行くつもりだ？」と彼は幾分語気を強めて声を掛けた。「上か？」ミセス・ヴァーロックはその声にドアを出たところで振り向いた。恐怖――この男に近寄られ、触られるのではないかという極度の恐怖――からくる本能的な分別に導かれて、彼女は相手に向かってかすかに（階段を二段上がったところから）頷いてみせる。そのときの唇のわずかな動きを、夫婦関係を楽観視しているミスター・ヴァーロックは弱々しい曖昧な微笑と受け取った。

「それがいい」と彼はしわがれ声で彼女を励ますように言った。「静かに休むのが一番だから。さあ、行きなさい。わたしもすぐに行くから」

自由な女、ミセス・ヴァーロックはどこに行こうとしているのか、実のところ自分でも分かっていなかったが、こわばった一定の足取りでその指示に従った。

ミスター・ヴァーロックは彼女を見つめた。階上にその姿が消える。思いは裏切られた。彼の心には、彼女が感極まってこちらの胸に身を投げ出してくれたら、より深く満たされる思いがあったのだ。しかし彼は度量の広い寛大な夫だった。ウィニーはいつだって感情を表に出そうとせず、口数も少ない。ミスター・ヴァーロックにしてもふだん、行動や言葉であり余るほどの愛情表現を相手にぶつけるわけではなかった。しかし今日は普通の夜ではない。男が、同情と愛情を捧げている証拠を相手にはっきり見せてもらうことで、力づけられ、勇気づけられたいと願う時なのだ。ミスター・ヴァーロックは溜息をついて台所のガス灯を消した。ミスター・ヴァーロックの妻に対する同情は衷心から出た一途なもの。そのせいで、彼女の頭上に垂れ込める孤独を思うと、居間に立ち尽くしたままの彼の目に涙が浮かぶほどだった。こんな気持ちに染まったミスター・ヴァーロックは、スティーヴィーが生きにくい世界からいなくなったことを痛感する。彼の死が何ともやりきれない。あの少年が自爆するなんて馬鹿なことさえしなければ！

　危険な企てが生む緊張が解けた後にやってくる癒しがたい飢餓感は、ミスター・ヴァーロックよりも屈強な冒険家たちにとっても馴染みのないものではない。その飢餓感があらためて彼を襲った。ローストビーフの塊がスティーヴィーを弔うために焼かれた葬式用の肉でもあるみたいにテーブルに出されていて[6]、否応なく彼の目を惹く。そして彼は再び食事にありつく。慎みも体面も捨て、がつがつと食べる。鋭利な大ナイフで肉を厚く切り分けると、パンも取らずに何枚も平らげる。そんな食事をしながら、ミスター・ヴァーロックはふと気づいた、当然聞こえるはずの寝室を動き回る妻の足音が聞こえない。寝室に行くと、妻が暗闇のなかでベッドに腰を下ろしているのに出くわすのではないか。そう思うと、ミスター・ヴァーロックは食欲がなくなったばかりか、今すぐ彼女を追って二階に上がる気持ちまで失せてしまった。肉切り用の大ナイフを置くと、ミスター・ヴァーロックは疲れきった注意力を奮い起こして耳を澄ます。

ようやく彼女の動く音が聞こえてほっとする。彼女は不意に寝室を横切ると、窓を押し上げたのだ。その後しばらく階上が静かになり、彼女が顔を窓の外に出しているのだな、と彼は思う。そのうちゆっくりと窓の引き下げられる音が聞こえた。それから彼女は数歩歩いて腰を下ろした。ミスター・ヴァーロックは家で響くどんな音も熟知している。何しろ彼は徹底した家庭人だったのだ。その次に頭上の彼女の音を耳にしたとき、彼女は散歩用の靴を履こうとしていたということが、まるでそうする姿を見ているようにはっきりと分かった。この不吉な徴候を前にして、ミスター・ヴァーロックはわずかに肩をくねらせ、テーブルから離れると、暖炉に背を向けて立った。頭を一方に傾げ、困惑気に指先を嚙む。彼女の動きを音で追う。彼女はあちらこちらと荒々しい足取りで動き回り、タンスの前や衣類掛けの前で突然、足を止める。

6 「葬式用に焼かれた肉がそのまま冷たくなって婚礼の食卓に出されたのだ」というハムレットの台詞（『ハムレット』一幕二場）を響かせるか。もっともそこでは「焼かれた肉」は「焼き菓子」を意味しているらしい。

ショックと驚きの重なった一日の報酬と言うべき途方もない疲労の重みで、ミスター・ヴァーロックは精も根も尽きはてていた。

妻が階段を下りてくる音を聞いて、彼はようやく目を上げた。思った通りだった。彼女は外出着に身を包んでいる。

ミセス・ヴァーロックは自由な女だった。彼女が寝室の窓を開け放ったのは、人殺し！　助けて！　と叫ぼうと思ったのか、それともそこから身を投げようとしたのか。何しろ、手にした自由をどう使ったらいいのか自分でもよく分かっていないのだ。自分という人間が二つに引き裂かれてしまっていて、二つの心の働きがどこか互いにずれている感じ。家の前の通りは端から端まで静まり返って人影もなく、刑罰を免れると確信している男に味方するとばかり彼女をはねつける。叫んだところで誰も来ないのではないか。どう見ても誰も来そうにない。あのぬめぬめする深い塹壕のようなところへ身を躍らせようかと思ってはみたものの、その深さにぞっとして自衛本能が働く。ミセス・ヴァーロックは窓を閉め、身なりを整えて別の方法で通りに出ることにした。彼女は自由な女なのだ。黒いヴェールをつけて顔を覆うのも怠らないほど、すでに全身の身支度を終えていた。ミスター・ヴァーロックは、居間の明かりの下で彼の前に姿を現した彼女が、小さなハンドバッグまで左の手首に下げていることに気づいた……。逃げ出す先はもちろん母親のところだろう。

女というのはつまるところ鬱陶しい生き物だという思いが彼の疲れきった脳裏に浮かぶ。しかし彼は寛大な心の持主であり、その思いを瞬時にして消し去った。この男は、ひどく虚栄心を傷つけられたにもかかわらず、度量の大きさを見せる振舞いに変わりはなく、不愉快そうな笑顔を浮かべたり軽蔑のこもった身振りをしたりして、自己満足に浸ることはなかった。魂の真の偉大さを示すように、彼は壁に掛かった木製の時計を一瞥すると、どこまでも静かな、しかし妥協を許さぬ口調で言った——

「八時二十五分だよ、ウィニー。こんな遅くにあそこへ出向くなんて非常識だ。今夜のうちに帰ってこられなくなる」

彼の広げた両手にさえぎられ、ミセス・ヴァーロックは先へ進めない。彼は重々しく付け加える——「向こうに着く前にお母さんは寝てしまっているだろう。そんなに急いで知らせなくてもいいことじゃないか」

ミセス・ヴァーロックは母のところに行こうなどとは露ほども考えていなかった。そんなことは考えただけでぞっとする。それで手が触れて背後に椅子のあることが分かると、手探りでその位置を確認しながら腰を下ろした。彼女はこの家からともかく永久に出てしまおうと思っただけのこと。そしてもしこの気持ちが理にかなったものであるとしても、頭に思い描く具体的な行動の方は、彼女の出自と身分に似つかわしく、とても上品とは言えぬものだった。「一生、街中を歩き回って過ごした方がましだわ」と思ったのだ。しかしこの生き物は、自然界で言えば史上最大規模の地震さえも気の抜けた微動としか感じられないほどの大きなショックに、自らの徳性が打ちのめされてしまったために、何気なく手が触れたというほんの些細なことに促されるがまま、腰を下ろしたのだった。帽子を被り、ヴェールを下ろしている彼女は、ミスター・ヴァーロックのところにちょっと立ち寄った訪問客という風情だった。彼女がすぐに言われたとおりにしたことに彼は気をよくしたものの、同時に、いっとき黙って従っているだけだという様子に苛立ちを感じないでもなかった。

「いいかい、ウィニー」と有無を言わせぬ口調で彼は言った。「今夜君はここにいるんだ。まったく呆れたもんだ！　君があの忌々しい警察の上役と下っ端をわたしのところに呼び寄せたんだぞ。責めるわけじゃない――が、やっぱり君の不始末なんだ。そんな帽子は脱ぐことだ。君を外出させるわけにはいかないよ、そうだろ」最後はその口調が和らいでいた。

ミセス・ヴァーロックの心は病的な粘り強さを発揮して相手の宣言をじっくり聞き取った。スティーヴィーをわたしの目の前から連れ去って、今は思い出せないどこかの場所で殺してしまった男が、外出を許さないと言っている。許すはずがないわね。スティーヴィーを殺してしまった以上、絶対にわたしを行かせはしない。いたずらにわたしを引き留めようとしている。そして、狂人の強引な論理をすべて積み上げたこの彼女特有の理屈に基づいて、支離滅裂になっているミセス・ヴァーロックの知力は実際の行動をどうすべきかという方向に働いた。この男のわきをすり抜けて、ドアを開け、家の外に走り出ることは可能ではないか。しかし相手はすぐに後から飛び出してきて、わたしの身体を捕まえ、店の中に引きずり戻すだろう。引っ掻いて、蹴飛ばして、噛みついたらどうか——そして刺してやったら。だが、刺すためにはナイフが要る。ミセス・ヴァーロックは自宅のなかで、黒いヴェールを垂らしたままじっと座っていた。仮面を被って謎に包まれたままの、意図不明の訪問者のように。

ミスター・ヴァーロックは度量が大きいと言っても、所詮は人の子である。彼女の態度にとうとう堪忍袋の緒が切れた。

「何か言ったらどうだ？　あの手この手で大の男を苛つかせて。そうとも！　君のだんまり戦術は先刻ご承知だ。今日に始まったことじゃないからな。だが今はそんな手に乗りはしない。まずそのくだらないものを取れ。これじゃ人形に話しているんだか生身の女に話しているんだか、分からんからな」

彼は近寄って手を伸ばすと、ヴェールを剝ぎ取った。その覆いの下から現れた物静かで、何を考えているのか分からない顔を前にすると、彼の苛ついた怒りは、岩に投げつけられた薄いガラス玉さながらに粉々に砕け散った。「これで前よりましになった」と彼は言って束の間の不安を押し隠し、マントルピースわきのいつもの場所へと引き下がる。これまで妻が自分を見限る可能性など考えたこともない。彼は少しばかり自分を恥じた。何しろどこまでも妻に甘く、寛大な人間なのだ。どうすればいい？言うべきことはすべて言ってしまった。彼は激しい調子で言いつのった。

「冗談じゃない！　知っているだろう、わたしはあちこち所構わず捜しまわった。素性が知られる危険を冒してまで、あの忌々しい仕事をやる人間を捜したんだ。繰り返すが、それをやってもいいと言うほどいかれた男、飢えた男は見つからなかった。わたしのことを何だと思っているんだ——人殺しか、それとも？　あの坊やは死んでしまった。わたしがあの坊やに自爆してほしいと思っていたとでもいうのか？　彼は死んでしまったんだ。彼が味わっていた苦労も終わった。わたしたちの苦労はこれから始まるんだ。いいか、それもこれも彼が自爆したからこそだ。君を責めているんじゃない。だが、あれがまったくの偶発事故だったということくらい分かってくれてもいいだろう。道路を横断途中に馬車に轢かれるのと同じような事故だとな」

彼は寛大だが、それにも限度があった。なぜなら彼は人間だったから——ミセス・ヴァーロックが思い込んでいたような怪物ではなかったから。彼はいったん言葉を切った。うなり出しそうな口が輝く白い歯をむき出しにして口髭を押し上げ、物思わしげな獣とでもいった表情になる。大して危険ではなく、つやのある頭をした、あざらしよりも陰気な、かすれ声の、のろまな獣。

「こうなったら言ってしまうが、今度のことはわたしと同様、君のせいでもある。そうとも。好きなだけ睨むがいいさ。眼力のほどは承知しているよ。このわたしがあの子のことを今度の仕事に利用しようと考えていたとでもいうのなら、殴り殺されても構わない。だが、何かというとわたしの邪魔をするように彼を押しつけてきたのは君の方じゃないか、わたしたちが平穏な暮らしを続けていくにはどうしたらいいかとこっちは半狂乱になるほど頭を悩ませていたというのに。いったい何だってあんなことを？　故意に失敗させようとしたと思われても仕方がないぞ。そんな意図はなかったなんて、こっちに分かるもんか。事態の深刻さを君が内緒でどれほど把握しているか知れたもんじゃない。何しろその、少しも気にならないわ、といった我慢のならない目つきのまま格別どこかを見るわけでもないし、まったく何も話そうともしないし……」

彼の家庭人らしいかすれ声がしばらく止んだ。ミセス・ヴァーロックは何も答えない。その沈黙を前にして彼は自分の言葉に恥じ入った。しかし喧嘩嫌いの男が家庭で少し機嫌を損ねるとよくやるように、彼は恥じ入りながらも、もう一押しするのだった。

「君はときどき、とんでもなくだんまりを決め込むよな」と彼は声を荒らげずに、また口を開いた。「そうされたら怒る男も結構いるだろうよ。君は幸運だ、わたしが君の不機嫌なだんまりに他の男たちみたいにすぐに腹を立てる人間じゃなくてね。君のことは好きだよ。だがあまりいい気になってもらっては困る。今はそんな時じゃない。何をしなくちゃならないか考えなくてはいけないんだ。君を今夜外出させるわけにはいかん。母さんのところへ走り込んで、わたしについて与太話をあれこれと吹きこんでもらっちゃ困るんだ。そんなことは許さない。いいか、考え違いをするなよ、わたしがあの坊やを殺したと言いたいなら、君もわたしと同じだけそれに手を染めているんだから」

この家でこれまで多くの言葉が交わされてきたが、これらの言葉ほどここまで感情に誠実に、かつここまで公然と発せられたことはついぞなかった。この家を維持してきたのは秘密裡に励む仕事の報酬と、それを補う多少とも人目をはばかる商品の売り上げなのだし、その商品はと言えば、不完全な社会を精神的および肉体的堕落の危険から守るために、凡庸な人間たちによって考案された貧弱な方便なのだが、どちらの堕落にしてもやはり人目をはばかる類のものである。そんな言葉が吐かれたのは、ミスター・ヴァーロックが心底激しい憤りを感じていたからに他ならない。しかし、怪しげな通りに埋もれるようにして、決して陽の射さない店の奥でひっそりと営まれるこの家の生活に備わった寡黙な礼節はどうやら乱された風もない。ミセス・ヴァーロックは相手の言葉をどこまでも礼儀正しく最後まで聞き終えると、用件を終えた訪問客よろしく帽子と上着を身につけて椅子から立ち上がった。夫の方に歩み寄って、片手を差し出す。無言で別れの挨拶をしますと言わんばかり。顔の左側に片方の端だけ垂れ下がった網目のヴェールのせいで、彼女の慎ましい身のこなしには乱れた堅苦しさといった気配が漂う。しかし彼女が暖炉の前の敷物のところまで歩を進めたとき、ミスター・ヴァーロックはもうそこに立ってはいない。彼は目を上げて熱弁が相手に響いたかどうかを確かめもせず、すでにソファの方に移動していた。彼は疲れ、嘘偽りない夫としての気持ちが妻には伝わらないと諦めたのだ。しかし自分の密かな弱点の痛いところを突かれて傷ついていた。もし彼女がこの恐ろしい法外な沈黙をむっつりとしたまま続けるつもりなら——もちろん、そうするに違いない。彼女は例の家庭内だんまり術の達人なのだから。ミスター・ヴァーロックはどさっとソファに腰を下ろした。いつものように帽子がどうなるかなど気にも留めなかったが、帽子は自分の面倒は自分で見ることに慣れているとばかり、テーブルの下の安全な避難場所に転がっていった。

彼は疲れていた。気力の最後の残り滓まで使い尽くしていた。何しろ今日は予想だにしないしくじりが立て続けに起こったために、思いがけない驚愕と苦悩を味わったし、それも、夜も寝られず計画を練って頭を休めるいとまもないひと月を過ごしたあげくのことなのだ。彼は疲れていた。人は石でできているわけではない。ええい、どうとでもなれ！　ミスター・ヴァーロックはいかにも彼らしく、外出着を身につけたまま横になった。ボタンを外したオーバーコートの片側の端が床についている。ミスター・ヴァーロックはごろりと仰向けになった。しかしもっとしっかり休みたい。睡眠が、甘美な忘却の数時間が欲しい。それが訪れるのはもっと後になるだろう。当面は身体を休めるだけだ。そして彼は思う。「こんな忌々しい馬鹿げたまねは止めてくれればいいのだが、彼女のことだ、そうはいくまい。まったくもって腹立たしい」自由を取り戻したというミセス・ヴァーロックの気持ちには、何か吹っ切れないものがあったに違いない。ドアの方へ向かう代わりに、旅人が柵にもたれて休むようにマントルピースの飾り板に両肩を当てて寄りかかった。その姿にかすかに狂気じみた気配が漂っているのは、片頬にぼろ切れかと見紛うように垂れ下がった黒いヴェールと、ちらとも動かぬ黒い眼差しのせいだった。その目に吸い込まれた部屋の明かりは、ほんのわずかなきらめきの痕跡すら残さずに消えている。彼女はその気になれば、仄めかされただけでミスター・ヴァーロックの抱く愛の観念に限りないショックを与えたはずの契約も厭わない女だったが、ここでは決断を下さぬままためらっていた。正式に契約を終えるには自分の側に何かが不足しているのではないかと慎重に吟味しているかのように。

ソファの上でミスター・ヴァーロックは肩をもぞもぞと動かして申し分なく快適な姿勢に落ち着くと、万感の思いを込めて一つの願いを口にした。それは彼のような人間の口から発せられる可能性のある願いとしては、何にもまして敬虔なものだった。「ああ、見ずにすませたかった」とうなるようにかすれた声で彼は言った。「グリニッジ・パークもあそこに関わる一切のものも」

そのくぐもった声が願いの慎ましさに丁度見合う適度な音量で小さな部屋を満たした。相応の波長をもった空気の波が、正確な数学の公式に従って伝播し、室内のあらゆる無生物のまわりを流れて、ミセス・ヴァーロックの頭に、あたかもそれが石の頭でもあるみたいにひたひたと打ち寄せる。すると信じがたいことかもしれないが、ミセス・ヴァーロックの目がいっそう大きくなったように思われた。ミスター・ヴァーロックのあふれる思いから口にされた耳に響く願いが、妻の記憶の空白部分に流れ込んだ。グリニッジ・パーク。パークだわ！　あの子が殺されたところ。パーク――粉々になった枝、ちぎれた木の葉、砂利、弟の肉と骨の切れ端、みんないっしょくたに花火みたいに吹き飛んで。ようやく聞いたことを思い出した。今や絵になるほどはっきりと思い描ける。警察はあの子をシャベルでかき集めなくてはならなかったのだ。抑え切れない戦慄に全身を震わせた彼女の眼前に、身の毛もよだつ代物を地面からすくい上げるシャベルが浮かび上がる。彼女は思いあまって目を閉じ、その幻に瞼の夜を覆い被せた。するとその夜の闇のなかでは、粉々になった手足がひとしきり雨となって降ってきて、その後にはスティーヴィーのちぎれた頭だけが宙に留まり、最後に打ち上げられた花火の輝きのようにゆっくりと消えていくのだった。ミセス・ヴァーロックは目を開けた。

彼女の顔からそれまでの石を思わせる様子はすでに消え去っていた。誰の目にも明らかなほど、その顔つきに、その眼差しに、微妙な変化が現れ、彼女はそれまで見せたことのないような驚くべき表情を浮かべている。それは徹底した分析に必要とされる自由な時間と安全の約束された条件下で、有能な分析家たちがめったに目にする機会のない表情だが、その意味するところは一目瞭然と言えるものだった。契約を終了すべきかどうかについてのミセス・ヴァーロックの迷いはもはや消えていた。知力もすでに支離滅裂な状態から回復しており、意志の力でその働きを制御できる状態にある。しかしミスター・ヴァーロックは何も気づいていない。過度の疲労に誘発された楽観的な気分というあの哀れな状態にひたって身体を横たえている。もう悶着はごめんだ——しかもよりによって、妻を相手になんて。彼女はわたしの弁明にまったく反論できないままではないか。わたし自身にそれだけの価値があるから愛されているのだ。沈黙している妻の現在の状態を彼は都合よく解釈した。今こそ仲直りをする時だ。沈黙はもう十分続いた。彼は沈黙を破って、小声で彼女に呼びかけた。

「ウィニー」

「はい」と自由な女、ミセス・ヴァーロックは素直に答えた。もう知力も発声器官も自由に使える。彼女は自分の肉体の全組織を異常なまでに完璧に制御できると感じていた。それはすべて自分自身のもの。なぜなら契約は終わったのだから。彼女にははっきりものが見えていた。狡猾さが身についていた。即座に返答しようと決めたのも目的があってのこと。その男にはソファの上で今のままの姿勢でいてほしい。それが目下の状況では好都合なのだ。うまくいった。男は身動き一つしない。しかし返事をした後、彼女は休息を取っている旅人の姿勢でマントルピースに無頓着に寄りかかったまま。急ぎはしない。その表情は落ち着いている。ミスター・ヴァーロックの頭と肩はソファの高い袖に隠れて彼女からは見えない。彼女の目はじっと彼の足に注がれていた。

このように彼女は謎めいた静けさと突然の落着きを保っていたが、するとミスター・ヴァーロックが夫の権威を込めた口調で呼ぶのが聞こえた。ソファの縁に彼女の座る場所を空けようとわずかに身体を動かしている。

「こっちへおいで」と彼は独特の調子で言った。それは獣性を忍ばせた口調とも聞こえかねないが、ミセス・ヴァーロックにとっては夫が自分の身体を求めるときの言い方としてすっかり馴染みのものだった。

彼女はすぐにそちらに向かった。まるで今なお、継続中の契約によってその男に縛られている忠実な女であるみたいだった。彼女の右手がテーブルの端をかすめるようにわずかに動き、彼女がテーブルからソファの方へと進んでいったときには、肉切り用の大ナイフが皿のそばから音もなく消えていた。ミスター・ヴァーロックは床の軋む音を聞いて満足感にひたる。彼は待った。ミセス・ヴァーロックが近づいてくる。

彼女の顔は、スティーヴィーの宿を失った魂が避難所を求めて保護者、擁護者たる姉の胸に飛び込んできたとでもいうように、一歩進むごとに弟の顔に似てくる。だらりと垂れた下唇、藪睨み気味の目にいたるまで。しかしミスター・ヴァーロックはそれに気づかない。仰向けに寝たまま、じっと上を見ている。彼の目に映っているのは、一部は天井に、一部は壁に投げかけられた動く影。肉切り用の大ナイフを握りしめた腕の影だった。それは上下に揺れた。動きはゆっくりとしていた。実にゆっくりとした動きで、ミスター・ヴァーロックもあれは腕と凶器ではないかと気づく余裕があるほどだった。

それは実にゆっくりとした動きで、彼はその不吉な前兆の意味するところを十分に理解し、喉にこみ上げてくる死の味を確認する余裕があるほどだった。妻はすっかり狂ってしまい、そのあげく、自分を殺そうとしているのだ。実にゆっくりとした動きで、それに気づいて最初に陥った麻痺状態から覚めて、凶器を手にしたその狂人とのぞっとするような格闘に何としても勝つのだとはっきり意を決するだけの余裕があるほどだった。実にゆっくりとした動きで、ミスター・ヴァーロックには防衛方法を練る余裕があるほどだった。テーブルの後ろまで突進して、重い木製の椅子でこの女を打ち倒すというのはどうか。しかしその動きは、ミスター・ヴァーロックに手や足を動かす時間を与えるほどゆっくりしたものではなかった。ナイフはすでに彼の胸に突き刺さっていた。刺さるときに何の抵抗もなかった。一か八かの賭けにはそうしたあやまたぬ的確さがある。ミセス・ヴァーロックはソファの袖越しにずぶりと見舞った一撃に、はるか太古まで遡る卑賤の血筋から受け継いだ一切のもの、石器時代の純然たる凶暴さと酒場時代の乱心から来る引きつったような怒りを込めたのだった。[7]〈シークレット・エージェント〉の権化、ミスター・ヴァーロックは一突きされた衝撃で少しだけ身体を傾けたものの、手足はピクリとも動かさず、ただ「やめろ」と抗議するようにひと言呟いただけで息絶えた。

ミセス・ヴァーロックはナイフから手を放していた。そして死んだ弟と見紛うばかりの表情も消えて、まったくいつもと変わらない顔つきになっていた。深く息を吸い込む。ヒート警部にスティーヴィーのオーバーコートについていたラベルを見せられて以来、初めてのゆったりとした呼吸。彼女は腕組みをしたまま、ソファの縁にもたれるように前屈みになる。そんな緊張を解いた姿勢になったのはミスター・ヴァーロックの死体を検分するためでも、いい気味だとばかり眺めるためでもない。居間が波打ち、揺れているためだった。しばらくの間、居間はまるで嵐の海に浮かんでいるようだったのだ。彼女はめまいを覚えたが心は平静だった。完璧な自由を得た自由な女になっていた。今や望むことは何もなく、ましてなすべきことなど一切ない。何しろスティーヴィーが彼女に献身的な助力をしつこく要求することは二度とないのだ。ミセス・ヴァーロックは心に浮かぶイメージでものを考える人間だが、今は幻に悩まされはしない。なぜなら何も考えていないのだから。そして彼女は動きもしない。完全な免責と無限の暇を、ほとんど死体と同じように、享受している女。彼女は動かない、彼女は考えない。ソファに横たわる故ミスター・ヴァーロックを包んでいる滅びゆく肉体も同じこと。ミセス・ヴァーロックは息をしているという事実を除けば、この両者はどこまでも一緒だと言えるだろう。二人とも一緒になって、余計なことは口にせず、大げさな身振りも極力避けて、思慮深く慎みを保つこと——そうすることがかれらの立派な家庭生活の基盤だった。かれらは人から後ろ指を差されないよう立派に暮らしてきた。上品に寡黙を貫くことによって、秘密裡に事を運ばねばならない職業と怪しげな品物を扱う商売に従事することで生じかねない問題をうまく覆い隠しな

7　ゾラを初めとする自然主義作家のコンラッドへの影響を示す有名な個所だが、ロンブローゾは論文「犯罪人類学」(一八九七) のなかで、「近代文明においては、野蛮人にはほとんど知られていなかったが、文明国の間では必要不可欠となっている刺激物の使用が増えたために、(麻痺やアルコール依存症などの) 精神障害と犯罪が増加している」と記している。

がら。かれらの暮らしは最後の最後にいたるまで、みっともない悲鳴やその他の場違いな誠実さから出る振舞いによって乱されることなく、礼儀作法に則ったままだった。そして致命的な一撃が振り下ろされた後も、動きのない静寂のうちにその体面は保たれた。

居間では何一つ動かなかったが、やがてミセス・ヴァーロックはゆっくりと顔を上げ、物問いたげで疑わしそうな目で時計を見た。時を刻むチクタクという音が部屋に響いているのに気づいたのだった。それが次第に耳障りになってくると同時に、壁に掛かったその時計は静かで、耳に聞こえるような音を出しはしないことを、彼女ははっきりと思い出した。急にそんな大きな音で時を刻み始めるとはどういうことだろう？　針は九時十分前を指していた。ミセス・ヴァーロックは時間が一向に気にならない。そしてチクタクと音は鳴り続ける。彼女は音がその時計のものであるはずはないと思い至る。その陰気な眼差しは壁に沿って動きながら、ためらうように行きつ戻りつするうちに虚ろなものになっていく。その間、彼女は耳をそばだてて音の出処を確かめようとした。チク、タク、チク、タク。

しばらく耳を澄まして聞いた後、ミセス・ヴァーロックはゆっくりと夫の死体へと視線を落とした。横になったその姿は家にいるときの馴染みのものなので、それを見ても、ふだんの家庭生活で繰り返される見知った出来事のなかに何かひどく見慣れないものが現れたときの当惑を感じることはなかった。ミスター・ヴァーロックはいつものようにくつろいでいるところ。実に心地よさそうに見えた。

死体の横たわっている位置のせいで、ミスター・ヴァーロックの顔は未亡人となったミセス・ヴァーロックには見えなかった。彼女の形のよい眠たげな目は音の出処を追って視線を下へと向け、ソファの端から少し突き出ている骨でできた平べったいものを見つけると、それを凝視した。それは家の肉切り用大ナイフの柄で、それ自体、何の変哲もない。だがそれはミスター・ヴァーロックのチョッキと垂直の位置にあり、そこから何かがしたたり落ちていた。黒っぽいしずくが一滴、また一滴と床に落ちている。錯乱した時計の鼓動のごとく、チクタクという音が次第に早く、激しくなっていく。ついには早さが最高点に達し、断続音がツーという連続音に変わった。その変化を見つめるミセス・ヴァーロックの顔に不安の影がゆらめく。ツーと流れ落ちる、黒くて、早くて、細くて……血だ！

この予期しない状況を前に、ミセス・ヴァーロックは怠惰と免責を享受しようという気分を捨て去った。

彼女は不意に服の裾を摑んで、かすかな悲鳴を上げると、この流れ落ちる血がすべてを破壊する洪水の最初の兆候だとでもいうように、ドアの方へと走った。テーブルが邪魔だと分かると、まるでそれが生き物ででもあるみたいに思い切り両手で押したので、大きなきしるような音を立てて四本脚を引きずりながらテーブルは少なからず動き、大きな肉片ごと皿が勢いよく床に落ちて、がしゃんと割れた。

それからすべてが静まり返った。ミセス・ヴァーロックはドアにたどり着いたところで立ち止まった。テーブルが移動したことで床の中央に姿を現した丸い帽子が、走った彼女のあおりを受けて、裏返ったままかすかに揺れた。

第12章

ミスター・ヴァーロックの未亡人で、今は亡き忠実なスティーヴィー(疑うことを知らぬまま、人道主義的な企てに参加していると確信して、爆発で粉々になった弟)の姉であるウィニー・ヴァーロックは、居間のドアより先に走り出てはいかなかった。たしかに単なる流れる血から逃れようとドアまで急いだのだが、それは本能的な嫌悪からくる行動である。そして彼女はそこに立ち止まったまま、目を据えてうつむいている。小さな居間を通ってきただけなのに、まるで何年も走り続けてきたかのように、ドアのところに立つミセス・ヴァーロックは、先程ソファに屈みこみ、頭が多少ぼんやりとしていただけで、それ以外は怠惰と免責のもたらす深い静寂を思う存分享受していた女性とはまったくの別人になっていた。ミセス・ヴァーロックはもうめまいを感じてはいない。頭もはっきりしている。その反面、もはや平静ではいられなくなっている。彼女は恐怖を覚えていた。

彼女が横たわっている夫の方を見ないようにしているとしても、それは彼を怖がっているからではなかった。ミスター・ヴァーロックは目を向けられないむごい姿になっているわけではない。心地よさそうに寝ているように見える。それに彼は死んでいる。ミセス・ヴァーロックは死者に関して何らつまらぬ妄想を抱いてはいなかった。何ものも死者を蘇らせることはない、愛であれ憎しみであれ。死者はこちらに何もできない。死者は無同然である。彼女の心は、あれほど簡単に殺されてしまった男に対する容赦のない軽蔑の念とでもいったものが紛れ込んだ状態にあった。あの男は一家の首長だった。一人の女の夫であり、そしてわたしのスティーヴィーを殺した男。それが今ではどこから見ても何ら取柄のない存在ではないか。身につけた衣服よりも無用の長物と化している。オーバーコートよりも、ブーツよりも、床に転がっているあの帽子よりも役立たず。あの男は無なのだ。見るにも値しない。もはや可哀想なスティーヴィーを殺した犯人ですらない。ミスター・ヴァーロックを捜して警察がやってきたとき、この部屋で発見されることになる唯一の殺人犯――それはわたしだ！

彼女は手が震え、ヴェールを付け直そうとして二度も失敗した。ミセス・ヴァーロックはもう怠惰と免責を享受する女ではない。彼女は恐怖を覚えていた。ミスター・ヴァーロックを刺したのはたったの一撃。その一撃のせいでそれまで鬱積していた痛みが消えた。喉元でつかえて叫び出せない痛み、目が血走って涙も涸れた痛み、今や無と化したその男の極悪非道の振舞いによって弟が奪われたことに対する狂わんばかりの猛烈な怒りの痛みが。あれは何かよく分からないものに背中を押された一撃だった。ナイフの柄から床にしたたり落ちる血によって、それが紛れもない殺人事件に変わってしまった。ミセス・ヴァーロックは日頃、つとめて物事の奥を探ろうとはしなかったが、こうなった以上、事態の奥底まで探ってみるしかない。そこに見えたのは、取りつくような顔や非難の影、苛むような自責の幻や観念的に想像されるような類のものではなかった。彼女がそこに見たのは一つの具体的な物。それは絞首台だった。ミセス・ヴァーロックは絞首台を怖れたのだ。

彼女が恐怖したのは観念としての絞首台である。ある種の物語に付された木版画の挿絵以外、これまで人間の行うこの正義の最後の主張というべきものに目を留めたことがなかったので、最初脳裏に浮かんだのは、暗い嵐を背景に直立した絞首台がいくつも並び、それを鎖と人骨からなる花綵《はなづな》が飾り、そのまわりを死人たちの目をついばみながら小鳥が飛び交っている光景だった。それだけでも十分に恐るべきものだったけれども、ミセス・ヴァーロックは博識な女性でないとはいえ、自国の制度についてまったくの無知だったわけではなく、絞首台の立っているのが、もはや陰鬱な川の土手や風の吹きすさぶ岬の突端といったロマンティックな場所ではなく、監獄の中庭であることくらいは知っていた。高い塀に四方を囲まれ、まるで落とし穴のようなその場所に、夜明けとともに殺人者が処刑されるために、静寂の包むなかを監房から連れ出されてくる。そしてそれは新聞が繰り返し報じるように、「当局筋の面前で」行われるのだ。じっと床を見つめ、苦悶と恥辱とで鼻孔を震わせながら、彼女は自分がたった一人、シルクハットを被った見知らぬ紳士然とした男たちに取り囲まれているところを想像する。その男たちが彼女をつるし首にする作業に顔色一つ変えず取りかかる。そんなこと――嫌よ！　絶対に嫌！　それに、どうやってつるし首に？　そうした静かな処刑の詳細を想像できないために、彼女の観念的な恐怖に精神を錯乱させるような何かがつけ加えられた。新聞は詳細を伝えない。ただ無味乾燥な記事の最後に、多少の思い入れを込めて記されるお決まりの情報が一つだけある。ミセス・ヴァーロックはそれがどのようなものであるかを思い出した。その記憶が激しい焼けるような痛みを伴って頭のなかに侵入してくる。まるで「今回の絞首台の高さは十四フィート」という言葉が、熱した針で脳髄に引っかき傷として刻まれたみたいだった――「今回の絞首台の高さは十四フィート」[1]

この言葉は彼女の肉体にも作用した。絞められるのに抗して喉が波のように痙攣し、首にぐいっと食い込んでくる絞首索の恐怖があまりにも生々しく、思わず両手で頭を押さえる。そうしなければ肩からちぎれてしまうとでもいうようだった。「今回の絞首台の高さは十四フィート」嫌よ！　そんなこと、絶対に御免だわ！　とても我慢できない。考えただけで耐えられない。だからミセス・ヴァーロックは心を決めた。すぐにここを出て、どこかの橋から身を投げよう。

こんどはヴェールをつけ直すことができた。仮面に覆われたような顔になり、帽子につけた花飾りの他は頭のてっぺんから足の爪先まで全身黒ずくめの彼女は、無意識のうちに時計を見上げた。止まってしまったに違いないと思う。さっき見たときから二分しか経っていないなんて、とても信じられない。そんなはずがない。ずっと止まっていたんだわ。実のところ、あの一撃を加えた後、初めてほっと深く息をついた瞬間からテムズ川に身投げしようと決心したこの瞬間まで、三分しか経過していない。

1　絞首刑の執行に当たっては、絞首索をかけられた罪人が踏み台に乗せられ、その落とし戸が開くことで落下して首が絞まることになる。罪人の体重から適切な落下距離、つまり絞首台の高さを設定することが執行人の技術だったらしい。当時の新聞はしばしばそれがどれほどであったかを報じたという。なお、十四フィート（四メートル以上）は通常値をはるかに超えており、首を絞めるどころか、断頭するほどの落下距離になるという見解がある。

しかしそれはミセス・ヴァーロックには到底信じがたいことだった。殺人が行われた瞬間、その殺人者を破滅させるために、時計という時計が止まる——彼女はそんな話をどこかで耳にしたか目にしたような気がした。構いはしないわ。「橋まで行く——そして飛び越える」……しかし彼女の動作は緩慢だった。

彼女は必死に我が身を引きずるようにして店のドアまで歩を進めた。その把手にしばらくつかまって何とか気力を奮い立たせてから、やっとのことでドアを開ける。通りを見た彼女は思わず身がすくむ。その先にあるのは絞首台か川なのだ。戸口の階段からなかなか足が前に出ない。頭を前に突きだし、両手を投げ出した姿は橋の欄干から飛び降りようとしている人間を思わせる。こんな風に外気のなかに入っていくと、溺死の味をあらかじめ知ることになった——ぬめりのある湿気が彼女を包み、鼻孔に入り込み、髪に纏わりつくのだ。実際に雨が降るまでにはなっていないが、どのガス灯にも錆色の小さな霧の暈《かさ》がかかっている。車馬の行き来は絶え、暗い通りには、駅者相手の食堂の窓にカーテンが引かれ、汚れた血のような赤色をしたその四角い窓が舗道とほとんど同じ高さのところでうすぼんやりと光っている。ミセス・ヴァーロックは身体を引きずるようにそちらに向かって進みながら、自分は本当に友達のいない女なのだと思う。まさしくその通りだった。それが身にしみて、不意に誰か心の休まる人の顔を見たいという切実な思いに駆られたものの、雑役婦のミセス・ニールの顔以外、誰も思いつかない。自分自身の知り合いと呼べる人がいないのだ。個人的な付き合いがあったから、いなくなって寂しい、と思ってくれる人など誰もいないだろう。このときミセス・ヴァーロックが母親のことを忘れていたなどとは考えてはならない。そうではなかった。ウィニーがいい娘であったのは献身的に弟の面倒を見る姉だったからである。母親はずっと彼女に頼り、支えられてきた。そんな母親に慰めや忠告は期待できない。スティーヴィーが死んでしまった以上、母娘の絆は切れたも同然。こんな恐ろしい話を面と向かって母親に告げることはできない。それにあそこは遠すぎる。今行けるところは川しかない。ミセス・ヴァーロックは母親のことを忘れようと努めた。

一歩足を進めるのにも、これがぎりぎりと思える意志の力が必要だった。ミセス・ヴァーロックは身体を引きずるように、赤く光る食堂の窓の前を通り過ぎる。「橋まで行く――そして飛び越える」と自分に言い聞かせるように、どこまでも頑なに繰り返す。危うく転びそうになった身体を、伸ばした手で街灯につかまって辛うじて支えた。「朝が来る前に橋にたどり着くのはとても無理だわ」と思う。死の恐怖で絞首台を逃れようという努力が麻痺する。もつれた足でその通りをもう何時間も歩いているような気がする。「橋までとてもたどり着けない」と思う。「通りをうろついているうちにきっと見つかってしまう。遠すぎるもの」彼女は街灯につかまったまま、黒いヴェールの下で喘いだ。

「今回の絞首台の高さは十四フィート」

彼女は街灯を思い切り押して身体を立て直すと、思わず歩き出していた。しかし大きなうねりのような新たなめまいの波に襲われ、その胸から気力がきれいさっぱり洗い流されてしまった。「橋までとてもたどり着けないわ」と彼女は呟きながら不意に立ち止まり、その場で少しふらつく。「とても無理」

そして一番近くの橋でさえも歩いていくことはまったく不可能であることを悟った彼女は、海外逃亡を思いつく。

それは突然の思いつきだった。殺人者は逃亡するもの。みんな海外へ逃亡している。スペインとかカリフォルニアとか。でもそんなのは単なる地名。人間の栄光のために創造された広大な世界も、ミセス・ヴァーロックにとっては広大な空虚にすぎないのだった。彼女にはどちらに向かえばいいのかも分からない。殺人者には友人が、親戚が、協力者がいる。かれらには知識もある。彼女には何もない。相手の命を奪う一撃を加えた殺人者のなかで、彼女ほど孤独なものはいなかった。彼女はロンドンで一人ぼっちだった。そして迷路のように街路が入り組み、おびただしい光に満ちたこの驚異と泥濘の都会全体が、希望のない夜の帳《とばり》のなかに沈み、暗黒の深淵の底で静かに休んでいる。何の助けも得られぬ女がその底から這い出るなど、とてもかなわぬこと。前のめりになりながら、彼女は再びやみくもに歩き出したが、いつなんどき倒れ込んでしまうか、それが何とも不安だった。しかし数歩進んだところで、思いも寄らず、援助の手が差し伸べられ、もう安心なのだという感覚に囚われた。目を上げると、男の顔が彼女のヴェールをしげしげと見つめている。同志オシポンは見知らぬ女を怖れはしなかった。下心を隠した偽りの心遣いではないかという気持ちから、すっかり酩酊していると見える女性相手にすぐに親しくなるのを差し控えるなど、彼には無縁のこと。同志オシポンは女性と見ると、放っておけないのだ。両手でこの女性を二つの大きな掌で支え、どんな女かとじっくり観察していると、相手が「ミスター・オシポン！」とかすかな声で言うのが聞こえ、もう少しで彼女を地面に落としそうになった。「ミセス・ヴァーロック！」と彼は叫んだ。「なんでこんなところに！」

彼女が酒を飲んでいたとは到底思えなかった。だが分かったものではない。彼はそんなことは訊かず、同志ヴァーロックの未亡人を自分に譲り渡そうとしてくれている親切な運命の機嫌を損ねないよう注意しながら、彼女を自分の胸に引き寄せようとした。驚いたことに、彼女はすんなりされるがまま、彼の腕にしばしもたれかかりさえした。それからようやく身体を離そうとするのだった。同志オシポンは親切な運命を邪険に扱うつもりはなかった。自然な形で腕を引っ込める。

「わたしのこと、お分かりよね」と彼女は口ごもりながら言った。彼の前に立った彼女はよろけてはいなかった。

「もちろんですよ！」とオシポンはいそいそと答える。「さっきはあなたが倒れるんじゃないかと心配しました。最近あなたのことをしょっちゅう考えていましたから、いつどこで会ってもすぐに分かります。ずっとあなたのことを思っていました――初めてあなたを見たときから」

ミセス・ヴァーロックには聞こえていないようだった。「お店にいらっしゃるところでした？」と彼女は不安げに尋ねた。

「はい、すぐに」とオシポンは答えた。「新聞を読んで大急ぎで」

実を言うと、同志オシポンは大胆な行動に出るかどうか決めかねて、ブレット・ストリートの近辺をたっぷり二時間ほどうろつきまわっていたのだった。この頑強なアナキストは必ずしも大胆な征服者ではなかった。思い返せば、これまでどれほど色目を使っても、ミセス・ヴァーロックが少しでも脈のありそうな素振りを彼に返してくれたことは一度としてなかったではないか。それに考えてみると、あの店は警察の監視下にあるかもしれない。そして革命思想への傾倒ぶりを警察に過大評価されることは、同志オシポンの望むところではなかった。今でさえ、どう行動すべきかはっきりとは分からない。いつもの情事の画策と比べると、これは重大かつ真剣な企てなのだ。そこにどれほどのものが存在しているのか、そして手に入れられるべく存在しているものを掴みとるためにはどれだけ踏み込めばいいのか――そもそもそうするチャンスがあればの話ではあるが――彼には分からなかった。こうした当惑によって気持ちの高ぶりが鎮められ、彼の口調はこの場にふさわしい厳粛さを湛える。

「どちらへお出かけだったのでしょう？」と彼は抑えた声で尋ねた。

「訊かないで！」とミセス・ヴァーロックは激した思いを抑え込んだ震える声で叫んだ。彼女のたくましい生命力は死を意識することですっかり萎縮していた。「どうでもいいでしょ、わたしがどこへ行くかなんて……」

彼女はひどく興奮しているものの完全に素面なのだ、というのがオシポンの下した最終的な判断だった。彼女はしばらく隣で黙ったままだったが、それからまったく唐突に、彼の思ってもみなかった行動に出た。手を彼の腋の下に滑り込ませたのだ。彼はたしかにその行為自体に驚き、またそれに劣らず、その動作が躊躇なくなされたとはっきり感じ取れるものであることにも驚いた。しかしこれは繊細微妙な心遣いを要することなので、同志オシポンは繊細微妙な心遣いを見せて振舞った。彼女の手を自分の逞しい肋骨に軽く押しつけるだけで満足したのだ。それと同時に身体が前方に押し出されるのを感じ、その力のなすがままに進んだ。ブレット・ストリートの端まで来ると、左に折れるように押されるのが分かった。黙ってそれに従う。

角の果物屋はすでにオレンジやレモンのまばゆい輝きを消していて、ブレット・プレイスは一面が暗闇に包まれている。ただ点在するいくつかのガス灯の霞のかかった暈がその広場の三角形の輪郭を示し、その中央にある台にまとめて設置された三つのランプがぼんやりともっている。男と女の暗い影が腕を組んで、壁沿いに滑るようにゆっくりと進んでいく。その姿は惨めな夜のなかを歩む帰る家のない恋人同士を思わせた。

「もしもあなたを探そうと出てきたのと言ったら、何とお答えになるかしら?」とミセス・ヴァーロックは相手の腕をぐっと摑んで尋ねた。

「あなたが困ったときに、ぼくほど助けとなる人間は他にいませんよ、とお答えしましょう」とオシポンは言葉を返しながら、とんでもなく話が進んだものだと思った。実際、繊細微妙な心遣いを要する男女の仲がこんなにも一気に進展したのは、息を呑むほどの驚きだった。

「わたしが困ったときに！」とミセス・ヴァーロックはゆっくりと繰り返した。

「そうです」

「それでわたしが何に困っているかご存じなの？」と囁いた彼女の声には異様な切迫感があった。

「夕刊を読んで十分ほどして」とオシポンは熱を込めて説明した。「ある男と会いました。その男とはひょっとするとあなたも店で一、二度会っているかもしれません。で、その男と話した結果、一切の疑問が氷解しました。それでこちらに向かったんですよ、もしもあなたが――言葉にならないくらいあなたが好きだったんです、初めてあなたの顔を見てからずっと」と、感情が抑えられなくなったみたいに彼は叫んだ。

こんな風に告白されれば、どんな女だってそれをまったく信じないでいられるはずがない、という同志オシポンの推測は当を得たものだった。だが彼にもさすがに思い至らなかったが、このとき彼女が彼の言葉を受け容れたのは、溺れる者が藁をもつかもうとする自己保存の本能に激しく突き動かされた結果だった。ミスター・ヴァーロックの未亡人の目に、この頑強なアナキストは光り輝く生命の使者のように映ったのである。

二人はゆっくりと歩調を合わせて進んだ。「そう思っていました」とミセス・ヴァーロックがおずおずと呟いた。

「ぼくの目の動きで分かったわけだ」とオシポンは少しも臆せず、相手の答を促した。

「ええ」と彼女は彼の傾けた耳に囁く。

「ぼくの抱いているような愛情はあなたみたいな女性にはとても隠しおおせるものではないから」彼は言葉を続けながら、内心、あの店の売り上げがどれくらいあり、ミスター・ヴァーロックは銀行にどれくらい金を預けていたのかといった世俗的な思料にふけりそうになるのを何とか食い止めようとしていた。今は感情に訴えるのが大事とばかり、ひたすらそこに意を注いだのだ。心の奥底では、こんなにうまく行ったことに少々驚かずにはいられなかった。ヴァーロックはいい奴だったし、こちらから見るかぎり、間違いなく実に立派な夫だった。しかし同志オシポンは誰であれ死んだ男のためにせっかくの幸運といさかいを起こすつもりはなかった。彼は意を決して同志ヴァーロックの亡霊への同情を抑え込むと、言葉を継いだ。

「隠しおおせるものではなかったんだ。寝ても覚めてもあなたのことばかり考えていたから。ぼくの目を見ればそれは一目瞭然だったはず。でもぼくには思いも寄らないことだった。あなたはいつだってとてもよそよそしくて……」

「他にどんな振舞い方があって？」とミセス・ヴァーロックが急に気色ばんで声を荒らげた。「わたしは誰にも後ろ指を差されない立派な妻だった……」

彼女はそこでいったん言葉を切ると、自分に言い聞かせるかのように、ただならぬ怒りをこめて付け加えた――「彼のせいでこんな女になるまでは」

オシポンはその言葉を聞き流し、自分の話の続きを進める。

「あの男があなたにふさわしいとはとても思えなかった」と彼はミスター・ヴァーロックへの義理など知ったことかとばかり口を開いた。「あなたにはもっとましな運命がふさわしい」

ミセス・ヴァーロックは怒気を含んだ声で相手の言葉をさえぎった。

「ましな運命ですって！　あの人はわたしの人生から七年もだまし取ったのよ」

「彼ととても幸せに暮らしていると思えたけど」オシポンはこれまで自分がはっきりしない態度を取ってきたことを正当化しようとした。「だから臆病にならざるを得なかった。あなたは彼を愛しているように見えたんだ。まさかと思った――そして嫉妬を感じていた」と彼は付け加えた。

「あの人を愛するなんて！」ミセス・ヴァーロックは軽蔑と怒りのこもった囁き声で言い放った。「あの人を愛するなんて！　わたしはいい妻だったわ。後ろ指を差されたりしないまともな女だもの。わたしがあの人のことを愛していると思ったなんて！　そうだったのよね！　いいこと、トム――」

この名で呼ばれて同志オシポンは誇らしさでぞくぞくした。なぜならアレクサンドルというのが彼の名前であり、トムと呼ばれるのは、親しい友人のなかでも最も心を許したものとの取り決めによるものだったからだ。それは友情を示す呼び名、心を打ち明けるときの呼び名。その名を誰かが使うのを彼女が聞いていたとは思えなかった。だがどうやらその呼び名を耳にしたばかりでなく、それを大事に記憶のなかに――心のなかに、と言うべきか――秘めていたらしい。

「いいこと、トム！　わたしは小娘だったの。くたくただった。疲れ切っていた。わたしを頼り切っている人間が二人いて、力のかぎりやれることをやらなくてはならなかった、もうこれ以上は無理、というくらいまで。二人――母と弟よ。弟は母の子というよりわたしの子みたいだった。毎晩毎晩、寝ずにあの子を膝に乗せてあやしたの。二階の部屋にわたしとあの子だけ。わたしだって八歳でしかなかったのに。そしてそれから――あの子はわたしの子なのよ、実際の話……。分かってもらえないわね。誰にも分かるはずないわ。わたしに何ができたっていうの？　一人の若者がいたわ――」

肉屋の青年との昔のロマンスの思い出はいつまでも消えることなく残っていた。それは、絞首台の恐怖を前にしておののきながらどこまでも死に抗おうとするその心のなかで、わずかに垣間見える理想の姿を表しているようだった。

「それが昔わたしの愛した男」とミスター・ヴァーロックの未亡人は言葉を続ける。「彼もわたしの目を見て、それが分かったと思う。週給二十五シリングだったのだけれど、彼の父親が、足の悪い母親と頭のおかしい弟を抱えた娘と結婚するなんて馬鹿なまねをするなら、商売を継ぐなどもってのほか、店から叩き出すぞって言って。それでも彼はわたしから離れようとしなかった。それである晩、必死に思いを断ち切ってきっぱり彼を撥ねつけたの。そうするしかなかったわ。心から愛していたんだもの。週給たったの二十五シリングよ！　男がもう一人いた——いい下宿人。若い娘に何ができるっていうの？　夜な夜な街角に立てばよかったとでも？　優しそうな男だったわ。ともかく彼はわたしを求めた。母とあの可哀想な弟を抱えて、わたしに何ができて？　そうでしょ？　わたしは受け容れたわ。気立てがよさそうだったし、気前はいいし、お金は持っていたし、何も文句を言わなかった。七年間——そう七年間、わたしはいい妻だったわ、あの男の、あの優しくて善良で寛大で——そして彼もわたしを愛した、ええ、愛されたわ。彼に愛されて、ときどき祈ったほどよ、いっそ自分も——それが七年。七年間、彼の妻だったわ。その彼の正体をご存じ、あなたの親友のあの男の？　彼が何者だったか、知ってるの？……悪魔だったのよ！」

囁き声で発せられたその言葉の人間離れした激しさに同志オシポンはすっかり度肝を抜かれた。ウィニー・ヴァーロックは向き直ると、両腕で彼を摑み、濃さを増す霧のなかで向かい合う。二人を覆うブレット・プレイスの暗闇と孤独のなかに、まるでそこがアスファルトとレンガ、窓のない家々と感情をもたない石によって作られた三角形の井戸ででもあるみたいに、生命を感じさせる一切の音が吸い込まれて消えてしまっているようだった。

「いや、ぼくは知らなかった」と彼は言い放ったものの、その口調はどこか締まりのない間の抜けたものになった。そこにはおどけた響きがあったが、絞首台の恐怖に取りつかれた女の耳には届かない。「でも今なら分かる——分かりますよ」と彼はしどろもどろになって続けながら、結婚生活を送っていたあの家の眠っているような穏やかな外見のもとで、ヴァーロックは一体どんなひどい所業に及んでいたのだろうかと頭をめぐらせていた。とんでもなく恐ろしいことに違いない。「分かりますよ」と彼は繰り返した。それから突然、霊感が降りてきて、いつも使っている「ああ可哀想に」という馴れ馴れしい言葉ではなく、高尚な同情を込めた「不幸な人生だったのですね」という言葉を口にした。今はいつもとは違うのだ。彼は何か異常なことが起きているらしいと感知しながらも、賭けの大きさを見失うことはなかった。「不幸に負けぬ勇気ある女性だ！」

彼はそうした言い換えの言葉を見つけられたことを喜んだ。だが他には何も見つからない。「ああ、でも彼はもう死んでしまった」という言葉を見つけるのが精一杯だった。そしてその慎重な詠嘆に露骨な敵意を込めてみせた。ミセス・ヴァーロックは取り乱したように彼の腕を摑む。「じゃあ、彼が死んでいることはお見通しだったのね」と彼女は我を忘れたように呟いた。「ああ、あなた！　あなたはわたしのしなければならなかったことが分かっていたのね。しなければならなかったのよ！」

こうした言葉の発せられたいわく言いがたい口調には、勝利感、安堵感、感謝の念が綯い交ぜになった思わせぶりな響きがあった。オシポンはその響きに注意力がすべて奪われてしまい、言葉の文字通りの意味を捉えそこなってしまった。この女は一体どうしたのか、どうしてこんなに激しい興奮状態に陥ったのか、と彼は訝った。グリニッジ・パーク事件の隠れた原因は、もしかするとヴァーロックの結婚生活の不幸な事情の奥深くに潜んでいるのではないか、と考えもした。ミスター・ヴァーロックはわざとあの異常な自殺方法を選んだのではないか、と疑いさえした。そうとも！　それで事件のどうしようもなく場違いな馬鹿馬鹿しさの説明がつく。昨今の状況ではアナキストの示威行動など少しも必要ではない。その正反対だ。そしてヴァーロックはあいつくらいの立場にいる革命論者の誰よりもそのことに気づいていた。もしヴァーロックがヨーロッパ全体を、革命家仲間を、警察を、新聞を、さらにはあの自惚れ屋のプロフェッサーまでも、ひたすら愚弄しただけだとしたら、何という常軌を逸した冗談だろう。いや実のところ——とオシポンは驚愕しつつ考えた——あいつは愚弄したとしか思えないぞ！ 哀れな奴だ！ あの夫婦二人の世帯で、悪魔が夫の方であるとは言い切れそうもないという思いが彼の脳裏に浮かんだ。ドクターの異名を持つアレクサンドル・オシポンは生来、男友達に対して甘い評価を下しがちである。彼はミセス・ヴァーロックが自分の腕にすがりついているのをじっと見た。女友達の場合には、彼の捉え方はあくまで現実に即したものだった。一体どうしてミセス・ヴァーロックは、自分がミスター・ヴァーロックの死んだことを知っていることに驚きの声をあげたのか？ 知っていたのは何かを見通したからではさらさらないし、また知ったからといって度外れて動揺したわけでもない。女というものは何かというと狂ったようにしゃべるからな。だが彼は彼女が夫の死をどのように知ったのかを知りたいと思った。新聞を読んでも単なる事実以上のことは分からないはず。グリニッジ・パークで粉々に吹き飛んだ男の身許はまだ判明していないのだ。

どう考えても、ヴァーロックが彼女に、自分の計画を——それがどんなものであっても——匂わせていた可能性はない。この問題は同志オシポンの興味をひどく掻き立てた。彼は不意に立ち止まった。二人はちょうどブレット・プレイスの三辺を一巡し終わって、再びブレット・ストリートの端近くに戻ってきていた。

「最初どうやって知ったんです？」と、傍らにいる女によってもたらされた啓示にふさわしい口調にしようと努めながら、彼は尋ねた。

彼女はしばらく激しく身体を震わせていたが、そのうち物憂げな声で答えた。

「警察からよ。警部っていう人が来たの。ヒート警部だって名乗ったわ。彼がわたしに見せてくれた——」

ミセス・ヴァーロックは声を詰まらせた。「ああ、トム、シャベルで彼を寄せ集めなくてはならなかったって」

涙の涸れたむせび泣きで彼女の胸が波打つ。その瞬間、オシポンは驚きのあまり失っていた言葉を取り戻す。

「警察だって！　もう警察が来たって言うんですか？　あのヒート警部が自らやってきてあなたに告げたと」

「そうよ」と彼女は物憂げな口調のまま断言する。「その人が来たの。ふらっと立ち寄る感じで。その人が来たのよ。わたしは知らなかった。オーバーコートの切れ端をわたしに見せて、それで——あっさりしたものよ。見覚えがありますかって訊くの」

「ヒートだって！　あのヒートが！　それで彼は何をしたんです？」

ミセス・ヴァーロックはがくんと頭を垂れた。「何も。何もしなかったわ。そのまま帰っていった。警察はあの人の味方だった」と呟く彼女の声は悲痛に満ちていた。

「もう一人、来た男がいる」

「もう一人の男って——別の警部ってこと？」とオシポンはすっかり落着きを失って尋ねた。すっかり怯えた子供の口調になっている。

「分からない。ともかく別の人がやってきたの。外国人みたいだった。大使館員の一人だったかもしれない」

この新情報の衝撃を受けて、オシポンはほとんど気を失いそうになった。

「大使館だって！　何を言っているか分かっているの？　どこの大使館？　そもそも大使館って、どういうこと？」

「チェシャム・スクエアのあそこよ。あの人がさんざん罵っていた連中よ。分からないわ。それが何だっていうの！」

「それでその男、そいつはあなたに何をした、何を言ったんです？」

「覚えてない……とくに何も……どうでもいいわ。わたしに訊かないで」と彼女は疲れきった様子で訴えた。

「分かりました。これ以上、訊くのは止めます」とオシポンは優しく相手の意を迎えるように言った。そしてその言葉は彼の本心でもあった。彼女の訴える声に漂う哀れが身にしみたからではない。暗黒の闇に包まれたこの事件の深みにはまって、自分の足場が覚束なくなっているように感じられたからである。警察だと！　大使館だと！　ふーっ、冗談じゃない！　身に備わった知性をどんなに働かせても、混乱して、まともに先に進めそうもない道に敢えて踏み込むのは御免こうむろうと、彼は一切の仮定、推測、仮説をきれいさっぱり捨て去った。傍らに女がいて、彼にすっかり身を委ねている。それこそが第一に考えるべきことだった。しかしあんな話を聞いてしまった今、彼に驚くことなど最早何もない。それでミセス・ヴァーロックが、身の安全を思い描いていた夢想から不意にはっと目を覚ましたかのように、すぐにも大陸に逃げなくては、と彼に向かって激しく言い募り始めたときも、少しも声を荒らげなかった。残念ながら朝まで列車がありません、と何の気取りもないひと言を口にしただけで、彼は彼女の顔を思案げに見つめて立っていた。その顔は薄織のような霧のヴェールのかかったガス灯の光のなかで、黒い網のヴェールで覆われている。

彼の隣で、彼女の黒い姿は黒い石塊を中途半端に刻んでできた彫像を思わせつつ、夜のなかに溶け込んでいた。彼女が何を知っているのか、警察官や大使館員とどれほど深く関わっているのか、それは分かりようがない。しかし彼女が逃亡を望むなら、彼がそれに反対する筋合いはない。彼自身、逃げ出したくてたまらないのだ。この件、つまりは警部やら外国の大使館員やらがそんなにも奇妙に関わっているあの店ということになるが、そこには手出しをしない方がいいという気がする。そんなものはうっちゃっておくに限る。だがそれで話は終わらない。蓄えがあるはず。金が！

「朝までどこかにかくまって、お願い」と彼女はうろたえた声で言った。「実はね、奥さん、いま住んでいるところへ連れていくことはできないんですよ。友人と相部屋なんで」

彼自身もいささかうろたえていた。朝になればおそらく駅という駅にデカどもがおでましになっているだろう。そしていったん彼女が奴らに捕えられたら、理由はともあれ永遠に彼女を失うことになるのだ。

「でもお願いよ。わたしのこと好きじゃないの——少しも？　今何を考えているの？」

彼女は激しい口調でこう言ったが、落胆のあまり彼にしがみついていた手を放した。沈黙が訪れる。霧が立ち込める。そして暗闇が何ものにも邪魔されずブレット・プレイスを支配する。人っ子一人、向かい合ったこの男と女に近づくことはない。雌を求めてうろつく無法者の雄猫の気配さえしなかった。

「ひょっとすると一夜を過ごせる安全な宿が見つかるかもしれない」とオシポンはついに言った。「でも実のところ、出向いていって交渉するだけの持ち合わせがない──数ペンスしかないんですよ。われわれ革命家は金持ちではないんでね」

彼はポケットに十五シリング持っていた。言葉を続ける。

「それにぼくたちには旅が待っている──しかも朝が来たら真っ先に出かけなくてはならない」

彼女は動かない。声も出さない。同志オシポンは少し気落ちした。彼女からこれからのことについて何かしらの案が出てくるようには見えない。突然、彼女はそこに激しい痛みを感じたかのように、自分の胸をぎゅっと摑んだ。

「でもわたしが持ってる」と喘ぐように彼女は言った。「お金なら持ってる。十分あるわ。トム！　ここから出ましょう」

「どれくらい持ってるの？」と彼女に引っ張られてもその場を動かず彼は尋ねた。用心深い男だったのだ。

「十分あるって言ってるじゃない。有り金全部よ」

「どういうこと？　銀行に預けた金を全部とか、そういうことか？」と彼は信じられないといった様子で尋ねたが、降って湧いた幸運について一切驚くまいという気持ちになっていた。

「そうよ、そうよ！」と彼女はいらいらして言った。「有り金全部。全部持っているわ」

「そんな大金を首尾よくもう手にしているなんて、一体どうやって？」と彼は驚嘆した。

「あの人がくれたの」と彼女は呟いたが、その声は不意に弱々しくなり震えていた。同志オシポンは湧き上がる驚きを断固として抑えつけた。

「そういうことなら――助かったね」と彼はゆっくりと言った。

彼女は身体を前に傾け、彼の胸にもたれかかった。彼は喜んで受け止める。この女は有り金全部を持っているのだ。帽子が邪魔になって、彼女があからさまに吐露している激情を見えにくくしていた。ヴェールも邪魔だった。オシポンは相手への感情を必要なだけ示したものの、それ以上の行動には出なかった。彼女は意識が半ば朦朧としているとでもいうように、抵抗もせず、自暴自棄になった風もなく、されるがままに受け入れた。そして彼のゆるやかな抱擁から苦もなく身を離した。

「助けてくれるわね、トム」急に彼女が言った。身をほどきながら、しかしそれでも彼の濡れたコートの二つの折り襟を摑んだ両手は放さない。「助けて、わたしをかくまって。捕まるのは嫌よ。それくらいなら何より先に殺して頂戴。自分じゃできない——自分じゃできないの、どうしても——あれの恐ろしさは分かっているのに」

とんでもなく奇怪なことを口走るな、と彼は思った。相手のことが漠然と不安になってくる。彼の口調がぶっきらぼうになった。大事な考えごとで忙しかったからである。

「一体君が何を怖がる必要がある？」

「わたしが何をする羽目に追い込まれたか、分かっていなかったのね！」とその女は叫んだ。あまりにも生々しく激しい不安に正気を失いそうになり、自分の置かれている恐ろしい立場をまざまざと眼前に映し出して止まない強烈な言葉が頭に鳴り響いて、彼女は一貫性を欠いた自分の発言が明瞭そのものであると思い込んでいたのだった。頭のなかだけで完成している脈絡のない表現でそれまで口にした言葉が、相手にはほとんど聞き取れないものだったということに気づいていなかった。彼女は洗いざらい告白してほっと安心していて、同志オシポンの発する一文、一文に特別の意味を読み取るのだが、彼の知っていることは彼女の知っていることとは似ても似つかぬものだったのだ。「わたしが何をする羽目に追い込まれたか、分かっていなかったのね！」彼女の声が静まった。「わたしの怖がっているものが何か、すぐに分かるわ」と彼女は辛そうな陰気な声で呟くように続ける。「捕まるのは嫌なの、嫌、嫌よ。真っ先にわたしを殺すって約束して！」彼女は彼のコートの折り襟を揺すった。「絶対に嫌！」

そんな約束はするまでもないと彼はそっけなく請け合ったが、直截な反駁と響かないように十分注意した。これまで興奮した女をずいぶん相手にしてきたからであり、また、それぞれ固有の事例を前にしたときどう振舞うかについて、たいていは賢い頭を働かせるより経験の教えるところに従う、というのが彼のいつものやり方だったからである。今の事例において彼の賢い頭は別のことに向けられて、せわしなく回転していた。女どもの言葉なんぞ水のなかに落ちてはかなく消えてしまうが、[2]何冊見ても乗るべき列車が見つからないという時刻表の不備は消えようがない。大ブリテンが島であるという事実が、何とも不愉快な形で否も応もなく彼の気に障る。「鍵をおろした部屋に夜ごと閉じ込められているも同然じゃないか」と苛立ちながら考える。打つ手が見つからない。その女を背負ってよじ登らねばならない壁があるみたいだった。突然、彼は額を叩いた。脳味噌を絞ったおかげで、どうにかサウサンプトンーサンマロ連絡航路[3]のことを思い出したのだ。出航は真夜中ごろ。列車は十時三十分発。彼は上機嫌になり、すぐにも行動に移そうとした。

「ウォータールーから行こう。時間はたっぷりある。結局、大丈夫ってこと……今度はどうしたんだ？　そっちじゃないよ」と彼は相手の動きを押しとどめようとした。ミセス・ヴァーロックは彼の腕に自分の腕をからませていて、そのまま彼を再びブレット・ストリートへと引き込もうとしているのだった。

「出てくるとき、店のドアを閉め忘れたの」そう囁いた彼女は激しく動揺している。店も、店のなかの何もかも、すでに同志オシポンの関心の外にあった。彼は自分の欲望を制御するすべを心得ていた。すんでのところで「それがどうかした？　放っておけばいい」と言いそうになったが、思いとどまる。些細なことで議論するのは嫌だった。ずいぶんと歩調を速めさえした。この女は引出しに金を忘れてきたのかもしれないと思ったのだ。しかしそうした店へと向かう彼の気持ちも女の熱に浮かされた

2　「女の言葉は束の間のもの」という俚諺《りげん》があるらしい。

3　サウサンプトンはイングランド南部の港町。サンマロはフランス北西部、ブルターニュのサンマロ湾に臨む都市。この連絡航路にはロンドン中央部に位置するウォータールー駅発の列車が接続する。

ような性急さにはついていけない。

店は最初、まったく明かりがともっていないように見えた。ドアが半開きになっている。ミセス・ヴァーロックが正面の陳列窓にもたれながら、喘ぐように言った。

「誰も来ていない。見て！　あの明かり――居間の明かり」

オシポンが首を伸ばすと、店の暗がりのなかにかすかな明かりが見える。

「点いているね」と彼は言った。

「消し忘れたの」ミセス・ヴァーロックの声がヴェールの陰からかすかに響いた。そして彼女が先に入るだろうと彼が待っていると、彼女は声を高めて言った。「家に入って消してきて――そうしてくれないとわたし、おかしくなりそう」

彼はすぐに異論を唱えはしなかった。なぜそんなことを言い出したのか、見当もつかない奇妙な提案だった。「そのお金は全部どこにあるの？」と彼は尋ねた。

「わたしが持ってる！　行って、トム。急いで！　消すの……早く入って！」背後から彼の両肩を摑んで、彼女は叫んだ。

力ずくで急かされるとは思ってもいなかった同志オシポンは、彼女に押されてよろめくように店の奥まで入り込んだ。彼は女の力の強さに驚き、その荒っぽいやり方に憤慨もした。しかし通りで彼女にきつく文句を言うために引き返しはしない。彼女の異様な言動が嫌になるほど気になり始めていたのだ。その上、この女の機嫌を取る機会は今を措いて他にない。同志オシポンはカウンターの縁に一切触れることもなく、静かに居間に通ずるガラス張りのドアに近づく。ガラスにかかるカーテンが少しばかり開いていたので、ごく自然の衝動から、把手を回そうとして中を覗く。覗き込んだのは、何かを思いついたからでも、何がしかの意図があったからでも、何らかの好奇心に駆られたからでもない。覗き込んだのは、覗き込まずにはいられなかったからだった。彼は覗き込んだ。そしてミスター・ヴァーロックが少しも動かずソファに横たわっているのを見つけた。

胸の奥底から湧き上がる絶叫が声にならないまま消え、唇の上でべとついたむかつくような味に変わった。同時に、同志オシポンという人間の精神は狂ったように後方へと跳びすさった。しかし、そうやって知性の導きを失った肉体は、何も考えぬ本能の力によって、ドアの把手にすがりついたまま動かない。この頑強なアナキストはよろめきすらしない。そして彼は凝視する。ガラスに顔を寄せ、顔から目が飛び出さんばかりにして。逃げ出せるなら何をくれてやっても惜しくはなかっただろう。だが戻ってきた理性が、ドアの把手を放してはだめだ、と彼に告げていた。どういうことだ――これは狂気か、悪夢か、それとも自分は巧妙極まる奸計によって罠におびき寄せられたのか？　なぜ——何のために？　彼には分からなかった。この店の二人に関して、胸に罪意識を感ずることは一切なく、また良心のとがめることもまったくないのだが、不可解な理由からヴァーロック夫妻によって自分が殺されようとしているという考えがよぎる。それは心というよりはみぞおちのあたりをよぎって消えていったが、その後に気の遠くなるようなむかつき、不快感が残って、それがいつまでも尾を引く。同志オシポンはしばらく——と言っても、かなり長い長めのしばらく、である——悪心《おしん》に襲われた。類のない気分の悪さだった。彼は凝視した。ミスター・ヴァーロックはその間、いかなる理由からか他人には窺い知れぬが、眠ったふりをして音も立てずに横たわっている。一方、残忍極まる彼の妻は店の玄関を守っている——暗い、ひとけのない通りで、ひっそりと姿も声も消して。これはすべて、特別に自分を標的にして、えらい目に遭わそうと警察が仕組んだ恐ろしい何かの作戦なのだろうか？　自分はそんな大物ではない、と控え目なオシポンはその考えを遠ざける。しかし、いま目にしている光景の真の意味が、帽子をじっと眺めることによってオシポンにも分かってきた。その帽子は尋常ならざるもの、不吉な物体、一つのしるしだった。黒色をしたそれは鍔を上にして寝椅子の前の床に転がっている。家ですっかりくつろいでいるミスター・ヴァーロックがソファで休んでいるのを見ようと、ほどなくしてやってくる人々からの施しを受けるために用意されたかのようだった。頑強なアナキストの目はその帽子を離れ、定位置からずれたテーブルへとさまよい出て割れた皿に注がれたが、しばらくすると視覚に衝撃めいたものが走った。寝椅子の上の男の閉じきってはいない瞼の下に白く光るものを認めたのだった。ミスター・ヴァーロックは今や眠っているというより、頭を傾げ、自分の左胸にいつまでも視線を据えたまま横たわっているように見える。そしてそれがナイフの柄であると分かると、同志オシポンはガラス張りのドアから顔をそむけ、激しい吐き気を覚えた。

店の玄関のドアが派手な音を立て、彼は心の奥底まで跳びあがるほどの恐怖に襲われた。無害な住人の暮らしていたこの家ですら罠、それも恐ろしい罠となり得るのだ。同志オシポンは今や自分の身に何が降りかかっているのか、よく分からなくなっていた。カウンターの縁に太腿をぶつけて一回転した彼は、苦痛の叫びを上げながらよろめいたが、頭がおかしくなるようなドアのベルの音が響くなか、気がつくと、発作的に抱きしめられて両腕が脇にぴったり押しつけられて動かない。それと同時に、女の冷たい唇が彼の耳に触れ、それがもぞもぞと毛虫のように動いて言葉になった。

「警官よ！　わたし、見られたわ！」

彼は抵抗を止めた。彼女は決して彼を放そうとしない。彼の頑強な背中に回したその手は指をからませて、離れないようしっかり組まれている。足音が近づいてきた。二人の呼吸が早くなる。胸と胸を合わせ、張りつめた苦しい息遣い。まるで二人して死闘を演じているかのようだったが、実際のところ、それは死の恐怖のなせる業だった。そしてその時間は長かった。

警邏《けいら》中の巡査はたしかにミセス・ヴァーロックの姿を見かけた。ただ彼は、ここにいる二人とは逆に明るい大通り側からブレット・ストリートに入ってきたので、彼女の姿は暗闇のなかで何かがゆらめいているとしか見えなかった。いや、ゆらめきがあったかどうかさえ確信が持てなかった。彼に急ぐ理由はない。店の向かいまで来て、早い時刻に店じまいをしたということは看て取れた。それは別に格別異常なことではない。巡回する警官たちはその店について特別の指示を受けていた——そこで何が起こっていようと、どうしようもない混乱状態にないかぎり介入するには及ばず、観察に徹した結果を逐一報告せよ、と。とくに観察すべきところはない。しかし義務感と良心の安らぎのために、さらには今しがたおぼろげに目にしたゆらめきのせいもあって、巡査は道を横断してドアを調べてみる。バネ式の錠の鍵は永遠にお役御免となって、故ミスター・ヴァーロックのチョッキのポケットで休息にひたっていて、その錠はいつも通りしっかりとかかったままだった。良心的な警官がドアの把手を揺すっている間、オシポンは彼の耳に当てた彼女の冷たい唇が再びもぞもぞと動くのを感じた。

「もし彼が入ってきたら、わたしを殺して――殺して、トム」

巡査は手提げランプのかすかな光でただ形式的に店の窓をさっと照らしながら立ち去った。その後もこの男と女は店のなかで胸と胸を合わせたまま、喘ぎながらしばしじっと動かなかったが、そのうち彼女の指が離れ、その両腕がゆっくりと脇腹に沿って下がる。オシポンはカウンターに身をもたせかけた。この頑強なアナキストは何かで身体を支えずにはいられなかったのだ。とんでもないことになった。彼は嫌悪のあまり、ろくに口もきけなかったが、恨みがましい思いを何とか口にして、少なくとも自分の置かれた状況は理解していることを明らかにした。

「ほんの数分遅ければ、あいつが忌々しい薄明かりの手提げランプを持ってここを嗅ぎまわっているところに鉢合わせするところだったな」

ミスター・ヴァーロックの未亡人は店の真ん中で身じろぎもせず、執拗に言い張った――

「中に入って、あの明かりを消してきてよ、トム。このままじゃ、わたし、頭が変になりそう」

激しく拒絶する彼の身振りが彼女の目にぼんやりと映る。どう仕向けたところで、オシポンが居間に足を踏み入れる気になることはあり得なかっただろう。彼が迷信深かったというわけではない。だが床にはあまりにも多くの血が流れていた——帽子の周りはおぞましい血の海という様相を呈している。すでに心の平静を保てないほど死体に近づいてしまったという気がしていた——ひょっとすると、首の安全も保てないかも！

「それじゃあ、ガス・メーターのところまで！　ほら、そこ。その隅よ」

同志オシポンの頑強な身体が無愛想な影となって店内を進むと、隅のところで従順にしゃがみこんだ。しかしそれは不承不承の従順さだった。彼は不安げに手探りをする——すると突然、ぶつぶつと悪態をつく声のするなか、ガラス張りのドアの向こうの明かりが、女の喘ぐようなヒステリーじみた溜息に合わせてさっと消えた。夜が、この地上における人々の忠実なる労働に対する当然の報酬である夜が、幾多の試練をかいくぐってきた革命家、「旧世代の一人」であるミスター・ヴァーロックの上に落ちていた。社会の慎ましい守護役、シュトット＝ヴァルテンハイム男爵の送るいくつもの至急便に名を記された比類なき〈シークレット・エージェント〉Δ、法と秩序のしもべだった彼は、どこまでも忠実で、誰からも信頼され、決してあやまたず、実にあっぱれな男だった。ただ一つ、人の性《さが》として無理からぬ欠点はさすがに免れなかったか――夢想家さながらに、自分は自らの価値によって愛されていると思い込んでいたのだった。

オシポンは一切が黒に染まった息苦しい空気のなかを手探りでカウンターのところに戻った。店の真ん中に立っているミセス・ヴァーロックの声が、その漆黒のなかで彼の後を追うように、震えながら必死の抗弁を言い立てる。

「絞首刑なんてごめんよ、トム。絶対に――」

彼女は急に口を閉ざした。オシポンがカウンターから「そんなふうに喚くなよ」と戒めるように声を掛け、それから深い考えに沈んだようだった。「こんなこと、一人だけでやったのか？」と彼は虚ろな声で尋ねたが、それが少しも動じずに落ち着いた声のように響いたので、ミセス・ヴァーロックの心は、ありがたい、この人なら自分を守れるに違いないという確信で満たされた。

「ええ」と彼女は小声で答えた。その姿は見えない。

「そんなことがあり得るなんて、この目で見ても信じなかっただろうな」と彼は呟いた。「誰もが目を疑っただろう」彼はごそごそと動き、居間に通ずるドアの錠がカチッと鳴る音が彼女の耳に届く。同志オシポンが鍵を回し、ミスター・ヴァーロックに訪れた永遠の眠りに別れを告げたのだった。彼がそうしたのは、その眠りの永遠性に敬意を表したからでも、またそれとは別のどこか感傷的な思いに囚われたからでもなく、この家のどこかに誰か他の人間が潜んでいるかもしれないという不安が払拭できなかったからに他ならない。彼はこの女のことを信じてはいなかった。と言うよりも、今やこの驚くべき宇宙のなかで、何が真実で、何があり得ることなのか、さらには、蓋然性の高いことは何であるのかについてさえ、判断することができないのだった。恐怖のあまり、この常軌を逸した事件に関して信じることも信じないこともできなかった。何しろ警察の人間やら大使館やらから始まったこの事件は、どこで終わるか見当もつかない――誰かが絞首台に上るしかないのだろう。七時以降、自分が時間をどう使っているかを証明できないということに思い当たって、彼は恐怖を覚えた。というのも、ずっとブレット・ストリート周辺をうろついていたからである。こんなところに自分を連れてきたこの残忍な女に恐怖を覚えた。この女は、少なくともこっちが慎重に振舞わないと、共犯の罪をなすりつけてくるだろう。こんな危険にまたたく間に巻き込まれてしまった――巧みにおびき寄せられてしまった――その運びの早さに恐怖を覚えた。この女と出会ってから二十分ほどしか、いやそれほども経っていないではないか。

ミセス・ヴァーロックの押し殺した嘆願の声が哀れを誘うように響く――「わたし

を絞首台に送らせないで、トム！　国外に連れ出して。わたし、あなたのために働くわ。あなたの奴隷になるわ。あなたを愛するわ。この世界で一人ぼっちなの……誰がわたしを気にかけてくれるというの、あなた以外に？」彼女はそこでしばらく口を閉じたが、やがてふと気づけば、ナイフの柄からしたたり落ちる細い一筋の血のおかげで彼女を取り囲むことになった孤独の深淵のなかで、恐ろしい思いつきが霊感のように頭にひらめいていた――ベルグレイヴィアの下宿屋の立派な娘で、ミスター・ヴァーロックの貞淑で立派な妻であった自分の頭に。「結婚してほしいなんて決して言わないから」と彼女は恥ずかしげな口調で言葉を吐いた。

暗闇のなかで彼女が一歩踏み出した。彼はぞっとした。もし彼女が突然新たにナイフを取り出して彼の胸を狙ったとしても、彼は驚かなかっただろう。まして抵抗などしなかったに違いない。実のところ、そのときの彼には、近寄るな、と彼女に言うだけの度胸がなかったのだ。しかし彼は暗くうつろに響く奇妙な声で尋ねた――「彼は眠っていたのか？」

「いいえ」と彼女は叫び、早口でまくし立てた。「眠ってなんかいなかった。全然。あの人、ずっとわたしに言っていたわ、何がどうなろうが俺には指一本触れることはできないんだって。わたしの目の前であの子を連れ去って、殺してからのことよ――

あの優しくて純真で無邪気なあの子を。わたしの弟なのよ。あの人、カウチにのうのうと横になっていたわ――あの子を、わたしの可愛い弟を殺したっていうのに。外の通りに出ていって、あんな男の前から姿を消したかったわ。それなのにあの男、『こっちへおいで』みたいなこと言うの、わたしがあの子を殺すのに手を貸した、なんて言った舌の根も乾かぬうちに。聞いてるの、トム？　『こっちへおいで』みたいなこと、よく言えたもんだわ、泥まみれになるほど粉々にしたあの子といっしょにこの心までわたしから奪い取っておきながら」

彼女はいったん言葉を切った。それから夢でも見ているように二度繰り返した――「血と泥、血と泥」同志オシポンは不意に一切を悟った。それじゃあパークで死んだのはあの知恵遅れの若造だったのか。まわりの誰もがこんなに完璧にコケにされるなんて聞いたことがない――まさに前代未聞だ。彼は科学的な言葉を叫んだが、それは度外れた驚愕のせいだった――「退化者だったのか、驚きだ！」

「こっちへおいで、だなんて」ミセス・ヴァーロックの声が再び響いた。「わたしのこと、何だと思ってたのかしら。ねえ、トム。こっちへおいで、だって！　このわたしによ！　けろりとしてね！　わたし、ずっとナイフを見ていたわ。それで考えたの、そんなにわたしが欲しいなら行ってあげようって。ええ、そう！　行ったわ、これが最後と思って……ナイフを持ってね」

彼は彼女に心底ぞっとした。この女は退化者の姉、いや彼女自身が退化者ではないか。殺人を犯すタイプの退化者か……そうでなければ嘘をつくタイプの。同志オシポンは科学的に考えてぞっとしたのだと言えるかもしれない。もちろん他にも恐怖の種は尽きなかったが。彼が感じていたのは測り知れない複合的な怖気であり、それがあまりに強烈なおかげで、暗闇のなかで落ち着いて思いやりのある熟慮に耽っているという偽りの風情を彼に纏わせることになったにすぎない。何しろ彼は動くことも話すことも思うに任せない有様で、まるで意志も心も半ば凍りついたようだったからである。それに蒼ざめたその顔は誰の目にも見えないのだ。彼は半ば死んだように感じていた。

彼は一フィートも跳び上がった。ミセス・ヴァーロックが思いがけず、この家が保ってきた控え目な品位を汚して甲高く恐ろしい金切り声を上げたのだった。

「助けて、トム！　死にたくないの。絞首刑なんていや！」

彼は慌てて声のする方へと駆け寄り、黙らせようと手探りで彼女の口を探す。そして金切り声が消えた。しかしそれは彼が駆け寄りながら彼女を倒してしまったせいだった。今度は自分の脚に彼女がしがみついているではないか。恐怖が極限に達し、一種の狂気じみた興奮状態になって妄想を生み、アルコール依存症患者の経験する譫《せん》妄《もう》症特有の症状が現れた。蛇がはっきりと目に映る。その女が蛇のように自分に絡みついているのが見える。どうにも振りほどけない。その女は死をもたらす存在ではない。死そのもの――生の伴侶――だった。

ミセス・ヴァーロックは思いを爆発させたことで心が安らいだのか、打って変わってすっかり静かになった。感情の起伏の激しい女なのだ。

「ねえトム、今更わたしを放り出すなんてできないわよ」と床に倒れたまま彼女が呟く。「その踵でわたしの頭を踏みつぶさないかぎりはね[4]。あなたのこと、絶対放さないから」

「立てよ」とオシポンは言った。

彼の顔は蒼白で、漆黒の闇に包まれた店のなかでもはっきり見えるほどだった。一方ヴェールを被ったミセス・ヴァーロックの方は顔がなく、姿かたちもほとんど見分けられない。何やら小さくて白いもの、帽子の花飾りが小刻みに震え、彼女の居場所、彼女の動きを示すだけだった。

その花飾りが暗闇のなかで下から上に動いた。彼女が床から立ち上がったのだ。そしてオシポンはさっさと通りへ逃げ出せばよかったと後悔した。だがそんなことをしても無駄だとすぐに悟る。無駄に決まっている。きっとこの女は追いかけてくる。金切り声をあげて追ってきて、それを聞きつけた警官が一人残らず追跡してくる。そうなったらこの女に何を言われるか分かったものではない。怯えが昂じて、暗闇のなかで彼女を絞め殺してしまおうという狂気じみた考えが一瞬彼の頭をよぎった。そしてひたすら怯えが募る！　この女にしてやられたのだ！　スペインかイタリアのどこか人目につかぬ寒村で、惨めな屈辱感に苛まれながら暮らす自分の姿が目に浮かぶ。そしてやがてある晴れた朝、死んでいるところを発見されるのだ、胸にナイフを突き立てられて――ミスター・ヴァーロックと同じように。彼は深く溜息をついた。とても動く気にならない。ミセス・ヴァーロックの方は黙ったまま、彼女の救世主の色よい返事を待っていた。思い悩んでいる彼の沈黙に慰めを見出しているのだった。不意に彼が不自然さをほとんど感じさせない声できっぱりと断言する。思い悩む時間は終わっていた。

「さあ出かけるぞ。列車に乗り遅れるからね」

4　ウィニーが蛇に擬せられているので、『創世記』三章一五節を響かせる。そこで神はエデンの園でイヴを誘惑した蛇に対して、人が蛇の頭を砕き、蛇が人の踵を砕くことになる、と予言している。

「どこへ行くの、トム？」と彼女はおずおずと尋ねた。ミセス・ヴァーロックはもはや自由な女ではなかった。

「まずパリへ行こう。それがわれわれにとって最善の道……先に外に出て、人影がないか確かめてくれないか」

彼女は指示に従った。彼女の押し殺した声が用心深く開けたドアの隙間から響く。

「大丈夫よ」

オシポンは外へ出た。できるだけ音をたてないようにと気を配ったにもかかわらず、ひび割れたベルが閉じられたドアの向こうの誰もいない店内でがらがらと鳴る。まるで休んでいるミスター・ヴァーロックに、妻が二度と帰らないつもりで出ていってしまうぞ、しかもあんたの友人と一緒だぞ、と空しい警告を発しているかのようだった。

二人がほどなくして拾った辻馬車のなかで、頑強なアナキストはあれこれと説明を始めた。顔色は相変わらずひどく蒼白で、張りつめた顔のなかに目が半インチほども沈み込んだように見える。しかし思いもよらぬ手順を踏む作戦の一部始終が頭に浮かんでいるみたいだった。

「向こうに着いたら」と彼はどこか奇妙に響く単調な口振りで説明する。「君が先に駅に入るんだ。お互い見知らぬ他人の顔をして。切符はぼくが買って、君を追い越しながら手に切符を滑り込ませる。それから君は一等乗客の女性用待合室に行って、発車十分前までそこに留まる。時間が来たら出てくるんだ。ぼくは外にいる。君が最初にプラットホームに入る。こっちのことは知らぬ素振りで。事情を知っている目がそこで光っていないともかぎらないから。連れがいなければ、君は列車で出かける一人の女性にすぎない。ぼくは顔を知られている。だからぼくと一緒にいると、逃亡中のミセス・ヴァーロックだと目をつけられてしまいかねない。分かるかい、分かるよね?」と彼は無理をしてつけ加えた。

「ええ」とミセス・ヴァーロックは辻馬車のなかで彼に身をもたせかけたまま答える。その身体は絞首台への恐怖と死への不安とでこわばっていた。「ええ、トム」そして彼女が自分に言い聞かせようとつけ加えた言葉は、詩行の各連の最後に繰り返される恐ろしい反復句を思わせる――「今回の絞首台の高さは十四フィート」

オシポンは彼女の方を見ようともしない。顔色は、消耗性の疾患をわずらった後、まだ病み上がりの状態で新たに我が身をかたどった石膏像を思わせる。その彼が言った。「ところで、切符を買う金をいま預かっておかないと」

ミセス・ヴァーロックは馬車の泥除けの先をじっと凝視したまま胴着のホックをいくつか外し、新しい豚革の札入れを彼に渡した。彼は無言のままそれを受け取ると、自分の服の胸の奥のどこかに突っ込んだようだった。それからコートを上からぴしゃりと叩く。

こうした遣り取りの間、かれらはともに一度も視線を交わさない。待望のゴールを一刻も早く見ようと目を凝らしている二人連れのようだった。やがて辻馬車が角を曲がって橋の方に向かうと、オシポンが再び口を開いた。

「あれにいくらお金が入っているか、知っているの？」と彼は尋ねた。馬の両耳の間に座っている小鬼にゆっくりと問いかけているような調子だった。

「いいえ」とミセス・ヴァーロックが答える。「あの人に渡されただけ。数えなかったわ。そのときには何とも思わなかったの。後になって――」

彼女は少しだけ右手を動かした。一時間足らず前に男の心臓に死の一撃を見舞ったその右手の動きが何とも生々しく、オシポンは身体の震えを抑えることができない。

彼はことさらに激しく身震いしてみせると、呟いた。

「寒気がする。身体の芯まで冷え切ってしまった」

ミセス・ヴァーロックは眼前に展開する逃避行の前途をまっすぐ直視していた。ときおり、道にかかる黒い横断幕のように、「今回の絞首台の高さは十四フィート」という言葉が彼女の張りつめた視線の先に立ち現れる。黒いヴェールの奥で、その大きな瞳の白目が仮面をつけた女の目にも似た光を帯びる。

オシポンのこわばった言動にはどこか事務的なところがあり、奇妙なお役所的雰囲気が漂っていた。再び唐突に彼の声が響く。まるで話すために何かの留金をぱちんと外したかのようだった。

「ねえ、知らないかな、君の——いやあの男は、銀行口座を本人名義で持っていたんだろうか。それとも他人名義の口座だったのかな」

ミセス・ヴァーロックは仮面を被ったその顔とその目の大きな白い輝きを彼に向けた。

「他人名義って？」と彼女は考え込んで言った。

「正確に言ってくれないと困るんだ」とオシポンは辻馬車の速い動きに身を委ねながら講釈する。「これは極めて重要なこと。説明しよう。銀行は紙幣の番号を控えている。名義人本人としてあの男に紙幣が支払われていれば、彼の——その本人の死が明らかになったとき、紙幣の番号から足がつくことになる。何しろ他にお金を持っていないのだから。他に手持ちのお金はないの？」

持ち合わせはない、と彼女は首を横に振った。

「全然？」と彼は執拗に尋ねる。

「小銭が少しだけ」

「その場合は危険だな。この金の扱いはくれぐれも慎重にしなくては。くれぐれもね。ひょっとすると総額の半分相当を手放さなければならなくなるかもしれない。パリで知っている安全な店でこの紙幣を換えてもらわなくてはならないが、足許を見られて半額に値切られそうだから。もう一つの場合——あの男が他人名義で、例えばスミスとかの名で口座を持っていて、その名前で金を引き出していれば、この金は何の心配もなく使えることになる。分かるかい？　銀行側にミスター・ヴァーロックとそのスミスとやらが同一人物だと知る手立てはないからね。だからぼくの質問に対する答が絶対に間違いのないものであることがどれほど大切か分かるだろう。でもそもそもその問いに答えられるのかな。たぶん無理だろうな」

彼女は落ち着いて答えた。

「いま思い出したわ。あの人、自分の名前で預金はしていない。一度言っていたもの、プロウザー名義で預金してあるって」

「確かか？」

「間違いないわ」

「銀行が彼の本当の名前について何がしかのことを知っているとは思わないか？　あ

るいは行員の誰かとか、それとも――」

彼女は肩をすぼめた。

「わたしに分かるはずないでしょう。でもそんなことってよくあるの、トム？」

「いや、そんな可能性はまずないと思う。それが分かればより安心というだけさ……さあ着いた。先に降りて、まっすぐ駅に入るんだ。不安な様子を見せないようにね」

彼は後に残り、手持ちのシリング銀貨から馭者への支払いを済ます。彼が細心の深慮遠謀に基づいて用意した計画が実行に移されたのだ。ミセス・ヴァーロックがサンマロまでの切符を手に女性用待合室に姿を消すと、同志オシポンはバーに入り、お湯割りのブランデーを七分間で三杯飲み干した。

「風邪を追い払おうと思ってね」と彼は親しげに頷きながら、しかめ面に微笑を浮かべて、そこで働く娘に言い訳でもするように言った。それから店を出たが、愉快な幕《まく》間劇《あいげき》を楽しんだというのに、他ならぬ悲しみの泉の水を飲んできた男の顔つきになっている。目を上げた先は構内の時計。時間だ。彼は待った。

時間通りにミセス・ヴァーロックが出てきた。ヴェールを下ろし、全身黒ずくめ――ありふれた死そのもののように黒く、被った帽子には安物の薄い色の花飾り。その姿が男たちの小グループのすぐわきを通り過ぎる。彼らは笑い合っていたが、そのさざめきもあるほんのひと言が響けばぴたりと止んでしまったことだろう。彼女の足取りは気乗りしなそうにゆっくりしたものだったが、背筋はピンと伸びている。同志オシポンはその様子を気が気ではない思いで見送った。それからようやく自分も動き出した。

入線してきた列車が停まった。どの扉も開いているが、そのどこにもほとんど人影はない。時期が時期だけに、そしてまたひどい悪天候のせいもあって、ろくに乗客がいないのだった。ミセス・ヴァーロックが空っぽの客室の列の前をゆっくりと歩いていく。オシポンが後ろからその肘に触れた。

「ここだ」

彼女はその扉から乗り込んだ。オシポンはプラットホームに残り、周囲を見回す。彼女が身を乗り出して、囁き声で尋ねる。

「どうしたの、トム？　何か危険なことが？」

「ちょっと待って。車掌がいる」

彼女が見ていると、オシポンは平然と制服の男に近づいて声をかけた。二人で何やら話し合っている。しばらくすると車掌が「承知しました」と言うのが聞こえ、会釈をするのが見えた。それからオシポンが戻ってきて、言った――「われわれの客室に誰も入れないように頼んでおいた」

彼女は座席に座って前屈みになっている。「あなたは何から何まで考えている……わたしを逃がしてくれるわよね、トム?」と彼女は激しい苦悶を滲ませて尋ねた。無造作にヴェールを上げて、救世主を見つめる。

鉄石の意志をみなぎらせた顔が露わになっていた。そしてその顔から目がじっと相手に向けられている。大きな、涙も涸れ、見開かれた、光のない目。白く輝く二つの球体のなかにできた二つの黒い穴のようだった。

「危険はない」と彼は答え、心を奪われたような熱のこもった眼差しで、その目を覗き込むように見つめる。絞首台から逃げようとしているミセス・ヴァーロックには、力と優しさに満ちていると思える眼差しだった。この献身的な熱意が彼女の心を動かした――鉄石のような顔から厳しくこわばった恐怖の色が消えた。同志オシポンはどんな男もこれまで恋人を見つめたことのないような眼差しでその顔を見つめていた。アレクサンドル・オシポン、ドクターの異名を持つアナキストであり、医学の(そしていかがわしい)パンフレットの著者であり、労働者クラブで衛生法の社会的側面を講ずる夜間学級の教師である彼は、因襲的な道徳の桎梏《しっこく》に縛られることはない。彼が従うのは科学の法則。彼は科学的であり、その女を、退化者の姉で、自分自身が退化者――殺人を犯すタイプの――である女を、科学的に見つめた。彼は彼女を見つめ、霊感を求めてロンブローゾに加護を願った。それはイタリアの無知な農民がお気に入りの聖人に加護を求めて我が身を売り込むのに似ていた。彼は科学的に見つめる。彼女の頬を見つめる、鼻を、目を、耳を……ひどい！……致命的だ！　ミセス・ヴァーロックの唇が、血の気の失せたまま、彼の熱のこもった注視のもとで少し弛緩したのか、わずかに開いている。彼は彼女の歯も見つめる……疑問の余地はない……殺人者タイプだ……もし同志オシポンが恐怖におびえる自分の魂をロンブローゾに売り込まなかったとしたら、それは科学的に考えて、自分が魂などというものを持ち合わせているなどとは信じられなかったからに他ならない。しかしその代わり、彼には科学的精神が宿っていた。それに突き動かされて、彼は鉄道駅のプラットホームに立ったまま、苛立った途切れ途切れの言葉で証言するのだった。

「彼は並外れた少年だった。君のあの弟さ。実に興味深い研究対象だ。ある意味で完璧なタイプ。典型例だ！」

彼は恐怖を隠したまま科学的に言った。そして、愛する死んだ弟に賜ったこの称讃の言葉を聞きながら、ミセス・ヴァーロックの身体が前のめりになる。その暗い目に走った光のゆらめきが、嵐の前触れとなる一条の日の光を思わせた。

「ほんとにその通りだった」と彼女は唇を震わせながら静かに小声で言った。「あの子のことずいぶん気にしてくれていたわ、トム。だからあなたのこと、好きだったの」

「信じられないほど似ているよ、君たち姉弟は」とオシポンは言葉を続ける。いつまでも消えぬ恐怖を声にし、列車の出発をじりじりしながら気分が悪くなるほど待ち続けている苛立ちを隠そうとしているのだった。「そう、彼は君に似ていた」

この言葉は格別心に響くものでも、同情を示すものでもなかった。しかし二人は似ていると強調された事実が、それだけで彼女の心を十分揺り動かした。かすかに叫び声をあげ、両腕を投げ出して彼女はとうとう泣き伏した。

オシポンは客車に乗り込むと急いで扉を閉め、構内の時計に目を遣って時刻を確かめた。まだ八分あった。そのうちの初めの三分間、ミセス・ヴァーロックは抑えがきかずに、激しく止めどなくずっと泣き続けた。その後いくらか落ち着くと、滂沱《ぼうだ》の涙を流しながら静かに嗚咽した。そして自分の救世主であり、生命の使者である男に何

5　ロンブローゾによれば、女性の犯罪者は、張り出た頬骨、害意に満ちた目、歪んだ鼻、尖った耳などを特徴とするらしい。

とか話しかけようとする。

「ああ、トム！　あんなに残酷にこの手からあの子が奪われていったというのに、死ぬのが怖いなんてどうしてかしら！　怖がるなんて！　どうしてそんな臆病者なのかしら！」

彼女は自分が生を愛していることを嘆いた。それは優雅でもなく魅力もなく品位も欠いているが、どこまでも意志を貫こうとする高邁な誠実さに満ちた生。そのためには殺人さえも厭わなかったのだ。そして、いやというほど苦難を味わいながら貧弱な言葉しか持たない哀れな人間の嘆きによく見られるように、このときも、真実は——他ならぬ真実の叫びは——まがいものの感情を表現する雑多な語句のなかから適当に拾い上げられた陳腐でわざとらしい言い回しを纏って現れるのだった。

「一体どうしてこんなに死ぬのが怖いのかしら！　トム、わたし、死のうとしたのよ。でも怖くてできない。自殺しようとしたの。でもできなかった。情のない人間なのかしら？　わたしのような人間は極限の恐怖の味を十分味わっていなかったのだと思う。それであなたが来たとき……」

彼女はいったん言葉を切った。それから一気に吐き出すように、信頼と感謝に満ちた口調で「これからずっとあなたのために生きるわ、トム」と咽び泣きながら言った。

「そっちの隅に席を移動しよう、プラットホーム側から離れた方に」とオシポンが気遣いを見せて言った。彼女はそんな救世主に言われるがまま、その席に落ち着いた。そして彼が注視していると、最初よりもさらに激しい新たな痛哭の発作が今にも起きそうな気配。その兆候を秒読みでもするように、彼はどこか医者を思わせる態度で見守る。ついに車掌の笛が聞こえた。列車が動き出すのを感じたとき、思わず彼の上唇が収縮して歯が覗き、そこには残酷な決意がありありと浮かんでいた。ミセス・ヴァーロックは何も聞かず、何も感じない。彼女の救世主たるオシポンはじっと立ったまま。列車が激しく泣きじゃくる女の声に合わせてごとんごとんと重々しい音を響かせながら速度を増したのを感じ取ると、彼は二歩ほど大股で車室を横切って予定通り扉を開け[6]、外に跳び下りた。

跳び下りたのはプラットホームの一番端。この一か八かの計画を何としてもやり遂げてやるという決意が極めて強固なものだったおかげで、ほとんど空中で演じられた奇跡と言うべき離れ業で、客車の扉を思い切り閉めることができた。ただ、気づいて

6　仕切りのある車室（コンパートメント）ごとに乗降のための扉がついている形式の客車が多くあった。

みれば、撃たれたウサギさながら、頭からまっさかさまに転がり落ちていた。起き上がったときには、至るところに傷を受け、身体はよろめき、顔面蒼白、息も切れていた。しかし彼は落ち着いていて、すぐに周囲に集まってきた興奮した鉄道員たちに難なく対応することができた。彼は穏やかな説得力のある口調で説明する――妻が危篤の母を見舞うために急にブルターニュに発ったのだが、当然ひどく動転しており、彼としては彼女の状態がひどく心配だったので、何とか励まそうとしていて、列車の動き出したことに最初まったく気づかなかったのだ、と。「それなら、どうしてサウサンプトンまで同行しなかったんです?」と駅員たちから一斉に問われたが、それに対しては、家に幼子三人と残っている若い義妹がまだまったくの世間知らずで、自分がいないことに気づくと恐慌をきたすはずだが、電報局が閉まっているので黙って出てきたためだ、と反論した。思わず衝動的にこんなことをしてしまったが、「二度とこんな馬鹿なまねはしませんから」と話を終わらせると、彼は周りに笑顔を振りまき、小銭を配り、足も引きずらずに意気揚々と駅を出ていった。

外に出たオシポンはこれまで手にしたこともない安全な札束で懐が暖かかったが、辻馬車はいかがですか、という申し出を断った。

「歩けるから」と彼は言い、腰の低い馭者に軽く親しげに笑ってみせた。

　彼は歩くことができた。実際彼は歩いた。橋を渡った。やがてウェストミンスター寺院の二つの塔が不動の威容を誇りながら、彼のもじゃもじゃの金髪が街灯の下を通り過ぎていくのを目撃した。ヴィクトリアの明かりも彼を目撃した。スローン・スクエアも、公園の手すりも。[7] そして同志オシポンは再び橋の上に戻っていた。テムズ川は静止した影と流れ行くきらめきが黒い沈黙のなかで混じり合った不吉な驚くべき姿となって眼下に現れ、彼の注意を惹いた。彼は長い間そこに立ちつくし、欄干越しに川面を見遣った。時計塔[8]が俯いた彼の頭上で耳障りな音を響かせた。彼は文字盤を見上げた……十二時半か。海峡[9]は荒れた夜を迎えているだろう。

　再び同志オシポンは歩いた。彼の頑強な姿はその夜、冷たい霧のヴェールに覆われ、

7　オシポンはウォータールー駅を出ると、すぐ近くのウェストミンスター・ブリッジを渡ってウェストミンスター寺院の前を通り、さらにヴィクトリア・ストリートを西に進んで、ヴィクトリア駅の西に位置するスローン・スクエアからスローン・ストリートを北上してハイド・パークに至ったものと思われる。

8　いわゆるビッグ・ベンのこと。戻ってきたオシポンの立つウェストミンスター・ブリッジの間近にある。

9　二人が逃避行に使うはずだったサウサンプトンからの船が航行する英仏海峡のこと。

泥のカーペットの上で怪物のようにまどろんでいるこの巨大な都会のなか、かけ離れたいくつかの場所で見受けられた。それはひとけのない静まり返った通りをあちこちで横切っている姿であったかと思うと、ガス灯の列に照らされた行きかう人馬もない通り沿いに影となって建ち並ぶ家々がどこまでもまっすぐに続くなかを進む次第に小さくなっていく姿であったりもした。彼が歩いたのはスクエア、プレイス、オウヴァル、コモンズと名のつくさまざまな場所であり、そしてまた、人生の流れから取り残されて塵と化した人々が悄然と望みを捨てて引きこもっている代わりばえのしない無名の通りだった。彼はどこまでも歩いた。そして不意にみすぼらしい草地のついた前庭に足を踏み入れると、ポケットから鍵を取り出し、小さな薄汚れた家に入った。

彼は服を着たままベッドに身を投げると、丸々十五分間、そのまま横になっていた。それからはっと上体を起こし、膝を引き寄せると、両脚をきつく抱え込む。夜が明けて最初の光が注ぎ始めたときも、彼は目を開けたまま、その姿勢を崩していなかった。あれほど長時間、あれほど遠くまで、当てもなく、疲れた気配も見せずに歩くことのできる男は、手足や瞼を少しも動かさず、何時間も静かに座っていることもできるのだった。しかし傾いた太陽の光が部屋に差し込んできたとき、彼は抱えていた手をほどいて、仰向けに枕の上に倒れ込んだ。彼の目は天井を見つめていた。そしてその目は突然閉じられた。同志オシポンは陽光を浴びながら眠った。

10 「……スクエア／プレイス／コモンズ」など、いずれも地名によく見られる。オウヴァルは珍しいが、長円形の競技場のことで、例えばケニントン・オウヴァルという有名なクリケット場がロンドン南部にある。

第13章

　壁に備え付けの戸棚の扉につけられた巨大な鉄製の南京錠。この部屋のなかでとんでもない見た目の悪さや材質のひどさに辟易せずに目を休めることのできるのは、それだけだった。何とも度外れた大きさのために通常の顧客相手には捌けないという次第で、ロンドン東部の船舶用品店によって数ペンスでプロフェッサーに譲られたものである。部屋は大きく清潔で、いかがわしいところは微塵もないが、何とも貧相だった。それは日々の食糧以外に人間の必要とするものが何一つここにはないのではないか、と思わせるあの貧しさである。壁には何も掛かっておらず、壁紙が剝き出しになっていて、一面に広がった砒素顔料を思わせる緑色の広がりのそこここに拭き取れない汚れが散り、住む人のない大陸の色褪せた地図に似た染みも浮かんでいる。

　窓際の松材のテーブルに同志オシポンが座っていた。両手を拳にして頭を抱えている。プロフェッサーは一張羅の再生毛ツイードを着てはいるが、そのジャケットの膨れ上がったポケットに両手を深く突っ込んだまま、信じられないほどくたびれたスリッパで剝き出しの床板の上をぱたぱたと歩き回っている。彼は頑強な客人に、最近立ち寄った使徒ミハエリスのことを話しているところだった。〈完全無欠なアナキスト〉たる彼の話しぶりには少しくつろいでいる風さえあった。

「あの老人はヴァーロックの死んだことを何も知らなかったよ。そりゃそうだ！　一切新聞を読まないんだから。新聞を読むと悲しくてやりきれなくなるんだそうだ。まあいい。ともかく彼のコテージのなかまで入った。人の気配が一切ない。五、六回大声で叫んでようやく返事があった。まだベッドでぐっすりお休みなのかと思ったが、それは大違い。その四時間前からずっと本の執筆に励んでいたんだ。あのちっぽけな檻のような部屋でタイプ用紙の屑に囲まれてね。そばのテーブルの上にはかじりかけの生の人参が一本転がっていた。今では食事と言えば生の人参と少しのミルクだけ」

「そんな食事ばかりでどんな様子なんだ？」とオシポンが気のない問いかけをする。

「あれは天使だな……床に散らばった原稿を拾い上げて読んだよ。論証の脆弱なことときたら、驚くべきだね。論理性の欠如。一貫した論理的思考ができないんだ。だがそれは問題じゃない。彼は自伝を三部に分けたんだが、そのタイトルが〈信仰〉〈希望〉〈愛〉[1]と来ている。目下どこまでも広がるすてきな病院みたいに設計された世界像を打ちたてようと四苦八苦の最中さ。お庭があってお花でいっぱいのその世界では、強者が弱者を献身的に世話することになる」

プロフェッサーはいったん間を置いた。

「信じられないほど馬鹿げた話だろう、オシポン？ 弱者の世話だって！ かれらこそ、この地上の諸悪の根源じゃないか！」言葉を継いだその口調には彼特有のぞっとするような自信が漂っている。「彼に言ってやったんだ、わたしの思い描く世界は弱肉強食の場で、そこでは弱者は根絶すべきものとして処理されるだろう、とね。

分かるかい、オシポン？ 弱者は諸悪の根源なんだよ！ われらの不吉なる主人なんだ――あの弱くて、無気力で、愚かで、臆病で、意気地のない、奴隷根性の連中は。かれらが権力を握っている。有象無象の俗衆どもが。かれらの国こそ地上の王国。[2] 根絶、根絶するのだ！ それ以外に進歩の道はない。そうとも！ わたしについてくるんだ、オシポン。最初に消えなくてはならないのは弱者という有象無象。その次は、かれらよりも少しだけ強いに過ぎない連中。分かるか？ 最初に盲者、次に聾唖者、それから不具者、跛行者、という具合に続くのだ、と言えばいいか。あらゆる汚点、あらゆる悪徳、あらゆる偏見、あらゆる因襲――それらはすべて破滅の道をたどらねばならない」

「それで何が残る?」とオシポンが押し殺した声で尋ねる。

「わたしが残る——もしそれだけ強ければ、だが」と土色の顔をした小柄なプロフェッサーは語気鋭く答える。きゃしゃな頭蓋の両側から突き出ていた細胞膜を思わせるほど薄い大きな耳が、突然深紅に染まった。

「この弱者による圧政にわたしがどれほど悩まされてきたことか」と彼の言葉に力が入る。それから上着の胸ポケットを軽く叩きながら「それでもわたしこそ力そのものなのだ」と言いつのる。「しかしいまだその時至らず、時期尚早なのだ！　時間をくれ！　ああ、あの俗衆どもめ！　憐れみも恐れも感じないほど愚かな連中だ。どうかすると、一切があの連中の手にあるんじゃないか、という思いに駆られるときがある。一切合財だよ、わたしの武器である死さえもだ」

「サイリーナスへ行ってビールでもひっかけないか」と頑強なオシポンは相手が黙ってしばらくしてから言った。その沈黙を埋めていたのは〈完全無欠なアナキスト〉の足がスリッパでぱたぱたと床をせわしなく叩く音だけ。この誘いに彼は乗った。その

1　『コリント人への第一の手紙』の愛の章として有名な一三章一三節参照。
2　『マタイ伝』五章五節「柔和なるものは幸いなるかな、その人は地を嗣がん」を皮肉に響かせるか。

日は彼なりに上機嫌だったのだ。オシポンの肩を叩いて言う。

「ビールか！　そうこなくちゃな。憂さ晴らしの楽しき一杯を、われわれは強者であり、明日は死ぬ身なれば[3]」

彼は慌ただしげにブーツをはき、その間、いつものそっけない有無を言わせぬ口調で声をかけた。

「どうしたんだ、オシポン？　ふさぎ込んで、わたしを選ぶなんて、誰も相手をしてくれないのか。酒飲みたちの愚にもつかぬ戯言が飛び交うところに始終出入りしているそうじゃないか。どうしてだ？　女漁りは止めたのか？　女なんて強者の栄養源となる弱者にすぎない——そうだろう？」

彼は履き終えた片方のブーツで床を叩き、もう一方を手に取る。重くて底の厚い編上げで、靴墨が薄くなったまま何度も修繕された跡があった。彼は不気味にほくそ笑んで言う。

「いいか、漁色家オシポン、これまで君の餌食になった女で、一人でも自殺したものがいるのか？　つまり君の勝利はいまだ完全とは言えず、ではないのか？　何しろ偉大さにお墨付きを与えるのは血だけだからな。血。そして死。歴史を見るがいいさ」

「罰当たりなことを」オシポンは相手に顔を向けずに言う。

「どうしてだ？　わたしの地獄落ちを弱者連中の希望にしてやるがいいさ。連中の神学が強者の堕ちていく地獄を発明したのだからな。オシポン、わたしが君に感じているのは友情ある軽蔑とでもいったものだ。何しろ君は蠅一匹殺せんだろう」

しかし祝宴に向かう乗合馬車の二階席で揺られているうちに、プロフェッサーの上機嫌が嘘のように消えてしまった。舗道に群がる大衆を眺めていると、疑念と不安が重くのしかかってきて彼の確信を潰してしまったのだ。そうした疑念と不安は、巨大な南京錠で閉じられた戸棚の備わったあの部屋に、誰にも会わずにしばらく引きこもった後でしか振り払うことができないのだった。

「それで」と背中合わせに座っていたオシポンが肩越しに声を掛ける。「それでミハエリスは美しくて楽しい病院のような世界を夢見ているわけか」

「まさにその通り。弱者を癒すための途方もない慈善施設さ」とプロフェッサーは露骨な冷笑を込めて同意した。

「そいつは愚かだ」とオシポンも認める。「弱さを癒すことはできないからな。だが

3　『イザヤ書』二二章一三節の「われら食らい飲むべし、明日は死ぬべければなり」を踏まえて、酒飲みが口にしそうな常套句。

結局のところ、ミハエリスは大きな間違いを犯しているというわけではないかもしれない。二百年もすれば、医者が支配する世の中になっているだろう。すでに科学の支配は始まっている。陰で支配しているのかもしれないが、しかし支配しているのは確かだ。そしてすべての科学は最終的に癒しの科学として頂点に達する――弱者の癒しではなく、強者の癒しの。人間は生きることを欲しているから――生きることをね」

「人間は」とプロフェッサーは鉄縁の眼鏡に自信に満ちたきらめきを浮かべて断言する。「自分が何を欲しているのか分かっていないのだ」

「でもあんたは分かっているわけだ」オシポンは怒りのこもった声で言った。「さっき時間をくれとわめいたばかりだからな。時間が欲しいんだろう。結構じゃないか！お医者殿があんたに時間を配分してくれるさ――あんたが善人であればね。自分は強者の一人だとあんたは言う――何故かと言えば、自分はもちろん、あと二十人くらいならすぐにも永久《とわ》の世界に送ることのできるブツをいつもポケットに忍ばせているから、というわけだ。しかし永久の世界なんぞろくでもないところだ。あんたが必要としているのは時間だろう。あんたは――もし確実に十年という時間をくれてやるという人間に会ったら、あんたはそいつをご主人様と呼ぶだろうよ」

「我が標語は〈神はなし、主人はなし〉[4]さ」とプロフェッサーは馬車を降りようと席を立ちながら、警句めいた言い方で答えた。

オシポンも立った。「あんたの時間が終わって仰向けに横たわるときが来るまで待つんだな」と、連れに続いて踏み段を降りながら言い返す。「あさましくて、みすぼらしくて、薄汚くちっぽけなあんたの時間が終わるまでね」と言葉を継ぎながら道を渡り、舗道の縁石にひょいと跳んだ。

「オシポン、わたしが思うに君はペテン師だよ」とプロフェッサーは言って、名高きサイリーナスの扉を悠然と押し開いた。そして小さなテーブルに腰を落ち着けたところで、この相手を優しく見下した思考を敷衍する。「君のドクターという愛称は真っ赤な偽り。だが君は面白い。人間なんてどいつもこいつも、一握りの勿体ぶったおどけ者の意のままになっていて、世界中至るところで舌を出しては丸薬を飲みこんでいるという君の考えには、予言者も顔負けだよ。何が予言だ！　未来のことを考えて何になる？」彼はグラスを掲げる。「いまあるものの打破のために」という彼の静かな声が響いた。

彼はビールを飲むと、再び彼独特の重苦しい沈黙に落ちた。人間は海辺の砂ほど数

4　「神も主人も不要」というのは当時のアナキストの常套句だったらしい。

限りなく、壊滅させることは不可能、どうにも御しがたい存在だという思いが彼を押し潰したのだった。爆弾の爆発音も、それを受け止める砂粒のように無数に存在する人間たちに吸収され、こだまも残さず消えてしまう。例えば今度のヴァーロックの事件。そのことなど誰もがきれいさっぱり忘れている。

オシポンが突然、何やら不可解な力に突き動かされたみたいに、ポケットから幾重にも折り畳まれた新聞を引っ張り出した。プロフェッサーはそのがさがさという音を耳にして目を上げる。

「何なんだ、その新聞は？　何か載っているのか？」と彼が尋ねた。

「何も。まったく何も載っていない。十日前の新聞でね。ポケットに入れたまま忘れていたらしい」

しかし彼はその古新聞を捨てたりはしなかった。ポケットに戻す前に、ある記事の最後の一節を盗み見るようにそっと目を遣る。そこには〈狂気もしくは絶望によるこの行為には、どこまでも不可解な謎がいつまでも消えずにたゆたうほかないように思われる〉[5]と記してあった。

そのように結ばれた記事の見出しは「女性客投身自殺、英仏海峡連絡船から」同志オシポンにとってこの新聞記事特有の文体の美しさは馴染みのものになっていた。

〈どこまでも不可解な謎がいつまでも消えずにたゆたうほかない……〉か。彼は一語一語に至るまでそらんじていた。〈どこまでも不可解な謎が……〉そしてこの頑強なアナキストは深くうつむいて、長い夢想に耽るのだった。

この記事によって彼は自らの存在の根源まで脅かされたのだ。征服した女は至るところにいたが、彼女たちに会いに出かけていくことができない。ケンジントン公園[6]のベンチで口説き落とした女たちや、半地下の勝手口前の鉄柵のそばで出会った女たち[7]など十指に余るが、会えば彼女たちに、いつまでも消えずにたゆたうほかないどこまでも不可解な謎について口走ってしまうのではないかという恐れが拭えないのだ。彼は冷静に考えて、この一文の行間に狂気が潜んで自分を待ち伏せしているのではない

5　この新聞記事について、フランスの作家ギ・ド・モーパッサンの短編「ロザリー・プリュダン」（一八八六）が利用されているという指摘がある。嬰児殺しの罪に問われた召使い女の裁判を描いたこの短編は「この事件は本物の謎で覆われており……」という記述から始まり、「裁判所にいるものは傍聴人を含め、彼女は絶望と狂気の発作に駆られてこの蛮行に及んだのだ、という見解に傾かざるを得なかった」という一文を含んでいる。

6　ハイド・パークの西に隣接する大きな公園で、幼児を連れた子守女たちが集ったという。

7　その家の召使いの女やその家に物品を運ぶ女店員が暗示されている。

か、と怖れるようになった。「いつまでも消えずにたゆたう」のは絞首台のロープも同じ。それは強迫観念、拷問だった。このところ何度か彼は密会の約束を反故にしていた。かつて女心に訴える男らしい優しさにあふれた言葉で彼の記した誘いの手紙は、相手からまたとない信用をかち得ていたものだった。属する階層は多種多様だったが、女たちは容易に彼を信じ込んだ。そのおかげで彼は自己愛の欲求を満たすと同時に、金づるめいたものも手に入れることができた。彼は生きるためにそれを必要とし、それはそこにあった。だが、もしそれを利用することが最早できなくなったとしたら、自らの理想と肉体を餓死させる危険を冒していることになる……〈狂気もしくは絶望によるこの行為〉

人間すべてについて「どこまでも不可解な謎」が「いつまでも消えずにたゆたう」に違いないと言えるだろう。だが、万人のなかで彼だけが呪われた知識を払拭できないとしたらどうだ？　そして同志オシポンの知識はあの記事を書いた記者もかなわないほど正確なものだった——〈いつまでも消えずにたゆたうどこまでも不可解な謎〉のまさにとばくちにまでたどり着いていた。

同志オシポンは情報通だった。汽船の乗船口にいた係員が何を見たか知っていた。「黒い服を着てヴェールを被った女性が真夜中、舷側に沿って埠頭を当てもなさそうにふらふら歩いているので、『乗船なさるんでしょう、お客さん』と声を掛けたんです。元気づけようと思って。『こちらへどうぞ』と言っても、どうしたらいいのか分からない様子でした。それで乗船されるのをお手伝いしました。ひどく弱っているように見受けられましたね」

そしてオシポンはまた客室乗務員が何を見たかも知っていた。黒衣の女性が蒼白な顔をして、誰もいない女性用船室の真ん中にぽつねんと佇んでいたというのだ。乗務員は彼女を説得してそこに寝かせた。女性は何も話したくなさそうで、何やらとんでもない厄介事に巻き込まれているらしい。次に乗務員は船室から彼女の姿が消えていることを知った。そこで、どこにいるのかと甲板に捜しに出た。そして、同志オシポンの得た情報によれば、この心優しい女性乗務員はその不幸な女性客が覆いのついた椅子の一つに横になっているのを見つけた。女性は目を開けていたが、何を問いかけられてもまったく返事をしない。とても具合が悪そうだった。乗務員は司厨長を呼んでくると、二人して幌付き椅子の両側に立って、この尋常でない痛ましい乗客をどうしたものかと相談した。二人は声を潜めながらも（その女性には何も聞こえそうもなかったので）互いに聞き取れるように、サンマロ到着後、領事に報告して、イギリスの家族に連絡を取ってもらうことにしようと話し合った。それから二人は女性客を船室に運ぶ手筈を整えるためにその場を後にした。二人の目に映った彼女の様子では死にかけているとしか見えなかったから。しかし同志オシポンは知っていた、彼女の絶望した蒼白な仮面の裏では、逞しい生命力、生への愛が恐怖と絶望とを相手に激しく戦っていたことを。それは殺人にまで駆り立てる凄まじい苦悶と、絞首台への恐怖、やみくもな狂わんばかりの恐怖とに対抗できる力なのだ。彼は知っている。だが女性乗務員と司厨長は何も知らない。はっきりしているのは、五分とおかずに戻ってきたときには、すでに幌付き椅子に黒衣の女性の姿はなかったということだけ。彼女はどこにもいなかった。姿を消してしまった。時刻は午前五時。と言っても事故ではなかった。一時間後、汽船の乗員の一人が椅子に残された結婚指輪を発見した。多少とも湿気を帯びた木の部分にくっついたままになっていて、その光が彼の目を惹いたのだった。指輪の内側には、一八七九年六月二四日、と彫られていた。〈どこまでも不可解な謎がいつまでも消えずにたゆたうほかない……〉

ようやく同志オシポンはうつむいた頭を上げた。それはこの島国のさまざまなしがない女たちに愛され、明るく輝くもじゃもじゃの髪のせいで太陽神アポロンを思わせる頭だった。

プロフェッサーの方はその間にすっかり店を出る気になっていた。彼は立ち上がった。

「待てよ」とオシポンが急いで言った。「なあ、あんたは狂気と絶望について何を知っている?」

プロフェッサーは舌の先を乾いた薄い唇に這わせ、権威者然として答える。

「そんなものは存在しない。今やすべての情熱が消え去った。世界は凡庸に満ち、芯がなく、力とは無縁。かたや、狂気や絶望は力に他ならない。そうして力というものは、この世界を牛耳っている愚人、弱者、抜け作どもの目には犯罪と映る。君は凡庸だよ。ヴァーロックの事件を警察は見事に闇に葬ったが、あの男も凡庸だった。警察は彼を殺した。彼は凡庸な男だった。誰もが一人残らず凡庸なんだ。狂気と絶望か! それをわたしにくれ。そうすればそれを梃子として世界を動かしてみせよう。オシポン、君に心からの軽蔑を捧げる。でっぷり太った市民が犯罪と呼びたがるのはどんなことなのか、それすら想像できないのだからな。君にはまったく力がないのだ」彼はいったん口を閉じた。どぎつく光る厚い眼鏡の奥で冷笑に満ちた笑みが広がる。

「それから言わせてもらうと、君の手に遺産が少々渡ったという噂だが、だからといって頭がよくなったわけではなさそうだね。間抜け面してビールを飲んでいるだけだからな。では失礼する」

「もらう気はあるかい?」とオシポンは抜け作めいたにやにや笑いを浮かべながら

言った。

「もらうって何を?」

「その遺産だよ。そっくり全部」

物欲とはまったく無縁のプロフェッサーは微笑むだけ。着ている服は身体から今にもずり落ちそうで、修理を重ねたせいですっかり不格好になったブーツは鉛のように重く、歩を進めるごとに水が浸み込んでくるような代物。彼は言った。

「近いうち少額の請求書を君に送ることにしよう。明日注文する化学薬品の分だ。どうしても必要なものでね。了解——だな?」

オシポンはゆっくりとうつむいた。一人ぼっちだった。〈どこまでも不可解な謎が……〉自分の脳髄が眼前の中空に宙吊りになって、どこまでも不可解な謎のリズムに合わせて脈打っているのが見えるような気がする。明らかに病んだ脳髄だ……〈狂気もしくは絶望によるこの行為〉

出入口近くに置かれた機械仕掛けのピアノが生意気にもワルツを一曲演奏しおえたかと思うと、まるで機嫌を損ねたように突然黙り込んだ。

ドクターの異名をとる同志オシポンは酒場サイリーナスを出た。出入口のところでちょっと足を止め、大して輝かしくもない陽光に目をしばたたく。ある女性の自殺を報ずる記事の載った新聞はポケットにはいっていた。心臓がそれにぶち当たるように激しく鼓動している。一女性の自殺――〈狂気もしくは絶望によるこの行為〉

彼は踏み出す足先には目もくれず通りを歩いた。その方向に歩みを進めても、別の女性（年配の幼児養育婦で、アポロンに似た神々しい頭を心から信頼している）との約束の場所に近づくわけではない。その場所から遠ざかるように歩いているのだった。誰であれ女性と向かい合うことができないのだ。それは身の破滅だった。彼は考えることも、働くことも、眠ることも、食べることもできなかった。しかし酒を飲めば気分がよくなり、期待と希望が感じられるようになり始めていた。それは身の破滅だった。彼の革命家としての経歴は多くの女性たちの深い思いと信頼とに支えられてきたのだが、どこまでも不可解な謎――新聞記事特有の文体のリズムに合わせて理不尽な搏動を繰り返す人間の脳髄の謎――によって、今や危険にさらされている。〈……いつまでも消えずにたゆたうだろう……〉その経歴は側溝に溜まった汚辱にまみれようとしている。〈……狂気もしくは絶望によるこの行為には……〉

「自分は重症だ」と彼は科学的洞察力を発揮して我が身に言い聞かせる。すでにその頑強な姿は、大使館諜報部の金（ミスター・ヴァーロックから相続した）をポケットに忍ばせたまま、まるで避けられない未来の仕事に備えて訓練しているかのように側溝のなかを進んでいく。サンドイッチマンが身体の前後に垂らす看板をつなぐ革紐に頭を通そうとしている姿さながらに、すでにその広い肩を丸め神々しい髪の生えた頭をかがめている。一週間以上前のあの夜と同じように、同志オシポンは踏み出す足先には目もくれずに歩いた。疲れも覚えず、何も感じず、何も目に入らず、何の音も耳にせずに。〈どこまでも不可解な謎が……〉彼は誰の目にも留まらずに歩く……〈狂気もしくは絶望によるこの行為〉

そして物欲とは無縁のプロフェッサーもまた歩いていた。人類の多数を占める忌まわしい大衆から目をそむけながら。彼にとって未来は存在しない。彼は未来など歯牙にもかけない。彼は力を持っている。彼の思想は破滅と破壊のイメージをいとおしそうに包み込む。歩く姿は弱々しく、貧弱で、薄汚く、みすぼらしい――それでいて、世界の再生のために狂気と絶望を呼び込もうという単純明快な思考の持主であることによって、彼は恐ろしい存在だった。誰一人、彼に目を向けるものはいない。誰に疑われることもなく彼は歩いていく。人々であふれる街なかの疫病神のように死を抱えながら。

作者のノート

『シークレット・エージェント』の発端は、主題や描き方、芸術上の意図はもちろん、その他作者にペンを取る気を起こさせるあらゆる動機の点から見ても、精神的、情緒的な無気力状態に陥っていた時期に求められると思う。

実のところ、わたしはこの作品を衝動的に書き始めると、そのまま休むことなく書き続けたのだった。順調に事が運んで製本され、読者の前に届けられるようになったが、すると、こんな作品を発表するなんて、という手ひどい非難を浴びる羽目になった。厳しい警告もあれば深い失望を表明するものもあった。現在、手許にそうした文章の現物があるわけではないが、全体の論調は極めて単純なものであっただけに、それがどのようなものであったか、はっきり記憶に残っており、またそれに対してわたしがどれほど驚いたかもよく覚えている。そうしたこと一切が今となってはすっかり昔話のようだ！　だが実はそれほど昔のことではない。わたしとしては一九〇七年の自分はまだうぶな純情さを保持していたのだ、と結論づけざるを得ない。現在のわたしには、たとえどれほど世間知らずでも、この物語の描き出した薄汚れた舞台と下劣な道徳を論拠[1]として何がしかの批判が展開されるであろう、ということくらいは予見できただろうに、と思える。

もちろんそうした批判は重大な異議申し立てである。だがそれが普遍的な見解だったわけではない。実際、非常に多くの理性的で共感に満ちた評価にまじって少しばかり見られた非難だけを取り上げるのは、礼を失する振舞いであるように思われる。それでもこの文章を読んで下さる方であれば、それが自尊心を傷つけられたためであるとか、生まれついた感謝知らずの気質のせいであるとお考えになることはまさかあるまい。思いやりのある方なら、そうしたわたしの選択は生来の慎み深さによるものであると考えてくださるかもしれない。しかし、わたしが自分の立場を明らかにするためにこの作品に対する非難の方を選ぶのは、必ずしも慎み深さによるものではない。そう、慎み深さによるものではないのだ。自分が慎み深い人間であるかどうかは一向に定かではないが、これまでわたしの作品をずっと読んできてくださった方なら、わたしという人間が、自分の名誉のために他人の言葉を材料にして騒ぎ立てるのを潔しとしないだけの品位、気配り、才覚の持主であると信じてくれるだろう。そう、わたしがそれを選ぶ真の動機はまったく別種のものである。わたしにはずっと自分の行動を正当化する傾向がある。弁護ではなく正当化である。自分の行動が正しかったと主張するのではなく、ただそこに何らひねた意図はなかった、自分を突き動かした衝動の根底に人間の自然な感受性に対する密かな軽蔑などなかった、と説明したくなるのだ。

これは憎めない欠点であると言えるかもしれないが、危険なのはこの弁明癖によって、他人をうんざりさせる存在になりかねない点である。世間一般は明々白々たる行為について、その動機などに関心を示さない。関心があるのはひたすらその結果なのだ。人は結果を見てにこにこ笑みをこぼそうとも、動機の究明にいそしむ動物ではない。[2]人は明白なものを好む。説明などには耳を貸さない。けれどもわたしは説明を続けるつもりである。言うまでもなく、わたしがあの本を書く必要はなかった。あの主題――物語そのものの主題という意味と人間の生に立ち現れる固有の問題というより

1 当時の批評のなかには、本書を現代の「小説における醜さ」を体現する一例として挙げたものや、作品全体を「品がない」と断じたものがある。

2 『ハムレット』一幕五場に見られる「人はにこにこと笑みを湛えながら悪人にもなりうる」という台詞をいくらか響かせる。

大きな意味の双方——を取り上げる必要に迫られてなどいなかった。これについては全面的に認めよう。しかし作品の趣向を変えることによって読者にショックを与えること、あるいはただ読者を驚かすことでさえ、それを目的としてひたすら醜悪なものを精巧に作り上げてやろうなどという考えはこれまで一度として持ったことがない。この発言は信じてもらえるのではないかと思って、こう記している。わたしという人間の性格全般がそれを裏づけてくれるはずだし、そればかりでなく、誰の目にも明らかなように、この物語の描き方全体、それが読者の胸に喚起する義憤、及び作品の基調をなす憐憫の情と侮蔑感が、設定された舞台で人物たちの動く環境の表面に見られるに過ぎない薄汚さやむさくるしさからわたしがはっきり距離を置いていることを明らかにしているという点も、信じてもらえる理由になるはずだ。

『シークレット・エージェント』を書き始めたのは、遥か彼方のラテン・アメリカの雰囲気を湛えた異郷の小説『ノストローモ』と、どこまでも個人的な『海の鏡』の執筆に二年間没頭した直後のことだった。精魂込めて書き上げた『ノストローモ』は今後もわたしの一番の大作であり続けるだろう。『海の鏡』の方は、人よりも深い付き合いのあった海といかに親密に交わり、ほぼ半生に及ぶその交わりがいかにわたしの人格を形成したかをいささかなりとも明らかにしようとした率直な試みだった。またその時期には、物事の真実についての感覚に寄り添うように極めて強烈な想像力と感情がすぐに反応していた。その反応は事実に対してどこまでも偽りのない忠実なものであったが、それでも（執筆を終えてしまうと）自分が取り残されたような気持ちになった。感情のただの抜け殻のなかで目的を失い、創作とは別のもっと無価値なものに囲まれて道を見失ってしまったのだった。

　自分には変化――想像力の、視点の、心構えの変化――が必要だ、と本当に感じていたのかどうかよく分からない。むしろ、そのときにはすでに根本的な心境の変化がいつのまにか気づかぬうちにわたしの身に起こっていたのではないかと思う。明確な特記すべき出来事があったという記憶はない。『海の鏡』を脱稿し、そこでは片言隻句にいたるまで自分に対しても読者に対しても嘘偽りなく書いたとはっきり意識していたので、わたしは筆を擱《お》いて幸福な時間にしばし身を委ねた。そんな時である。わたしはいわばまだ立ち止まった状態で、格別の努力をして何か書く材料を探そうなどとは露ほども考えていなかったのだが、『シークレット・エージェント』の――つまりこの物語の――主題が訪れたのだった。それはアナキストについて、と言うよりアナキストの活動についての何気ない会話のなかで友人[3]の発したひと言という形を取って現れた。どうしてそんな話向きになったのかは覚えていないが。

しかし自分が何を口にしたかは覚えている。アナキズム全体が、その教義、活動、精神のありようを含め、いかに無益な犯罪性を帯びているか、そして悲劇的な自己破壊の欲望に憑かれた人間の痛ましい窮状と情にもろく騙されやすい性質につけこむ厚顔無恥な詐欺を思わせるその狂気じみた気取りが、いかに唾棄すべき一面を持っているか、を語ったのだ。わたしの目にアナキズムの深遠めいた主張が絶対に許しがたいものに見えるのはそうした点からだった。そのうちに具体的な事例に話が及んで、すでに旧聞に属するグリニッジ天文台爆破未遂事件[4]が話題になった。血を呼ぶ狂気もここに極まれりというべき愚かな事件で、どんな理にかなった思考を重ねても、いや屁理屈による思考を動員したところで、原因を推測することなど到底できはしない。片意地なまでに混乱した理性は余人には窺い知れない独自の論理を展開させるものなのだから。だがあの事件はどうやったところで手掛かりすらつかめない。その結果われわれの眼前から消えないのは、アナキズムであれ何であれ、思想とは似ても似つかぬもののために一人の男が木っ端微塵に吹き飛んだという厳然たる事実だけ。天文台の外壁にはひび割れ一本入らなかった。

わたしがこうしたことをあれこれ述べ立てると、友人はしばらく黙って聞いていたが、そのうちいかにも彼らしい万事心得ているといった調子で「ああ、あの男は精神に多少障害があったんだ。彼の姉さんは後で自殺したよ」と言った。[5] わたしたちの間にそれ以上の遣り取りはまったくなかった。というのも、この思いがけない話にすっかり驚いてしまったわたしは黙り込んでしまい、一方彼がすぐに別のことを話し始めたからである。その後もどうしてそんなことを知ったのか、彼に訊いてみようとは思い至らなかった。彼が生涯を通じてアナキストの背中を一度くらい見たことがあったとしても、彼と地下組織との関わりはそれに尽きるはずだとわたしは確信している。[6] しかしながら彼は相手を選ばずいろいろな人と話をするのが好きで、闇を明るく照ら

---

3 友人のフォード・マドックス・ヘファーであるとされる。一九一九年、フォード・マドックス・フォード（9頁の注3参照）に改名。

4 一八九四年二月、グリニッジ・パークで爆弾が爆発、爆弾を携行していた男が瀕死の重傷を負う（その後、死亡）という事件があった。新聞の紙面を賑わせた謎めいた事件であるが、警察は、男がアナキストであり、天文台の爆破を目論んだが、何らかの手違いで、爆弾が自らの手中にあるうちに爆発させてしまったと発表した。

5 フォードはコンラッドを回想した本のなかで、このような発言はしておらず、姉の自殺という着想はコンラッド自身のものだと述懐している。

6 フォードによれば、この記述はコンラッドの意識的な間違いで、フォードを守るためにアナキスト集団との関わりを否定してみせたのだという。

すようなそうした事実を又聞きや又々聞きで耳にしたのかもしれない。情報源は道路の掃除夫か、退職した警察官か、はたまた行きつけのクラブですれ違う名も知らぬ男か、いやひょっとすると、公式か非公式か知らないが、どこかのレセプションで会った国務大臣かもしれない。

それを聞いて闇が明るく照らされたように思えたことは間違いない。森のなかから視界の開けた平原へと出てきたような気分がした。見るべきものは大してないが、明るい光に溢れている。たしかに見るべきものは大してない。そして率直に言って、かなりの時間、わたしは何かを見ようとさえしなかった。ただ闇が明るく照らされたという印象だけが残った。そこに不満はなかったが、そこから何かを生み出そうという気にはならなかった。それから一週間ほどして、わたしはある一冊の本[7]を偶然目にした。わたしの知るかぎり、まったく世間の注目を浴びなかった本である。ロンドン警視庁警視監の略述回顧録とでもいったもので、著者は強い信仰心を持っていて、明らかに有能な人物。ロンドンで頻発したダイナマイト爆破事件に対処した経験を買われて警視監に任命された。一八八〇年代のことである。それなりに面白い本だったが、語り口は極めて慎重。今となってはその内容の大半をすっかり忘れてしまった。新事実を開示するわけでもなく、物事の表面を気持ちよくなぞっていく、それだけの本だった。そのなかの十行[8]ほどの短い一節になぜ目を留めることになったのか、説明する気にもならない。そこで著者（アンダソンという名だったはず）は、思いがけない事件が起きた後に下院のロビーで、ある閣僚と交わした会話を再現している。当時、国務大臣はサー・ウィリアム・ハーコート[9]だったと思う。大臣は激昂し、警視監は平謝り。二人の間で交わされた言葉のうち、最もわたしの注意を惹いたのはサー・W・ハーコートの強烈な皮肉の効いた「それはいかにも結構だが、この件に関して君の考える機密保持とは内務大臣に情報を教えないことらしいな」という発言である。いかにも癇癪を起したときのサー・W・ハーコートに似合いの言葉だが、それ自体に大して意味はない。だがこの出来事には全体として何か人を惹きつけるところがあったに違いない。何しろこれを読んだわたしは突然、興奮を覚えたのだから。それに続いて

7　一九〇六年五月に出版された『アイルランド自治運動についての付帯説明』（第6章221頁の注16参照）を指す。著者アンダソンはロンドン警視庁の元警視監で、その筆致には大真面目で強烈なプロテスタント信仰が反映しているらしい。

8　「七行」とする版もある。

9　ウィリアム・ハーコート（一八二七～一九〇四）については第6章221頁注16、第7章229頁の注4参照。

わたしの心のなかで起こったことを化学者に分かってもらえる一番いい比喩を使って言えば、然るべき薬剤をほんの一滴加えることで、無色透明な液体の入った試験管のなかの結晶作用が促進された、とでもいうことになるだろうか。

それはわたしにとって最初は心の変化だった。沈静していた想像力が乱されて、輪郭ははっきりしているが実体のよく分からない不思議な形がいくつも現れ、それに注目せざるを得なくなったのだ。それは結晶が異様で予想外の形を取ることでわたしたちの注目を引くのに似ていた。この特異な現象を前にして——たとえそれが過去のことであっても——わたしは思いに耽ることになった。ひとつはどぎつい陽光と激しい革命の大陸である南アメリカの過去であり、もう一つが、広漠たる塩水の広がりであり、天の渋面と笑顔を映す鏡であり、世界の光を反射する鏡でもある海の過去だった。それから次に、ある巨大な都市の幻影が立ち現れた。それは怪物めいた都市で、どこかの大陸よりも多くの人間を抱え、人間の作り出したその力はまるで天の渋面や笑顔など一向に頓着しないかのように、世界の光を冷酷に貪り食っている。そこならばどんな物語も展開するだけの十分な余地がある。どんな情熱も受け容れるだけの十分な深さが、どんな舞台も設定できるだけの十分な多面性が、五百万の人生を埋めるだけの十分な暗闇がある。

その後しばらく、あれこれ悩みながら深い思いに耽っていたが、その間、絶えずその都会が否応なしに背景に浮かんでくるのだった。わたしの眼前には際限なく遠くまで見通せる眺めがさまざまな方向に展開していた。どの方向の見通しが正しいのかを見極めるのに何年かかるか知れたものではない！　実際、何年もかかるように思われた！……ゆっくりとミセス・ヴァーロックの情熱的な母性愛こそ正しい方向だという確信が曙光のように浮かんできて、それがわたしとその背景との間で燃え上がる炎と化し、自らの密かな灼熱で背景を染めながら、それと引き換えに、背景から背景自体の湛える希望のない色合いを受け取っている。そしてついにウィニー・ヴァーロックの物語が彼女の子ども時代から最期に至るまで、完全な形でくっきりと姿を現した。とはいえ、まだすべてがいわば青写真の状態で全体の調和が取れていなかったが、それでもすでに手を加えるだけでものになる素材になっていた。最初からここに到達するまでおよそ三日間。

　この本はまさしくその物語である。扱いやすい大きさに縮約されたが、全体の筋はグリニッジ・パーク爆破事件の馬鹿げたむごたらしさに触発され、それをめぐって展

10　ロンドン近郊まで含むいわゆる首都圏の人口はおよそこの程度だったという。

開する。自分に課したその仕事を骨の折れるものだったと言う気はないが、またとないほど全精神を傾注するような難事だった。しかしそれは果たさなくてはならない課題だった。避けて通れない必然の道だった。ミセス・ヴァーロックの周囲に集まり、「人生は深く詮索するものではない」かもしれないという彼女の痛ましい疑念に直接間接に関わる人物像は、まさしくその必然から生まれている。個人的にはミセス・ヴァーロックの物語に現実味があることを微塵も疑ったことはない。しかしその物語を埋没させ、消そうとするあの巨大都市の闇からそれを引き離す必要があった――その物語を受け容れられるものにしなければならなかった、彼女の魂にとってというよりも彼女を取り巻く環境にとって、彼女の心理にとってというよりも彼女の人間性にとって。彼女を取り巻く環境を整える指針には事欠かなかった。むしろ若い頃にはロンドンの街中を所構わず夜ごと一人で歩き回っていて、[11]その記憶と距離を置くように必死に努めねばならなかったほどである。この執筆にかけた思いは感情と思考の両面でまたとないほど真剣なもので、その思いから昔の記憶が次々に立ち現れてくるために、それらが放っておくと物語に殺到し、各頁を埋めつくしてしまう懸念があったのだ。その点で『シークレット・エージェント』は徹底的に偽りを排した作品であると心底思っている。純粋に芸術的な意図、すなわちあの種の主題にアイロニーという手法を用いる意図でさえ、入念に考え抜かれ、アイロニーに満ちた描き方こそが、軽蔑と憐憫を感じつつわたしがどうしても言わねばならないと感じていることすべてを表現し得る唯一の方法であるという揺るぎない確信に従って処理された。そのように意を決すると何とか最後までその決意を貫くことができた（とわたしに思える）のは、我が作家生活のささやかな満足の一つである。描かれるべき状況――ミセス・ヴァーロックの状況――の絶対的な必要からロンドンという背景の前面に連れ出された諸人物について言えば、かれらからも、何かを創造しようという試みに例外なくどこまでも付きまとう重苦しい幾多の疑念に潰されないためには極めて重要なあのささやかな満足を得た。例えば、他ならぬミスター・ヴラディミルについて（彼は戯画化して描くのに恰好の人物像だった）、酸いも甘いも嚙み分けた世態人情に通じる人物が「コンラッドはああした世界と接点があったに違いない、そうでなければ物事を見極める素晴らしい直観の持主だ」と述べ、その理由として、ミスター・ヴラディミルは「細部においていかにもありそうに造型されているばかりでなく、本質的な点においてま

11　一八八〇年代から九〇年代の初めにかけて、船の仕事のないときのコンラッドは一人でロンドンに下宿していた。

さに急所を外さず描写されている」と語ったと聞いて、わたしは何とも嬉しかった。さらに、アメリカからやってきた訪問客が教えてくれたのだが、ニューヨークにいる雑多な革命運動亡命者たちが異口同音に、この本はそうした連中のことを熟知している人間によって書かれたものだと断言している、ということだった。これは最大級の讃辞であるように思える。考えてみれば、厳然たる事実として、わたしはこの小説の最初のきっかけを与えてくれたあの万事に通じた友人ほどにもそうした連中と交わったことはないのだから。しかしながら、この本を書いているときに、自分が過激な革命家になる瞬間が何度かあったことに疑いはない。かれらほど強い確信を持っていたとは言わないが、彼らの誰一人として全生涯を通じて感じたことのないほどの凝縮した目的意識をたしかに抱いたのだ。自慢するためにこう言っているのではない。ひたすら自分の仕事に打ち込んでいたのだ。自作に関しては、これまでずっと自分の仕事に打ち込んできた。完全に自己滅却をして打ち込んできた。こう述べたからといって、これも自慢ではない。本気で打ち込むより他すべを知らないのだ。打ち込むふりをしたところで、すっかり嫌気が差しただけだっただろう。

物語に登場するある種の人物たちについては、法を守るもの、破るもの合わせて、その造型の指針は色々なところから得られている。読者によっては物語のそこかしこで、そうした出処がどこか、察知されたかもしれない。それほど分かりにくいものではないのだから。しかし出処のどれにしろ、それが法的に正しいかどうかにここでかかずらうつもりはなく、犯罪者と警察との間に見られるような道徳上相反する態度に関してわたしが一般的にどう考えているかという点でも、自分にはその見解が正しいと思えるという以上のことを述べる気はない。

この本を出版して十二年経つが、わたしの姿勢に変化はなかった。これを書いたことに悔いはない。最近、このノートの全体の主旨とはまったく関係のないある事情から、怒りのこもった侮蔑というこの物語が身に纏っていた文学的衣裳を無理やり剝ぎ取らざるを得なくなった。何年も前にこの衣裳を身体に合わせるのにさんざん苦労したのだったが、今度はいわばむき出しの骸骨を見るように強要されたのである。告白すれば、それは身の毛もよだつような骸骨と化している。[12] しかしそれでもわたしとし

12　コンラッドは一九一九年後半から二〇年初めにかけてこの作品の戯曲化に手を染めた。一九二二年十一月の公演はまったくの不評に終わることになるが、文学的衣裳を剝ぎ取られて骸骨になるという表現によって、コンラッドは原作の小説が持っているアイロニーが戯曲化の過程で消えてしまっていることを示唆しているものと思われる。実際、小説の皮肉に満ちた語り手の消えた劇ではどぎついメロドラマ的なプロットだけが目立つことになった。

ては、ウィニー・ヴァーロックの物語を徹底的な荒廃と狂気と絶望に彩られたアナキスト的な最期まで語り、そしてまた、それをここで語ったような形で語ったとき、爆破事件のように訳もなく人間の感情を踏みにじるつもりなど一切なかった、と申し述べたいと思う。

J・C

一九二〇年

解説

山本　薫
（滋賀県立大学准教授）

作家について

　ジョウゼフ・コンラッド（一八五七〜一九二四）は、二〇世紀初頭の「英文学」を代表する作家の一人であり、船乗りとしての体験をもとにした『闇の奥』（*Heart of Darkness*、一九〇二年）のような海洋冒険小説で知られている。しかし、自らを「二重の生を持つ人《ホモ・ドゥプレクス》」（しかもコンラッドによればこの言葉自体複数の意味を持つ）と呼んだこの作家にとって、「船乗り」や「英国の作家」は、懐疑主義者、カトリック教徒、ポーランド貴族、親仏家、女性嫌い、反帝国主義者、人種差別主義者……といった数ある顔の一つにすぎず、コンラッド自身はいつまでも海洋小説の作家と呼ばれることを嫌がっていた。英語はコンラッドにとって第三の言語であり、単純に自分の体験を語るにしても彼はそれを「他者」の言語に翻訳し、「他者」のジャンルを借用しながら語らねばならなかった。彼は複数の言語と文化に対する忠誠の間で宙吊りの状態で、解消されえない葛藤から物語を紡ぎだし続けた。

コンラッドは、現在のウクライナのベルディチェフでシュラフタと呼ばれるポーランドの地主貴族の家に一人息子として生まれた。彼の「祖国」は、隣接するロシア、プロイセン（現在の北ドイツとポーランドにまたがる、バルト海に面した一帯）、オーストリアの三強国によって一七九五年に分割されて以来帝政ロシアの支配下にあり、彼が生まれた頃地図上には存在しなかった。ヨゼフ・テオドル・コンラート・ナウェンチ・コジェニョフスキという彼の長い名前は、抑圧される民衆の代弁者であり自己を犠牲にして祖国のために戦う英雄コンラート（ポーランドの国民的詩人アダム・ミツキエヴィチ〔一七九八～一八五五〕による劇詩『父祖の祭り』〔一八二三〕の主人公）の持つ愛国的な響きをたたえつつ、ロマンチックで衝動的な気質の父アポロ・コジェニョフスキと思慮深く現実的な母エヴェリーナ・ボブロフスカという両家の対照的な伝統を一つに結ぶものだった。アポロの父のテオドールがポーランド独立のために全財産を投じた一方で、エヴェリーナの父ヨゼフは、独立運動から慎重に距離をおくことで財を成した。

「ナウェンチ」は、ポーランド貴族シュラフタの家紋の一つであり、同じ一族への帰属を示す名前である。コンラッドが属したシュラフタという階級も、いわゆる血統主義の西欧の貴族とは違って、（西欧から見れば）矛盾だらけの独特の制度を持つ世襲貴族だった。シュラフタはお互いを「兄弟」と呼び合い、平等な政治的権利を持ち、議会が選出する王制を有しながら、一方で農奴制も維持していた。絶対王政が支配的な時代のヨーロッパにおいて、ポーランドは、貴族民主主義という矛盾した政体と選挙王制という独特の民主主義体制を有しつつ、同時に市民としての個人の自由という概念を重んじる特異な貴族階級社会だった。一七九五年のポーランド分割以後、シュラフタはロシアの支配下に置かれ法的な地位を失うが、その精神は生き続け、下層階級ともこの独特な「民主主義」を共有し、彼らとの間に被支配者としての連帯を形成していった。[1]

ポーランド地下独立運動の指導者だった父アポロは、政治的同人誌を主宰する傍ら、生活のために西欧古典文学の翻訳も手掛けていた。ワルシャワにあった一家の住まいは政治的亡命者やポーランド独立を目指す地下運動のメンバーの会合の場だったという。からだが弱かったコンラッド少年がどの程度正規の学校教育を受けたのかは不明

1　シュラフタについては、Norman Davies, *Heart of Europe*（Oxford University Press, 1984）を参考にした。

だが、もともと西欧とりわけフランス文化に対する憧れの強いポーランドの上流階級(つまり知識階級《インテリゲンチャ》でもある)の子女の例に漏れず、コンラッド少年も早くからフランス語の手ほどきを受けており、ポーランド文学はもちろんのこと、父の影響でウィリアム・シェイクスピアやチャールズ・ディケンズ、アンソニー・トロロープ、ウォルター・スコット、ウィリアム・メイクピース・サッカレー、ヴィクトル・ユーゴーといった西欧の文豪の作品に親しむ読書家であった。

一八六二年、コンラッドが四歳の頃、常に当局の監視下にあった父はとうとう逮捕され、一家はモスクワの北東のヴォログダに流刑となった。流刑地までの長距離に及ぶ移動で母エヴェリーナと幼いコンラッドは体調を損ね、結局母の健康は回復することはなかった。極寒での厳しい流刑生活は、八歳の頃に母を、続いて一一歳の頃に父を彼から奪った。父の死後親族の間を転々とした後、コンラッド少年は母の兄タデウシュ・ボブロフスキに育てられることになる。理性的で慎重なボブロフスキ家を代表するこの伯父は、散財する甥の借金をたびたび肩代わりし、甥がデビュー作『オールメイヤーの阿房宮』(*Almayer's Folly*、一八九五)を執筆中に亡くなるまで甥を叱咤激励しながら精神面でも支え続けた。

探検家の伝記や海洋文学を読み漁り、海へのロマンチックな憧れを膨らませていたコンラッド青年は、突然船乗りになることを思い立ち、伯父の反対を押し切って一八七四年、一六歳で祖国ポーランドを後にする。マルセイユに向かった彼はそこで数年を船乗りとして過ごしている。コンラッドの人生においてポーランド時代と英国船船員時代の間に挟まれたこのマルセイユ時代は、恋愛、決闘、武器密輸への関与、ギャンブルの末の破産、ピストル自殺未遂事件などのドラマとスキャンダルに満ちた興味深い時期であるが、同時に最も資料が乏しい謎めいた期間でもある。マルセイユ時代を題材にした作品としては、自伝的エッセイ集『海の鏡』(*The Mirror of the Sea*、一九〇六年)、『個人的回想録』(*A Personal Record*、一九一二年)、自伝的小説『黄金の矢』(*The Arrow of Gold*、一九一九年)があるが、この三作の間には事実の記載に食い違いがある上に、自己劇化・自己正当化の傾向も見受けられるために、伝記的資料としての信憑性は低いと考えられている。というわけで、ギャンブルで散財した後のピストル自殺騒動に関する詳細ははっきりしないが、甥の負傷の知らせを聞き駆けつけたタデウシュが金銭問題を解決したあと、二一歳のコンラッドは英国船に乗り組むことになった。コンラッド自身は『個人的回想録』において英国商船隊に惜しみない賛辞を送り、英国船の船員になることをあたかも決意していたかのように語っているが、大英帝国時代において世界の海に浮かぶほぼ半数の船が英国船であり、船員の需要が高かった（しかも外国人は特別な許可証も必要がなかった）ことを考えれば、英国船という選択は意志の問題というより必然と言うべきだろう。それに、その頃依然としてロシア国籍だったコンラッドがフランスの船で働くためにはロシアの許可が必要であり、ポーランド独立運動の指導者の息子（つまり、危険分子の息子）としてロシア軍に徴兵される危険性が高かったため、フランス船は避けなければならなかった。ともかく英国の船でシンガポールやバンコクなどの東洋の海を回って経験を積んだ後、一八八六年二九歳の頃には英国籍を取得し、同じ年に英国船の船長の資格も取得する。そして、一八九〇年にはアフリカのコンゴ奥地へ赴き、マラリアを患いリウマチと神経痛を併発し、翌一八九一年にはロンドンに戻って入院している。「コンゴに行くまで、私は単なる動物にすぎなかった」という覚醒をもたらした有名なアフリカ体験については既にいろいろなところで取り上げられているし、光文社古典新訳文庫『闇の奥』の解説でも触れられているのでそちらをご覧いただきたい。

彼が英語で本格的に創作活動をはじめたのは三七歳になった一八九四年頃であるが、この頃の彼がほとんど母語同然であやつれたのはフランス語であり、フランス語の著作家として当時既に名声を確立していたブリュッセル在住の遠縁の女性、マルグリート・ポラドフスカとの共作でフランス語読者をターゲットにデビュー作『オールメイヤーの阿房宮』を売り出そうと考えていた。

一八九五年に『オールメイヤーの阿房宮』を出版してから一九二四年に亡くなるまでの約三〇年に及ぶ作家生活の中でコンラッドは約二〇の中・長編と約三〇の短編を書いている。コンラッドの創作期間を大きく前期と後期に分けて、初めて商業的に成功した『運命』(*Chance*、一九一四年)以降彼の作家的想像力は衰退の一途を辿ると多くの研究者は考えてきた(『勝利』〔*Victory*、一九一五年〕や『陰影線』〔*The Shadow-Line*、一九一七年〕は例外的に評価されている)。確かに、極限状況に置かれた孤独な(白人)男性の精神的葛藤を描く『闇の奥』や『ロード・ジム』(*Lord Jim*、一九〇〇年)のような前期の作品と、女性登場人物を前面に押し出して愛と冒険を中心に展開する後期作品では一見してその主題や題材に大きな違いが感じられる。その上、健康上の理由から口述したものを筆記させることが増えていった晩年のコンラッドの文体は全盛期の頃と当然同じとは言えない。男性(船乗り)の世界を描く前期のシリアスな心理小説とは対照的に、後期作品は仰々しいメロドラマと見なされることが多く、評価は低い。最近では後期作品も色々な角度から読み直されてはいるものの、やはり前期の作品が「海の男」コンラッドのイメージの形成に決定的な影響を及ぼしていて、コンラッドは女性を描くのが下手だとか男女の恋愛関係を扱うのは苦手だと考える研究者・読者は多い。しかし、女性の教育や雇用の機会が拡大した一九世紀後半、増加する女性読者は小説市場だけでなく当時台頭しつつあった映画市場を確実に押し広げていた。このような時代の文脈の中で、コンラッドも『シークレット・エージェント』を（後に作者のノートや書簡で）「ウィニー・ヴァーロックの物語」と呼んだのであり、結局はスパイ、ヴァーロックやアナキストの物語として展開することになったものの、『シークレット・エージェント』でも女性は重要な位置を占めている。その意味でも『シークレット・エージェント』は、海を舞台にした冒険小説から離れ新たな読者層を開拓しようとしていたコンラッドにとって、「新しい出発」だった（一九〇七年五月六日、文学代理業者ジェイムズ・ピンカー宛の手紙）。

一八九六年、コンラッドは四〇歳を前にしてまだ作家として安定した収入もないうちに、唐突に若いタイピストの英国人女性と結婚し周囲を驚かせる。当時流行の海洋冒険小説を出版するも作家としては鳴かず飛ばずで長く不遇の時代を過ごし、「貴族的な」金銭感覚が災いしてか身の丈に合った倹約生活を送るということができなかった彼は、見通しも立たない作品の完成を約束しては原稿料を前借りする日々を繰り返していた。

『シークレット・エージェント』の主題の変奏とも言える短編「アナキスト」や「密

告者」（『短編六つ』〔*A Set of Six*〕、一九〇八年）所収）もそんな生活費稼ぎのために書いた小品だったが、それらを仕上げた後、コンラッドは一九〇六年、家族を連れて休暇で訪れた南仏モンペリエで「ヴァーロック」という短編に着手する。一か月後その短編はずるずると長編へと拡大していった。その頃コンラッドは、一八九八年に書き始められた短編「ダイナマイト」（長編『運命』として一九一四年出版）の執筆に行き詰まり、自伝的エッセイ『海の鏡』を断続的に手掛けてもいた。コンラッドのいつもの執筆パターンで、手掛けていた作品の執筆に行き詰まり、困窮する生活のために手っ取り早く収入を得ようと売れ筋の主題で小編を雑誌に書いているうちに、「衝動的に書き始めると、そのまま休むことなく書き続けた」（作者のノート）長編、それがこの『シークレット・エージェント』だった。モンペリエ旅行のような無計画な散財のせいで借金がかさむ中、コンラッド一家は新しい家族――二人目の息子ジョン――を迎えようとしていた。

英国の富裕層のリゾートであるモンペリエでコンラッドはくせのあるアクセントや「異国風の」風貌を気にすることなく、自分にとってはより慣れ親しんだ上流社会の雰囲気の中で過ごすことができた。それはヨーロッパ人のヨーロッパへの帰還であり、貴族の彼からすれば本来の環境への帰還だった。晩年彼は創作の上でも青春時代に過ごした地中海沿岸に回帰していて、そこを舞台にフランス革命からナポレオン時代を題材にした歴史小説『黄金の矢』、『放浪者』（*The Rover*、一九二三年）、『サスペンス』（*Suspense*、一九二五年、未完）を書いており、短編も入れると同時代の英国の歴史小説家よりもその作品数は実は多い。しかし、先ほども述べたように、これら晩年の作品は苦悩する男性の世界を描いていたコンラッドからはおよそ想像もできないメロドラマチックで大陸的あるいはフランス的な作品で、（特に日本では）ほとんど知られていない。欧米では早くからコンラッドのフランス的側面に注目する研究はないわけではない。『オールメイヤーの阿房宮』はコンラッドも敬愛するフロベールの『ボヴァリー夫人』とよく比較されるし、一説にはヴァーロックはバルザックの『ゴリオ爺さん』に登場するスパイ、ヴォートランをモデルにしているとも言われている。晩年のコンラッドはフランス文学、特にマルセル・プルースト（一八七一〜一九二二）を読み耽っていたらしく、いち早くプルーストの価値に気付いていた。そのことは彼の精神が最後まで衰えを知らなかったことを証明している。『シークレット・エージェント』はコンラッドの作品中初めて英国を舞台にした作品であり、（彼も愛読した）ディケンズの『荒涼館』（一八五二年）の霧のロンドンの描写との共通点がまず指摘されるが、ヴァーロックは英国籍を取得したフランス人であり、ウィニーたちも自称フランス系だ。ヴァーロックの店があるソーホーのレスター・スクエアには当時フランス人コミュニティがあったらしく、[2] フランス系の二重スパイの一家が住んでいたとしても不自然ではない。

心臓発作で亡くなる一九二四年に当時の労働党政権政府[3]からナイトの爵位[4]を授与されることになった時コンラッドは丁重に辞退している。辞退の理由についてコンラッドは明言していないが、同じくポーランド出身の批評家でコンラッドの伝記の決定版を著したナイデルは、もともと貴族出身であるコンラッドにとって新しい称号など必要なかったからではないかと推測している。[5] コンラッドは独立の夢にすがる亡命ポーランド人のサークルとは距離を置いていたし、作品の中でもほとんど祖国ポーランド

2　Patricia Pye, 'A City that "disliked to be disturbed": London's Soundscape in *The Secret Agent*,' *The Conradian, The Secret Agent: Centennial Essays*（2007）, 29.

3　第一次マクドナルド労働党内閣。イギリス最初の労働党内閣。

4　文化功労者に与えられる。最近では二〇一八年にノーベル文学賞受賞作家のカズオ・イシグロに授与された。

5　本解説中の伝記的事実については、Zdzisław Najder, *Joseph Conrad: A Life*（New York: Camden House 2007）を参考にした。

には触れていない。ポーランドを舞台にした作品は、妻の死後独立運動に身を投じるポーランド貴族の物語「プリンス・ローマン」("Prince Roman"、完成一九一〇年、『噂の物語』〔*Tales of Hearsay*、一九二五〕所収)という短編しかない。あるポーランド人研究者からすれば、コンラッドのテクストにおいてポーランドははっきりと祖国のメタファーとして機能しているらしいが[6]、コンラッドの祖国に対する思いをはかり知ることはそう簡単ではない。また、コンラッドはケンブリッジ大学やイェール大学からの名誉博士号の申し出もすべて断っており、一九一九年に文化への貢献があった人物にイギリス君主から授与されるメリット勲章の候補に、『ジャングル・ブック』(一八九四年)で知られる人気作家ラドヤード・キプリング(一八六五〜一九三六)とともに名前が挙がった時も、キプリングならふさわしいけれども、「私が心の底でどう感じているかは別として」自分は英国の文学の継承者とは言えない、と複雑な心境を手紙に綴っている(一九一九年二月十五日、ピンカー宛)。そう考えると爵位の辞退は特段驚くべきことでもないのかもしれない。晩年名声を得て、英国国内だけでなくヨーロッパ大陸での人気の高まりを実感しつつあったコンラッドは、ノーベル文学賞には少なからず関心があったようだ。ちょうど『シークレット・エージェント』が出版された一九〇七年にイギリス人として初めてキプリングがノーベル賞を受賞しているが、コンラッドも晩年の書簡において自分の受賞の可能性に何度か触れている。(英国ではなく)フランスやスウェーデンの友人がコンラッドのノミネートにむけて働きかけたらしいが、彼の名前が実際スウェーデン・アカデミーで正式に候補に挙がった事実はない。コンラッドは最後までヨーロッパでは(おそらく英国でも)文学で認められたかったに違いない。

作品について

以降、物語の筋や結末に触れるため、まだ本篇をお読みでない方は注意されたい。

『シークレット・エージェント』はコンラッドの八番目の長編である。コンラッドと言えば、読者はまず『闇の奥』を思い浮かべるだろうし、ひとつ前には『ノストローモ』(一九〇四年)という南米の架空の国家コスタグアナを大パノラマで見せようとする壮大な物語がすでにあり、『シークレット・エージェント』がそれらの大作と並び称されることはほとんどなかった。ところが、一八九四年に実際に起こったロンド

6　George Z. Gasyna, *Polish, Hybrid, and Otherwise: Exilic Discourse in Joseph Conrad and Witold Gombrowicz* (Continuum, 2011), 104.

ンのグリニッジ天文台爆破未遂事件という「爆破テロ」を題材にしている『シークレット・エージェント』は、二〇〇一年の九月一一日以降連鎖的にテロが起こる世界情勢を背景ににわかに注目を浴びはじめ、今や押しも押されもせぬコンラッドの代表作の一つとなった。『闇の奥』が西欧の理性的人間の終末を予告する「現代の黙示録」なら、『シークレット・エージェント』は現代という「テロの時代」の予言書として、特に英米の研究者及びメディアの関心を惹きつけ、早くも「テロリズムの古典」とさえ呼ばれるほどになった。

しかし、こうして「爆破テロ小説」として騒がれれば騒がれるほど気になるのは、物語の中で爆破自体が正面から描かれているわけではないということだ。跡形もなく吹き飛ばされ「破片の山」と化した人間（スティーヴィー）の身体の強烈なイメージとともに、物語が細い糸をよりあわせるようにして我々に見せるのは、爆破そのものよりもむしろその衝撃だ。一人一人の登場人物がどのようにして爆破事件に関わり、また彼らが爆破によってどのような影響を受けるかという点である。一応スコットランドヤード（ロンドン警視庁）の警視監や警部が探偵のように事件の捜査を行うので、その意味では『シークレット・エージェント』は一九世紀末に流行していた『シャーロック・ホームズ』などの探偵小説に似ている。しかし、この物語の警察は事件の真相を暴こうとするのではなくむしろ隠蔽しようとするだけで、自分の立場や身を守ることしか頭にない。アナキスト、革命家、テロリストも皆一様に怠惰で名ばかりだ。主人公のヴァーロックは自称革命家でありながら小市民的な幸福を享受しているスパイらしからぬスパイで、ロンドンのソーホー地区でいかがわしい商品を扱う怪しげな店を構え、妻ウィニーと彼女の母親、そして知的障害のある義弟スティーヴィーと暮らしている。大使館の参事官ミスター・ヴラディミルからグリニッジ天文台爆破を命じられたヴァーロックは怖気づき、姉の夫を無条件に信じるスティーヴィーに代わりに爆弾を運ばせる。身代わりの運び屋スティーヴィーは木の根に躓いて転び、彼が目的地にたどり着く前に爆破は偶然予期せぬタイミングで起こる。

自由で民主的な西側諸国とは全く反対の政治体制を持つ国（本文注にもある通り、おそらくロシア）の大使館参事官ヴラディミルの狙いは、「個人の自由が大事といった甘ったるい感傷を馬鹿みたいに引きずっている」（52頁）英国の大衆に衝撃を与え、アナキストや革命家に対して英国政府が強硬策をとるよう促すことだった。しかし、一人の人間が木っ端みじんに吹き飛ばされたにもかかわらず、爆破未遂事件の真相は闇に葬られ、社会は覚醒されることなく物語は終わる――不気味な余韻を放ちながら。物語の「エンディング」では、事件を報じる新聞の見出しの「狂気もしくは絶望によ

る この行為」「いつまでも消えずにたゆたうどこまでも不可解な謎」という一節が断片的に地の文に挿入され、この未遂かつ未解決の天文台爆破事件が、街にあふれる顔のない群衆に影響を与えるどころかその波に飲み込まれ、忘れ去られていくであろうことが暗示されている。そして、爆弾をポケットに忍ばせた「恐ろしい存在」であるプロフェッサーは、いわば爆破事件の生存者の群れの中に埋もれながら「誰に疑われることもなく」(512頁)歩いていく。事件は解決していないし、次なる爆破はいつでも起こりうる。その危険に気づいていないのは無関心な英国の大衆だけだ——物語の最後で英国社会をこう突き放す語り手(の背後の作者コンラッド?)は、やはり確実に『シークレット・エージェント』を「探偵小説」や「爆破テロ小説」として意識している。皮肉にもそれが終わりのない「探偵小説」であり「爆破テロ小説」だとしても。

作品の受容史

英国では近年盛んに犯罪小説がテレビドラマ化されている。テレビドラマの映像がインターネットで配信されると原作にあらためて注目が集まり、結果として犯罪小説ジャンルの人気の底上げにつながっているという。そうしたいわゆる「娯楽小説」の売り上げはついに二〇一八年文芸その他のジャンルの作品の売り上げを超えたらしい（『テレグラフ紙』二〇一八年四月一一日）。『シークレット・エージェント』もこれまで何度も翻案されていて、アルフレッド・ヒッチコック監督による『サボタージュ』（一九三六年）は、ジェラール・ドパルデュー（オシポン役）をはじめとする豪華俳優陣を起用して『シークレット・エージェント』（一九九六年）としてリメイクされた。二〇一六年にテロとの戦争を背景に英国ＢＢＣ（英国放送協会）によってテレビドラマ化されるまでは、アイルランド共和国軍（ＩＲＡ）による爆破テロを背景にして何度かドラマ化され注目を浴びた。文学研究において犯罪ミステリー小説や探偵小説は「娯楽小説」に分類され、シリアスな純文学の下位ジャンルと見なされる傾向があったが、近年国内外で入門書や研究書の出版や翻訳が続き、『シャーロック・ホームズ必携書』も近々ケンブリッジ大学出版局から出るらしく、今や立派な研究対象として確立されつつある。

「テロ」に過剰に反応し、『シークレット・エージェント』を「テロの時代」の予言書として持ち上げようとする現代の（特に西欧の）読者とは対照的に、コンラッドと同時代の英国の読者はそのあたりを今よりシビアに捉えていたようで、本作に対する彼らの反応は冷たいものだった。

注にも詳しい通り、この物語の舞台が置かれている一八八〇年代と言えば、ニヒリストやアナキストが暗躍する時代だった。一八八一年にはロシア皇帝アレクサンドル二世が爆弾で暗殺され、国内でも爆破事件が相次いで起こった。コンラッドにはロシアのスパイが登場する『西欧の眼の下に』という政治小説があるが、この物語のはじめの方でもロシア政府の要人が爆弾で暗殺される。アナキズムは『宝島』（一八八三年）の作者R・L・スティーヴンソン（一八五〇～九四）や舞台ミュージカル『マイ・フェア・レディ』の原作『ピグマリオン』（一九一二年）の作者ジョージ・バーナード・ショー（一八五六～一九五〇）といった同時代の作家たちの想像力を捉えた社会運動だった。[7]その中で、ほとんど無害で名ばかりのアナキストや革命家たちを登場させ、偶然の爆発によって未遂に終わる爆破計画を中心に据えた『シークレット・エージェント』は、そもそも探偵小説として認知されることすらなく、人気の面でも同時代の作家たちの探偵・犯罪小説や「爆破テロ小説」に並ぶことはなかった。ロンドンのスラムの薄汚い横丁から大使館が立ち並ぶ閑静な街並みまで様々な場所のイメージを鮮明に想像させる描写や、闇に生きるアナキストや革命家のリアルな描写を評価する書評も確かに当時あったが、「薄汚れた舞台と下劣な道徳」は同時に非難の的でもあった。『シークレット・エージェント』の複雑なプロット（筋立て）やタイムシフト（時間順序の操作）、人物の相互関係は当時の一般の読者には理解しづらく、その徹底した皮肉や、作品に漂う暗い雰囲気と悲劇的な結末は読者を遠ざけるばかりだった。

コンラッドが本格的に評価され始めたのは、一九四〇年代の終わりになって当時影響力のあった英国の批評家F・R・リーヴィスが『シークレット・エージェント』の人物造型やヴィジョンを絶賛し、コンラッドをシェイクスピアやディケンズと並ぶ英文学の「偉大な伝統」の継承者として位置づけてからだ。そして、それまで敬遠されていたこの作品の曖昧さやアイロニーは、むしろ六〇年代以降の「新批評《ニュー・クリティシズム》」と呼ばれる批評の鍵概念となり、コンラッドは新批評が高く評価する二〇世紀初頭の前衛文学（モダニズム文学）の先駆者として位置づけられることとなった。テクストを歴史的・社会的背景から切り離し、精読に基づいて解釈を導き出そうとする欧米の新批評の影響の下にあった日本の英文学研究も、『シークレット・エージェント』の政治性よりもアイロニーや矛盾・曖昧さを好んで論じてきた。その後テクスト（ことば）から「イメージ」に研究の焦点が移行すると『シークレット・エージェント』は

7　富山太佳夫、「ダイナマイトを投げろ」、『ダーウィンの世紀末』（青土社、一九九五）、156頁。

映画との比較で論じられる機会が増えたが、それでも語りの技法を論じる傾向は完全には消滅しなかった。

七〇年代の終わりに、テクストを文化的実践ととらえる批評家テリー・イーグルトンは、『シークレット・エージェント』のテクストは歴史的現実について何もはっきりと語ることはできていないし、現実に何の問題も解決することはできていないと批判し、スパイ・スリラー小説、政治小説、社会小説、喜劇、悲劇、抽象的な思弁といったさまざまなジャンルの複雑な混合体であるこの物語を、革命対ブルジョワというイデオロギーの対立構造の表象に還元した。[8]文学の領域だけにとどまらない表象研究は、人種や性の問題、テロリズム（暴力）や退化論などの一九世紀ヴィクトリア朝の文化現象を表象（テクスト）として分析し一世を風靡した。

テクストに重点を置く批評が九〇年代で頂点を迎え、ことば（表象）とモノの関係が問い直され、さまざまな社会現象を文化テクストととらえる文化研究の限界も意識されはじめた。長く支配的であったテクスト主義にいわば疲れて、（ことばではなく）モノをめぐる思考（それを「新しい唯物論」であれ「思弁的実在論」であれどう呼ぶにしても）の高まりのただ中にいるらしい我々があらためて『シークレット・エージェント』というテクスト（ことばの織物）にどう向き合えばよいのかよくわからないけれども、この作品のアイロニーにとっていかに語りが重要であるかは、大衆的人気を求めるあまりコンラッドが手を染めてしまった舞台版『シークレット・エージェント』（一九二二年上演）の失敗が物語っている。「文学的衣裳」を剝ぎ取られて「骸骨と化し」た（作者のノート）舞台版が失敗に終わったことは言うまでもない。

シークレット・エージェントのヴァーロックであれ、爆破計画の発案者ヴラディミルであれ、実際爆弾を運んだスティーヴィーであれ、事件の背後に隠れた犯人（エージェント）を明かすということが目的なのだとしたら、それをシークレット・エージェントのヴァーロックと考えるにしろ、あるいは爆破計画の発案者ヴラディミルと考えるにしろ、または実際爆弾を運んだスティーヴィーと考えるにしろ、おそらくこれほど複雑な語りは必要なかっただろう。罪のないスティーヴィーを、シャベルを使ってかき集めなければならないような「破片の山」にしてしまった「犯人」とは一体誰なのか。探偵の捜査を模した物語に引き込まれて見えてくる秘密の「犯人」を追ううちに、読者は物事を深く詮索しようとしない人々の秘められた思いの行き違いがスティーヴィーを死に追いやる様子を見せられる。ウィニーは恋人だった肉屋の青年

8　Terry Eagleton, *Against the Grain: Essays 1975-1985* (London: Verso, 1986), 26.

をあきらめ、スティーヴィーと母を養うためにヴァーロックと結婚し、ウィニーの老いた母は息子に良かれと思って家を出て慈善施設に入る。残されたウィニーは弟と夫を本当の親子のように結び付けようと一層努力する。結果的にそのことが爆破の実行をためらっていたヴァーロックにスティーヴィーを差し出すことになる——。コンラッドはロンドンを舞台にした短編「帰郷」(〝The Return〟、一八九八年)でヴィクトリア朝特有の取りすました英国人夫婦を描いているが、体面を保つことにしか関心を持たず結婚生活を破綻させていくこの短編のハーヴィ夫妻は、ヴァーロック夫妻の原型のようだ。コンラッドがグリニッジ天文台爆破未遂事件を通してあぶりだすのは、政治家や警察からウィニーや母親のような市民に至る、英国社会全体に浸透する無関心な態度である。[9]ヴラディミルのように「ヨーロッパを反対側」(375頁)から見れば、それは「個人の自由が大事といった甘ったるい感傷」(52頁)に見えるのかもしれない。しかし、その「感傷」——自由を尊重する英国のリベラルな伝統——は同時にポーランドからマルセイユを経由してやってきた青年を受け入れ、彼に終の棲家を与えた。『シークレット・エージェント』執筆時、コンラッドは物理的にも大陸(モンペリエ)と島(ロンドン)の間を移動しているが、彼のように、大陸と島の間の「陰影線」(shadow-line)に立って見れば、英国的歓待と冷たい無関心は「メダルの表と裏」（280頁）に思えたのかもしれない。

本作を今読む意味

歴史家によるコンラッドの新たな評伝 *The Dawn Watch: Joseph Conrad in a Global World* が二〇一七年に出版され話題を呼んだが、その中で著者のジャサノフはコンラッドの人生と作品はまさにグローバル化の歴史そのものだと述べており、例えば『ノストローモ』はアメリカとグローバル資本主義の台頭そのものを、『シークレット・エージェント』はグローバル化した世界における移民・難民問題、「テロリズム」、外国人排斥を予言しているという。そしてコンラッドは、ヨーロッパから自らを切り離そうとする今の英国の抱える闇（dark heart）を見通していたと彼女は言う。ジャサノフが論じるように、コンラッドが『シークレット・エージェント』を書いていた頃、アナキズムの恐怖は既に過去のもので、「アナキスト」という言葉が「犯罪者」や「怪しい外国人」を暗に意味するようになっていたのなら、コンラッド自身

9　拙著『裏切り者の発見から解放へ――コンラッド前期作品における道徳的問題』（大学教育出版、二〇一〇）、78〜85頁。

が手紙の中で何度か繰り返していたように、この小説は必ずしもアナキスト小説でも社会批判でも政治・哲学談議でもなく、副題の通り案外「ある単純な物語」として読んでもよいことになる。当時ほとんどの書評は単純とはほど遠いこの物語の副題を皮肉だと解釈した。また別のある書評は、この物語は「人間がいかに単純であるか」ということを読者に思い出させているのだと述べた。この言葉をどう解釈するにしても、単純に物語は終盤に向けて英国が「島国であるという事実」を我々に喚起している。しかも、その事実は「何とも不愉快な形で否も応もなく……気に障る」のである。

英国はもともと移民、特に政治的亡命者の受け入れには寛大な、ヴラディミルのようにヨーロッパの反対側から見れば無頓着な「常識はずれの国」だった。ワルシャワ蜂起（一八三一年）の後にはポーランド人、一八五〇年代から六〇年代にかけてはガリバルディとともに戦ったイタリア人、一八七一年のパリコミューンの革命家たち、そして、ナポレオン三世が避難所を求めて次々とやってきた。マルクスはソーホーで極貧生活を送りながら大英図書館に通い、『資本論』（一八六七年、一八八五年、一八九四年）を書き上げ、精神分析の祖フロイトもナチの迫害を逃れてウィーンを後にし、ロンドンに亡命した。彼らにはパスポートもヴィザも必要なく、生活の手段を証明する必要もなかった。英国は「世界の難民収容所」であり、「自由のかがり火」としての自らの役割に誇りをもっていた。ところが移民に反対する人々は、移民が仕事を奪う、賃金を下げ、賃貸料を上げ、犯罪を持ち込むと主張しはじめ、ついに一九〇五年、移民を制限する法案が歴史上初めて通過する。この法律が施行されてから数週間後、移民への風当たりが厳しくなりつつあった頃にコンラッドは『シークレット・エージェント』の執筆を始めている。そして、注目したいのは、グリニッジ天文台爆破未遂事件が実際に起こった一八九四年ではなく、彼自身が正式に英国籍を取得した一八八六年に物語が設定されていることだ。[10]

コンラッドが初めてロンドンにやってきたのは一八七八年の二一歳の頃だった。彼はその頃の孤独な日々の思い出に圧倒されそうになりながら『シークレット・エージェント』を書いたと作者のノートの中で述べている（524頁）。『個人的回想録』にも、その頃ロンドンの「迷路」を一人寂しくさまよい歩いたという記述がある。一八八六年に英国籍を取得したものの、当時まだロシア帝国臣民でもあった（一八八九年まで）コンラッドは、同じ一八八六年、伯父に会うためにポーランドへの渡航許可を得ようとして当時チェシャム・プレイスにあったロシア大使館に何度も通わねばならな

10 Jasanoff *The Dawn Watch* の第三章（58–84）『シークレット・エージェント』論参照。

かった。

本作では登場人物がロンドン——「迷路のように街路が入り組み、おびただしい光に満ちたこの驚異と泥濘の都会全体が、希望のない夜の帳《とばり》のなかに沈み、暗黒の深淵の底で静かに休んでいる」(445頁)ロンドン——をとにかくよく歩くが、孤独の深淵にいたコンラッド青年は、ヴァーロックを殺害した後、慈善施設にいる母のもとに行くこともできないウィニーのように、「本当に友達のいない」ということが「身にしみて、不意に誰か心の休まる人の顔を見たいという切実な思いに駆られたものの……誰も思いつかない」(442～443頁)、そういう孤独を感じながら、「この世界で一人ぼっち」(475頁)だという思いを抱きつつ、あるいは恐ろしくなって殺人犯ウィニーを見捨てた同志オシポンのように長時間当てもなく、あるいはプロフェッサーのように、「誰の目にも留まらず」、「疲れも覚えず、何も感じず、何も目に入らず、何の音も耳にせずに」(512頁)歩いたに違いない。

ヴァーロックの二重スパイという設定には、自らの二重性を突き放して笑い飛ばそうとするコンラッドの自虐的とも言える陰鬱なユーモアが感じられなくもないが、ポーランドからフランスを経由して英国の海岸にたどり着いた革命運動家の息子は、ヴァーロックのように英国とロシアの間で引き裂かれながら、自分にとって「まだまだ外国語に思える」（一九〇七年一月五日、マルグリート・ポラドフスカ宛の手紙）第三の言語（英語）で、今度こそ英国の読者の心を摑めるに違いないと期待を膨らませていた。しかし、結果は残酷にも自分が外国人であるということを再確認させられることとなった。同時代の批評家たちは『シークレット・エージェント』をただ物珍しがっただけだった。コンラッドの才能を発掘した批評家で親交も深かったエドワード・ガーネットでさえ、「我々イギリス人が気付かないこと」を巧みな英語でイギリス人の読者に見せてくれる作者の「スラヴ性」を強調した（『ザ・ネイション』、一九〇七年）。『シークレット・エージェント』に漂う暗い雰囲気と悲劇的な結末を非難された時、コンラッドは、悲劇的な物語なら同時代の作家トマス・ハーディも書いているのに、自分の物語が大衆受けしないのは自分が外国人だからではないかと手紙の中でこぼしている（一九〇八年一月六日ジョン・ゴールズワージ宛）。こうして「外国人であること」を責め立てられたコンラッドは、並行して手掛けていた『個人的回想録』で英国人としてのイメージを打ち立てようとした。

「島国のさまざまなしがない女たちに愛され」た（508頁）同志オシポンは、ウィニーによるヴァーロック殺害を知らないうちは、彼女に甘い言葉をささやき海外逃亡につき合おうとするが、時刻表を調べても大陸へ脱出する航路に連絡する列車が見つからず、「大ブリテンが島であるという事実」(464頁)に苛立ちをおぼえる。この時、語り手(とその背後のコンラッド?)は限りなくヨーロッパの反対側に近いところから「大ブリテンという島」を突き放しているのかと思いきや、最終的に「ウィニー・ヴァーロックの物語」は大陸でも島でもない間の領域——英仏海峡——で終わる。ウィニーがヴァーロックを殺害したことを知った同志オシポンは彼女の全財産(ヴァーロックの遺産)をだまし取り、彼女を列車に残して逃げる。列車に置き去りにされたウィニーは、大陸へ向かう船の上から英仏海峡に身を投げる。彼女は、「島」の中に居場所もなく、大陸に到達することもなく、その間で息絶える。

風俗店が立ち並ぶ暗く薄汚いロンドンの一角ソーホーのイメージも近年大きく変わった。ソーホーには依然としてイタリア料理店が多いものの、今は再開発され、爆破事件の調査でソーホーに密かにやってきた外国人のような風貌の警視監が、ヴァーロックの店を訪れる前に立ち寄ったイタリア料理店のように退廃的な雰囲気の胡散臭いレストランは姿を消し、物語の頃の暗く怪しげな雰囲気はそれほど残っていない。グローバル化の波が押し寄せ、ソーホーもお洒落で小ぎれいな観光地に生まれ変わりつつあるように、ヴィクトリア朝末期の物語『シークレット・エージェント』でコンラッドが描き出した伝統的な英国的歓待も変化を遂げようとしているのだろうか。しかし、残念ながら、今この物語を読む我々にとって内向き傾向（insular nature）は大ブリテン島に限った問題ではない。グローバル化で大量の人々の移動が可能になり、移民の流入を規制しようとする現代、内向き傾向は「何とも不愉快な形で否も応もなく」、世界のどこかで我々の気に障る——のだとしたら、その意味で我々はヴィクトリア朝末期の霧のロンドンを当てもなくさまようオシポンの「同志」なのかもしれない。

コンラッド年譜

＊は関連事項

一八五七年

一二月三日、ロシア、プロイセン、オーストリアのあいだで分割されていたポーランドのロシア支配地域（現ウクライナのベルディチェフ）で、地主貴族アポロとエヴェリーナの一人息子として生まれる。本名、ヨゼフ・テオドル・コンラート・ナウェンチ・コジェニョフスキ（Józef Teodor Konrad Nałęcz Korzeniowski）。英仏の文学の翻訳紹介をしていた父は、ポーランド独立運動に関わった廉《かど》で、一八六二年、ロシア官憲に逮捕され、妻子とともにロシア北部に流刑。両親が相次いで結核で亡くなったため、コンラッドは一一歳で孤児となる。その後、伯父（母の兄）のもとにひきとられ、ポーランドのクラクフで暮らす。ポーランド語、フランス語で海洋冒険小説、航海記、またチャールズ・ディケンズの小説に親しむ。

一八七四年　　　　　　　　　　　一七歳

船員になるため、一六歳でクラクフを後にし、フランスのマルセイユへ。一二月、フランス船に乗りこんで一回目の航海に出る（西インド諸島へ）。三年半にわたるフランス船時代の幕開け。

一八七八年　二一歳

スペイン内戦に関わり武器密輸に携わったり、恋愛事件と借金苦から拳銃自殺を図ったりしたあと、四月、はじめてイギリス船に乗船。以後、一八九四年一月までイギリス船時代。六月、ロウストフト港ではじめてイギリス上陸。英語が上達するにつれ、二等航海士（一八八〇年）、一等航海士（一八八四年）の資格を取得。

一八八六年　二九歳

八月、イギリス国籍を取得。一一月、船長の資格を取得。

一八八九年　三二歳

『オールメイヤーの阿房宮』（*Almayer's Folly*）の執筆開始。

一八九〇年　三三歳

ブリュッセル在住だった遠縁のマルグリート・ポラドフスカの口添えもあって、三年間の契約でのコンゴ行きが決定。五月、フランス船で出発。六月、コンゴ河河口のボーマをへて、マタディへ。八月、レオポルドヴィル（現キンシャサ）に到着するが、船長として指揮をとるはずだった「フロリダ」号が大破修理中だったため、「ベルギー国王」号の副船長として、スタンリー・フォールズまでコンゴ河を遡行。クラインという名の重病の社員を連れ

帰ろうとするが、帰途の船中でクライ
ンは死去。
九月、レオポルドヴィル到着前後から
コンラッド自身、瀕死の病にかかる。
翌年一月、ブリュッセルに、二月には
ロンドンにもどる。五月、療養のため
スイスへ。

一八九三年　　　　　　　三六歳

一等航海士として勤務中のオーストラ
リア発のイギリス船「トーレンス」号
上で、転地療養中のケンブリッジ大学
出身の青年乗客に『オールメイヤーの
阿房宮』の未完の草稿を読んでもらい、
完成を勧められて、作家の自覚が芽生
える。同船上では、当時まだ作家デ
ビュー前で、海事法専門の弁護士とし
て現地調査に来ていたジョン・ゴール
ズワージーとも出会い、生涯にわたる
親交が始まる。

一八九四年　　　　　　　三七歳

一月、船員生活を終える。四月、『オー
ルメイヤーの阿房宮』完成。
＊フランスのアナキスト、マーシャ
ル・ブルダンがグリニッジ天文台にて
自爆死。ヨーロッパ各地で爆破テロが
起こり広く報道される。

一八九五年　　　　　　　三八歳

四月、『オールメイヤーの阿房宮』を
出版、三七歳での作家デビュー。

一八九六年　　　　　　　三九歳

『島の流れ者』(*An Outcast of the Islands*)
を出版。三月、貧しい家柄で、教育も

あまりない一六歳年下のタイピスト、ジェシイ・エメライン・ジョージと結婚。コンゴ体験を基にした短編「進歩の前哨基地」(“An Outpost of Progress”)を完成。

一八九七年　四〇歳

『ナーシサス号の黒人』(*The Nigger of the “Narcissus”*)を出版。

一八九八年　四一歳

一月、長男アルフレッド・ボリス誕生。南イングランド、ケント州のペント・ファームに居を移す。そこでヘンリー・ジェイムズ、ラドヤード・キプリング、H・G・ウェルズ、スティーヴン・クレイン、フォード・マドックス・フォードなどと交友。三月、短編「帰郷」(“The Return”)を出版(『不安の物語』〔*Tales of Unrest*〕所収)。六月、短編「青春」(“Youth”)を完成、九月、「ブラックウッズ・マガジン」に発表。一二月中旬、「闇の奥」(*Heart of Darkness*)の執筆をはじめる。

一八九九年　四二歳

二月、「闇の奥」を完成、二月から四月にかけて「ブラックウッズ・マガジン」に発表。

一九〇〇年　四三歳

『ロード・ジム』(*Lord Jim*)を出版。

一九〇二年　四五歳

「闇の奥」をふくむ『青春、その他二編の物語』(*Youth : a Narrative ; and Two Other Stories*)を出版。

一九〇三年　四六歳
『台風、その他の物語』（*Typhoon and Other Stories*）を出版。

一九〇四年　四七歳
『ノストローモ』（*Nostromo*）を出版。

一九〇五年　四八歳
短編「アナキスト」（"An Anarchist"）を「ハーパーズ・マガジン」に発表。

一九〇六年　四九歳
短編「密告者」（"The Informer"）を「ハーパーズ・マガジン」に発表。仏モンペリエに家族で滞在。
短編「ヴァーロック」に着手。
次男ジョン・アレグザンダー誕生。
『海の鏡』（*The Mirror of the Sea*）を出版。

一九〇七年　五〇歳
『シークレット・エージェント』（*The Secret Agent*）を出版。
＊ラドヤード・キプリングがイギリス人初のノーベル文学賞を受賞。

一九〇八年　五一歳
『短編六つ』（*A Set of Six*）を出版。

一九一〇年　五三歳
短編「プリンス・ローマン」（"Prince Roman"）を完成（一九二五年出版の『噂の物語』〔*Tales of Hearsay*〕所収）。

一九一一年　五四歳
『西欧の眼の下に』（*Under Western Eyes*）を出版。

一九一二年　五五歳
『個人的回想録』（*A Personal Record*）を出版。

一九一四年　五七歳
『運命』（*Chance*）を出版。

一九一五年　五八歳
『勝利』（*Victory*）を出版。

一九一七年　六〇歳
『陰影線』（*The Shadow-Line*）を出版。

一九一九年　六二歳
『黄金の矢』（*The Arrow of Gold*）を出版。

一九二二年　六五歳
舞台版『シークレット・エージェント』をロンドンで上演。

一九二三年　六六歳
ケンブリッジ大学その他大学からの名誉博士号を辞退。『放浪者』（*The Rover*）を出版。

一九二四年
ナイト爵の叙勲を辞退。八月三日、心臓発作のため急逝。享年六六。

一九二五年
『噂の物語』（*Tales of Hearsay*）を出版。
『サスペンス』（未完）を出版。

訳者あとがき

気鋭のコンラッド研究者である山本薫さんにお願いして目配りの行き届いた「解説」を書いていただいたので、訳者として語るべきことは多くない。翻訳に当たっては、一九二三年刊のデント社版を中心に、その後のコンラッド研究の知見を反映したケンブリッジ大学出版局版（一九九〇年）を初め、いくつかの新しいエディションを参照した。目障りかもしれない注の多くはそうした新版のおかげである。ここでは、本作*The Secret Agent*には井内雄四郎訳『スパイ』（一九六六年、思潮社）と土岐恒二訳『密偵』（一九九〇年、岩波文庫）という二つの先行訳があるにも拘らず、敢えて『シークレット・エージェント』という邦題を選んだ理由めいたものを記して「あとがき」に代えたい。

「シークレット・エージェント」が一般に、政府の諜報機関に雇われてスパイ活動に従事する人間を指すことは言うまでもない。ジェイムズ・ボンドの活躍以来、この語は日本語としても定着したように思われる。その点では新しいタイトルも意味するところは「スパイ」や「密偵」と大きな逕庭《けいてい》はない。だが、〝語り手〟によってシークレット・エージェントであると何度か名指しされもするヴァーロックは、この言葉の誘発する期待なり予想を大きく裏切る人物である。「太りすぎ」で「女の誘い」に反応しそうもないほど「怠惰」(第2章)である彼はジェイムズ・ボンドになり得ないばかりか、常に思慮深いジョージ・スマイリーとも、時に深い洞察を披瀝するチャーリー・マフィンとも重なるところがない。ある人物に言わせれば、完璧なスパイは自己を嘘で塗り固めて必然的に二重スパイになるらしいが、「シークレット・エージェントたるミスター・ヴァーロックは真実を語っていた」(第11章)などとアイロニカルに語られる男は、「パーフェクト・スパイ」にはなり得ない。つまるところ、所謂《いわゆる》スパイ小説に期待する読者に間違いの喜劇もしくは悲劇に貫かれたこの作品は、所謂スパイ小説に期待する読者に間違いの喜劇/悲劇を経験させてくれるのである。

その点を踏まえて『シークレット・エージェント』というタイトルをつけたのは、「エージェント(agent)」という語がさまざまな使われ方をするからである。そこには「代理人」の他に「行為や動作の主体、作用体、何らかの効果を惹き起こすもの、動因」といった意味もあり、それを意識すると「シークレット・エージェント」は秘密の目的を持って、人目につかぬように、外見とは裏腹の行動なり作用をするような存在を広く表すことになる。もちろんヴァーロックはその典型である。彼が密偵、或いは二重スパイであることは、その店が「四角」四面のまっとうさを暗示する「スクエア（square）」な箱であるにも拘らず、皮肉なことに、露出を売物にしながら、それとは裏腹に隠れてひそかに売られるポルノグラフィーを筆頭として、品物を実際の価値と釣り合わない高値で売りつけるといういかがわしい商売をしていると第1章で紹介されたときに、あらかじめ仄《ほの》めかされていたと言えるかもしれない。その店はいわば換喩《かんゆ》的に「シークレット・エージェント」である主人の特性を物語っていたわけである。

この換喩は彼の店にやってくるアナキストたちの属性をも暗示しているだろう。そこで声高に議論を交わす彼らは結局のところ口舌《こうぜつ》の徒《と》にすぎない。上流階級の貴婦人の庇護を受けたり、かつて見捨てた女性に平気で面倒を見てもらったり、小金を持った娘たち相手にジゴロのように振舞ったりする男たちは、彼らの発する大仰な言葉が過激に、そして尤《もっと》もらしく響けば響くほど、その内実は言葉とは裏腹の卑小な存在であることが浮き彫りにされる。この意味で彼らもまた実体にそぐわない仮面を被った「シークレット・エージェント」ではなかろうか。それだけではない。法と秩序の番人たる警察も、それが標榜する正義の存在とはなり得ていないように見える。不穏なことに、ヒート警部の考えるところによれば、「強盗の心も本能も警察官の心と本能に似たり寄ったり」（第5章）なのである。実際、ヒート警部が（第9章）、その前には警視監が（第7章）、ヴァーロックの店に向かうとき、二人は「警官」を避ける「犯罪者」に似通ってくるのも偶然ではあるまい。この二人とも、純粋な正義とは別の目的を持ち、しかもそれを隠して行動する点で、十分に「シークレット・エージェント」たる資格を有している。警察は「二枚舌」を使い、「猫を被る」という「素直で、まったく陰日向がない」（第8章）スティーヴィーの怒りは作品内で真正性《しんせい》が証明され、正当化されていると言うべきだろう。

だが果たしてそう言い切れるかどうか。この「陰日向がない」とされる若者もまた、実は外見と内実の乖離《かいり》した人物として描かれているのではないか。スティーヴィーが物語の展開によって真正性を証明されるはずの怒りを覚えたとき、その下顎は「だらりと垂れさがり」、彼は「深く考える」という「知的作業を放棄」していたと語り手は報告する。外見が内実を裏切っていると語っているようなこの記述は、証明されるべき怒りの真正性を弱めるように働きはしないだろうか。ここにこの作品の魅力もしくは難しさの根があるらしい。おそらく想起すべきは、ロンブローゾの観相学を根拠に身体的特徴からスティーヴィーは「退化の見事な典型例」だと訳知り顔に述べ立てるオシポンの（似非《えせ》）科学信仰に対して、語り手がアイロニカルな目を向けていたことである。そのアイロニーは、ヴラディミルによって濫用されるために権威を貶《おとし》められる「科学」（第2章）をひたすら信奉しているらしいオシポン自身の顔について、語り手が差別的な比喩も動員して描写している（第3章）ところに窺える。自らロンブローゾに通暁しているらしい語り手は、外見から内実を、表から裏を類型的に導く、つまりは表と裏が連動していると考える似非科学をあまりに安直なものと嘲笑しているようである。このアイロニーは、偶然出遭ったウィニーに初めは甘言を弄するという間違いの喜劇を演ずるオシポンが、事態を知るにつれて、「ロンブローゾに加護」を求めながら彼女の顔を「科学的に見つめ」て「退化者」スティーヴィーの姉もまた「殺人を犯すタイプ」の「退化者」なのだと断ずる場面（第12章）でも機能しているだろう。こうした解釈を下すときのオシポンが改めてしきりに「科学的」と形容されるだけに、ヴラディミルによる「科学」の連呼の場合にも似て、そこに語り手のアイロニカルな目の働きが感じられるのである。

　しかしこの語り手はそれ以前に、夫に対して「狂人」と化したかのような――とヴァーロックには思える――憎悪に駆られてナイフを握ったウィニーの顔について、爆破によって身体的特徴をすべて失ったスティーヴィーの「魂」が「飛び込んできた」かのように「だらりと垂れた下唇」を含めて「弟の顔に似てくる」（第11章）とわざわざ注記している。これは語り手がアイロニカルな目で捉えているはずのオシポンの「科学的」解釈に呼応し、それを先取りする記述であるように読める。このように注記する語り手の振舞いは、語り手によってアイロニカルに捉えられるオシポンのそれから遠くない。それならば、語り手は自らの語りそのものもアイロニカルな目で捉えていることになる。どういうことか。第2章で一瞬、露骨に顔を出す語り手は、基本的に三人称の語り手という立ち位置を取るが、時には作中人物に同一化して、その人物の知覚や感情や思考を代弁する。アイロニーは一般的に、その陳述に表面上の、多くの場合肯定的な意味とは異なる裏の、そして多くの場合否定的な意味が込められている（と了解される）ときに成立するはずで、語り手が作中人物と同一化したときの陳述にアイロニーを読み取ることは、とくにその人物に対する語り手の否定的評価が明らかな場合、比較的容易である。しかし表裏の意味のずれについての了解がつねに容易であるとは限らない。表面上、客観的な、さらにはその人物に寄り添ったと見える陳述が実はその人物に対する冷笑を含んでいると読める場合が少なくないからである。同じ第11章に例を取れば、爆破事件が想定外の結果になったという「危機的状況」にあるヴァーロックが妻と対面するときに挿入される「ミスター・ヴァーロックは人情に厚い人間である」というわざとらしい陳述や、スティーヴィーの死はむしろ好都合だったと考えるその判断について「彼の感受性は彼の判断力の邪魔をしなかった」における「邪魔をしなかった」という表現の選択には、語り手の人間存在に対する屈折した認識のありようがほぼ間違いなく窺えるような気がする。

それでもこれは分かりやすい例と言うべきだろう。アイロニーの濃度が見極め難い例は枚挙に遑《いとま》がない。実のところ、この語り手は描写対象との距離の取り方を、換言すればアイロニカルな目の位置を自在に変化させるので、作品冒頭の店の描写から右に挙げたウィニーの顔についての描写に至るまで、語り全体がアイロニーのヴェールで覆われているように感じられるのである。そこには当然、濃淡があり、訳文は訳者なりの濃度測定の結果に過ぎず、その測定値が唯一無二であるとはアイロニーというものの性格からしても言えるはずがないが、語り手が自らの語りそのものにアイロニカルな視線を投げかけているのではないかという点は改めて強調しておきたい。その根底には自らの語りの妥当性、或いはそれを支える世界観の無謬性《むびゅうせい》に対する疑念なり留保があると考えられるからである。例えば、ヒート警部の先手を打って捜査に出た警視監の浮き立つ気分は「われわれのこの世界が結局のところ、たいして深刻なものではないということを証明しているように思われる」という記述（第7章）に「思われる（seems）」と現在形が採用されているところに、そうした疑念なり留保が顔を出しているのではないだろうか。「真の知恵は矛盾に満ちたこの世において何ごとにも一定の疑いを持つ」（第5章）という発言をおおむね真に受けるなら、そう述べる語り手に屈折を伴わない断定は似合わない。語り手にとって外見と内実との間の矛盾、懸隔はあらゆる存在の前提であり、あらゆる存在は「シークレット・エージェント」と見えているのではあるまいか。誰もがひそかに表とは別の裏の顔を持っていることは、ひそかであるにも拘らず誰もが知っている単純な事実であって、だからこれは副題の通り「ある単純な物語」なのだとアイロニカルに主張しているかのようである。

語り手の認定するこうした「真の知恵」に対抗しうるのは裏を見ようとせず、あくまで視線を表層にとどめようとする知恵だろう。それを体現するのは、語り手を含む多くの観察者の視線にさらされながら、しばしばそれをはね返す「内面の窺い知れない目」（第1章）をしたウィニーである。表と裏を使い分ける人物たちに取り巻かれているだけに、そのように造型されている彼女の特異性は一層際立っている。彼女が他人の視線を寄せつけないのは、「真相を知ろう」などというのは「無駄」なことだという「知恵」と「信念」（第8章）によって、物事をあれこれ穿鑿《せんさく》せずに自らの視線を対象の表層にとどめておくからに違いない。しかしそんな彼女も夫とヒート警部の会話を「鍵穴に耳を当て」て盗み聞こうとした（第9章）ときに、そうした「知恵」と「信念」を捨てざるを得なかった。いや同じ章で、ミセス・ニールの演技の裏に潜む真相まで見通しているとされるウィニーは、あったことをなかった「ように見せるすべ」を心得ている、ともさりげなく語られていた。どうやらそれまでの流儀を捨てて、自ら招いた「事態の奥底まで探ってみる」ことを余儀なくされる（第12章）ずっと前から、彼女は表と裏は往々にして背馳《はいち》することを十分意識していたらしい。語り手が第11章以降、ウィニーの姿を飾る「ヴェール」を執拗に強調して、彼女もまた「シークレット・エージェント」であると仄めかすのも、それまで物事の奥や裏を見ない「ように見せるすべ」もしくはそうする「知恵」や「信念」を身につけていた彼女に対する復讐であるようにも思える。ウィニーは、しかし、「いつまでも消えずにたゆたうほかないどこまでも不可解な謎」に包まれた「狂気もしくは絶望による」行為（第13章）を——おそらくは——決行することによって、語り手のアイロニカルな視線も届かないところに身を投ずることによって、この復讐から身を躱《かわ》したと言えるかもしれない。

こうして用意された最終章で再登場するプロフェッサーは、何かの思い込みに染まっているかもしれないオシポンに触発されて、ウィニーのこの行為から「狂気と絶望」を受け継ごうとする。それでは彼もまた語り手のアイロニカルな視線を躱す可能性が示されているのだろうか。簡単に言えば、どれくらい彼は他のアナキストたちと同じように卑小な存在として、語り手のアイロニカルな視線に捉えられているか、ということである。たしかに彼は、破壊活動には喜劇的なまでに不向きな他のアナキストたちの身体を集約するかのように「発育不全」の「貧弱な外見」（第5章）、その「小男」ぶり（第4章）が強調され、その「狂信」（第5章）が指摘されてはいる。しかしオシポンに向けて発せられる彼の言葉は他のアナキストたちの空疎な喚き声とは異なった音調を響かせているようにも感じられる。それは複数の意味作用を担っているる気配のあるポケットの中の爆弾に支えられた自信に由来するものかもしれないが、いずれにしても語り手は、プロフェッサーの「確信」は「間違いなく正鵠《せいこく》を射ていた」と述べ、「他の人間たちと同様に」彼なりに「平安を求めているだけのことかもしれない」と断定を避けながら共感的な理解を示してもいる（これは間違いなく語り手の肉声だろう）。もちろんそれが「慰撫された虚栄心の、満たされた欲求の、あるいはもしかすると痛みを鎮められた良心のもたらす平安」である（第5章）と付記されてはいるが、ここで言われる「平安」は個人性を後生大事に描こうとしてきた小説という文芸ジャンルにおいて、しばしば他者として敵対的に現れる（自分よりも背の高い）多種多様な存在に取り囲まれた個がつねに希求してきたものであるように思われる。「一度でも我に頭を下げさせし人みな死ねといのりてしこと」と嘯《うそぶ》いているかもしれないプロフェッサーは、小説の描く（内なるテロリストを抱えた）個人性の原型とでも言える存在なのではあるまいか。いやここまで言ってはさすがに大風呂敷の広げ過ぎというもの。「疫病神」のような「恐ろしい存在」（第13章）にはこれ以上触れずに、彼が語り手のアイロニカルなヴィジョンのなかに完全に包摂されているかどうかは読者の判断に委ねるのが無難であり、また今更ながらだが「あとがき」としての礼儀だろう。ただこのプロフェッサーが狂気と絶望によってウィニーと、携行する爆弾によってスティーヴィーと運命を共有する可能性が暗示されるという点だけは指摘しておきたい。そして最後に彼が「弱々しく、貧弱で、薄汚く、みすぼらしい」姿（第13章）で、誰にも目を向けられずに歩みを進めるロンドンがこの作品の陰の主役であるかもしれないということも。「冷たい霧のヴェールに覆われ、泥のカーペットの上で怪物のようにまどろんでいるこの巨大な都会」（第12章）はもう一つの「シークレット・エージェント」であるらしい。

以上が新タイトルを採用した理由をめぐる寡黙を目指した冗長《じょうちょう》な説明であるが、

同時に、翻訳の難しさの言訳にもなってしまったようである。何しろコンラッドは英語を母語とする読者にも負担を強いる文体の持主で、訳者の能力不足は別として、平易な日本語になるはずもなく、またすべきでもないだろうが、その重苦しい語彙と文体をどこまで再現できるかについて、「輝ける闇」や「凍った焔」や「楽しい授業」に類する訳しづらい撞着《どうちゃく》語法もアイロニカルな語りゆえの修辞なのだろうと感じ入りながら、人並み程度には悩んだつもりであると告白すれば、これ以上の言訳は愚痴にしかなるまい。なお固有名詞についてはヴラディミア、ミケイリスなど英語読みに近い表記との選択に迷ったが、非アングロ＝サクソン系の名前はそれが明示されて然るべきであると考え、ヴラディミル、ミハエリスなどとしたことをお断りしておく。

予定された紙幅をすでに大幅に超えているにも拘らず最後に勝手ながら私事を記すと、訳者は本作に多少の縁を感じている。三十年以上も前に、大学の所謂教養課程の授業で理系の学生相手にコンラッドの短編を読んだときに、受講生の一人がこの作品を訳してくださいという年賀状をくれて、毎年正月になるとそのことを思い出していたからである。過去をことさらに美化するつもりはないつもりであるが、そのことだけでも現在ではおよそ考えられないそうした授業にも多少の意味はあったと思いたい。この翻訳が彼の期待にどれほど応えているか自分では判断のしようもないものの、ともあれ長年の宿題を果たしたという安堵感だけはあり、その気分に任せて、化学を専攻した後に医学の道に転身したと聞くそのＡ・Ｍさんに本訳書を捧げたいと思う。そしてコンラッドを専門に研究してきたわけではない訳者に、こうした縁のある作品の翻訳を唆《そそのか》してくれた光文社翻訳編集部の小都一郎さんと、お忙しいなか「解説」の執筆を快諾してくださった山本薫さんに心からお礼を申し上げる。

二〇一九年五月

本文中に「知恵遅れ」「不具者」、比喩として「人食い種族」などの表現が用いられています。また、障害者を弱者とし、世の中から排除しようと主張する登場人物が描かれている場面があります。これらは今日の観点からすると明らかに差別的な表現です。

また、本書には「屠場」を比喩として用いた不適切な表現があります。これは本作が執筆された二〇世紀初頭、および舞台となった時代の英国での社会通念に基づくものですが、当時のヨーロッパと日本とでは食肉処理に対する理解に大きな違いがあるとはいえ、日本では「屠畜」に関わる人々は歴史的に、社会的誤解と偏見に基づいた、いわれなき差別を受け続けてきました。現在でも、屠畜に携わる人々はさまざまな差別に苦しめられています。

よって、いずれの表現も、現代の人権意識からすると決して用いるべきでないものですが、作品のもつ歴史的・文学的価値と、著者が故人であることを考慮した上で、原文に忠実に翻訳することを心がけました。差別の助長を意図するものでないことをご理解ください。

編集部

kobunsha classics
光文社古典新訳文庫

シークレット・エージェント

著者　コンラッド
訳者　高橋和久《たかはしかずひさ》

2019年6月20日　初版第1刷発行

発行者　田邉浩司
印刷　新藤慶昌堂
製本　ナショナル製本

発行所　株式会社光文社
〒112-8011東京都文京区音羽1-16-6
電話　03（5395）8162（編集部）
03（5395）8116（書籍販売部）
03（5395）8125（業務部）
www.kobunsha.com

ISBN978-4-334-75403-7 Printed in Japan

いま、息をしている言葉で、もういちど古典を

長い年月をかけて世界中で読み継がれてきたのが古典です。奥の深い味わいある作品ばかりがそろっており、この「古典の森」に分け入ることは人生のもっとも大きな喜びであることに異論のある人はいないはずです。しかしながら、こんなに豊饒で魅力に満ちた古典を、なぜわたしたちはこれほどまで疎んじてきたのでしょうか。

ひとつには古臭い教養主義からの逃走だったのかもしれません。真面目に文学や思想を論じることは、ある種の権威化であるという思いから、その呪縛から逃れるために、教養そのものを否定しすぎてしまったのではないでしょうか。

いま、時代は大きな転換期を迎えています。まれに見るスピードで歴史が動いていくのを多くの人々が実感していると思います。

こんな時わたしたちを支え、導いてくれるものが古典なのです。「いま、息をしている言葉で」——光文社の古典新訳文庫は、さまよえる現代人の心の奥底まで届くような言葉で、古典を現代に蘇らせることを意図して創刊されました。気取らず、自由に、心の赴くままに、気軽に手に取って楽しめる古典作品を、新訳という光のもとに読者に届けていくこと。それがこの文庫の使命だとわたしたちは考えています。

このシリーズについてのご意見、ご感想、ご要望をハガキ、手紙、メール等で翻訳編集部までお寄せください。今後の企画の参考にさせていただきます。
メール　info@kotensinyaku.jp

光文社古典新訳文庫　好評既刊

闇の奥
コンラッド
黒原　敏行　訳

船乗りマーロウは、アフリカ奥地で権力を握る男を追跡するため河を遡る旅に出た。沈黙する密林の恐怖。謎めいた男の正体とは？　二〇世紀最大の問題作。（解説・武田ちあき）

すばらしい新世界
オルダス・ハクスリー
黒原　敏行　訳

西暦２５４０年。人間の工場生産と条件付け教育、フリーセックスの奨励、快楽薬の配給で、人類は不満と無縁の安定社会を築いていたが、未開社会から来たジョンは、世界に疑問を抱く。

崩れゆく絆
アチェベ
粟飯原文子　訳

古くからの慣習が根づく大地で、名声と財産を築いた男オコンクウォ。しかし彼の誇りと村の人々の生活を蝕むのは、凶作や戦争ではなく、新しい宗教の形で忍び寄る欧州の植民地支配だった。

ご遺体
イーヴリン・ウォー
小林　章夫　訳

ペット葬儀社勤務のデニスは、ハリウッドで評判の葬儀社〈囁きの園〉を訪れ、コスメ係と恋に落ちるが、腕利き遺体処理師も彼女の気を引いていた。ブラック・ユーモアが光る中編佳作。

オリエント急行殺人事件
アガサ・クリスティー
安原　和見　訳

大雪で立ち往生した豪華列車の客室で、富豪の刺殺体が発見される。国籍も階層も異なる乗客たちにはみなアリバイがあり……。名探偵ポアロによる迫真の推理が幕を開ける！

光文社古典新訳文庫　好評既刊

ヘンリー・ライクロフトの私記
ギッシング
池　央耿　訳

どん底の境遇のなかで謹厳実直に物を書き続けて三十余年。不意に財産を手にしたライクロフトは、都会を離れて閑居する。自らの来し方を振り返る日々——味わい深い随想の世界を新訳で。

チャタレー夫人の恋人
D・H・ロレンス
木村政則　訳

上流階級の夫人のコニーは戦争で下半身不随となった夫の世話をしながら、森番メラーズと逢瀬を重ねる……。地位や立場を超えた愛に希望を求める男女を描いた至高の恋愛小説。

ダロウェイ夫人
ウルフ
土屋政雄　訳

6月のある朝、パーティのために花を買いに出かけたダロウェイ夫人の思いは現在と過去を行き来する。20世紀文学の扉を開いた問題作を流麗にして明晰な新訳で。（解説・松本　朗）

ミドルマーチ1
ジョージ・エリオット
廣野由美子　訳

若くて美しいドロシアが、五十がらみの陰気な牧師と婚約したことに周囲は驚くが……。個人の心情をつぶさに描き、壮大な社会絵巻として完成させた「偉大な英国小説」第1位！

高慢と偏見（上・下）
オースティン
小尾芙佐　訳

高慢で鼻持ちならぬと思っていた相手からの屈折した求愛と、やがて変化する彼への感情。恋のすれ違いを笑いと皮肉たっぷりに描く英国文学の傑作。躍動感あふれる明快な決定訳。

光文社古典新訳文庫　好評既刊

モーリス
フォースター
加賀山卓朗 訳

同性愛が犯罪だった頃の英国で、社会規範と自らの性との間に生きる青年たちの、苦悩と選択を描く。著者の死後に発表されて話題となった禁断の恋愛小説。（解説・松本朗）

幼年期の終わり
クラーク
池田真紀子 訳

地球上空に現れた巨大な宇宙船。オーヴァーロード（最高君主）と呼ばれる異星人との遭遇によって新たな道を歩み始める人類の姿を哲学的に描いた傑作SF。（解説・巽 孝之）

失われた世界
アーサー・コナン・ドイル
伏見 威蕃 訳

南米に絶滅動物たちの生息する台地が存在すると主張するチャレンジャー教授。恐竜が闊歩する台地の驚くべき秘密とは？「シャーロック・ホームズ」生みの親が贈る痛快冒険小説！

八月の光
フォークナー
黒原 敏行 訳

米国南部の町ジェファソンで、それぞれの「血」に呪われたように生きる人々の生は、やがて一連の壮絶な事件へと収斂していく。ノーベル賞受賞作家の代表作。（解説・中野学而）

書記バートルビー／漂流船
メルヴィル
牧野 有通 訳

法律事務所で雇ったバートルビーは決まった仕事以外の用を頼むと「そうしない方がいいと思います」と拒絶する。彼の拒絶はさらに酷くなり……。人間の不可解さに迫る名作二篇。

★続刊

存在と時間6　ハイデガー／中山 元・訳

二〇世紀最大の哲学書と言われる『存在と時間』を詳細な解説付きで読解する。第六巻では、頽落した日常的な生き方をする現存在の全体性について、〈死に臨む存在〉と〈良心〉という観点から考察、分析する（第二篇第二章第六〇節まで）。

ロビン・フッドの愉快な冒険　ハワード・パイル／三辺律子・訳

シャーウッドの森の奥深く、おたずね者として暮らすロビンは、一癖も二癖もある強者たちを対決によって配下とし、金持ちや権力者たちに一泡吹かせていく。英国の伝承を元に小説化した痛快な童話。作家自身の手による図版も多数収録。

あなたと原爆　オーウェル評論集　オーウェル／秋元孝文・訳

原爆投下のわずかふた月後、その後の東西対立を予見し「冷戦」と名付けた表題の「あなたと原爆」、名エッセイ「象を撃つ」「絞首刑」など16篇を収録。ファクトとフェイク、国家と個人、ナショナリズムの問題など、先見性に富む評論集。

kobunsha classics